LES ANNÉES PASSION

Le roman d'une femme libre

DU MÊME AUTEUR

Le Choix d'une femme libre, Belfond, 2004 ; rééd. 2025 ; Pocket, 2005
L'Inconnue de Peyrolles, Belfond, 2006 ; rééd. 2024
Les Soleils mouillés, éditions Récamier, 2024 (première édition, Julliard, 1972)
Les Bois de Battandière, Belfond, 2007, rééd. 2023 ; Pocket, 2009
De vagues herbes jaunes, éditions Récamier, 2023 (première édition, Julliard, 1973) ; Pocket, 2024
Un si bel horizon, Plon, 2022 ; Pocket, 2023
Sans regrets, Belfond, 2009, rééd. 2022 ; Pocket, 2011
Le meilleur est à venir, Belfond, 2021 ; Pocket, 2022
Rendez-vous à Kerloc'h, Belfond, 2004, rééd. 2021 ; Pocket, 2006
Quelqu'un de bien, Belfond, 2020 ; Pocket, 2021
Objet de toutes les convoitises, Belfond, 2004, rééd. 2020
Si loin, si proches, Belfond, 2019 ; Pocket, 2020
La Maison des Aravis, Belfond, 2000, rééd. 2019
Gran Paradiso, Belfond, 2018 ; Pocket, 2019
Un été de canicule, Belfond, 2003, rééd. 2018
Hors saison et autres nouvelles, Belfond, 2018 ; Pocket, 2019
Le Choix des autres, Belfond, 2017 ; Pocket, 2018
L'Homme de leur vie, Belfond, 2001, rééd. 2017
Face à la mer, Belfond, 2016 ; Pocket, 2018
Un mariage d'amour, Belfond, 2002, rééd. 2016
Au nom du père, Belfond, 2015 ; Pocket, 2017
La Camarguaise, Belfond, 1996, rééd. 2015 ; Pocket, 2017
À feu et à sang, Belfond, 2014 ; Pocket, 2016
La Promesse de l'océan, Belfond, 2014 ; Pocket, 2015
Galop d'essai, collectif, Belfond, 2014 ; Pocket, 2015
D'eau et de feu, Belfond, 2013 ; Pocket, 2016
L'Héritier des Beaulieu, Belfond, 1998, rééd. 2003, 2013 ; Pocket, 2016
BM Blues, Belfond, 2012 (première édition, Denoël, 1993) ; Pocket, 2015
Serment d'automne, Belfond, 2012 ; Pocket, 2013

(suite en fin d'ouvrage)

Vous pouvez consulter le site de l'auteure à l'adresse suivante :
www.francoise-bourdin.com

FRANÇOISE BOURDIN

LES ANNÉES PASSION

Le roman d'une femme libre

belfond

Retrouvez-nous sur www.belfond.fr
ou www.facebook.com/belfond

Éditions Belfond,
92, avenue de France, 75013 Paris.
Pour le Canada,
Interforum Canada, Inc.,
1055, bd René-Lévesque-Est,
Bureau 1100,
Montréal, Québec, H2L 4S5

ISBN : 978-2-7144-0392-6
Dépôt légal : mars 2025

Belfond | un département **place des éditeurs**

place
des
éditeurs

« Prenez Versailles et mêlez-y Anvers,
vous avez Bordeaux. »

Victor Hugo

1

Bordeaux, octobre 1982

D'un geste vif, Lucrèce claqua la porte métallique de son casier avant de brouiller la combinaison. Ôter cette ridicule blouse jaune et rose aux couleurs criardes de l'hypermarché était un soulagement quotidien. Dans ses vêtements personnels, elle redevenait elle-même, se dissociait de la caissière anonyme qui, huit heures par jour, faisait glisser des marchandises sur le tapis roulant. Tout un inventaire à la Prévert défilant inlassablement sous les néons triomphants de la grande distribution : shampooing à la pomme, lot de tournevis, couches pour bébé, rôti de porc en promotion, slips vendus par trois, parfum d'ambiance, tomates pas mûres et jamais pesées. Avec bons de réduction, points cadeau, et une pièce d'identité s'il vous plaît. Sans pouvoir oublier un seul instant les enfants qui hurlent dans les caddies, bien plus fort que l'obsédant sirop musical diffusé par les haut-parleurs.

Elle emprunta la sortie du personnel et, arrivée sur le parking, comme chaque soir, elle prit d'abord une profonde inspiration, heureuse de se retrouver à l'air libre. Tout l'été, elle avait travaillé à plein temps, mais, dès le début du mois de novembre, elle allait regagner son université et ne serait plus obligée de venir ici que quelques heures par semaine. Selon l'organisation de ses cours, elle devrait quand même dégager deux demi-journées, en plus du samedi, pour pouvoir conserver sa place. Les emplois à temps partiel étant les plus difficiles à trouver, le gérant de l'hypermarché lui avait fait une faveur lorsqu'il lui avait proposé cette solution, l'année précédente. Au début, elle avait eu beaucoup de mal à supporter l'univers inhumain du centre commercial, qui ressemblait davantage à une usine qu'à un magasin et où tout semblait démesuré. Si le salaire était à peu près correct, les conditions de travail la révulsaient. Sa caisse devait être juste au centime près – sinon elle payait elle-même la différence –, les pauses étaient rares, la cantine infâme, la température étouffante sous les toits de tôle. Quant au responsable du personnel, il jouait soit au paternaliste, afin d'embrasser les filles dans le cou, soit au chef scout pour maintenir l'esprit d'équipe parmi ses employés.

Une petite pluie fine et froide fit frissonner Lucrèce. Le ciel était plombé, annonçant l'automne. À condition de se dépêcher, elle pourrait arriver avant Julien et lui préparer un bon dîner. Il était toujours mort de faim lorsqu'il revenait du club le mercredi, jour où il donnait des leçons du matin au soir, debout dans la poussière ou le froid à crier des ordres que personne n'écoutait.

— Luce ? Luce ! s'exclama une voix affolée derrière elle.

Elle fit volte-face et discerna une silhouette qui se précipitait vers elle. Malgré ses semelles compensées, Sophie la rejoignit en quelques enjambées, hors d'haleine.

— J'ai cru que je t'avais manquée... Les grilles étaient fermées...

La jeune fille blonde et bouclée s'affala brutalement contre elle, éclatant en sanglots.

— Sophie ! Qu'est-ce qui se passe ?

Inquiète, Lucrèce lui entoura les épaules de son bras, d'un mouvement spontané et affectueux, mais Sophie ne parvint qu'à articuler quelques mots incompréhensibles.

— Bon ! décida Lucrèce, tu vas tout m'expliquer, mais ne restons pas sous la pluie, allons dans ma voiture.

Elles s'élancèrent vers la vieille R5 cabossée, dont les portières n'étaient jamais fermées à clef, et s'y engouffrèrent ensemble. Effondrée sur le siège passager, Sophie reprit sa respiration et chercha dans sa poche un Kleenex. Malgré la pénombre, Lucrèce constata que ses paupières étaient gonflées, son visage bouffi de chagrin.

— Calme-toi, dit-elle d'une voix apaisante. Tu veux une cigarette ? Il y a un paquet qui traîne dans la boîte à gants...

Pour masquer sa timidité et se donner une contenance, Sophie s'était mise à fumer depuis plusieurs mois, mais elle secoua la tête en signe de refus.

— C'est Élise ! lâcha-t-elle enfin.

— Ta sœur ? Et alors ?

— Tout à l'heure, quand elle est rentrée de l'école, elle faisait une de ces têtes... En ce moment, elle est plutôt bizarre, mais ce soir c'était pire que tout !

Même si elle ne l'avait pas vue depuis longtemps, Lucrèce se souvenait très bien d'Élise : une gamine plutôt mignonne, bien dans sa peau, beaucoup moins timide que sa sœur aînée.

— Maman lui a demandé si elle avait passé une bonne journée, ou un truc aussi simple que ça, et là elle a piqué une vraie crise de nerfs, elle s'est mise à hurler, on n'a rien compris. Finalement, elle est partie en claquant la porte.

— Mais pourquoi ?

— Oh, je m'en doute, va ! Et je voudrais tellement me tromper !

Sur le point de se remettre à pleurer, Sophie avala sa salive avec difficulté. Lucrèce ne la quittait pas des yeux, perplexe, ne comprenant toujours rien à son histoire.

— Crois-moi, c'est la seule raison possible. Tiens, par exemple, quand papa l'embrasse en lui disant bonsoir, je la vois pâlir et se recroqueviller, j'en suis malade pour elle. J'ai connu ça, je sais ce que ça signifie et je ne peux pas le dire... Elle qui mangeait comme quatre, elle chipote, elle maigrit à vue d'œil ! Quand elle fait son cartable, le matin, elle ne desserre pas les dents...

— Peut-être une crise d'adolescence ?

— Lucrèce !

Plus qu'une protestation, il s'agissait presque d'un cri de souffrance.

— Tu n'as pas oublié, quand même ? Moi, l'idée que ce type puisse la toucher me rend folle. Folle ! Elle a quatorze ans !

Une grimace de profond dégoût déforma ses traits, et brusquement Lucrèce sut de quoi elle parlait.

— Bessières ? demanda-t-elle d'un ton rageur.

— Oui, ce salaud est toujours en poste à Sainte-Philomène...

— Et tu as interrogé Élise ?

— J'ai essayé, mais elle se ferme, elle se tait, et je n'ose pas insister.

Envahie d'une sourde colère, Lucrèce frappa le volant du plat de la main.

— Ne t'inquiète pas, déclara-t-elle fermement, on va la sortir de là d'une manière ou d'une autre.

Il ne s'agissait pas d'une vaine promesse, elle avait déjà, dans les mêmes circonstances, donné la preuve qu'elle savait régler les problèmes.

— Mais tu dois d'abord avoir une conversation avec ton père.

— Non ! Non, je ne peux pas, je...

— Si. Parce que la seule solution, c'est qu'il change ta sœur d'école.

Sophie secoua la tête, paniquée à l'idée de ce qui allait arriver. La honte et la peur se mêlaient à son dégoût, cependant elle avait une telle confiance en Lucrèce qu'elle finit par répondre, à contrecœur :

— Alors je veux que tu sois là. Toute seule, je n'arriverai jamais à le convaincre.

— Ton père ne m'apprécie pas beaucoup, rappelle-toi ! Avant, il m'aurait peut-être écoutée, mais là, cela ne fera que mettre de l'huile sur le feu.

— S'il te plaît..., murmura Sophie.

Son insistance trahissait sa fragilité, sa faiblesse, et Lucrèce céda aussitôt.

— D'accord. Si tu crois que c'est mieux, je t'accompagnerai.

Délivrée d'une partie de son angoisse, Sophie esquissa un sourire douloureux qui bouleversa Lucrèce.

Dans le sous-sol du pavillon, Julien descendit de sa moto, harassé. Il se débarrassa du casque, le déposa sur la selle, puis enleva ses bottes pour enfiler des mocassins avachis. Iago avait été insupportable, il n'appréciait pas la lumière blafarde du manège et les coins d'ombre, pas plus que d'avoir dû attendre jusqu'au soir avant de sortir de son box. À dix ans, il n'était toujours pas calmé, ombrageux comme un poulain et rétif comme un étalon. Le garder était une aberration.

— Je ne le vendrai jamais, marmonna Julien.

Une phrase répétée des douzaines de fois, pour se donner du courage. Ce cheval-là, il l'avait reçu en cadeau alors qu'il était encore adolescent. Son père le lui avait acheté sur un coup de tête, flatté par les victoires du fiston en concours hippiques, des succès dont il pouvait se vanter auprès de ses relations. « Mon fils a encore remporté une coupe, déclarait-il avec désinvolture, il a l'étoffe d'un champion et c'est bien normal, nous sommes tous très sportifs dans la famille ! » En réalité, personne n'avait pratiqué l'équitation ni aucun autre sport chez les Cerjac, à part l'éducation physique au lycée ou un peu de natation sur les bords de l'Atlantique. Julien s'était entiché de chevaux dès son plus jeune âge sans que personne puisse dire d'où lui venait cette passion. À huit ans, il avait eu son poney, à treize, une jument anglo-arabe avec laquelle il avait remporté bon nombre de championnats juniors, et, enfin, Iago, acquis en cinq minutes par un père pressé de sortir son chéquier. Faisait-il ainsi un cadeau d'adieu, afin de se déculpabiliser ? En tout cas, c'était la dernière fois que

Julien avait profité de ses libéralités. Après, le chaos était arrivé.

Avec un soupir résigné, il laissa errer son regard sur le sol de terre battue. Il avait grandi dans le luxe et l'insouciance, loin de toute réalité. Enfants, Lucrèce et lui avaient été gâtés jusqu'à la séparation brutale de leurs parents, ce qui avait rendu le choc d'autant plus rude. Bien sûr, ils avaient fait front, pris ensemble la défense de leur mère, juré qu'ils s'en sortiraient tout seuls. Plus facile à dire qu'à faire... D'abord, ils avaient vécu dans un appartement meublé qu'ils détestaient, mais c'était la seule location que leur mère avait pu trouver. La pension alimentaire, payée par leur père, couvrait tout juste les frais quotidiens, alors Julien avait déniché un nombre incalculable de petits boulots pour conserver Iago, et il avait fini par échouer au bac, bien entendu. Lucrèce, sa cadette de un an, était restée dans son école religieuse, dont les trimestres, d'un montant vertigineux, n'étaient réglés qu'en retard et à contrecœur. Très amoureux de sa nouvelle femme, leur père n'avait pas tardé à se désintéresser d'eux, les contraignant à se débrouiller comme ils pouvaient. Dès sa majorité, Julien avait passé son monitorat – un jeu d'enfant pour lui – et décidé de travailler dans son club hippique. Il y connaissait tout le monde, mais troquer le statut de client pour celui d'employé avait été difficile. Plus question de rire avec les copains, de s'attarder au bar, plus de dimanches oisifs ni de grasses matinées. Et désormais une paie dérisoire, assortie de lourdes responsabilités.

De son côté, Lucrèce, sitôt son bac en poche, avait proposé à Julien de s'installer quelque part avec lui. C'était le seul moyen de soulager leur mère qui s'en sortirait mieux sans les avoir à charge. Cependant, pour pouvoir louer ce modeste pavillon dans la banlieue nord de Bordeaux et satisfaire aux garanties exigées par le bailleur, il leur fallait deux salaires. Lucrèce avait appris qu'un hypermarché, poussé comme un champignon à la périphérie de la ville, allait ouvrir ses portes et recrutait. Elle n'avait pas hésité à y accepter un emploi de caissière, mais sans renoncer pour autant à entreprendre des études. Persuadée qu'elle pouvait mener les deux choses de front, elle s'était inscrite à l'université.

— Julien, ça va ?

Depuis l'escalier de béton conduisant au rez-de-chaussée, Lucrèce le hélait avec une intonation un peu inquiète.

— J'arrive !

Quand il la rejoignit à la cuisine, une délicieuse odeur de crème fraîche et de champignons le fit aussitôt saliver.

— Bonne journée ? s'enquit-elle en déposant le plat de blanquette sur la table.

— Pas vraiment. Un gamin est tombé, ses parents m'ont engueulé, nous avons deux chevaux qui toussent, et Iago a été odieux... Tu t'es donné du mal, on dirait ?

Ils avaient décidé qu'ils ne vivraient pas comme un petit couple qu'ils n'étaient pas, et, s'ils partageaient l'entretien du pavillon, chacun était censé ne s'occuper que de lui-même. À tour de rôle, ils se relayaient aux fourneaux lorsqu'ils se retrouvaient ensemble. Dans la pratique, Julien sortait très peu le soir, exténué par ses longues journées, et Lucrèce pas davantage, accaparée par ses études et par l'hypermarché. Elle n'avait plus ni le temps ni l'envie d'aller faire la fête, la seule chose qui comptait pour elle était d'arriver au but qu'elle s'était fixé : achever ces deux années de formation qui allaient lui permettre de réaliser son rêve.

— J'ai vu Sophie, tout à l'heure. Elle était complètement paniquée ! Elle trouve sa sœur bizarre depuis qu'elle est entrée à Sainte-Phil.

— Pourquoi ? Le salaud refait des siennes ?

— Elle n'en est pas sûre, parce que Élise se tait, mais Bessières est toujours surveillant là-bas.

— Pourquoi ne crache-t-elle pas le morceau ? Elle n'a qu'à en parler à ses parents, ou aller voir elle-même le directeur, bon sang, ce n'est pas si difficile !

Depuis toujours, et malgré toute l'affection qu'il éprouvait pour Sophie, il la trouvait trop réservée, trop naïve, désespérément empêtrée dans sa timidité.

— Pas difficile ! s'exclama Lucrèce. Tu crois ça ? Évidemment, tu es un garçon, tu ne peux pas comprendre. Elle n'a pas envie de raconter ces trucs-là parce qu'elle a honte.

— Pourtant, c'est elle la victime.

— Justement !

La tête levée vers sa sœur, il la dévisageait d'un air interrogateur qui finit par la faire rire.

— Laisse tomber, lui dit-elle gentiment, ce sont des histoires de filles.

— Bon, eh bien, si vous avez besoin de moi, *les filles*, vous n'aurez qu'à me faire signe. Je suis tout disposé à aller attendre ce mec à la sortie de l'école et à lui foutre une trempe, ça le calmera pour un moment, crois-moi !

Lucrèce n'avait aucun doute là-dessus, elle pouvait compter sur Julien quoi qu'elle demande et quoi qu'il arrive.

— Pour l'instant, je vais aider Sophie à convaincre son père. Le mieux serait de changer la petite d'école.

— Arnaud Granville te recevra, toi ? Tu ne fais plus partie de son monde, ma vieille, tu n'es plus une fréquentation recommandable pour sa fille ! Au mieux, il t'a oubliée, au pire, il te diabolisera, surtout si tu racontes qu'il y a des loups dans la bergerie !

Il esquissa une grimace de dégoût puis, tout de suite après, adressa un grand sourire à sa sœur en lui tendant son assiette. Bien avant la tourmente, ils étaient déjà très proches l'un de l'autre, complices et toujours d'accord. Bruns tous deux, ils avaient le même regard bleu-vert, presque turquoise, lumineux et intense, mais leur ressemblance s'arrêtait là. Lui était grand, athlétique, alors qu'elle était petite et menue ; il avait le teint basané des gens vivant au grand air tandis qu'elle restait pâle presque toute l'année ; il était plutôt taciturne et elle riait tout le temps, et autant il pouvait se montrer brusque, impatient, autant elle se révélait réfléchie.

— C'est très bon et j'ai encore faim. Il en reste ?

En guise de déjeuner, il avait avalé un sandwich en vitesse, comme chaque jour, entre une reprise pour débutants et un cours particulier à un propriétaire grincheux. Sa sœur déboucha une bouteille de vin, remplit leurs verres et fit le geste de trinquer. Sans elle, jamais il n'aurait trouvé le courage de continuer. Tant qu'ils seraient deux à lutter, tant que la solitude ne s'ajouterait pas aux autres malheurs, il leur restait une chance de s'en sortir. La preuve, ils étaient arrivés à rendre chaleureux ce petit pavillon sans âme, qui avait connu bon nombre de locataires négligents avant eux. Grâce à un lot de pots de peinture soldés, ils avaient laqué la cuisine en jaune ; dans le séjour, ils avaient punaisé quelques affiches de cinéma en guise de tableaux, empilé de gros coussins sur la banquette de bois qui tenait lieu de canapé, accroché aux fenêtres des rideaux de velours rouge. Même si elle ne leur appartenait pas, c'était leur maison, un endroit où ils se sentaient à l'abri. L'un comme l'autre mettaient un point d'honneur à ne jamais évoquer *l'autre* maison, celle dans laquelle ils avaient grandi et qu'habitait toujours leur père avec sa nouvelle famille, cours Victor-Hugo. Cette grande bâtisse du XVIIe siècle, assez élégante avec sa haute façade de pierre et son minuscule jardin à l'arrière, était dans la famille Cerjac depuis plus de cent ans – leur père le leur avait souvent répété avec fierté –, mais ils ne se sentaient plus concernés. Lorsqu'ils étaient contraints d'y retourner, ils y allaient ensemble, s'efforçant de ne pas regarder autour d'eux. Les chambres qu'ils avaient occupées enfants puis adolescents étaient désormais celles de petites filles qu'ils n'arrivaient pas à considérer comme leurs demi-sœurs, et la décoration des pièces de réception, radicalement changée par leur belle-mère, n'évoquait plus rien pour eux. À l'époque où leurs parents s'étaient séparés, ils avaient porté un jugement sévère sur leur père. Sa trahison, ses mensonges, sa lâcheté, son coup de folie pour une femme trop jeune et sa détermination à tout oublier de sa vie passée les avaient profondément choqués. Se sentant rejetés, ils avaient pris leurs distances, fait le deuil de leur ancien foyer. Désormais, ils s'y comportaient en étrangers, et leur père les traitait en intrus.

— Il y a « La dernière séance » sur la 3. Si ça te dit...

Julien possédait la capacité d'oublier ses soucis dès qu'il quittait ses bottes, ou du moins cherchait-il à le faire croire. Demain était un autre jour, qui ne le concernait pas encore. Il promena un dernier morceau de pain dans son assiette avant de se déclarer repu. Ensuite, ils s'attaquèrent ensemble à la vaisselle.

Son travail s'achevant à quinze heures, le vendredi, Lucrèce en profita pour filer au campus de Gradignan. Depuis le quartier du Lac, il lui fallait traverser toute la ville, un parcours qu'elle effectuait depuis des mois en autobus afin d'économiser sa vieille R5. Si le pavillon était proche de l'hypermarché, et pas trop éloigné du centre équestre de Julien, en revanche il se trouvait à l'opposé de l'IUT Michel-de-Montaigne où elle allait commencer sa deuxième année de formation. Le diplôme qu'elle visait, reconnu par la convention collective des journalistes, assurerait en principe ses premiers pas dans un métier qui l'avait toujours fascinée. N'était-elle pas dynamique, avide d'apprendre, opiniâtre ? Elle avait la certitude de posséder les qualités nécessaires pour réussir, et elle était impatiente de faire ses preuves.

Le nez collé à la vitre du bus, elle détaillait les gens sur les trottoirs, les vitrines des magasins. Quand elle prenait sa voiture, elle utilisait toujours la rocade pour contourner la ville et ne pouvait pas profiter du spectacle de la rue. Dans le bus, au contraire, elle avait tout loisir d'observer, avec une curiosité insatiable, l'activité qui régnait dans le centre. Des Chartrons jusqu'au quartier Saint-Michel, elle adorait le vieux Bordeaux et ses immeubles de pierre ocre, à l'architecture bien ordonnée. Lorsqu'elle pouvait s'y promener à pied, elle arpentait sans jamais se lasser les ruelles tortueuses, les petites places avec leurs fontaines, les voies piétonnes, toujours à l'affût de nouvelles découvertes. Une boutique originale, un macaron découvert sur une façade en levant les yeux, un jardin aperçu dans l'entrebâillement d'une porte cochère la ravissaient. Peut-être était-ce sa manière à elle de se consoler d'avoir quitté le cours Victor-Hugo, à proximité de la Grosse Cloche et des arcades de la rue Sainte-Catherine, d'être désormais condamnée à vivre loin du centre-ville, dans un quartier neuf et sans charme.

Au secrétariat de la scolarité, elle retira son emploi du temps et la liste de ses professeurs, tous des professionnels de la communication. L'accent serait mis dès la rentrée sur les travaux pratiques, les techniques de base étant censément acquises depuis l'année précédente. D'ores et déjà, elle devait réfléchir à son premier devoir : un édito de soixante lignes, ni plus ni moins, sur un événement scientifique récent.

Dans le bus du retour, elle passa en revue ce qu'elle avait retenu de l'actualité ces derniers mois. La classe entière allait sans doute choisir la naissance d'Amandine, premier bébé-éprouvette français, et elle s'efforça de penser à quelque chose de plus original. Le décès de Henry Fonda et le fait qu'il ait légué ses merveilleux yeux bleus à la médecine ne constituait pas vraiment un événement, dommage ! Le sujet l'aurait inspirée. L'échec du premier tir commercial de la fusée Ariane fournirait peut-être un bon thème. Ou encore l'embarquement de Jean-Loup Chrétien, premier spationaute français à bord de Soyouz.

Perdue dans ses pensées, elle faillit rater l'arrêt et descendit en catastrophe cours de l'Intendance. Celui-ci formait, avec le cours Clemenceau et les allées de Tourny, le fameux « triangle d'or » autour de la place des Grands-Hommes, et bien sûr Arnaud Granville n'aurait pu habiter nulle part ailleurs ! Sophie l'avait suppliée d'être ponctuelle, terrorisée à l'idée d'affronter seule son père, et elle devait déjà s'affoler.

Devant l'immeuble, Lucrèce leva la tête vers la façade familière avec ses balcons de fer forgé soutenus par des atlantes. Elle était venue là si souvent, quelques années plus tôt ! À l'époque, les parents de Sophie l'accueillaient gentiment, la considérant comme une bonne relation pour leur fille aînée.

Par la suite, le divorce des Cerjac les avait un peu refroidis puis, apprenant que Lucrèce avait trouvé un emploi de caissière, elle était devenue tout bonnement indésirable.

Au cinquième étage, embusquée près d'un lourd rideau de velours, Sophie guettait anxieusement l'arrivée de son amie. Affronter son père lui parut soudain au-dessus de ses forces. S'il n'était pas vraiment sévère, il pouvait se montrer très méprisant, haussant parfois le ton d'une telle manière qu'elle battait aussitôt en retraite. Trop douce, trop timide, elle préférait fuir les disputes et ne contrarier personne. Pour avoir la paix, il suffisait qu'elle offre à ses parents l'apparence d'une jeune fille sage, ce qu'elle faisait volontiers. Elle s'était inscrite en histoire de l'art, à la faculté, sachant que son père approuverait ce choix ; il parlait déjà de l'engager comme décoratrice d'intérieur lorsqu'elle aurait terminé ses études. Un avenir tout tracé, auquel elle n'avait aucune intention de se conformer, mais cela, elle se gardait bien de l'annoncer.

Sa rencontre avec Lucrèce avait été déterminante, l'avait sortie de sa torpeur, lui avait enfin permis d'exister. Elles s'étaient connues à Sainte-Philomène, en classe de troisième, et cordialement détestées pendant tout un trimestre avant de devenir inséparables. Lucrèce était dissipée, pleine de fantaisie, et ses notes passaient du pire au meilleur, alors que Sophie ne se faisait jamais remarquer et se contentait d'obtenir la moyenne dans chaque matière. Leurs différences avaient agi comme un aimant, les rendant vite complémentaires. L'assurance dont Lucrèce faisait preuve, sa gaieté et sa force de caractère subjuguaient Sophie. Près d'une fille de ce genre, rien de grave ne pouvait arriver, c'était aussi rassurant que le cocon familial mais indiscutablement plus drôle. Même le divorce de ses parents, Lucrèce l'avait raconté avec humour, jamais elle ne s'était effondrée en larmes, et quand son père avait commencé à rechigner pour payer l'école, elle n'en avait pas fait un drame. Le directeur, l'économe, et aussi certains professeurs s'étaient mis à la regarder de haut, mais elle faisait semblant de ne pas s'en apercevoir. Elle paraissait si forte, si sûre d'elle, que Sophie aurait donné n'importe quoi pour lui ressembler. De confidences en fous rires, leur complicité d'adolescentes était peu à peu devenue une véritable amitié. Assez solide pour que Sophie finisse par se sentir totalement en confiance, allant jusqu'à raconter – malgré l'humiliation qu'elle éprouvait à faire cet aveu – de quelle façon le surveillant général se comportait avec elle lorsqu'il la convoquait. Lucrèce l'avait écoutée, d'abord ahurie, puis pâle de rage. Sans tenir compte de ses protestations, elle l'avait traînée derrière elle et elles étaient allées ensemble frapper à la porte du bureau du surveillant. Malade d'appréhension, Sophie n'avait pas réussi à ouvrir la bouche tandis que Lucrèce, indifférente au scandale, n'avait pas mâché ses mots et avait donné la preuve d'une maturité stupéfiante pour son âge. Évitant de recourir aux menaces ou de se risquer au chantage, elle avait fait blêmir le type qui s'était décomposé sous leurs yeux avant de bredouiller de pitoyables explications. Et il avait bien compris la leçon puisque, par la suite, il ne s'était plus jamais risqué à harceler Sophie.

Repenser à lui la mettait toujours aussi mal à l'aise, lui soulevait le cœur. Au début, rien d'autre qu'une attitude équivoque, des déclarations ambiguës. « Si jolie Sophie, adorable petite Sophie », avec une main qui s'attardait trop longtemps sur son épaule, sur sa nuque, ou bien un bras familièrement passé autour de sa taille, et les doigts qui cherchaient sa peau nue, entre le pull et la jupe. Des attouchements esquissés, des caresses légères qu'elle ne savait comment repousser mais qui lui procuraient chaque fois un sentiment de honte et d'écœurement. Malheureusement pour elle, Sophie faisait partie de ces filles craintives et trop bien élevées qui ignorent comment réagir dans une telle situation. Peu à peu, elle s'était retrouvée prise au piège. Encouragé par son silence, il allait toujours un peu plus loin. Mais ce qu'il prenait pour de la docilité, en la voyant paralysée, n'était qu'une abjecte terreur. Non, sans l'aide de Lucrèce, elle n'aurait jamais eu le courage de se révolter. Et même si elle n'avait pas tout révélé à son amie, incapable d'aller au bout de sa confidence, ses premiers aveux avaient suffi.

À partir de là, elles avaient eu droit à une fin de scolarité paisible. Le surveillant général avait dû continuer à exercer ses pratiques perverses sur des élèves plus faibles – c'était probablement le genre de maniaque que rien n'arrête tant qu'on ne lui « tape » pas sur les doigts –, mais en tout cas il n'avait plus convoqué Sophie dans son bureau. Même lorsqu'il la croisait dans les couloirs, il regardait ailleurs, l'air innocent. Comment pouvait-il être aussi certain de son impunité ? Savait-il d'expérience que les filles, se sentant avilies, choisissent toujours de se taire ? En tout cas, il évitait Lucrèce avec soin car il avait compris qu'elle était différente des autres, qu'il n'existait aucune faiblesse en elle.

Depuis des années, Sophie s'acharnait à oublier. Mais lorsque, deux mois plus tôt, Élise était entrée à Sainte-Philomène, toutes ses terreurs avaient ressurgi. Innocente, naïve, Élise n'aurait sûrement pas la force de se défendre. Après sa crise de l'autre jour, Sophie l'avait interrogée en vain, obtenant juste la promesse que, si quoi que ce soit de *louche* se produisait, la jeune fille lui en ferait part aussitôt. Mais s'était-elle montrée assez explicite ? Et n'était-il pas déjà trop tard ?

Perdue dans ses réflexions, Sophie se redressa brusquement et lâcha le rideau en apercevant, sur le trottoir, la silhouette de son amie qui se hâtait vers la porte de l'immeuble.

Dans le grand hall de marbre, Lucrèce avait dû attendre l'ascenseur. Cependant, à peine arrivée sur le palier du cinquième, elle n'eut pas le temps de sonner : la porte s'ouvrit devant elle.

— Je t'attendais, chuchota Sophie. Papa est dans son bureau, je crois que le moment est bien choisi, mais j'aimerais autant qu'on évite maman...

Nerveuse, elle saisit la main de Lucrèce, comme si elle cherchait un contact rassurant, puis l'entraîna à travers les pièces de réception. Arnaud Granville adorait les mondanités et donnait de fréquents dîners auxquels il conviait toutes les personnalités politiques de la région. Promoteur prospère, conseiller municipal, issu d'une vieille famille bordelaise respectable, il poursuivait une ascension sociale que rien ne semblait pouvoir freiner. Et personne ne s'inquiétait de savoir pourquoi il n'habitait pas lui-même l'un des bâtiments dont il était le maître d'œuvre, pourquoi il n'avait jamais quitté son gigantesque appartement bourgeois, situé dans un superbe immeuble du XVIIIe siècle, pour s'installer dans l'un de ses programmes immobiliers.

Devant la porte du bureau, Sophie marqua un temps d'arrêt, et lorsqu'elle se décida à frapper Lucrèce remarqua le tremblement de sa main. Ensuite, elles se retrouvèrent devant Arnaud Granville. Il était vêtu d'un strict costume gris qui lui donnait l'allure d'un banquier et son expression arrogante n'avait rien d'amical. Sans se donner la peine de se lever, ni de dissimuler sa contrariété, Arnaud adressa un signe de tête à Lucrèce avant de fusiller sa fille du regard.

— Qu'est-ce que tu veux ? Je suis très occupé !

— Oui, mais c'est important..., plaida-t-elle d'une voix mal assurée, tout en coulant un regard implorant vers Lucrèce.

Cette fois, Arnaud parut accorder plus d'attention à Lucrèce, comme s'il se demandait ce qu'elle venait faire là, puis il se mit à pianoter avec impatience sur son bureau.

— Quand nous étions élèves à Sainte-Philomène, articula lentement Sophie, il s'est produit un... incident dont je ne t'avais pas parlé.

Lucrèce jugea que le mot *incident* était vraiment dérisoire, mais Sophie faisait ce qu'elle pouvait afin de surmonter son appréhension. Elle la vit prendre une grande inspiration avant de se lancer dans son récit avec maladresse, les yeux rivés sur le tapis pour n'avoir pas à regarder son père. Elle bafouillait, hésitait, s'arrêtait soudain, et Lucrèce dut intervenir à plusieurs reprises. Abasourdi, Arnaud les écouta jusqu'au bout sans les interrompre, puis il y eut un long silence avant qu'il réagisse enfin.

— Vous vous rendez bien compte de l'accusation que vous portez, toutes les deux ? demanda-t-il d'une voix blanche. Parce que... dans ce genre d'histoire, mieux vaut se montrer prudent, on a vite fait de mal interpréter un geste ! Tu avais quoi, Sophie, quinze ans ? Et tu t'en souviens dans les moindres détails ?

— Ce ne sont pas des choses qu'on oublie facilement, monsieur, fit remarquer Lucrèce d'un ton posé.

Elle devinait qu'Arnaud Granville brûlait de la remettre à sa place, mais il ne pouvait ignorer le rôle qu'elle avait joué auprès de Sophie. Cependant, il évitait de la regarder, comme si sa présence le mettait mal à l'aise. Avec une certaine brusquerie, il s'adressa directement à sa fille.

— Pourquoi ne nous as-tu rien dit ? Tu ne t'es pas plainte auprès de ta mère ?

Les joues rouges, Sophie secoua la tête et Lucrèce se sentit navrée pour elle. Évidemment, Christiane Granville était la dernière personne à qui Sophie aurait eu l'idée de se confier. Jamais une femme si bien-pensante n'aurait pu admettre que les très respectables enseignants de l'école Sainte-Philomène soient des pervers. Un mot dont elle devait à peine connaître le sens.

— Bon, enfin, il n'y a pas mort d'homme, marmonna Arnaud. Ce surveillant, Bessières, ne t'a donc pas vraiment touchée ?

Malgré lui, il venait de baisser la voix sur le dernier mot. Brusquement embarrassé, il se crut obligé d'ajouter :

— Tu vois de quoi je parle ?

L'évocation fut odieuse à Sophie dont le menton se mit à trembler.

— En somme, enchaîna-t-il en hâte, tu veux que je change Élise d'école ? Eh bien, oui, c'est d'accord, je vais lui faire quitter Sainte-Philomène. À tout hasard...

Cette dernière expression lui avait échappé, parce qu'il était pressé de réaffirmer son autorité, de prendre la situation en main.

— À tout hasard ? répéta Lucrèce.

L'ironie de la jeune fille fit à Arnaud l'effet d'une gifle. Il se tourna enfin vers elle et la toisa des pieds à la tête.

— Sois gentille, Luce, laisse-nous maintenant. Tu connais le chemin.

Depuis deux ans qu'il ne l'avait pas vue, il constata qu'elle était devenue encore plus belle que dans son souvenir, mais trop sûre d'elle, presque agressive, le contraire exact de ce qu'il souhaitait comme amie pour Sophie. Pourtant, elle venait d'une bonne famille, en tout cas, son père était un excellent stomatologue, qui devait sûrement s'arracher les cheveux. Le petit salut désinvolte dont elle le gratifia avant de sortir ne fit qu'accroître son exaspération.

— Je ne comprends pas ce que tu trouves à cette fille, lâcha-t-il de façon abrupte. Elle est d'une arrogance ! Et quand on sait ce qu'elle est devenue... Elle devrait se dépêcher de faire un beau mariage ou bien elle va s'aigrir comme du vinaigre. Il doit y avoir des gens plus intéressants qu'elle, dans ta faculté, pourquoi t'accroches-tu à elle ?

— Elle m'a aidée, papa.

— Si tu avais besoin d'aide, il fallait venir me voir !

C'était d'une telle injustice que Sophie ne répondit rien. Comment aurait-elle pu parler à ses parents alors qu'ils évitaient systématiquement tous les sujets délicats, les traitant en bébés, sa petite sœur et elle ?

— Écoute, Sophie, je vais régler tout ça dès demain, soupira-t-il. J'expliquerai la situation à ta mère et je trouverai un prétexte quelconque pour Élise car il n'est pas question de lui raconter des choses pareilles ! Elle est trop jeune, je ne veux pas qu'elle s'imagine que tous ses professeurs sont des... maniaques. D'autant plus que, sans le vouloir, tu exagères peut-être. Je ne te traite pas de menteuse, mais parfois les mauvais souvenirs prennent des proportions ridicules, on s'en fait tout un monde. Quoi qu'il en soit, tiens ta langue ; pas question de provoquer un scandale, surtout six ans après, nous aurions bonne mine ! Oublie ce type et dors sur tes deux oreilles, ta sœur n'aura pas affaire à lui. Tu es contente ?

Incapable de lui répondre, Sophie acquiesça en silence. N'avait-elle pas obtenu gain de cause ? Le reste importait peu. Elle parvint à quitter le bureau sans claquer la porte, mais elle bouillait d'indignation. Que son propre père puisse minimiser les faits à ce point la révoltait. Sa seule préoccupation était d'éviter un esclandre. Il était tellement enfermé dans le carcan de ses convictions et de ses valeurs bourgeoises qu'il en devenait aveugle ! Il avait même osé lui demander si elle était contente. De quoi ? Qu'il soit resté assis sur son fauteuil, à peine concerné, tandis qu'elle s'arrachait une à une les phrases d'un insupportable aveu ?

Quant à couper les ponts avec Lucrèce, ainsi qu'il le suggérait, jamais elle ne s'y résoudrait. Sans Luce, elle serait perdue, livrée à l'ennui d'un cocon familial dont elle n'aurait jamais le courage de s'évader. La preuve, elle vivait toujours chez papa-maman alors que tous les jeunes gens de son âge habitaient seuls dans leur studio. Pourtant, elle aurait aimé s'identifier à ceux qu'on appelait la « bof-génération », réaliste et individualiste, affranchie et blasée, qui venait de vivre l'élection de François Mitterrand comme un progrès social, tandis que chez les Granville on criait à la décadence. Arnaud, qui avait soutenu activement la campagne de Giscard d'Estaing, ne comprenait toujours pas pourquoi son candidat avait été battu. Surtout par un slogan aussi ridicule que *la force tranquille.* Comment pouvait-on être tranquille avec les « rouges » au pouvoir, ressassait-il. La création d'un ministère des Droits de la femme le faisait beaucoup rire, c'était devenu son sujet de plaisanterie favori. Complaisamment, il déclarait : « Je ne les ai pas attendus pour ça, chez moi, ma femme a tous les droits, c'est elle qui commande ! » À la maison, oui, et encore. Christiane dirigeait surtout les fourneaux en essayant d'apprendre les subtilités de la cuisine française à son employée portugaise, mais pour la moindre décision elle se tournait vers son mari d'un air indécis, comme si elle attendait l'oracle.

Passant devant la salle à manger, Sophie remarqua que le couvert était mis. Encore un de ces assommants dîners dont elle connaissait le cérémonial par cœur, sa mère minaudant et son père faisant son numéro de grand bâtisseur. N'avait-elle vraiment rien d'autre à faire, à vingt et un ans, que jouer les potiches dans les repas d'affaires ? Elle se moquait éperdument du prochain immeuble que construirait son père, il serait de toute façon aussi hideux que les précédents. Elle pouvait aussi bien aller au cinéma ou, mieux, passer la soirée chez Lucrèce et Julien, qui la recevaient toujours à bras ouverts. Avec eux, elle parlait à bâtons rompus, riait aux éclats, profitait d'une bouffée de liberté car, malgré tous leurs ennuis, Luce et son frère menaient une existence mille fois plus passionnante que la sienne. Et ils n'avaient pas peur de retrousser leurs manches ni d'appeler les choses par leur nom. D'accord, ils habitaient une toute petite maison sans confort, très loin du centre-ville, mais au moins ils y faisaient ce qu'ils voulaient, ils ne dépendaient plus de personne.

Toutes les cinq minutes, Brigitte Cerjac regardait l'horloge murale. Dans moins d'une demi-heure, elle pourrait enfin quitter l'hôpital, rentrer chez elle. Elle supportait difficilement les contraintes du service de médecine générale depuis qu'elle avait eu ses deux enfants. Deux adorables petites filles dont elle ne profitait pas, à cause de ce fichu internat. Tout le monde lui avait pourtant conseillé d'attendre la fin de ses études avant de penser à une maternité, mais comment aurait-elle pu contraindre Guy à l'épouser aussi vite ? À l'époque où ils s'étaient rencontrés, il avait déjà la quarantaine, il était marié et père de deux adolescents. Bien sûr, il se disait fou d'elle, prêt à tout quitter pour elle, néanmoins elle s'était méfiée, avait exigé qu'il divorce sur-le-champ. Elle voulait devenir Mme Cerjac pour avoir accès à un certain milieu social, habiter cette grande maison située dans un quartier résidentiel dont elle n'avait jamais osé rêver, faire oublier à Guy tout ce qu'il avait pu connaître avant elle. Avoir un enfant était le meilleur moyen d'y parvenir. D'autant plus que cette naissance reléguerait au second plan une belle-fille et un beau-fils qu'elle n'appréciait pas, qu'elle ne souhaitait pas recevoir trop souvent chez elle. Quelques années seulement la séparaient de Lucrèce, et d'emblée elle l'avait considérée comme une rivale. Non seulement la fille de Guy était belle, intelligente, mais de plus elle possédait une confiance en soi, une joie de vivre, et surtout une excellente éducation qui faisaient défaut à Brigitte. Celle-ci tentait de masquer ses carences sous une moue sempiternellement boudeuse, qu'elle imaginait hautaine et qui, en fait, lui donnait l'air renfrogné. Issue d'une famille modeste, avec laquelle elle entretenait d'assez mauvais rapports, elle était bien décidée à se bâtir un univers dont elle serait le centre, y régnant sans partage.

Ses deux grossesses rapprochées lui avaient permis d'accaparer Guy, d'exiger toute son attention, et il s'était peu à peu désintéressé de Lucrèce et de Julien, comme elle l'avait prévu. Guy était faible, il ne jurait que par elle, flatté d'avoir une jeune épouse et d'être redevenu lui-même un jeune papa. Ainsi avait-elle obtenu tout ce qu'elle voulait : un mari à sa dévotion, une position sociale, la sécurité matérielle. Seule ombre au tableau, ses études de médecine en avaient pâti. Difficile de concilier sa vie de femme, de mère, et son internat. Elle n'en avait ni la volonté ni l'énergie. Elle finissait par se demander si elle exercerait jamais et s'il était vraiment nécessaire pour elle qu'elle passe ses derniers concours, qu'elle rédige une interminable thèse.

Derrière la vitre qui dominait le bloc opératoire, les chirurgiens poursuivaient leur travail sous la lumière des scialytiques. Pour Brigitte, assister à une opération, même de loin, représentait une véritable épreuve. Néanmoins, si elle détestait la vue du sang, aucun interne ne pouvait s'y soustraire. Non loin d'elle, la voix monocorde de son chef de service commentait toutes les phases de l'intervention et elle n'avait aucune envie de prendre des notes. Certains étudiants zélés n'avaient pas cessé de griffonner sur leurs cahiers comme des écoliers tandis qu'elle restait immobile, le nez collé à la vitre, essayant de regarder autre chose que la plaie béante au-dessus de laquelle toute l'équipe en blouse verte s'agitait. Quand le grand patron qui officiait s'écarta enfin de la table, laissant à ses assistants le soin de terminer les sutures, elle étouffa un soupir de soulagement et se détourna.

— Remarquable, non ? lui lança l'un des médecins. J'ai eu l'impression que vous suiviez ça avec beaucoup d'attention, Brigitte !

Peut-être s'agissait-il d'une plaisanterie, toutefois elle se contenta de hocher la tête, sans sourire, espérant que personne n'avait remarqué qu'elle portait davantage d'intérêt au chirurgien qu'à la manière dont il conduisait l'intervention.

— Cartier est vraiment un grand bonhomme, dit une étudiante en refermant son bloc-notes.

D'un point de vue professionnel, il s'agissait d'une évidence, et Fabian Cartier faisait toujours l'unanimité sur ses compétences. En tant qu'homme, il faisait de vrais ravages. Bien sûr, les grands patrons de l'hôpital, pour peu qu'ils soient présentables, attiraient les femmes comme des mouches, des aides-soignantes aux internes. Parmi ces dernières, la plupart cherchaient un mari, ou à la rigueur un amant, même celles qui s'en défendaient. Brigitte avait eu la chance de trouver Guy en dehors du centre hospitalier, presque par hasard, en allant se faire soigner un abcès dentaire. Stomatologue réputé, il pratiquait des tarifs prohibitifs dans son luxueux cabinet, et le montant de ses honoraires avait mis Brigitte au bord des larmes. Elle n'avait pas d'argent, bouclait difficilement ses fins de mois. D'abord, il s'était montré très galant, très arrangeant, puis les choses s'étaient enchaînées. La première fois qu'elle avait accepté de coucher avec lui, elle s'était arrangée pour le retenir jusqu'au milieu de la nuit, sachant qu'il aurait des ennuis en rentrant chez lui, mais elle ne voulait pas d'une liaison secrète, refusant d'être la maîtresse qu'on dissimule. Au fil des semaines, les mensonges qu'il se mit à raconter à sa femme devinrent absurdes, tandis que Brigitte continuait à multiplier les exigences, à bouder s'il lui refusait un week-end d'amoureux. Quand elle jugea le moment propice, elle menaça de le quitter s'il ne se rendait pas libre pour elle.

Avec le recul des années, elle se félicitait d'avoir si bien manœuvré. Son avenir était désormais assuré, elle n'avait même pas eu besoin de se lancer dans une lutte effrénée pour ferrer le gros poisson. Et dès qu'elle avait eu la bague au doigt, puis le statut de mère de famille, elle s'était mise à observer ses amies avec une certaine compassion. Mais petit à petit, insidieusement, l'ennui était venu. Si Guy faisait un mari très présentable, sur un plan social, il n'était pas pour autant un séducteur. En tout cas, il ne l'avait jamais séduite, elle n'avait vu en lui qu'une planche de salut.

— Pas de congé de maternité en vue, Brigitte ? ironisa le chef de service en la croisant. Vous comptez rester quelque temps parmi nous ?

Elle retint de justesse une repartie cinglante et s'éloigna. Au bout du couloir, elle remarqua un groupe d'étudiantes qui attendaient devant le vestiaire des chirurgiens et elle les rejoignit. Ces filles se comportaient avec les patrons comme de véritables groupies, c'était ridicule, pourtant elle s'attarda elle aussi. Au moins, avec son alliance en diamants et son air sérieux, on ne pouvait pas la soupçonner de chercher l'aventure. D'ailleurs, ce n'était pas ce qu'elle voulait, même si le Pr Fabian Cartier la subjuguait chaque fois qu'elle le croisait dans l'hôpital. Si seulement Guy avait pu lui ressembler ! Mais son mari n'avait pas – n'aurait jamais – cette tranquille autorité naturelle, cette élégante silhouette haute et mince, ce regard bleu pâle qui la faisaient fantasmer. Bientôt, elle allait commencer son stage de chirurgie, un stage obligatoire assez rebutant pour elle, mais qui lui permettrait de côtoyer Fabian Cartier chaque jour. Elle pourrait continuer à rêver en le regardant, à jouir d'une sensation intime qui l'engourdissait et qu'elle n'avait pas connue jusque-là : être amoureuse.

Elle le vit émerger enfin du vestiaire, escorté de ses deux assistants. S'il avait envie de passer une bonne soirée, c'était vraiment simple, il n'avait qu'à choisir au milieu du troupeau, elles étaient toutes béates devant lui ! Mais, à force de se comporter comme des oies, elles n'obtenaient jamais rien d'autre qu'une faveur de quelques heures. L'histoire était bien connue, Cartier invitait d'abord les femmes au restaurant, deux heures plus tard il les mettait dans son lit, et ensuite il les oubliait pour toujours.

Il contourna le groupe d'étudiantes sans leur accorder un coup d'œil, plongé dans une discussion technique avec l'un de ses confrères, mais il passa suffisamment près de Brigitte pour qu'elle sente l'odeur de son shampooing au santal.

— Mademoiselle Cerjac, votre badge !

Le doigt pointé vers la blouse de Lucrèce, le chef du personnel fronçait les sourcils. Elle baissa la tête et constata que son col, trop ouvert parce qu'elle avait négligé de fermer les boutons, dissimulait en partie le petit bout de plastique transparent portant son prénom. Luce, pour plus de facilité. Elle était Luce, la caissière, comme Danièle ou Martine, devant et derrière elle : les employées sympas d'un magasin dynamique.

La bande-son cafouillait, les haut-parleurs s'étaient mis à grésiller. Une voix désincarnée annonça que le petit Pierre attendait ses parents à l'accueil. Encore un gamin perdu dans les travées, ce qui arrivait à peu près une fois par heure. À quoi pensaient donc les mères pour comparer interminablement le prix des yaourts au lieu de surveiller leurs enfants ?

— Bonne journée, madame, marmonna Lucrèce en tendant son ticket à une cliente.

Elle s'aperçut trop tard qu'elle avait encore oublié de proposer la carte de l'hypermarché, celle qui offrait un crédit permanent et poussait en douceur vers la dépense.

Les gens achetaient vraiment n'importe quoi, impossible de croire qu'ils avaient besoin de tout cela chez eux. Le responsable du rayon textile le lui avait pourtant expliqué, il suffisait d'installer la tentation à la bonne hauteur pour que le chaland tende la main. Tout un art qui s'étendait sur des kilomètres d'étagères de différents niveaux, avec l'endroit stratégique suprême : la tête de gondole.

Parfois, Lucrèce se demandait comment elle parvenait à supporter ce travail, cet environnement. Rien dans l'éducation reçue à Sainte-Philomène ne l'y avait préparée. Même quand sa mère avait été brusquement obligée de gagner sa vie, après le divorce, l'adorable petite librairie qu'elle avait ouverte était encore un univers agréable, préservé. Ici, la lumière était crue, les produits de mauvaise qualité, la clientèle pressée.

Il y eut encore une annonce au micro, parfaitement incompréhensible car le responsable avait omis de couper la musique. Lucrèce se mit à rire, sans cesser de taper des chiffres à toute vitesse sur son clavier, et le jeune homme qui patientait de l'autre côté du tapis roulant parut surpris.

— Excusez-moi, bredouilla-t-elle.

— Non, au contraire ! Vous avez un très joli rire...

Elle leva les yeux, constata que celui qui venait de lui servir ce compliment banal n'avait rien d'antipathique, qu'il s'agissait même d'un assez beau blond. Elle regretta de n'avoir pas prêté attention à ses achats désormais entassés dans les sacs plastique fournis aux clients. Est-ce qu'il avait pris des petits pots ? Elle décida que non, il n'avait pas l'allure d'un jeune père, ceux-là, elle les reconnaissait toujours car ils avaient le même air hagard.

— Deux cent onze francs trente, annonça-t-elle.

Il lui tendit des billets sans la quitter du regard, prêt à engager la conversation, malheureusement elle ne pouvait pas se permettre de perdre du temps, la file s'allongeait derrière lui. Dommage ! les clients jolis garçons n'étaient pas légion, elle aurait volontiers bavardé avec celui-là.

— C'est à moi ! claironna la voix triomphale de Sophie.

Lorsque le garçon s'éloigna, manifestement à regrets, elle poussa son caddie devant la caisse et adressa un clin d'œil à Lucrèce en désignant la foule d'articles posés sur le tapis roulant. Plus nombreux étaient ses achats, plus elle pouvait s'attarder à discuter. Dans ce but, elle se dévouait depuis des mois pour faire les courses de la maisonnée, ce qui arrangeait bien sa mère, même si elle lui rapportait parfois des choses invraisemblables.

— Il y a cinq minutes que je te fais signe mais tu avais l'air très absorbée, fit remarquer Sophie d'un air malicieux. J'ai des tas de choses à te raconter... ça y est, Élise est entrée au lycée ! On ne pourrait pas se voir, ce soir ? Je vous invite à la pizzeria, Julien et toi.

— Non, répondit fermement Lucrèce, tu t'occupes des pizzas mais on les mangera à la maison, d'accord ?

Sophie s'était souvenue trop tard que Lucrèce n'acceptait qu'avec réticence des invitations qu'elle ne pouvait pas rendre.

— Bon, dit-elle en hâte, j'irai les prendre chez l'italien...

L'idée de retourner les chercher au rayon frais de l'hypermarché ne lui disait rien qui vaille, d'autant plus que Julien raffolait d'un mélange précis anchois-chorizo-œuf et qu'elle ne voulait surtout pas le décevoir. Elle s'aperçut que Lucrèce tournait la tête vers la sortie, un peu distraite, et semblait chercher quelqu'un ou quelque chose. Le jeune homme blond regardait dans leur direction, négligemment appuyé à son caddie.

— Idylle en vue ? chuchota-t-elle.

C'était l'un des aspects de la personnalité de Lucrèce qui la fascinait le plus, cette totale liberté d'esprit et de mœurs qu'elle affichait gaiement. Alors qu'elle n'avait qu'un an de plus que Sophie, elle avait déjà eu une foule de petits copains, dont deux amants sérieux.

— Tu prends vraiment des raviolis en boîte ? Ta mère va détester ça !

Elles rirent ensemble, complices, puis Lucrèce jeta un regard au-delà de la rangée de caisses. Le garçon avait fini par partir, Sophie crut voir dans les yeux de Lucrèce une vague déception.

— Huit heures chez toi, lui dit-elle en signant son chèque.

Nicolas s'écarta du puissant jet de vapeur lâché par le percolateur. Le cappuccino serait tel qu'il l'aimait, mousseux à souhait. Il prit la tasse avec précaution, la déposa sur la table de marbre, près de la pile de courrier. Cette fille avait vraiment des yeux extraordinaires, couleur d'océan, pas tout à fait bleu azur mais pas vraiment vert émeraude, et soulignés de longs cils noirs qui devaient la dispenser de tout maquillage. Quant à son rire, il était tellement communicatif que Nicolas était encore ému en y repensant. Justement, il y pensait trop, qu'est-ce qui lui arrivait de se mettre à draguer une caissière de grand magasin ?

Assis près de la fenêtre, il laissa errer son regard sur la rangée de peupliers, plantés deux ans plus tôt et qui dissimulaient entièrement la maison de Guillaume. Une décision qui avait provoqué des remous, son frère ne comprenant pas la raison de cette séparation, mais Nicolas avait tenu bon, pour une fois il ne s'était pas incliné. Au contraire, il avait doublé les arbres d'un discret grillage, avant d'ouvrir un accès direct sur la route, de l'autre côté du jardin. L'ancien chai dans lequel il s'était installé avait désormais l'allure d'une propriété bien distincte, et non plus d'une dépendance. D'ailleurs, cette expression de « dépendance » le faisait frémir.

Encore une demi-heure et il lui faudrait retourner au bureau, dans ce quartier des Chartrons où toute la noblesse du bouchon était implantée. L'entreprise familiale que Guillaume et Nicolas dirigeaient était l'une des quelque trois cents que comptait le négoce girondin et, comme presque toutes les autres, elle était prospère. Guillaume était vraiment très doué pour ce type de commerce dont il connaissait les moindres rouages, d'ailleurs il tutoyait la plupart des viticulteurs du Médoc, avec lesquels il traitait en priorité. À chacun son territoire, et celui des frères Brantôme était là, autour de Saint-Laurent.

Depuis toujours, Nicolas suivait sans protester la trajectoire imposée par Guillaume. Au décès de leur mère, emportée en quelques mois par une leucémie, Nicolas n'avait que dix ans, et son frère vingt. Leur père avait si mal supporté le deuil que, un an plus tard, un accident vasculaire cérébral provoquait une hémiplégie, le clouant définitivement dans un fauteuil roulant. Avec un courage très remarqué, Guillaume avait pris en main la destinée de sa famille, décidant à la fois de garder son père à la maison, d'interrompre ses études pour se lancer à la tête de l'entreprise, et en plus d'élever son petit frère. Beaucoup de responsabilités sur les épaules d'un si jeune homme, qui s'était pourtant montré à la hauteur de la tâche. Car Guillaume aimait faire la loi, organiser, commander, il n'avait jamais supporté qu'on le contredise, sa nouvelle situation lui convenait donc parfaitement. Presque tout de suite, il vendit le vignoble familial dont il ne souhaitait pas s'occuper afin de se consacrer au négoce. Comme il possédait une procuration paternelle, il en usa à volonté pour tout gérer à son idée, et il ne lui vint même pas à l'esprit que son petit frère pouvait être attaché à la terre. La maison familiale, au milieu d'un parc de deux hectares, était une ravissante chartreuse qui lui plaisait assez pour qu'il la conserve, aussi se borna-t-il à aménager le rez-de-chaussée afin que le fauteuil roulant y circule aisément. À vingt-cinq ans, il épousa une gentille jeune fille, Agnès, assez douce pour supporter un mari tyrannique, assez dévouée pour accepter de prendre en charge un beau-père infirme et un beau-frère adolescent.

Nicolas avait subi tous ces changements avec une certaine passivité car, en ce qui le concernait, rien ne pourrait jamais être pire que la mort de sa mère. Ce chagrin-là était le sien, celui d'un enfant très secret, docile en apparence, mais terriblement meurtri. Il travaillait bien au lycée, où il avait de bons copains, brillait parmi les meilleurs joueurs de son club de tennis tout en rêvant de racheter un jour les vignes vendues par son frère. Un avenir qu'il s'inventait pour se consoler, auquel il ne croyait pas vraiment, mais qui l'aidait à oublier l'insupportable absence de sa mère. Malheureusement, Guillaume lui fit comprendre qu'il s'agissait d'une chimère, et il le contraignit à intégrer une école supérieure de commerce. Ce fut à ce moment-là que Nicolas commença de protester. Il en avait par-dessus la tête de l'autoritarisme de son frère aîné qui l'avait élevé plutôt durement jusque-là pour pallier la passivité de leur père ; cependant, étant encore mineur, il fut obligé de céder. L'été de ses vingt et un ans, ironie du sort, le président Giscard d'Estaing abaissa la majorité à dix-huit ans, ce qui ne lui servait plus à rien, son avenir étant tracé.

Guillaume le poussa ensuite à s'inscrire dans une boîte de marketing, à Londres. C'était un passage obligé pour tout négociant bordelais, et le séjour eut au moins le mérite de rendre Nicolas bilingue. À son retour, quand il déclara vouloir quitter la maison, son frère lui annonça qu'il y avait déjà pensé, que le superbe bâtiment ayant autrefois abrité des chais était à sa disposition. De style néoclassique, comme nombre de constructions viticoles du Médoc, le vaste chai était long, haut et élégant, agrémenté de pilastres ioniques et de frontons qui lui donnaient beaucoup d'allure. « Arrange-le comme tu veux, tu seras chez toi ! » proposa Guillaume. Chez lui, certes, mais toujours au foyer. Furieux, Nicolas ne s'était pourtant pas révolté car il n'avait pas les moyens d'affronter le chantage insidieux de son frère. Même amoindri, leur père était toujours là, il n'y avait pas eu de succession, officiellement les deux frères ne possédaient rien sinon l'obligation conjointe de s'occuper d'un infirme. Nicolas accepta donc la proposition de Guillaume qui lui débloqua aussitôt les fonds nécessaires à l'aménagement du bâtiment.

Une fois les entrepreneurs convoqués, Nicolas leur demanda d'emblée de créer des ouvertures sur l'autre façade, sans pour autant déséquilibrer l'architecture très classique du chai. Pendant les travaux, Guillaume multiplia les railleries. Il grinça des dents lorsqu'il vit planter les peupliers, s'élever le grillage, murer la porte principale, bref, quand il comprit que son frère était en train de lui tourner le dos. Ce qui ne l'empêcha pas de venir pendre gaiement la crémaillère. Ce soir-là, après de nombreux toasts, il fit remarquer à Nicolas qu'il était temps pour lui de se mettre au travail. « Il y a dix ans que je m'occupe seul de la société, maintenant tu vas partager le boulot avec moi ! » De toute façon, Nicolas avait toujours su que les choses se termineraient ainsi. Sa formation, ses diplômes n'avaient qu'un seul but : seconder un jour Guillaume à la tête de l'entreprise. Il n'avait jamais eu le choix : s'il avait parfois voulu croire le contraire, il s'était menti.

La tasse était vide à présent, il ne restait plus une goutte du cappuccino. Il nettoya la table, déposa la vaisselle sale dans l'évier. Au bout du compte, il était quand même très bien chez lui, d'autant plus que Guillaume ne venait jamais frapper à l'improviste. Au contraire, c'était lui qui avait conservé l'habitude de passer chez son frère pour embrasser leur père ou pour demander un conseil à sa belle-sœur.

Tandis qu'il jetait les miettes dans la poubelle, son regard tomba sur les sacs froissés de l'hypermarché et il se mit à sourire. Allait-il vraiment penser à cette fille tout l'après-midi ? Sa rupture avec sa dernière petite amie, Stéphanie, remontait à peine à quinze jours. Était-il déjà en manque de femme, de tendresse ? C'était la première chose qu'il recherchait dans une relation amoureuse, et il était presque toujours déçu. D'un geste habituel, il repoussa une mèche de cheveux blonds qui lui barrait le front, enfila un blazer bleu nuit sur sa chemise à col ouvert et ramassa ses clefs de voiture.

Julien dut attendre la fin de l'épisode de *Dallas* avant que sa sœur et Sophie acceptent de mettre les pizzas dans le four. Elles ne tarissaient pas d'éloges sur le gentil Bobby Ewing, qu'elles jugeaient très séduisant et que lui trouvait ridicule.

— Je ne comprends pas que vous puissiez vous abêtir devant des inepties pareilles ! ronchonna-t-il.

Pour patienter, alors qu'il était mort de faim, il avait feuilleté une revue hippique, seul dans la cuisine, parcourant malgré lui les colonnes des petites annonces et découvrant le prix des chevaux à vendre. S'il acceptait un jour de se séparer de Iago, combien pourrait-il en tirer ?

— Tu es allé voir *Rambo* deux fois de suite, alors ne joue pas à l'intello avec nous ! railla Lucrèce.

Julien leva les yeux au ciel puis sourit à Sophie qui se troubla instantanément.

— Tes cours commencent quand ? demanda-t-elle à Lucrèce.

— La semaine prochaine ! Et dans six mois, si tout va bien, je publierai mes premiers papiers !

— L'université te trouvera un emploi, une fois que tu seras diplômée ?

— Je ne crois pas, non, ou alors juste des piges, mais ça me suffira pour démarrer.

À l'évidence, elle brûlait de plonger dans l'univers de la presse, décidée à y faire ses preuves le plus vite possible. Sa détermination fit sourire Julien : décidément, ils avaient le même caractère tous les deux. Il sortit du réfrigérateur la bouteille d'entre-deux-mers apportée par Sophie, pressé de manger et d'aller se coucher. Après, elles bavarderaient sûrement jusqu'à une heure avancée, à propos de toutes ces choses que les filles adorent se confier. De sa chambre, il percevrait encore leurs fous rires en s'endormant, il le savait d'avance. Et pourtant, il avait du mal à comprendre leur amitié, elles étaient si différentes l'une de l'autre ! Sophie restait fragile, vulnérable, avec une innocence d'enfant gâtée qui se refusait à grandir, alors que Lucrèce possédait une étonnante maturité, le goût de l'aventure et de l'indépendance, et qu'elle pouvait se débrouiller dans n'importe quelle situation.

— Fais-moi une place, c'est chaud ! lança Sophie.

Les pizzas sentaient bon, Julien se jeta aussitôt sur la sienne. Durant quelques instants, Lucrèce l'observa, attendrie par son appétit d'ogre, puis elle poussa vers lui la bouteille d'huile au piment. Sa vie aurait pu être plus agréable s'il n'avait pas été aussi attaché à ce sacré cheval, s'il n'avait pas saboté son avenir pour pouvoir le garder.

— Comment va Iago ? murmura Sophie qui avait dû surprendre le regard navré de Lucrèce.

— Un jour bien, un jour mal. Il est tellement lunatique que je ne sais jamais dans quelle disposition il sera quand je mets le pied à l'étrier. La dernière saison de concours a vraiment été en dents de scie...

Sophie sourit d'un air entendu, comme si elle voulait marquer sa complicité. Mais Lucrèce la soupçonnait d'aller monter chaque dimanche matin davantage par plaisir de voir Julien que par réel intérêt pour l'équitation. Depuis longtemps, elle avait remarqué la façon dont Sophie observait son frère, l'écoutait sans jamais le contredire, l'incluait toujours dans ses invitations au restaurant ou au cinéma.

— Oh ! vous n'allez pas parler de chevaux toute la soirée ? leur demanda-t-elle en riant.

D'expérience, elle savait qu'il valait mieux ne pas laisser Julien s'installer dans son sujet favori. En compagnie de cavaliers, il pouvait discuter durant des heures sans se lasser, ergoter sans fin sur un détail technique. Dans ces moments-là, il devenait soudain très brillant, se révélait un autre homme.

— Non, dit-il en se levant, c'est à mon oreiller que je vais aller faire la conversation. Désolé, les filles !

Il se pencha vers Sophie qu'il embrassa dans le cou, la faisant rougir.

— Ne m'en veux pas, je suis claqué...

— Bien sûr. À dimanche.

Sa voix trahissait sa déception de le voir partir et, dès qu'il fut sorti de la cuisine, Lucrèce se laissa aller à un rire silencieux.

— Il te fait un tel effet ? demanda-t-elle à voix basse.

La question, trop directe, plongea Sophie dans la confusion.

— Oui, admit-elle, mais ne le lui dis jamais ! S'il te plaît...

— Sois tranquille, je ne me mêle pas de sa vie privée, et l'inverse est vrai, ni conseils ni suggestions, c'est un pacte entre nous. Moyennant quoi, nous ne nous disputons jamais !

— Tu as tellement de chance d'avoir un frère..., soupira Sophie d'un ton rêveur.

— Tu trouves ? En fait, je m'inquiète pour lui. L'hiver arrive, il va passer des mois à claquer des dents, à patauger dans la boue... Je sais que le travail ne l'effraie pas, qu'il peut manier des ballots de paille à longueur de journée, balayer une écurie et dresser des chevaux rétifs, mais tout ça dans quel but ? Il n'a aucun avenir dans ce job, aucun.

— Peut-être, mais Iago ?

— Il pourrait le mettre au pré, ce serait plus économique et...

— Au pré ? Tu veux rire ? Au bout d'un mois, il aura perdu tous ses muscles et gagné un gros ventre ! C'est un cheval de compétition, Luce, il a besoin d'un entraînement sérieux. Et tout le problème est là. Si Julien veut se qualifier pour les championnats, Iago doit être au top. S'il ne gagne pas de concours, il se déprécie. Il ne lui reste que quatre ou cinq ans de carrière, après il sera trop vieux, et Julien n'a pas les moyens de retrouver un cheval de cette qualité. Il est complètement coincé.

Lucrèce mit ses coudes sur la table et posa son menton dans ses mains.

— Tu le défends bien, dis donc..., constata-t-elle gentiment.

Son frère n'avait pas renoncé à ses rêves de gloire, elle le savait. Il ne vivait que pour cette passion dévorante à laquelle il sacrifiait tout, mais elle jugeait la bataille perdue d'avance. Dans n'importe quelle autre discipline sportive, il n'aurait eu à compter que sur lui-même, hélas ! en équitation, il avait besoin d'un partenaire à la hauteur. Iago l'avait conduit à un haut niveau de compétition, lui avait donné le goût de la victoire, il ne reviendrait jamais en arrière.

Tout en réfléchissant, elle regardait Sophie et remarqua son trouble. Julien la perturbait-il à ce point ?

— Qu'attends-tu pour lui faire savoir qu'il te plaît ? demanda-t-elle de façon abrupte.

Avec ses boucles blondes, ses grands yeux sombres et son adorable petit nez, Sophie était ravissante. Bien faite, un peu ronde, toujours très élégante, seule sa timidité l'empêchait d'avoir une allure folle. Il aurait suffi d'un peu d'assurance et d'un soupçon de maquillage pour qu'elle se révèle irrésistible.

— C'est cette histoire qui te bloque ? insista Lucrèce.

— Quoi ?

— Le salaud de Sainte-Phil. Maintenant qu'Élise est au lycée, tu ne devrais plus y penser !

En une seconde, le visage de Sophie se décomposa. Finalement, elle baissa la tête et murmura :

— Eh bien, je... Parfois il m'arrive encore de... Tu sais, je crois toujours que j'ai oublié, et puis il suffit d'un contact... Je ne peux jamais flirter, certains gestes me répugnent...

Voilà pourquoi, sans doute, Sophie sortait si peu et ne parlait jamais d'amour. Dans le bureau de son père, lorsqu'elle avait été obligée de raconter ces scènes vieilles de six ans, la profondeur de son malaise était apparue clairement. Si jusque-là Lucrèce avait supposé que l'épisode désagréable de Sainte-Philomène ne constituait pas un véritable traumatisme, à l'évidence elle s'était trompée. Une bouffée de colère lui fit se mordre les lèvres.

— Écoute-moi, dit-elle doucement, le jour où un homme te plaira vraiment, l'envie sera plus forte que la peur. Il faut que tu apprennes à faire confiance. On ne peut pas s'aimer sans se toucher, et je te jure que c'est agréable. Très !

Son sourire malicieux arracha un petit rire amer à Sophie.

— Pour toi, tout est si simple ! Tu traverses les drames la tête haute, rien ne t'atteint.

— Ne crois pas ça, non, plein de choses me touchent, seulement je refuse de me laisser détruire.

Et quand tu parles de drames, ce n'est pas le mot juste. Avoir des parents divorcés n'a rien d'une catastrophe, nous sommes des millions dans ce cas-là. À part ça, quoi d'autre ? Je ne suis pas malade, je n'ai enterré personne. Le manque de fric ne va pas me tuer, il y a des situations plus graves ! Le seul truc qui me révolte encore, mais ça finira par passer, c'est d'avoir un père capable de nous gommer, Julien et moi, comme deux gêneurs. Un clou chasse l'autre. Avec ses nouveaux enfants il a oublié les anciens !

Cette blessure-là saignait toujours et n'était pas près de cicatriser. Non seulement Guy Cerjac n'aidait plus financièrement les deux jeunes gens, mais il se donnait rarement la peine de prendre de leurs nouvelles. Que sa fille soit caissière et son fils quasiment palefrenier ne devait pas l'empêcher de dormir.

— Il a offert tous les espoirs à Julien et maintenant il se fout pas mal des conséquences. En lui achetant Iago, il l'a encouragé, et tout de suite après il l'a laissé tomber, sans remords ni regrets, trop occupé à jouer au jeune marié. Je le trouve nul ! Un jour, je te jure que je le lui dirai.

Sous le coup de la colère, les joues de Lucrèce s'étaient creusées, la faisant soudain paraître maigre et fatiguée.

— Et ta mère ? hasarda Sophie.

— Elle vivote comme elle peut. Tu la connais, se plaindre n'est pas dans son tempérament. Aujourd'hui, je crois que c'est pour nous qu'elle souffre le plus.

Un reste de pizza avait séché dans son assiette et Lucrèce se mit à débarrasser. Penser à sa mère la rendait toujours triste. Combien de temps encore avant de pouvoir l'aider ? Chaque fois qu'elle poussait la porte de la petite librairie, où sa mère lisait beaucoup plus de livres qu'elle n'en vendait, son cœur se serrait. Emmanuelle n'était pas faite pour le commerce, et malgré tous ses efforts son magasin ne lui permettrait jamais de bien vivre. En tout cas, pas tant qu'elle le gérerait de cette manière, or elle n'en connaissait pas d'autre. Jusqu'à quarante ans, elle avait été femme de notable, mère de famille dévouée, se consacrant à sa maison, à l'éducation de ses enfants, et accessoirement au cabinet de stomatologie de son mari où elle remplaçait la secrétaire lors des congés de maladie de celle-ci. Une existence sans doute monotone mais toute tracée, qui ne l'avait pas préparée à voler un jour de ses propres ailes. Lorsque Guy lui avait annoncé qu'il la quittait pour une autre, se débarrassant d'elle après dix-huit ans de bons et loyaux services, elle avait d'abord été anéantie. Lucrèce se souvenait très bien des crises de larmes de sa mère qui essayait en vain de se cacher. Mais cela n'avait pas duré, elle s'était reprise très vite, était passée du désespoir à la révolte, probablement pour ne pas faire honte à ses enfants. Sans supplier et sans attendre, elle avait choisi de partir la tête haute, emmenant avec elle les deux adolescents.

Une attitude que Lucrèce comprenait, approuvait même, mais aujourd'hui elle mesurait dans quelles difficultés sa mère avait dû se débattre à ce moment-là. Changer de vie n'était pas si simple. Et comment supposer que Guy, sous l'influence de sa jeune épouse, allait se détourner de Julien et de Lucrèce avec autant de désinvolture ? Qu'avait-elle éprouvé, par la suite, en voyant ses enfants trouver des emplois peu gratifiants, louer un modeste pavillon en banlieue ? Combien de reproches s'était-elle adressés, de quelle culpabilité s'était-elle chargée ? Souvent, Lucrèce avait surpris son regard triste lorsque Julien s'endormait à table, ivre de fatigue, tandis qu'elle-même se lançait dans des discours rageurs sur les hommes ou la politique. L'instauration d'un impôt sur la fortune la faisait rire parce que leur père y était assujetti et qu'elle imaginait la tête renfrognée de sa *chère* belle-mère.

Penchée au-dessus de l'évier, Lucrèce nettoyait rageusement la vaisselle. Avoir dû renoncer à ses privilèges de jeune fille trop gâtée ne la contrariait pas outre mesure. Elle n'était pas sensible à la hiérarchie sociale qui conditionnait la mentalité d'une certaine bourgeoisie bordelaise, elle se moquait des préjugés ou de l'ordre établi. Tout comme elle était trop éprise de liberté et d'aventure pour se lamenter sur son sort. Mais le fait d'avoir été rejetée – pire : oubliée – par son propre père avait provoqué une insupportable frustration assortie d'un immense besoin d'amour. Et ces sentiments-là, elle risquait de les traîner longtemps avec elle, comme un boulet de forçat.

Elle sentit la main de Sophie se poser sur son épaule.

— Est-ce que ça va, Luce ?

D'un bloc, elle se retourna, éclaboussant la cuisine de ses gants de caoutchouc.

— Oui, très bien ! dit-elle d'une voix enrouée. Et crois-moi, ça ira de mieux en mieux. Pas grâce à un riche mariage, ni à un ticket gagnant du loto, mais je te jure que j'arriverai à ce que je veux !

Elle se faisait ce serment à elle-même, à personne d'autre, mais elle se sentit heureuse de l'avoir proféré à voix haute. Devant l'air ahuri de Sophie, elle ajouta, plus doucement :

— Si tu nous mettais un peu de musique ? J'ai la dernière cassette de David Bowie...

Elle jeta ses gants sur la paillasse et entraîna Sophie hors de la cuisine.

2

mars 1983

Cette fois, Brigitte n'avait pas pu trouver de prétexte pour repousser encore l'invitation à dîner lancée par Guy à ses enfants. La plupart du temps, elle réussissait à invoquer la fatigue, ses obligations à l'hôpital, n'importe quoi qui la dispense de recevoir les deux jeunes gens. Elle éprouvait à leur égard une sourde exaspération parce qu'ils représentaient le passé de Guy, son ex-femme, sa jeunesse, toutes ces choses qu'il avait vécues avant elle, sans elle, d'où elle se sentait complètement exclue.

Quand Lucrèce et Julien étaient présents, elle était bien obligée de se souvenir qu'ils avaient grandi là, possédant sur elle une sorte de droit d'antériorité insupportable. Et chaque regard, chaque sourire que Guy leur adressait lui semblait volé à ses propres filles. Quand il commençait pompeusement une phrase par : « Mon fils », elle avait envie de hausser les épaules devant cette stupide fierté de mâle pour le mâle qui le prolonge. Mais le pire était l'intérêt qu'il manifestait parfois envers Lucrèce, la regardant ou l'écoutant avec un sourire conquis qui faisait bouillir Brigitte. Elle tentait alors de ramener son attention vers Agathe et Pénélope, tellement plus attendrissantes à leur âge ! Dans ces moments-là, elle oubliait délibérément de coucher les fillettes, faisait remarquer leurs mimiques adorables, jouait et riait avec elles jusqu'à ce que toute conversation devienne impossible.

Pour punir son mari, lorsqu'il la contrariait, Brigitte se mettait à bouder. Elle savait qu'il ne le supportait pas, finissant toujours par capituler. Elle n'avait qu'à rester silencieuse, tout en conservant un air de reproche, et aussitôt il cherchait le moyen de se réconcilier avec elle. Ainsi lui avait-elle fait comprendre que, même si Julien et Lucrèce étaient là, il ne devait en aucun cas la négliger, et encore moins les deux petites. L'habitude aidant, il finirait bien par se détacher pour de bon de ses aînés.

— Tu n'embrasses pas tes petites sœurs ? demanda-t-elle à Lucrèce.

Cette fois, il était vraiment l'heure d'aller les coucher et de penser au dîner. Elle constata que Lucrèce se contentait d'adresser un sourire distrait aux fillettes en leur souhaitant bonne nuit, et elle se sentit de nouveau furieuse. D'un ton sec, elle suggéra à Guy d'accompagner Agathe et Pénélope dans leur chambre.

— Et n'oublie pas de leur lire une histoire ! lui lança-t-elle tandis qu'il s'éloignait, docile.

Elle surprit le regard amusé qu'échangèrent Lucrèce et Julien, ce qui attisa sa colère.

— Je boirais bien quelque chose, déclara Julien d'un ton innocent.

Comme elle n'avait aucune intention de le servir, elle répliqua du tac au tac :

— Ton père s'en occupera, moi, je vais surveiller mon rôti de porc !

Dès qu'elle eut franchi la porte du salon, drapée dans sa dignité, Julien se mit à rire sans retenue.

— Toujours aussi avenante, hein ? Vraiment, elle nous adore, elle nous inviterait volontiers à dîner tous les soirs !

Lucrèce posa sa main sur celle de son frère, devinant qu'il avait besoin de ce contact pour affronter le reste de la soirée.

— C'est devenu affreux, ici, soupira-t-elle à mi-voix.

Des jouets traînaient un peu partout et la moquette crème, posée deux mois plus tôt, était déjà constellée de taches. Avant le divorce d'avec leur mère, Guy prétendait adorer les meubles anciens, les intérieurs raffinés, mais, sous l'influence de sa nouvelle femme, il avait opté pour un modernisme froid et dépouillé, que d'affreux rideaux de toile orange ne réussissaient pas à égayer. Brigitte n'avait aucun goût et croyait qu'il suffisait de payer très cher un objet, dans un magasin en vogue, pour qu'il soit de bon ton. Elle avait ainsi acquis une horrible table basse en tubes d'acier et aluminium, ainsi qu'une paire de fauteuils en contreplaqué courbé où il était impossible de s'asseoir plus de cinq minutes. Le pire se produisait à l'occasion des anniversaires ou des Noëls, quand elle se mettait en tête de choisir elle-même les cadeaux que Guy offrirait à Lucrèce et à Julien. Des choses souvent affreuses et en tout cas insignifiantes au regard des fortunes qu'elle dépensait en jouets pour ses deux fillettes. Lucrèce et Julien la remerciaient du bout des lèvres. S'ils se contentaient de la mépriser, en revanche, ils en voulaient vraiment à leur père de sa passivité, de son indifférence. Ils étaient en âge de le juger et ils ne s'en privaient pas, déçus à chacune de ces rencontres qui ne faisaient que creuser davantage le fossé entre eux. Quant à ses tentatives maladroites et agressives pour rapprocher ses deux aînés des deux cadettes, elles se soldaient évidemment par des échecs cuisants qu'il ne comprenait pas. Lucrèce avait beaucoup souffert de son attitude, au début, puis elle s'était peu à peu endurcie. Aujourd'hui, elle se sentait incapable de lui pardonner toutes les blessures infligées. À la rancune tenace pour la manière dont il avait abandonné leur mère s'ajoutaient le chagrin et l'humiliation d'avoir été autant négligée par un père qui, enfant, lui semblait un homme merveilleux. Elle parvenait à le regarder froidement, désormais, comme un faible dont l'unique ambition était de ne pas déplaire à sa jeune femme.

— Alors, il paraît que vous avez soif ?

Guy avait dû faire le détour par la cuisine car il brandissait une bouteille de champagne.

— Qu'est-ce que vous me racontez de beau, mes grands ?

Sa jovialité avait un côté artificiel, comme chaque fois qu'il se retrouvait en présence des deux jeunes gens, sans doute parce qu'ils étaient devenus adultes sans lui.

— Tes cours, ça se passe bien ? demanda-t-il à Lucrèce avec un sourire contraint.

Avait-il jamais pris au sérieux cette formation de journaliste ? Quand elle prononçait le mot « université », il paraissait toujours surpris qu'on puisse enseigner quelque chose d'aussi fantaisiste en faculté, et il affirmait alors d'un ton docte que seules les études de médecine ou de droit étaient dignes de considération.

— Très bien ! répondit-elle d'une voix posée. Mon dernier dossier m'a donné du fil à retordre, il s'agissait de commenter l'attentat de cet été contre le restaurant juif Goldenberg, et je me suis un peu laissé déborder par le sujet.

— Vous travaillez sur des trucs pareils ? s'étonna-t-il. Dans quel genre de journal veux-tu donc entrer ?

— Pas dans un magazine féminin, évidemment !

Chaque fois qu'elle lui parlait de ses ambitions, il avait l'air de tomber des nues.

— Aujourd'hui, les femmes ne se cantonnent plus à l'horoscope et au courrier du cœur, ajouta-t-elle. Elles présentent le J.T., elles signent les éditoriaux des grands hebdos...

— Et elles font de la politique, oui, hélas ! ironisa son père.

— Tu aurais voulu qu'elles en restent aux recettes de cuisine ou aux méthodes pour maigrir ?

— Tu n'as pas besoin de maigrir, c'est ridicule ! protesta Brigitte qui n'avait entendu que les derniers mots.

Elle apportait un bol de chips et un autre de cacahuètes, qu'elle déposa sur la table basse devant Julien. De ses deux grossesses rapprochées, elle conservait quelques kilos superflus dont elle n'arrivait pas à se débarrasser.

— Cette mode des sacs d'os crée de véritables problèmes de santé, crut-elle bon de préciser.

Lucrèce leva les yeux au ciel, ce qui fit froncer les sourcils de son père.

— Le féminisme, ça me dépasse, bougonna-t-il. Les suffragettes et les pasionarias sont des mal...

Il retint le mot de justesse mais Julien acheva, à mi-voix :

— ... baisées ?

Brigitte lui jeta un regard mauvais tandis que Lucrèce éclatait de rire. Elle donna une claque sur le genou de son frère avant de vider son verre d'un trait. Leur complicité les sauvait décidément de tout ; elle savait qu'il était aussi mal à l'aise et pressé de partir qu'elle, mais, puisqu'il leur fallait supporter le pensum jusqu'au bout, autant s'amuser.

— Je ferai peut-être un stage en entreprise de presse cet été, annonça-t-elle. C'est payé au barème syndical, et si j'ai de bonnes notes je serai dans les premières à choisir.

— Tu lâcheras ton hypermarché, alors ? hasarda son père.

Son air indifférent, qui confinait au cynisme, acheva de la braquer.

— Ah, je n'y resterai pas par plaisir, c'est certain ! Je n'ai pas une vocation de caissière, je te rappelle que je veux écrire.

— Il n'y a pas de sots métiers, répondit-il, et au moins ton passage dans la grande distribution t'aura donné la valeur de l'argent. Crois-moi, il faut se frotter à la vie.

Incrédule, elle le dévisagea un moment en silence. Cherchait-il à se rassurer, à se déculpabiliser avec ce genre de phrases toutes faites ? Il était né dans une riche famille bordelaise, avait effectué dix ans d'études pour devenir stomatologue, ensuite ses parents lui avaient fait donation d'une somme importante afin qu'il puisse ouvrir un luxueux cabinet en plein centre-ville. Quand avait-il eu l'occasion de se « frotter à la vie » ? Elle continua de le regarder jusqu'à ce que, gêné par son insistance, il se tourne vers son fils et l'apostrophe :

— Et toi, où en es-tu ?

— Où ? Eh bien... au même endroit. La saison a commencé.

— Bon sang, tu vas faire ça combien de temps ? Les chevaux, c'était bon quand tu avais quinze ans ! Tu finiras par te casser quelque chose, à moins que tu ne finisses tout simplement balayeur. Vraiment, je ne te comprends pas.

— Je sais, papa, mais ce n'est pas grave.

L'insolence était délibérée, cependant, au lieu de la relever, Guy haussa les épaules.

— Même si cela te paraît incroyable aujourd'hui, mon petit Julien, il arrivera un moment où tu regretteras d'avoir perdu ton temps à ces foutaises. Quand tu voudras te marier, fonder une famille... et encore plus tard, quand tu commenceras à vieillir. Ce qui viendra plus vite que tu ne l'imagines !

Sa soudaine attitude de *pater familias* faillit faire perdre son calme à Julien et, de nouveau, Lucrèce posa sa main sur celle de son frère. Jamais leur père n'avait proposé de financer d'éventuelles études ou une quelconque formation, ils s'étaient débrouillés tous les deux du mieux possible. Julien assumait sa passion sans rien demander à personne, sans s'apitoyer sur son sort, mais il n'avait sûrement pas envie de recevoir une leçon de morale. Lucrèce vola à son secours en détournant la conversation.

— J'ai un travail à faire sur le milieu médical, déclara-t-elle. Ou plus exactement une enquête dans le monde hospitalier, pour pouvoir rédiger un article de fond à propos des carences de l'Assistance publique en personnel, en matériel et en moyens.

— Vaste programme ! ricana Brigitte. Tu devrais pouvoir écrire un livre entier là-dessus... Tu as besoin de renseignements ?

— Je vais aller m'informer sur place.

— À l'hôpital ? Je connais tous les gens intéressants, si tu veux, je te présenterai.

Sa condescendance était si horripilante que Lucrèce décida aussitôt de se passer de son aide.

— Merci, mais je préfère ne...

— Va donc voir le Pr Cartier de ma part, intervint Guy. Nous avons fait nos études ensemble et il dirige le service de chirurgie orthopédique. Un type très sympa.

— Et surtout très compétent ! ponctua Brigitte. Un vrai grand patron, quoi... Mais j'ignore s'il a du temps à perdre... il risque de t'envoyer sur les roses !

À présent, elle toisait Lucrèce avec une sorte de hargne. Elle devait penser que l'hôpital était son domaine exclusif, où sa belle-fille n'avait pas le droit de faire une incursion sans qu'elle lui serve de guide.

— Le Pr Cartier, c'est ça ? répéta Lucrèce en s'adressant à son père.

— Fabian Cartier, précisa Brigitte.

Elle avait prononcé le nom avec une telle complaisance que Guy lui jeta un drôle de regard.

— Bon, soupira-t-elle, on va passer à table.

Se tournant vers son mari, elle lui demanda d'aller sortir le rôti du four, puis elle ajouta qu'elle était épuisée et qu'il ne faudrait pas lui en vouloir si elle se couchait tôt. Comme elle était coutumière de cette comédie, ni Lucrèce ni Julien n'y prêtèrent attention.

— Je crois qu'il n'est pas du tout cuit ! cria Guy, depuis la cuisine.

Brigitte réprima un geste d'agacement avant de lâcher, mécontente :

— C'est ce nouveau four à micro-ondes... Votre père prétend que c'est révolutionnaire, mais moi, je n'arrive à rien avec ce truc !

Piètre cuisinière et médiocre maîtresse de maison, on se régalait rarement chez elle. Lucrèce réussit à ne pas rire tandis que Julien murmurait, d'un air apitoyé :

— Ne te donne pas tant de mal, de toute façon nous n'avions pas très faim.

Nicolas traversa l'esplanade des Quinconces et rejoignit le quai Louis-XVIII. Il se sentait d'humeur joyeuse, habité par une irrésistible envie de musarder. Le froid était vif, sous un ciel sans nuage, véhiculant quelque chose de gai et de neuf dans l'atmosphère, comme un avant-goût de printemps. Stéphanie avait dû y être sensible, elle aussi, car elle l'avait appelé juste avant qu'il parte de chez lui. Elle ne se résignait pas à leur rupture, se prétendait malheureuse, voulait absolument le revoir. À quoi bon ? Et comment aurait-il pu lui expliquer qu'il était tombé amoureux d'une fille aperçue à une caisse, à laquelle il pensait dix fois par jour ?

Parvenu sur les terrasses dominant la Garonne, il s'arrêta un moment pour contempler le port de la Lune. Un paquebot y était amarré, probablement destiné à l'une de ces croisières des vins dont raffolaient les touristes. À cet endroit, l'estuaire, d'une largeur impressionnante, dessinait un bel arc de cercle avec, alignés sur la gauche, les anciens entrepôts désaffectés et, sur la droite, la silhouette élégante du pont de pierre qui reliait les deux rives.

Tournant le dos au fleuve, Nicolas reprit sa route vers le quartier des Chartrons, tout proche. Les mains enfoncées dans les poches de son manteau, il était bien décidé à prolonger un peu sa promenade, à flâner dans les petites rues autour de la Halle. Chaque matin, quel que soit le temps, avant de pousser les portes de la maison Brantôme, il s'offrait une longue marche, qu'il mettait à profit pour réfléchir.

Sans pouvoir être comparée à celles des grandes dynasties qui tenaient le haut du pavé, l'entreprise familiale était prospère. Quelques années plus tôt, Guillaume avait eu le flair de se tourner vers le marché intérieur, en particulier celui de Paris. Que le Français soit alors le consommateur le plus ignare du monde en matière de vins de bordeaux lui avait ouvert de vastes horizons. Le snobisme qui s'était mis à sévir dans la capitale poussait soudain les restaurateurs à se constituer de bonnes caves, à s'informer sur le vieillissement des crus de prestige, à investir de confiance. Ensuite, la flambée des prix avait servi Guillaume. Il avait pu augmenter son capital tandis que certaines grosses maisons passaient au contraire sous le contrôle de firmes internationales. Des entreprises aussi anciennes que solides s'étaient ainsi retrouvées aux mains d'étrangers, ce qui représentait une véritable révolution.

Nicolas admirait la manière dont son frère avait su tirer son épingle du jeu et traverser les turbulences qui avaient secoué le négoce bordelais à partir de 1973. Sans Guillaume, la société Brantôme aurait fermé ses portes, déposé le bilan. D'où la dette qu'il estimait avoir envers son frère ; aussi, dès qu'il s'était mis à travailler avec lui, il n'avait eu de cesse de prouver à son tour ses capacités. Pour se lancer dans la bataille commerciale, il avait décidé de partir à la conquête des clients étrangers, et son frère s'était réjoui de le voir s'attaquer avec un tel entrain au marché international. Leur père, dans son fauteuil roulant, ne prononçait pas dix phrases par jour et ne pouvait leur apporter aucun soutien, même s'il lui arrivait encore de poser des questions ou d'approuver une discussion quand elle avait lieu devant lui ; toutefois, à eux deux, les frères Brantôme semblaient ne plus avoir besoin de personne.

Il traversa le cours Xavier-Arnozan, qui délimitait l'entrée des Chartrons, et rue Notre-Dame il ralentit le pas le long des vitrines des antiquaires. De temps à autre, il s'offrait un meuble ou un objet, mais il attendait toujours d'être passé devant plusieurs fois. Pour un jeune homme d'à peine vingt-huit ans, il ne commettait guère de folies, peut-être parce que sa solide formation dans les écoles de commerce l'avait rendu très avisé, ou bien parce que son frère, en lui confiant une partie de la gestion de leurs affaires, l'obligeait à faire preuve d'une certaine prudence.

Baissant les yeux, il consulta sa montre et décida qu'il pouvait encore s'attarder. Il fit une première halte dans une pâtisserie, où il acheta un sac de cannelés, ces délicieux petits gâteaux caramélisés, à la fois croquants et moelleux, qui faisaient le bonheur des secrétaires chaque fois qu'il leur en apportait. L'odeur des cannelés lui rappelait irrésistiblement sa mère, son enfance, la grande cuisine de la chartreuse lorsqu'il rentrait de l'école alors qu'il avait huit ou neuf ans. Un bonheur lointain, éteint, dont il se souvenait trop bien.

À quelques pas de la pâtisserie, il tomba en arrêt devant une admirable table à écrire Charles X, ornée de bronzes à motifs de palmettes. Le prix n'était pas indiqué mais il sut qu'il entrerait là un jour ou l'autre pour le demander. Il poursuivit son chemin en direction de sa librairie favorite, où il achetait désormais tous ses livres, une minuscule boutique découverte par hasard quelques mois plus tôt. C'était la vitrine qui l'avait d'abord intrigué, entièrement consacrée à Gabriel García Márquez qui venait alors d'obtenir le prix Nobel. Dès les premiers mots échangés avec la libraire, il s'était pris de sympathie pour elle. Peut-être parce qu'elle parlait bien de cet écrivain colombien, de son œuvre vouée aux souvenirs et aux obsessions de l'enfance. Quelque temps après, elle lui avait fait acheter *Le Nom de la rose,* d'Umberto Eco, qu'il avait adoré, et depuis ils avaient eu ensemble nombre de discussions littéraires passionnées.

Lorsqu'il poussa la porte du magasin, il entendit la clochette tinter gaiement et il adressa un signe amical à la femme qui se tenait derrière la caisse.

— Je ne fais que passer, annonça-t-il avec un grand sourire, mais, si vous avez un bon titre, je vais me laisser tenter ! Vous voulez un gâteau ?

— Oh oui, je les adore ! s'exclama-t-elle. Vous n'avez même pas le temps de boire un café ?

À quarante-cinq ans, elle était encore belle avec ses cheveux châtains coupés très court, de grands yeux sombres en amande qu'elle maquillait bien, une silhouette de jeune fille. De l'autre côté du comptoir de pitchpin, elle s'était aménagé un petit espace agréable, où trônaient un vieux fauteuil de bureau, au cuir fatigué, ainsi qu'un ravissant secrétaire à cylindre sur lequel s'entassaient pêle-mêle des registres, des factures, une cafetière électrique et une pile de gobelets en plastique.

— *E = MC2 mon amour.*

— Comment ? murmura-t-il, interloqué.

— C'est un bon bouquin, il va vous plaire, j'en suis sûre...

Elle alla lui chercher un exemplaire tandis qu'il sortait son portefeuille.

— Comment marchent les affaires ? s'enquit-il d'un ton presque affectueux.

— Je les trouve dures et la loi Lang sur le prix unique des livres n'y a finalement pas changé grand-chose. Dans une petite boutique comme la mienne, les gens doivent croire qu'ils paieront plus cher qu'ailleurs, alors ils n'entrent pas !

Elle souriait sans aucune amertume, tout en lui rendant sa monnaie. À plusieurs reprises, il avait eu envie de lui donner des conseils, mais il ne s'en était pas senti le droit. Elle aurait presque pu être sa mère et il n'osait pas lui faire remarquer que, d'un strict point de vue commercial, elle gérait mal son magasin. Il lui tendit la boîte de gâteaux, certain qu'elle allait en prendre un autre, ce qu'elle fit aussitôt.

— Et puis, je n'ai pas beaucoup de stock, il y a tellement de parutions !

— Vous pouvez toujours commander ce que vous n'avez pas...

— À condition de tomber sur un client patient. De vous à moi, Nicolas, il suffit de pousser la porte d'une maison comme Mollat, ou La Machine à Lire, et vous trouvez absolument tout ce que vous voulez.

— D'accord, mais ici c'est différent. Vous devriez jouer là-dessus. Ambiance intime, discussion autour d'un café...

— Si c'est une allusion, je vous en sers un toute de suite !

— Ne me tentez pas, il faut que j'aille travailler ! Je reviendrai la semaine prochaine.

Elle le suivit d'un regard attendri jusqu'à ce qu'il soit dehors, sur le trottoir. Les garçons de sa génération lisaient peu, elle était bien placée pour le savoir, et celui-là constituait vraiment une exception. Un charmant jeune homme, avait-elle jugé dès son premier achat, vraiment charmant avec ses cheveux blonds qui retombaient sur un regard noisette pailleté d'or, aussi malicieux que tendre. Quel âge pouvait-il avoir ? Vingt-cinq ans ? En tout cas, moins de trente, malgré la manière classique dont il s'habillait. C'était sans doute un fils de famille, ou alors un jeune cadre. Julien aurait pu avoir exactement cette allure-là s'il avait suivi des études supérieures, s'il avait pu se faire une situation ; mais, chaque fois qu'il venait la voir, il était en jean, col roulé, et il sentait l'écurie.

Elle retourna derrière le comptoir où elle se servit un autre gobelet de café. Si elle avait peu de clients, en revanche, ils étaient fidèles et lisaient beaucoup. Heureusement, car elle ne faisait rien d'extraordinaire pour en attirer de nouveaux. À l'occasion d'un vrai coup de cœur, elle tentait parfois une sorte de promotion en arrangeant un décor thématique dans sa minuscule vitrine, mais cela ne changeait pas grand-chose à ses ventes. Autant s'y résigner, elle ne possédait pas le sens du commerce, elle ne s'enrichirait jamais.

À l'époque où Guy lui avait annoncé qu'il souhaitait divorcer, elle s'était sentie terrorisée. Elle lui avait consacré une bonne partie de sa vie, elle ne savait rien faire d'autre que tenir sa maison, élever ses enfants. Sa licence de lettres, obtenue alors qu'elle était encore une jeune fille, ne pouvait plus lui servir à rien. Mal conseillée par le premier avocat venu – elle n'avait jamais eu besoin d'avocat auparavant, n'en connaissait pas et n'avait pas voulu faire appel à leurs relations communes –, elle s'était contentée d'une pension alimentaire pour les enfants, assortie d'une prestation compensatoire dérisoire pour elle-même. La somme lui avait tout juste permis d'acheter cette petite boutique, son seul bien désormais. Elle occupait l'appartement situé au-dessus du magasin et, depuis le départ des enfants, elle avait pu l'arranger un peu.

Au début, quand ils s'étaient retrouvés là tous les trois, Emmanuelle avait réalisé l'ampleur de la catastrophe. Mieux défendue, elle aurait pu obtenir tout autre chose de son ex-mari, qui avait tous les torts. Mais elle avait voulu tourner la page au plus vite, en finir avec ce divorce douloureux, et elle avait signé une ridicule convention amiable que le juge s'était empressé de ratifier.

En ce qui la concernait, elle ne regrettait rien. Que Guy ait pu la tromper, lui préférer soudain une femme plus jeune et décider de repartir dans la vie comme s'il avait vingt ans révélait un tel égoïsme qu'elle préférait au bout du compte vieillir sans lui. La maison, qu'il tenait de ses parents, était bien à lui, jamais elle n'aurait eu l'idée d'y rester, cependant, elle n'avait pas imaginé qu'il se désintéresserait de son sort aussi radicalement. Le plus abominable était qu'il avait aussi trouvé le moyen de se détacher, un peu moins vite peut-être, de Julien et de Lucrèce. Comme si la naissance de ses nouveaux enfants avait gommé les anciens. Malgré l'évidente responsabilité de sa seconde femme, cette attitude restait impardonnable ; Emmanuelle n'éprouvait plus à son égard qu'un profond mépris.

Elle ouvrit un tiroir du secrétaire et en sortit un petit miroir. Elle ne songeait pas à refaire sa vie, persuadée qu'elle n'en aurait plus l'occasion, néanmoins, elle continuait à prendre soin de sa personne, au moins pour l'image qu'elle offrait à ses enfants. D'un geste machinal, elle se remit un peu de rouge à lèvres, arrangea une mèche, puis elle laissa retomber le miroir avec un grand soupir.

En émergeant du pavillon réservé aux maladies infectieuses, Fabian Cartier réfléchissait toujours à ce que venait de lui apprendre son confrère. Le monde médical commençait enfin à s'émouvoir alors que, depuis deux ans déjà, des cas de pneumocystose pulmonaire inexpliqués auraient dû les alarmer. L'année précédente, sur proposition du Dr Willy Rozenbaum, la maladie avait été répertoriée sous le nom de syndrome d'immunodéficience acquise ou, plus rapidement, sida. Le même Rozenbaum avait d'ailleurs constitué un groupe de travail avec des membres de la direction générale de la Santé. Si les premiers cas décrits aux États-Unis, quatre ans plus tôt, ne touchaient qu'une certaine catégorie de population, il devenait désormais évident que la maladie ne se limiterait pas obligatoirement à des homosexuels et à des drogués. Les chiffres parlaient d'eux-mêmes : avec 1 641 malades recensés, on était face à un fléau d'une telle ampleur que les Américains étaient terrorisés et parlaient de *nouvelle peste*. Fabian savait qu'une équipe de chercheurs français travaillait là-dessus, à l'institut Pasteur, mais sans avoir livré jusqu'ici de communication officielle. En tant que chirurgien, il commençait à se sentir très inquiet, ayant fréquemment recours à des transfusions de sang.

Soucieux, il hésita un moment à l'entrée du parking, puis finalement regagna son service de chirurgie. Il voulait vérifier le planning du lendemain avant de quitter l'hôpital, et surtout récupérer des numéros d'une revue scientifique, le *New England Journal of Medicine*, où plusieurs articles sérieux concernant le sida avaient été publiés.

L'étage était calme, hormis le local des infirmières d'où s'échappaient quelques éclats de rire. Alors qu'il était presque arrivé à la porte de son bureau, il remarqua une jeune femme qui faisait les cent pas, le long du couloir. Belles jambes, démarche énergique, très jolie silhouette.

— Vous attendez quelqu'un ? lui demanda-t-il aimablement.

— Si vous êtes le Pr Cartier, oui. Je suis Lucrèce Cerjac et vous m'aviez accordé un rendez-vous à dix-huit heures.

— Ah oui, bien sûr..., s'excusa-t-il.

Il l'avait complètement oubliée, d'ailleurs, il était très en retard. Elle s'efforçait de lui sourire, se demandant sans doute s'il n'allait pas en profiter pour remettre leur entretien, alors il lui fit signe d'entrer et la laissa passer la première.

— Cerjac, répéta-t-il. Êtes-vous...

Lucrèce le vit froncer les sourcils, perplexe, et elle s'empressa d'expliquer :

— La fille de Guy... je crois que vous le connaissez, sa femme est interne ici en médecine générale. Mais j'aimerais autant qu'on oublie la famille, je suis juste une étudiante qui cherche des informations !

D'un rapide coup d'œil, il la détailla des pieds à la tête et parut se détendre. Il était plutôt sympathique, avec un sourire chaleureux et un beau regard bleu très clair, fort différent de l'image qu'elle s'était faite de lui. Difficile de croire qu'il avait été un copain de fac de son père : il semblait plus jeune et du genre charmeur. Qu'avait dit cette idiote de Brigitte, déjà ? Que Fabian Cartier était un « vrai grand patron », et aussi qu'il « l'enverrait sur les roses ».

— Asseyez-vous, je vous en prie, proposa-t-il gentiment.

Tout en s'installant face à lui, elle sortit de son sac un bloc-notes et un stylo.

— Je vais essayer de ne pas vous importuner trop longtemps, déclara-t-elle.

Trouver le bon angle d'attaque lors d'une interview était essentiel, ses professeurs le lui répétaient depuis le début de l'année. « Posez des questions banales et vous obtiendrez des réponses sans intérêt. Essayez d'abord de cerner la personnalité de votre interlocuteur, mettez-le à l'aise, ensuite, poussez-le dans ses retranchements. » Elle appliquait cette tactique depuis le début de l'après-midi avec un certain succès, donc ce dernier entretien ne devrait pas poser de problèmes.

— Si vous m'expliquez en quoi consiste votre enquête, nous pourrons sûrement gagner du temps, dit-il d'un ton encourageant.

Il avait une voix grave, agréable, sans aucune condescendance. Quand elle releva la tête vers lui, elle constata qu'il l'observait avec attention et elle se sentit troublée. Penser qu'il avait l'âge de son père était décidément incroyable. Guy paraissait souvent taciturne ou agacé, en tout cas toujours débordé, et, du haut de ses certitudes, il ne cherchait plus à séduire personne.

— Il s'agit des carences de l'Assistance publique.

De façon inattendue, il se mit à rire comme si elle avait proféré quelque chose de drôle.

— Lesquelles ? Nous manquons de personnel, de moyens, de formation et d'informations. D'hygiène aussi, peut-être, aussi paradoxal que ce soit. De concertation, en tout cas. De transparence vis-à-vis des malades et des familles... Je continue ?

Interloquée, elle le dévisagea avec attention et comprit qu'il ne plaisantait pas. Comparé aux autres médecins qu'elle avait rencontrés dans cet hôpital, il promettait d'être passionnant ! Alors qu'elle allait lui répondre, un coup discret frappé à la porte fut immédiatement suivi par l'irruption de la superbe jeune femme qui avait accueilli Lucrèce une heure plus tôt et lui avait demandé sèchement de patienter sans même lui dire où s'asseoir.

— Le planning du bloc pour demain, monsieur, avec les articles que vous m'aviez demandés...

La secrétaire déposa sur le coin du bureau des journaux auxquels Lucrèce jeta un coup d'œil machinal. Il s'agissait de revues scientifiques rédigées en anglais, avec des titres trop techniques pour être compréhensibles.

— Merci, Noémie. Vous pouvez partir, je n'aurai plus besoin de vous.

— Très bien. Bonsoir, monsieur, à demain.

La manière dont cette fille s'adressait à son patron – et le couvait du regard – ne laissait pas le moindre doute : elle l'adorait. D'ailleurs, en se détournant, elle toisa Lucrèce comme si elle voulait lui lancer un avertissement, puis elle sortit sans bruit.

— Excusez-moi, où en étions-nous ? murmura Fabian Cartier.

— Aux réformes souhaitables, dont vous me dressiez la liste...

Il esquissa un sourire qui creusa deux rides sur ses joues.

— Je suppose que vous voulez des détails, des chiffres ? Eh bien, par exemple, dans un service comme le mien, prétendument de pointe, nous travaillons en sous-effectif d'un bout de l'année à l'autre.

Tout en parlant, il jouait avec un stylo, mais sans la quitter des yeux. Elle nota scrupuleusement ce qu'il disait sur les pages de son bloc et, au bout de dix minutes, elle avait glané plus de renseignements que depuis le début de l'après-midi. De plus, il s'exprimait de manière si limpide et concise qu'elle savait déjà de quelle façon elle allait rédiger son article.

— Il me reste à vous remercier de m'avoir reçue, monsieur, maintenant je vais vous laisser.

Quand il se leva pour lui serrer la main, elle remarqua qu'il était très grand, et habillé avec beaucoup d'élégance. Travailler à longueur de journée avec un homme d'un tel charisme devait être une épreuve pour la pauvre Noémie, et sans doute pour toutes les femmes qu'il côtoyait. Est-ce que Brigitte échappait à la règle ? L'idée était si drôle que, avant de sortir, Lucrèce adressa un sourire radieux au Pr Cartier.

Penché au-dessus des plans largement déroulés sur la grande table de conférence, Arnaud Granville étudiait le projet avec attention. Diminuer encore le coût de la construction signifiait la suppression de quelques équipements, ce qu'il allait exiger de ses architectes aujourd'hui même. Ils avaient vu trop grand, trop luxueux, et compte tenu du prix au mètre carré fixé par le conseil municipal la marge bénéficiaire devenait moins intéressante. Il avait dû arroser pas mal de gens pour obtenir cet énorme marché, il fallait qu'il se rattrape d'une manière ou d'une autre.

La ville était en pleine expansion, les programmes immobiliers poussaient comme des champignons. Aux portes de Bordeaux, bien au-delà de ce qu'on appelait les « barrières », les chantiers se succédaient de façon anarchique, il y avait de quoi faire tourner la tête à n'importe quel promoteur. Mais pas à un homme comme Arnaud, trop malin pour cela. Il était né ici, il connaissait tous les gens en place, il était introduit partout, ce qui lui donnait systématiquement une longueur d'avance sur ses concurrents. Les origines de sa famille et son allure respectable empêchaient de le prendre pour un affairiste, alors qu'en réalité il ne s'encombrait pas de scrupules. Toujours prêt à parler de la qualité de vie de ses concitoyens, d'un urbanisme rationnel à « visage humain » – il adorait l'expression –, il se posait comme un pionnier de la défense de l'environnement, tout en bâtissant sa fortune personnelle, ce qui était sa principale motivation.

Il prit un feutre rouge afin de noter quelques modifications sur les plans. Les portes coupe-feu des cages d'escalier pouvaient être supprimées, il était possible de rogner sur les éclairages et la décoration des parties communes, mais ce serait insuffisant. Le plus efficace consistait à revoir les plans de fond en comble afin de regagner des mètres carrés. Dans un programme de quatre-vingt-quatre logements, même soumis à un strict cahier des charges, c'était faisable. En tout cas, il allait le faire.

Quelques minutes plus tard, il s'estima satisfait du résultat et jeta un coup d'œil à sa montre. Il avait le temps de régler un autre problème, qui n'avait rien de professionnel celui-là. Ses pensées se concentrèrent sur Sophie. Jusqu'ici, sa fille aînée ne lui avait posé aucun problème, que lui arrivait-il donc ? Tout l'hiver, il l'avait surveillée de près, sans parvenir à la convaincre de ne plus voir la petite Cerjac. À elles deux, elles s'étaient bâti tout un roman, il en était persuadé. À la rigueur, et parce qu'il savait bien qu'il n'y a jamais de fumée sans feu, un geste déplacé avait peut-être eu lieu. Sûrement rien de méchant. La tentation devait être forte pour ces enseignants qui côtoyaient des jeunes filles à longueur d'année, dans le huis-clos d'une institution religieuse réservée aux demoiselles. Le surveillant général en question était-il un prêtre ou un laïc ? Il n'avait pas pensé à le demander parce qu'il ne souhaitait pas prolonger la discussion ni donner trop d'importance à toutes ces idioties. Le directeur de Sainte-Philomène était le propre frère du président du conseil général, un homme qu'il invitait chez lui et dont il avait besoin. En conséquence, il avait dû se montrer diplomate et trouver des prétextes pour justifier le départ d'Élise. D'excellentes camarades au lycée, son désir d'affronter l'école publique, la proximité de l'établissement : il avait invoqué ces raisons avec le ton d'un père ne consentant qu'à regret au caprice de sa cadette. Le directeur avait quand même eu l'air pincé. À présent que les choses étaient rentrées dans l'ordre, il fallait qu'elles en restent là, et surtout que Sophie s'abstienne de parler à quiconque de cette histoire. Si ses propos faisaient naître un scandale – et à Bordeaux plus qu'ailleurs les rumeurs se propageaient à toute vitesse – il perdrait définitivement de précieux appuis politiques. Pour cela, il devait soustraire Sophie à l'influence de Lucrèce. D'après ce qu'il avait compris, celle-ci n'allait pas tarder à se lancer dans le journalisme, or elle était assez délurée pour monter une affaire en épingle et s'en servir à des fins personnelles. Il se demanda un instant si elle aurait l'idée ou le culot de mettre en cause un établissement aussi réputé que Sainte-Philomène rien que pour se donner de l'importance ? Quoi qu'il en soit, il n'allait pas lui en laisser la possibilité.

Il descendit récupérer sa voiture au parking et fila vers le quartier du Lac. Grâce au Minitel, il avait trouvé sans peine l'adresse de Lucrèce, loin du centre-ville ainsi qu'il s'y attendait, et le petit pavillon devant lequel il s'arrêta correspondait exactement à ce qu'il avait supposé.

Quand Lucrèce lui ouvrit, elle était seule, Julien n'étant pas encore rentré du club hippique. La vue d'Arnaud Granville la laissa sans voix une seconde, puis elle s'effaça à contrecœur afin de le laisser entrer.

— Ne t'inquiète pas, je ne vais pas m'attarder ! lança-t-il en guise de salutations.

Il fit trois pas dans le vestibule et regarda autour de lui d'un air dédaigneux.

— Je ne veux plus que tu voies ma fille, dit-il de façon abrupte.

Son arrogance avait quelque chose d'insupportable qui braqua aussitôt Lucrèce.

— C'est à elle de décider, monsieur. Elle est majeure, elle...

— Pas de ces discours avec moi, tu veux ? Je connais toutes tes idées sur la liberté des jeunes et ça ne m'intéresse pas. Je ne suis pas venu bavarder mais t'avertir : si tu ne la laisses pas tranquille, je vais te le faire regretter !

Par-dessus l'épaule de Lucrèce, il jeta un coup d'œil vers la cuisine. Il portait un manteau en poil de chameau qui aurait pu être élégant sur un autre mais qui l'engonçait. Sa silhouette massive était celle d'un homme prospère, trop souvent attablé lors de repas d'affaires copieux et arrosés.

— Et ne remets jamais les pieds chez moi, ajouta-t-il.

Cette fois, la colère s'empara de Lucrèce et elle se redressa de toute sa taille, décidée à ne pas se laisser impressionner.

— Très bien, monsieur, entendu. Mais ici, je fais ce que bon me semble. Sophie est mon amie, elle...

— Sophie est une gamine ! explosa-t-il. L'histoire que vous m'avez débitée l'an dernier fait froid dans le dos. Si c'est vrai, vous êtes irresponsables de ne pas en avoir parlé plus tôt, et si c'est faux, vous êtes folles ! Dans un cas comme dans l'autre, tu as une très mauvaise influence sur elle. Alors je vais jouer cartes sur table avec toi, ma petite... Tu veux devenir journaliste ? Dis-toi que je connais tout le monde, à Bordeaux... tu ne trouveras même pas un job de pigiste à la rubrique des chiens écrasés si je m'en mêle ! C'est clair ? Donnant donnant. À partir de maintenant, tu fous la paix à ma fille, tu ne lui adresses plus la parole, et je t'oublie. Sinon... je t'aurai prévenue !

Sans se donner la peine de dire au revoir, ni d'esquisser un signe de tête, Arnaud Granville sortit en claquant la porte violemment. Clouée sur place, Lucrèce eut besoin de quelques secondes avant de réagir et d'aller mettre le verrou. Puis elle regagna la cuisine à pas lents, s'appuya des deux mains sur le rebord de l'évier. Pourquoi autant de haine et de mépris ? Parce qu'elle était sortie du rang ? Fille de divorcés, dont la mère tenait un commerce des plus modeste, elle-même caissière dans un hypermarché, elle ne valait plus rien, elle devait s'effacer, disparaître. Pour se débarrasser d'elle, le père de Sophie n'avait pas hésité à recourir aux menaces, à lui brosser le tableau de ce qui l'attendait si elle n'obéissait pas. De quel droit se livrait-il à ce chantage ? Et à qui pouvait-elle en parler ? Ni à Sophie, que son père terrorisait, ni à Julien, qui serait tout à fait capable d'aller trouver Arnaud Granville pour le remettre à sa place. Encore moins à son propre père, qui se garderait bien de prendre parti.

— Je ne céderai pas ! dit-elle à voix haute.

Cet homme, avec ses convictions imbéciles et ses valeurs obsolètes, était presque arrivé à lui faire peur, mais déjà elle se reprenait, décidée à lutter. D'accord, Granville connaissait tout le monde à Bordeaux, cependant son influence s'arrêtait là et elle pourrait toujours aller faire carrière ailleurs ! Est-ce que dans le monde de la presse on se souciait vraiment des desiderata d'un promoteur immobilier ?

— On verra bien, marmonna-t-elle en ouvrant le robinet.

Le soir même, Sophie devait venir dîner, il était temps pour Lucrèce de commencer à préparer la recette dont elle voulait lui faire la surprise. Tout en lavant soigneusement les légumes, elle décida que, pour l'instant, elle ne dirait rien de cette visite à personne.

Le mois de mai était traditionnellement une période creuse pour le commerce. Avec le tiers provisionnel à payer, et les vacances d'été qui approchaient, les ménagères essayaient de faire des économies, leurs caddies étaient moins pleins. Indifférente au manque d'affluence, Lucrèce effectuait son travail de façon machinale et comptait les jours qui la séparaient de ses derniers examens. Quoi qu'il arrive, désormais, elle n'allait plus tarder à quitter l'hypermarché pour de bon. Si elle obtenait son diplôme, elle pourrait effectuer un stage durant l'été dans un journal, ensuite, ce serait le grand saut dans l'inconnu.

En découvrant le pot de moutarde qui avançait seul sur le tapis roulant, elle leva un regard amusé vers le garçon qui attendait devant elle, sourire aux lèvres.

— Vous en faites une consommation énorme, on dirait ?

— Vous avez remarqué ? riposta Nicolas.

— Et vous ne mettez jamais rien en accompagnement ?

— Si, si... Du jambon, de la viande, des trucs que je n'achète pas ici.

— Je ne peux pas vous donner tort, mais ne le répétez à personne !

Il était venu souvent ces derniers mois, au point qu'il devait connaître par cœur ses jours et ses heures de présence. Les premiers temps, il s'était contenté d'un mot gentil ou d'une plaisanterie, ensuite, il s'était enhardi jusqu'à l'inviter à prendre un verre, ce qu'elle avait systématiquement refusé. Comme il était obligé d'entrer dans le magasin pour passer à sa caisse et lui parler, il prenait le premier article qui lui tombait sous la main, à savoir cette promotion sur la moutarde de Meaux empilée près de l'entrée.

— C'est toujours non ? s'enquit-il en lui tendant de la monnaie.

Son acharnement avait quelque chose de gentil, d'attendrissant même, et elle songea que bientôt il la chercherait en vain.

— Eh bien... Juste un café alors.

Il parut surpris par cette victoire qu'il n'attendait sans doute plus, et il s'empressa d'enchaîner :

— À quelle heure finissez-vous ?

— J'ai une pause dans dix minutes, allez m'attendre là-bas.

Nicolas s'aperçut avec consternation qu'elle désignait un distributeur automatique, dans le grand hall de sortie.

— Si ce monsieur a terminé..., marmonna une vieille dame agacée qui se tenait derrière lui.

Sans se donner la peine de se retourner, il s'éloigna à contrecœur. Décidément, cette fille le fascinait, à la fois par la joie de vivre qui émanait d'elle, et aussi parce qu'elle semblait déplacée derrière sa caisse, déguisée dans son uniforme. Quoi qu'il fasse, il s'endormait en pensant à elle, à ses yeux magnifiques, à son rire. La seule personne qu'il ait entendu s'esclaffer avec une telle irrésistible gaieté était sa mère, lorsqu'il était enfant. Mais cette similitude ne justifiait pas à elle seule son obsession pour Lucrèce. C'était une situation plutôt ridicule, à laquelle il n'avait jamais été confronté. Il ne croyait pas au coup de foudre, et pourtant il revenait ici malgré lui, prêt à n'importe quelle bêtise qui lui aurait permis d'attirer l'attention de la jeune femme.

Fouillant ses poches pour s'assurer qu'il avait encore des pièces, il jeta un coup d'œil à l'appareil et avisa l'affichette scotchée sur la vitre : « EN PANNE ». Bien entendu. Qu'y avait-il d'autre à espérer de ce genre de machine, dans ce genre d'endroit ?

— Ne regrettez rien, il est infect.

Lucrèce venait de le rejoindre, avec sa blouse déboutonnée qui flottait autour d'elle. Son blue-jean lui allait parfaitement bien, et son pull chaussette moulait des formes qu'il jugea d'emblée idéales.

— Comment-vous appelez-vous ? demanda-t-elle.

— Nicolas, répondit-il en hâte, navré de ne pas s'être présenté plus tôt. Nicolas Brantôme... Et vous, Luce ?

Chacun de ses passages en caisse lui avait laissé le loisir de déchiffrer le badge mais elle se mit à rire, la tête renversée en arrière.

Le chef du personnel préfère, expliqua-t-elle d'un ton gai, toutefois mon prénom est Lucrèce. Plutôt démodé, non ?

— Intemporel. Lucrator, c'est celui qui gagne.

— Avec une horrible notion de profit... Sans compter Lucrèce Borgia !

— Et alors ? Elle a protégé les arts et les sciences, si ma mémoire est bonne.

Cette fois, ils rirent ensemble, tout en se dévisageant.

— Il en existe une autre, moins célèbre, ajouta Nicolas. *Tarquin et Lucrèce*, peint par Titien.

— Ce tableau est au musée de Vienne.

Stupéfait, Nicolas la dévisagea.

— J'ai une amie en histoire de l'art, précisa-t-elle. Si elle ne me l'avait pas appris, je n'aurais jamais pu vous bluffer !

Il la prit par le bras, d'un geste aussi léger qu'une caresse.

— Est-ce qu'on ne pourrait pas aller ailleurs ?

— Ma pause dure seulement dix minutes, et au-delà de ce hangar vous savez bien qu'il n'y a qu'un immense parking. Je dois retourner travailler.

— Non ! Vous me devez un verre. On pourrait le prendre ce soir ?

— Désolée, le soir j'ai plein de boulot.

La réponse était bizarre, toutefois il n'en tint pas compte et continua d'insister.

— Et si je vous invitais à déjeuner dimanche ?

Comme il la tenait toujours, elle se dégagea doucement puis recula d'un pas pour mieux le regarder. Il n'avait pas l'air fou ou dangereux, en plus, il était très mignon avec ses cheveux blonds qui retombaient sur son front, son nez fin et son sourire de gosse. Le dimanche, Julien était absent du matin au soir, et Sophie elle-même traînait au club hippique presque toute la journée. Échapper à l'atmosphère tristounette du pavillon n'était pas une si mauvaise idée. Que risquait-elle à lui donner rendez-vous dans un lieu public ? D'ailleurs, depuis combien de temps n'avait-elle pas mangé dans un restaurant ?

— Si vous aimez les fruits de mer, on pourrait se retrouver vers une heure Chez Philippe, place du Parlement, dit-il très vite en la voyant hésiter.

Elle hocha la tête puis regarda sa montre avant de relever les yeux vers lui. Sans doute avait-il moins de trente ans mais il n'en était pas loin. Trop bien habillé pour venir se perdre dans un hypermarché de la périphérie, trop bien élevé pour n'être qu'un chasseur de filles.

— Chez Philippe ? Est-ce que vous seriez un de ces insupportables bourgeois que je fuis comme la peste ? lança-t-elle d'un ton de défi.

— Absolument ! Pire encore, je suis négociant.

De nouveau, il eut le plaisir de la voir rire.

— Non, là, je ne vous crois pas, dit-elle en reprenant son sérieux. Vous m'expliquerez tout ça dimanche !

Elle s'éloigna en hâte, sans se retourner, amusée d'avoir accepté aussi facilement l'invitation d'un inconnu.

Le cercle hippique de l'Éperon était l'un des plus en vogue de Bordeaux, avec sa clientèle fortunée et ses équipements remarquables. D'élégants bâtiments du XVIIIe siècle abritaient une cinquantaine de boxes et autant de stalles, répartis autour d'une cour pavée. À proximité se trouvaient deux carrières, dont l'une de dimensions olympiques, un grand manège couvert, ainsi qu'une piste d'entraînement à l'orée de la forêt voisine. Contre le manège, un club-house avait été construit, avec une galerie qui permettait d'aller voir travailler les cavaliers, un bar où trônait une grande cheminée et un restaurant réservé aux membres et à leurs invités.

Le propriétaire de ce luxueux complexe, Xavier Mauvoisin, avait été en son temps un cavalier hors pair. À présent, il approchait de la soixantaine et ne montait plus guère, sinon pour reprendre en main un cheval particulièrement délicat. Parfois, il donnait un conseil en passant, rarement une leçon entière. Depuis qu'il employait Julien, il se sentait soulagé d'une part de ses responsabilités, et pourtant il n'aurait pas parié sur lui lorsqu'il l'avait engagé. Bien sûr, il le connaissait depuis des années, il l'avait formé lui-même et le jugeait très doué, mais il n'aurait jamais cru que ce fils de famille puisse s'adapter à un travail ingrat qui n'avait pas grand-chose à voir avec l'exaltation de la compétition. Au début, Julien s'était retrouvé sous les ordres du moniteur en titre, Éric, qui n'était pas un mauvais bougre mais n'avait nulle intention de partager ses prérogatives avec un fils à papa dans le besoin. Bien décidé à faire comprendre au jeune homme qu'un club hippique n'avait rien d'une sinécure quand on n'y était pas client, il s'était comporté en petit chef tatillon, voire mesquin. Julien n'avait pas bronché. Du moment que son cheval était bien nourri, bien soigné, et qu'il pouvait l'entraîner une heure chaque jour il était prêt à supporter bien pire que les exigences ou les sarcasmes d'un moniteur aigri.

Dès qu'il avait commencé à donner des leçons lui-même, tous les élèves avaient voulu s'inscrire dans ses reprises. Il était sympathique, ne hurlait pas, ne proférait pas de grossièretés, possédait un sens inné de la pédagogie. Éric avait mal toléré la comparaison, et finalement le propriétaire du Cercle de l'Éperon s'en était séparé pour garder Julien.

Ces nouvelles fonctions, certes moins humiliantes qu'au début, ne lui laissaient cependant aucun loisir. Les propriétaires, rares en semaine, lui confiaient tous leurs chevaux, par conséquent il était obligé d'en monter six ou sept par jour. Le week-end, il dirigeait les reprises, donnait des cours particuliers ; le mercredi, il prenait avec lui les enfants et les adolescents déjà confirmés.

En plus de ces nombreuses tâches, il devait surveiller le matériel de la sellerie, les stocks d'avoine, de paille et de foin, faire débarrasser le fumier. Arrivé le matin à huit heures, il repartait rarement avant sept heures du soir, et il ne pouvait en aucun cas se permettre d'être malade. Même grippé ou fiévreux, il était à son poste. À partir du mois de mars, il accompagnait aux concours ceux qui voulaient s'essayer à la compétition, ainsi il pouvait inscrire Iago dans certaines épreuves.

Pour l'heure, il venait de terminer un cours et il mourait de soif. Il escalada l'escalier extérieur qui conduisait au bar, conscient de n'avoir que quelques minutes avant la reprise suivante. Derrière son comptoir d'acajou, la serveuse le salua d'un grand sourire et lui versa aussitôt un verre d'eau auquel elle ajouta des glaçons.

— Tu me fais un café ? demanda-t-il en s'installant sur l'un des hauts tabourets. Et puis, si tu permets...

Avec une mimique d'excuse, il prit trois morceaux de sucre qu'il enfouit dans sa poche à l'intention de Iago. Il faisait le même geste chaque matin, sans deviner qu'elle lui aurait volontiers donné tout le sucrier. Même s'il n'était pas vraiment beau, il avait des traits virils, adoucis par son merveilleux regard bleu-vert, et une expression toujours un peu mélancolique qui le rendait irrésistible.

— Tu as l'air crevé, constata-t-elle en posant devant lui un express fumant.

Au lieu de répondre, il se contenta de hausser les épaules en signe d'impuissance. La fatigue n'avait pas grande importance à son âge, mais il se sentait souvent découragé. Son salaire dérisoire lui permettait tout juste de vivre, et quand il envisageait son avenir il se demandait à quel espoir se raccrocher.

— Ah, Julien, vous êtes là ! Je vous ai cherché partout...

La jeune femme qui venait d'entrer dans le bar se dirigea droit sur lui, la main tendue.

— Je ne m'en sors pas avec ma jument, il faut que nous ayons une conversation tous les deux.

Elle prit place sur le tabouret voisin, son genou frôlant au passage la cuisse de Julien qui s'écarta aussitôt. Nouvelle venue au club, la femme ne passait pas inaperçue avec ses longs cheveux d'un blond très pâle, ses grands yeux bruns en amande, son teint bronzé et ses tenues excentriques. Au-dessus de son pantalon d'équitation et de ses bottes sur mesure, elle arborait un bustier moulant à fines bretelles ainsi qu'une série de colliers fantaisie de longueurs différentes.

— Je n'aurais jamais dû acheter Hermine, elle est beaucoup trop difficile pour moi, soupira-t-elle. Quand je pense que je rêvais d'un gentil petit cheval de balade !

Tout en riant, elle posa un instant sa main sur le poignet de Julien. Un contact bref, pas désagréable, qu'elle appuya d'un regard explicite.

— Je peux vous offrir quelque chose ? Une coupe de champagne ?

— Merci, non. J'ai un cours qui va commencer...

Il n'avait pas l'intention de se laisser draguer, même par une femme aussi attirante que celle-là. Xavier Mauvoisin l'avait mis en garde dès le début : « Tu es jeune, tu es mignon, tu es poli, alors, je te préviens, elles vont te tourner autour ! Mais au moindre incident, à la première réflexion d'une cliente, je te vire. » Il avait bien retenu la leçon et gardait ses distances avec tout le monde, même avec Sophie lorsqu'elle venait monter le dimanche. La serveuse, qui s'était éloignée à l'autre bout du comptoir, croisa son regard et lui sourit, comme si elle voulait l'encourager à se détendre un peu pour une fois.

— Excusez-moi, murmura-t-il en quittant son tabouret.

Alors qu'il déposait quelques pièces pour régler son café, la jeune femme blonde protesta.

— Non, non, c'est ma tournée ! Allez donner votre leçon et retrouvez-moi ici après, j'ai un marché à vous proposer.

D'autorité, elle ramassa la monnaie et la glissa dans la poche du jean de Julien. Stupéfait par la familiarité de son geste, il hésita une seconde tandis qu'elle déclarait :

— Je m'appelle Myriam. Je suis sûre que nous allons trouver un terrain d'entente, Xavier m'a affirmé que vous êtes un cavalier exceptionnel, c'est d'ailleurs lui qui m'a conseillé de vous parler.

En tant que cliente, il pouvait difficilement la remettre à sa place, et si de surcroît elle était une amie de Mauvoisin, il n'avait plus qu'à se taire.

— Très bien, répondit-il d'une voix sèche. À tout à l'heure.

Après avoir longtemps hésité, Lucrèce avait fini par choisir le sujet de son mémoire de fin d'études : les hôpitaux de l'Assistance publique. L'excellente note obtenue deux mois plus tôt avec le dossier consacré au monde médical lui avait donné l'idée de retourner à l'hôpital et, se souvenant de l'accueil très chaleureux du Pr Cartier, elle s'était permis de solliciter une deuxième entrevue. Charmant, il avait accepté de la recevoir, lui fixant rendez-vous pour le surlendemain, ne lui laissant pas même le temps de se confondre en remerciements. Lorsqu'elle arriva à l'étage de la chirurgie, elle se dirigea vers le secrétariat où Noémie lui annonça d'un ton rogue qu'elle allait devoir attendre encore. Le regard n'était pas plus aimable que le ton, comme si la présence de Lucrèce représentait une gêne pour le service. Résignée, elle s'installa sur l'une des chaises de plastique jaune du couloir et eut tout loisir d'observer l'activité des gens qui passaient devant elle sans la voir, vêtus de blouses blanches et affichant un air très affairé. Au bout d'un long moment, elle remarqua qu'un petit groupe de médecins et d'infirmières s'était formé près des ascenseurs interdits au public.

— M. Cartier descend du bloc, mais il a encore sa visite à faire ! lui lança Noémie en allant rejoindre les autres.

Lucrèce faillit se mettre à rire, amusée de les voir au garde-à-vous. Tous les grands patrons de l'hôpital jouissaient-ils de la même considération ? On ne disait plus « docteur » mais « monsieur » en parlant d'un professeur, et au moindre froncement de sourcils du mandarin les internes devaient rentrer sous terre. Dans un centre hospitalier, la hiérarchie conservait manifestement toute son importance, au point d'en devenir archaïque. Ici, personne ne semblait savoir qu'un grand vent de révolte avait soufflé quinze ans plus tôt, en 68, ni que la plupart des institutions en avaient profité pour perdre de leur rigidité.

— Lucrèce ! Qu'est-ce que tu fais là ?

Arrivée par le côté opposé du couloir, Brigitte venait de s'arrêter à sa hauteur, incrédule.

— J'ai rendez-vous avec le Pr Cartier.

— Encore ? Mais tu ne te rends pas compte de tout le travail qu'il a ! C'est un hôpital, ici !

— Vraiment ? ironisa Lucrèce.

— Oh, je t'en prie !

Apparemment vexée, l'air encore plus maussade que de coutume, Brigitte la toisa sans indulgence.

— De toute façon, tu tombes mal, c'est l'heure de sa visite. Le temps qu'il fasse le tour des chambres...

— Je ne suis pas pressée.

Brigitte haussa les épaules, cherchant quelque chose à ajouter, puis, finalement, elle s'éloigna et remit un dossier à Noémie avant d'engager la conversation avec les internes. Quelques instants plus tard, les portes métalliques des ascenseurs s'ouvrirent sur Fabian Cartier, escorté de deux autres chirurgiens. Ceux-ci portaient des blouses, mais lui s'était douché et rhabillé. Ses cheveux étaient mouillés et il portait un blazer bleu marine ouvert sur une chemise bleu ciel au col ouvert. Il fut aussitôt entouré de son staff. Chacun semblait avoir quelque chose à lui demander et Lucrèce en déduisit qu'elle risquait d'attendre encore longtemps, peut-être même d'être tout à fait oubliée. Elle prit dans son sac un quotidien qu'elle n'avait pas encore lu jusqu'à la dernière ligne et l'ouvrit à la rubrique économique. Depuis toujours, elle dévorait avec passion les journaux ou les magazines, jusqu'au plus insignifiant des entrefilets, bref, tout ce qui lui tombait sous la main et qui contenait une information. Lorsqu'elle était enfant, sa mère lui fournissait les publications les plus variées, amusée par son insatiable curiosité. Guy se récriait, protestait que ce n'était pas des lectures de son âge, mais Emmanuelle, beaucoup plus libérale, affirmait qu'il n'était jamais trop tôt pour apprendre.

— Je suis navré d'être encore en retard, déclara soudain le Pr Cartier.

Debout devant elle, il lui souriait gentiment tandis que le petit groupe de médecins et d'infirmières s'éloignait le long du couloir. L'un des internes se retourna pour leur jeter un regard intrigué puis tout le monde s'engouffra dans une chambre.

— J'ai chargé mon agrégé de faire la visite à ma place, sinon vous auriez fini par mourir d'ennui sur cette chaise.

— Je peux très bien patienter encore, ne vous...

— Mais moi, je ne peux plus ! Je meurs de faim, j'ai passé la journée entière au bloc, je ne sais même pas le temps qu'il fait dehors, alors, si vous n'avez rien contre le fait de discuter en mangeant, je vous invite à dîner.

Sa proposition était plutôt surprenante, néanmoins Lucrèce n'avait aucune raison de refuser. Un peu gênée, elle se leva et le suivit.

— Votre planning de demain, monsieur !

La secrétaire venait de surgir entre eux, bousculant Lucrèce au passage.

— J'ai aussi des papiers à vous faire signer, il y a...

— Pas maintenant, Noémie, dit-il d'un ton courtois mais ferme.

Il prit la feuille du planning qu'il étudia un instant avant de la glisser dans sa poche. Lucrèce vit la jeune femme se mordre les lèvres, près d'ajouter quelque chose, toutefois elle n'osa pas et préféra repartir vers son bureau en faisant claquer ses talons. Avec son teint mat de métisse, ses longs cheveux noirs frisés, ses jambes interminables, elle était vraiment superbe.

— Je ne vais pas me contenter d'un sandwich, déclara Fabian Cartier. Est-ce que Le Chapon Fin vous irait ?

Il ne devait pas avoir l'habitude que qui que ce soit le contredise, surtout pas les femmes. Lucrèce acquiesça d'un signe de tête, bien que le restaurant proposé fasse partie des meilleurs de la ville – et donc des plus guindés –, à savoir exactement le genre d'endroits qu'elle fuyait.

Une heure plus tard, attablés dans la salle à l'extravagant décor de rocaille Belle Époque, ils dégustaient une fricassée de homard en riant aux éclats. Après avoir répondu à toutes les questions de Lucrèce avec beaucoup de patience, Fabian lui avait suggéré de fermer son bloc et de se plonger dans l'étude du menu. Pour un homme affamé, il avait su attendre, et maintenant ils bavardaient tous les deux à bâtons rompus. Jamais elle n'aurait pu imaginer que ce dîner imprévu prendrait une tournure aussi agréable, aussi gaie.

— J'ai vécu un divorce paisible, par consentement mutuel et avec un avocat unique, dit-il en souriant. Notre fils était adulte, il ne vivait déjà plus avec nous, cela ne lui a posé aucun problème.

— J'aurais aimé que mes parents connaissent la même sérénité ! répliqua Lucrèce. En réalité, mon père a été au-dessous de tout... Est-ce que vous versez une pension alimentaire à votre femme ? Oh, désolée, c'est affreusement indiscret !

— Déformation professionnelle de journaliste, je suppose ? Mais je peux vous répondre sans rougir, mon ex-femme dispose d'une solide fortune personnelle qui me dispense de m'occuper d'elle. En revanche, je le fais pour mon fils et je continuerai jusqu'à ce qu'il ait une situation stable. Ce qui risque de prendre un certain temps, car il aime beaucoup plus les voyages que les études !

Comment en étaient-ils arrivés à aborder des sujets aussi intimes ? Peut-être avait-elle un don pour mettre les gens en confiance, peut-être se livrait-il volontiers, quoi qu'il en soit, parler avec lui était étonnamment facile. Bien sûr, elle avait remarqué que, depuis le début de la soirée, il ne faisait pas vraiment mystère de ses intentions. Son sourire délibérément charmeur, sa manière attentive d'écouter et son regard insistant étaient à l'évidence ceux d'un homme décidé à plaire. Le jeu de la séduction n'avait rien de désagréable avec lui, au contraire, mais jusqu'où l'accepter...

— Je sais que mon père est un de vos amis, dit-elle en le regardant droit dans les yeux.

Elle lui rappelait ainsi qu'il avait le double de son âge, pour voir comment il allait réagir.

— Nous étions étudiants à la même époque, répondit-il posément, mais nous n'avons jamais été très liés. Je ne conçois d'ailleurs pas qu'il ait pu choisir la stomato comme spécialité, je trouve ça abominable. Pour ce que je connais de sa vie, le mieux qu'il ait fait, il me semble que c'est vous.

Plus habile qu'elle dans l'art des sous-entendus, il venait de lui faire comprendre qu'il n'éprouvait pas une amitié indéfectible pour Guy Cerjac, et que séduire sa fille ne lui provoquerait pas de crise de conscience. Troublée, et surprise de l'être, elle s'agita un peu sur sa chaise sans savoir que répondre.

— Que prendrez-vous comme dessert ? lui demanda-t-il avec un sourire désarmant.

— La même chose que vous.

Elle vit passer une lueur amusée dans son regard bleu pâle puis il fit signe au maître d'hôtel et commanda des macarons aux fraises des bois. Étonnée d'avoir encore faim, elle dévora tandis qu'il grignotait, tout en essayant de deviner ce qu'il allait faire maintenant. À l'hôpital, où il bénéficiait de son aura de patron, les femmes devaient lui tomber dans les bras sans qu'il ait à faire le moindre effort, elle en était persuadée. Mais, avec elle, comment comptait-il s'y prendre ? Et avait-elle envie qu'il tente quelque chose ? Oui, l'idée qu'il la raccompagne jusqu'à sa voiture puis se contente de lui serrer la main était plutôt frustrante. Peut-être essaierait-il de l'embrasser ? S'il le faisait, elle ne le repousserait sûrement pas, il était beaucoup trop séduisant pour ça.

— Vous êtes bien silencieuse, tout à coup, remarqua-t-il. Fatiguée ?

— Non, pas du tout.

— Alors, voulez-vous prendre un dernier verre chez moi ?

Voilà, il l'avait énoncé très simplement, et à présent, le menton dans la main, il l'observait d'un air serein. Elle baissa les yeux, et elle que rien n'embarrassait jamais sentit soudain ses joues devenir brûlantes.

— Vous avez le droit de refuser, précisa-t-il devant son silence. Vous ne me devez rien, Lucrèce, j'ai été ravi de ce dîner. Et j'espère que votre mémoire sera le meilleur de la promotion ! Je vous raccompagne ?

Assez intelligent pour essuyer un refus en conservant toute sa gentillesse, il lui adressa un nouveau sourire, dont la sincérité ne faisait aucun doute.

Elle se décida brusquement.

— D'accord pour le verre, dit-elle trop vite.

Il se leva le premier et, dès qu'ils eurent quitté le restaurant, il se remit à bavarder avec juste ce qu'il fallait de légèreté, de galanterie et d'humour pour la mettre à l'aise. L'âge de Lucrèce ne semblait pas lui poser le moindre problème, et elle s'aperçut que, de son côté, cette différence ne constituait pas un obstacle.

De la rue Montesquieu à la place Pey-Berland, le chemin n'était pas long, et il lui proposa de rentrer à pied par la rue des Remparts au lieu de reprendre la voiture. Tout en marchant, il la prit par le bras d'un geste naturel, comme s'ils se connaissaient depuis longtemps, mais sans chercher à l'attirer vers lui. Après avoir contourné la cathédrale Saint-André, brillamment éclairée, il s'arrêta devant un bel immeuble ancien dont il ouvrit la lourde porte cochère.

— Ce n'est pas très original, je n'habite ni un loft ni un hôtel particulier, mais au moins je suis à deux pas de l'hôpital, expliqua-t-il dans l'ascenseur.

Au troisième étage, il la précéda à l'intérieur de l'appartement et alluma les lumières. Elle découvrit un intérieur luxueux, vaste, résolument masculin, composé en grande partie d'un mobilier Knoll ultramoderne. Dans le salon, deux canapés de cuir rouge encadraient une table de bois verni et courbé ; des étagères de verre posées sur des montants d'acier supportaient une collection de livres anciens. Elle chercha aussitôt à repérer des objets personnels susceptibles de révéler un peu la personnalité de Fabian, mais il n'y avait qu'un coffret à cigarettes, près d'un cendrier de cristal, et une pile de revues scientifiques.

— Je me suis installé ici il y a deux ans, expliqua-t-il. Bien entendu, je n'ai jamais le temps de m'en occuper, j'ai tout acheté sur catalogue, alors ce n'est pas très chaleureux ! Comme la plupart des chirurgiens, j'ai des journées surchargées, et je suis rarement là le dimanche...Venez avec moi.

Il la conduisit jusqu'à la cuisine où, sans lui demander son avis, il se mit à préparer du café. Ses gestes étaient précis, rapides, elle constata qu'il avait de belles mains, des doigts fins aux articulations marquées, et pas d'alliance. Un beau profil, aussi, avec quelques rides sur les pommettes, un menton volontaire, une coupe de cheveux impeccable. Il lui paraissait à la fois étranger et familier, mystérieux et proche, terriblement attirant. Et pourtant, elle se sentait de plus en plus intimidée. Si se retrouver dans ses bras la tentait, elle commençait néanmoins à se demander s'il n'y avait pas une sorte de défi à en faire son amant. Une revanche prise sur l'indifférence de son père, par exemple. Ou un moyen de se prouver qu'elle était vraiment libre. En tout cas, elle n'avait jamais fait l'amour avec un quasi-inconnu.

Il versa l'arabica dans de petites tasses avant de se tourner vers elle ; leurs regards se croisèrent.

— Pourquoi du café ? s'enquit-elle d'une voix mal assurée.

— Nous avons déjà beaucoup bu... Si vous acceptez de rester, je ne veux pas que ce soit à cause de l'alcool, mon amour-propre n'y survivrait pas.

Ses doigts effleurèrent ceux de Lucrèce quand il lui tendit sa tasse, et pendant qu'elle buvait il ajouta :

— Sauf erreur de ma part, jeune fille, vous m'avez bien dit que vous ne tenez pas à entamer quoi que ce soit de durable, que vos relations avec les hommes se limitent pour le moment aux plaisirs de l'aventure ?

À table, elle s'était confiée à lui spontanément, au fil de leur conversation, n'hésitant pas à lui faire part de ses angoisses ou de ses passions, à lui expliquer ce qu'elle attendait de la vie. Il l'avait donc écoutée avec assez d'intérêt pour retenir tout ce qu'elle avait dit, mais sans doute voulait-il s'assurer à présent que son esprit d'indépendance n'était pas un vain mot. Il la débarrassa de la tasse, posa les mains sur ses épaules. Son sourire était rassurant, il ne faisait rien d'autre que la tenir légèrement, lui laissant tout loisir de se libérer si elle le souhaitait. Les quelques amants qu'elle avait eus jusque-là étaient tous beaucoup plus jeunes que Fabian, d'ailleurs, aucun n'était parvenu à la séduire aussi vite. Lui, au bout de deux rencontres, avait réussi à l'emmener chez lui, et le simple contact de ses mains provoquait déjà un violent désir.

— J'en ai autant envie que vous, avoua-t-elle tout bas.

Amusé par la franchise de la réponse, il se pencha pour l'embrasser, prenant peu à peu possession de sa bouche, doucement d'abord, puis de manière plus impérieuse, jusqu'à ce qu'il la sente s'abandonner contre lui.

— On ne va peut-être pas rester dans la cuisine ? chuchota-t-il.

Il savait qu'elle ne partirait plus, il l'avait compris dès qu'il l'avait touchée, mais il voulait prendre son temps, estimant qu'à vingt et un ans elle avait droit à des égards. Il la guida jusqu'à sa chambre, où il la déshabilla avec des gestes tendres, avant de la porter sur le lit. Assis à côté d'elle, il ouvrit le tiroir d'une des tables de chevet et en sortit une boîte de préservatifs tandis qu'elle le regardait faire avec curiosité.

— Inutile, je prends la pilule ! lança-t-elle d'un ton goguenard.

Elle voulait sans doute lui rappeler son indépendance de jeune femme affranchie, et il hésita une seconde. En tant que médecin, il connaissait des risques dont elle n'avait sans doute aucune idée, mais ce n'était ni le lieu ni le moment de lui faire un cours sur les maladies sexuellement transmissibles, en particulier le sida, dont elle n'avait peut-être même pas entendu parler. Si elle n'avait probablement pas connu des douzaines de partenaires, il était pour sa part un homme à femmes qui collectionnait les maîtresses et, au risque de passer pour très démodé, la moindre des honnêtetés vis-à-vis d'elle consistait à être prudent.

— Très bien, se borna-t-il à répondre, mais deux précautions valent mieux qu'une.

— C'est pourtant moins agréable, non ?

Il comprit qu'elle n'en avait jamais utilisé, sa génération était encore inconsciente du danger. D'ici peu, les choses allaient malheureusement changer. Elle continuait à l'observer avec une petite moue ironique, un peu crispée, attendant qu'il prenne l'initiative. D'abord il la détailla des pieds à la tête, en connaisseur, heureux de la découvrir aussi belle qu'il l'avait supposé, puis il se leva et enleva sa chemise sans la quitter des yeux. Il s'allongea alors près d'elle, détacha l'élastique de la queue de cheval, écarta ses cheveux et massa doucement sa nuque, ce qui la fit frissonner. Du bout des doigts, il suivit le contour de son visage, de son cou. Une longue habitude des femmes lui avait enseigné la patience, il savait parfaitement se maîtriser, et même s'il n'avait pas l'intention de la revoir au-delà de cette nuit il voulait que, comme les autres, elle conserve de lui le souvenir d'un très bon amant.

— Tu me dis ce que tu aimes ou je trouve tout seul ?

La question la prit au dépourvu, elle était incapable de lui répondre maintenant qu'il avait posé ses mains sur elle. Il avait trop d'expérience, pensa-t-elle, elle allait forcément lui paraître novice ou maladroite, et elle ferma les yeux, un peu désemparée. Pourquoi était-elle aussi émue ? Parce qu'il la faisait attendre ? Qu'il était différent des garçons qu'elle avait connus ? Tout ce qu'elle savait de l'amour lui sembla dérisoire, elle n'était pas sur un pied d'égalité avec cet homme. Elle sentit les mains de Fabian glisser le long de ses épaules, frôler ses seins, effleurer son ventre, s'attarder sur ses jambes. Elle fut aussitôt submergée par un désir aigu et, quand elle voulut le toucher, il s'écarta un peu.

— Laisse-toi faire, chuchota-t-il.

Elle rouvrit les yeux, constata qu'il lui souriait, puis elle se mordit les lèvres tandis qu'il continuait à la caresser avec une habileté redoutable.

juin 83

Radieuse, Lucrèce émergea du bâtiment où étaient affichés les résultats des épreuves. Elle était dans un tel état d'exaltation qu'elle se félicita de ne pas être venue seule. Assis sur les deux dernières marches, Nicolas l'attendait, et elle lui fut soudain très reconnaissante d'avoir insisté pour l'accompagner.

— Je l'ai ! cria-t-elle en fondant sur lui.

— Le diplôme ? J'en étais sûr !

— Et aussi mon stage à Toulouse, à *La Dépêche du Midi*, c'est le plus beau jour de ma vie !

— Viens, on va fêter ça...

Il s'était levé et, d'autorité, il la prit par le coude pour l'entraîner vers le parking. Son coupé Mercedes noir, garé au milieu des vieilles voitures déglinguées des étudiants, avait provoqué un petit attroupement.

— Trop voyante, cette bagnole ! bougonna-t-elle en bouclant sa ceinture. Dépêchons-nous de partir, on se fait remarquer.

Avec un sourire amusé, il exécuta un démarrage sur les chapeaux de roues qui la plaqua au dossier du siège.

— Nicolas ! protesta-t-elle en riant.

Elle se retourna pour jeter un dernier regard au bâtiment universitaire. Deux ans plus tôt, le jour de la rentrée, elle s'était dit qu'elle ne verrait jamais le bout du programme, qu'elle ne parviendrait pas à tout mener de front, mais, finalement, elle avait gagné la partie. Désormais, son avenir lui appartenait, elle n'avait plus qu'à foncer.

— Où allons-nous ? demanda-t-elle.

Quittant Gradignan, Nicolas venait de s'engager sur la rocade pour contourner Bordeaux.

— Chercher un restaurant au bord de l'eau.

Depuis leur premier déjeuner, ils s'étaient revus plusieurs fois, grâce à l'acharnement dont il avait fait preuve. Elle ne souhaitait pas entamer une quelconque relation, elle le lui avait fait comprendre clairement, sans parvenir à le décourager pour autant. Dès le début, ils l'avaient constaté, ils ne partageaient pas les mêmes idées, presque toutes leurs discussions dégénéraient en polémiques ou en fous rires, mais, malgré cela, ils prenaient un plaisir certain à être ensemble. Nicolas avait de l'humour, une gentillesse désarmante, un entrain irrésistible. Amoureux d'elle – il ne s'en cachait pas –, il n'avait pas esquissé le moindre geste familier, n'avait même pas essayé de l'embrasser. Cette attitude insolite amusait Lucrèce, éveillant sa curiosité. Pourquoi un garçon tel que lui était-il tellement réservé ? Avait-il besoin de grands sentiments pour prendre une fille dans ses bras ? Il était beau, jeune, bien élevé, il possédait une situation enviable, aimait son métier, ne paraissait ni timide ni complexé. Et pourtant, il se contentait de l'inviter au restaurant ou au cinéma, puis il la raccompagnait et attendait qu'elle ait refermé sa porte avant de s'en aller.

— Je voudrais appeler ma mère pour lui annoncer mes résultats, dit-elle soudain.

— Sers-toi de ça, répondit-il en désignant le téléphone de voiture installé entre les deux sièges. Mais, si tu préfères un peu plus d'intimité, je vais bien te trouver une cabine quelque part...

— Tu as vraiment tous les gadgets du businessman ! ironisa-t-elle. C'est ta société qui paye, j'imagine ?

— *Ma* société ? Il s'agit d'une affaire familiale, et c'est moi qui vérifie les comptes !

Son indignation la fit éclater de rire, alors qu'elle était sur le point de s'apitoyer sur elle-même. Hormis sa mère, et tant que Julien ne serait pas rentré, elle n'avait personne à qui apprendre la bonne nouvelle.

Sophie était partie passer quelques jours à Cap-Ferret, dans la résidence secondaire des Granville ; quant à son père, le sujet ne l'intéressait manifestement pas.

Nicolas décrocha le combiné et le lui tendit.

— Vas-y...

Tandis qu'elle composait le numéro, puis se lançait dans une conversation animée, il en profita pour l'observer discrètement. À chacune de leurs rencontres, il constatait que le coup de foudre ressenti au premier regard ne faisait que se confirmer. Il était fou amoureux de cette fille et très heureux de l'être. Il prendrait le temps qu'il faudrait, mais il finirait bien par arriver à lui plaire, d'une façon ou d'une autre. Il n'espérait pas y parvenir en quelques jours, ne voulait surtout pas brûler les étapes. Après tout, il n'avait jamais vécu pareille chose, ses aventures s'étant révélées plutôt décevantes jusque-là. En particulier Stéphanie, dont il s'était cru amoureux mais qui ne l'avait jamais bouleversé. Leur rupture n'en finissait pas : elle le relançait toutes les semaines, lui jouait tour à tour la scène du désespoir ou au contraire celle de la bonne copine résignée, sans savoir qu'il était fou d'une autre. Impossible de le lui dire, même s'il avait l'absolue certitude qu'avec Lucrèce il avait découvert la femme de sa vie.

Quand elle raccrocha enfin, il était en train de se garer à proximité du petit port de Macau.

— On déjeune là, dans une guinguette, et après je t'offre une balade à travers le Médoc, d'accord ?

— Tu me prends pour une touriste ? Je suis née ici, Nicolas !

— Tu es née à Bordeaux, et tu es une citadine. Je suis sûr que tu n'en sais pas davantage qu'un Anglais ou un Japonais, alors je vais te montrer autre chose. Et aussi te faire goûter des vins !

Lors d'une précédente escapade, il l'avait emmenée à Saint-Estèphe où ils avaient dégusté du calon-ségur, du montrose et du cos-labory. Accueilli partout en ami, il avait accès aux caves et aux chais de la plupart des châteaux. Il était carrément passionnant lorsqu'il parlait des grands crus. Pour les décrire, il utilisait des mots insolites, pouvait détailler inlassablement les origines de telle ou telle appellation, discourir sans fin sur les différents cépages. En l'écoutant, Lucrèce s'était vite rendu compte que, effectivement, elle ne connaissait pas grand-chose de la richesse de cette terre célèbre dans le monde entier. À l'âge où elle aurait pu commencer à apprécier les plaisirs du vin, son père n'était plus là pour les lui faire découvrir, et sa mère n'avait pas les moyens d'en acheter.

Une fois installés à l'ombre d'un saule pleureur, sur la terrasse d'un petit restaurant situé au bord de l'estuaire, ils commandèrent des crevettes, suivies d'aloses et de mulets, avec un pavillon blanc du château margaux.

— C'est un pur sauvignon, précisa Nicolas.

— Ce qui signifie ?

— Eh bien... Par exemple, l'entre-deux-mers, que tu apprécies, est fait de sauvignon, mais aussi de muscadelle, de sémillon ou même de colombard... Je parle des cépages. Tu me suis ? Bon, peu importe, tu vas adorer le pavillon blanc. Production restreinte, qualité exceptionnelle. Margaux devrait d'autant plus t'intéresser que la propriété a souvent été dirigée par des femmes...

— Pourquoi dis-tu ça ?

— Parce que tu es très féministe. Alors qu'avec moi, tu ne devrais pas l'être ! Je n'ai pas un comportement de macho, que je sache, d'ailleurs, le monde du vin a toujours compté beaucoup de femmes dans ses rangs, à tous les niveaux, et il n'y a aucune discrimination. Tu n'auras peut-être pas cette chance avec le journalisme, c'est un milieu d'hommes.

— Tu plaisantes ? protesta-t-elle d'un ton vindicatif. Allume ta télé, ta radio ! Tu as entendu parler de Françoise Giroud, de Christine Ockrent ? Des tas de choses sont en pleine évolution, tant pis pour les dinosaures qui croient encore qu'une femme n'est à sa place que derrière des fourneaux !

— Et voilà, tu es en colère, pourtant je ne t'ai pas encore demandé ta main.

Sidérée, elle le dévisagea une seconde, comprit qu'il était sérieux, et finalement éclata de rire.

— Nicolas ! Tu es le type le plus étrange que je connaisse !

La voir rire le rendit très gai et il leva son verre pour trinquer avec elle.

— À ton diplôme, à ton avenir, dit-il gentiment.

Après avoir savouré en silence deux gorgées du vin, elle s'appuya contre le dossier de sa chaise et laissa échapper un long soupir de satisfaction.

— Merci de fêter ça avec moi, Nicolas. Et désolée d'être parfois... agressive. Mon père me traite de suffragette, mais en réalité c'est lui le responsable. Il a laissé tomber ma mère comme une vieille chaussette et il s'en est payé une neuve, d'assez mauvais goût d'ailleurs, alors je n'ai pas toujours une grande indulgence envers les hommes. Je ne sais pas pourquoi je te raconte ça...

— Parce que tu as envie de parler, et rien ne peut me faire plus plaisir.

Il ne la quittait pas des yeux, scrutant la moindre de ses expressions, troublé dès qu'elle ébauchait un sourire, fasciné par son regard. Il avait déjà eu l'occasion de constater qu'elle ne se livrait pas facilement, préférant presque toujours se retrancher derrière des sujets anonymes sur lesquels elle pouvait argumenter sans fin. Il avait très envie qu'elle poursuive un peu ses confidences, mais il craignait une parole maladroite et il choisit sa question avec soin.

— Tu es fâchée avec ton père ? Tu ne lui as même pas annoncé tes résultats...

— Il s'en moque, crois-moi, ça ne vaut pas le prix de la communication !

Dans l'échancrure de son polo bleu ciel, il remarqua une petite chaîne en argent, toute simple, qui brillait sur sa peau claire. Elle ne portait aucun autre bijou, pas même une montre.

— Il me semble t'avoir aperçue au Chapon Fin avec lui, il y a quelques jours. J'étais en compagnie de clients hollandais et vous partiez quand nous sommes arrivés, je n'ai pas voulu vous importuner.

Fronçant les sourcils, elle l'observa d'abord d'un drôle d'air puis finit par hausser les épaules.

— Ce n'était pas mon père, je ne le vois que chez lui, ou à son cabinet, il y a bien des années que nous n'avons pas déjeuné ensemble en ville.

Embarrassé, Nicolas réalisa qu'il venait à la fois de commettre un impair et d'apprendre une mauvaise nouvelle. La vision fugitive de Lucrèce traversant la salle du restaurant lui revint. L'homme qui l'escortait lui avait semblé élégant, distingué, et s'il ne s'agissait pas de son père, il en avait l'âge.

— Je ne voulais pas être indiscret, s'excusa-t-il, et je ne t'espionne pas. Il s'agit d'une... coïncidence.

Il aurait dû se poser la question plus tôt, et à présent il n'osait pas l'énoncer à voix haute. Lucrèce pouvait avoir des amis, des amants, une liaison, il ne savait rien de précis sur sa vie sentimentale, il s'était lancé tête baissée dans cette histoire, aussi enthousiaste et nigaud qu'un collégien. Comme si de rien n'était, elle s'était remise à manger, et il la vit mordre dans une tranche de pain de seigle avec une gourmandise presque voluptueuse.

— À quelle heure dois-tu rentrer ?

— Personne ne m'attend, je suis libre comme l'air jusqu'à mon départ pour Toulouse, ce qui me laisse une semaine de vacances devant moi ! répondit-elle gaiement.

— Tu me la consacres ?

— *Toute* la semaine ? Impossible ! J'ai des milliers de choses à faire. Toi aussi, j'imagine.

De nouveau, elle lui souriait, et il se sentit soulagé.

— Nicolas, il faut quand même que je te dise quelque chose... Je te trouve horriblement conventionnel, j'ai l'impression que tu as décidé de me faire la cour, à la manière du siècle dernier...

— Et si c'était le cas, ça te contrarierait ? répondit-il du tac au tac.

Quelque peu déconcertée, elle prit le temps de réfléchir avant de déclarer, très sérieusement :

— Pas vraiment, sauf que... Si tu cherches une grande histoire d'amour, romantique au point de se terminer par un mariage, avec moi, tu t'es trompé de fille.

Elle le vit se figer, néanmoins elle préférait jouer cartes sur table. Nicolas avait beau être un garçon charmant, elle n'avait aucune envie d'une relation durable. Tout ce qui menaçait son indépendance l'inquiétait et la faisait fuir, autant qu'il le sache dès maintenant. Elle ne souhaitait ni tomber amoureuse, ni s'attacher, encore moins fonder une famille. Libérée à la fois de ses études et de son travail ingrat à l'hypermarché, elle allait enfin pouvoir commencer à entreprendre, à vivre, à s'amuser. La nuit passée avec Fabian Cartier était l'exemple même d'un moment idéal, pleinement réussi parce que le plaisir partagé n'entraînait aucune conséquence. Or, avec Nicolas, elle l'avait compris dès le début, rien ne serait simple ou éphémère, inutile de tenter l'aventure, ce n'était pas ce qu'il attendait d'elle.

Pour se donner une contenance, il réclama l'addition, évitant de la regarder, et elle se sentit navrée pour lui en voyant à quel point il était déçu.

— Alors, cette promenade dans le Médoc ? lui rappela-t-elle d'un ton gai.

— Je t'emmène à Saint-Julien et à Pauillac. Il y a cinquante châteaux à voir, je suis sûr que tu n'en connais pas un seul.

Ils regagnèrent la voiture, où il brancha d'abord la climatisation, puis il mit une cassette de Madonna dans le lecteur.

— Tu préfères autre chose ? Michael Jackson ? Indochine ?

— Non, c'est très bien, laisse...

Il s'engagea sur la départementale 2 en direction de Margaux. Des deux côtés de la route, les croupes graveleuses s'étendaient, couvertes de vignes basses dont chaque rangée se terminait par un rosier polyantha. Lucrèce se carra tout au fond du siège de cuir, la nuque contre l'appuie-tête, les yeux rivés sur le paysage. Nicolas restait silencieux, et au bout d'un moment elle finit par se tourner vers lui, posant la première question qui lui passait par la tête alors qu'ils arrivaient à la hauteur de Cantenac. Il répondit aussitôt en lui récitant le célèbre classement, établi en 1855 par les courtiers en vins, qui plaçait brane-cantenac dans les seconds crus, tandis que cantenac-brown et boyd-cantenac se retrouvaient dans les troisièmes. Une fois lancé, il parut oublier leur différend tant le sujet le passionnait.

Fabian avait lu tout ce qu'il avait pu dénicher sur le sujet. Depuis l'annonce de la découverte du virus LAV par Luc Montagnier, le 20 mai, il s'était considérablement documenté. Les revues scientifiques n'étaient plus les seules à parler du sida, la presse nationale s'alarmait et un quotidien avait même titré : *Le cancer gay*. Pure bêtise, puisque les malades pouvaient aussi bien être hétérosexuels, héroïnomanes, hémophiles ou polytransfusés. Et c'était cette dernière catégorie qui inquiétait Fabian. Au cours de combien d'opérations avait-il eu besoin de transfusions de sang depuis le début de l'année ? Réussir brillamment une intervention sophistiquée n'avait plus aucun intérêt si c'était pour contaminer le patient et le condamner. Soucieux, il avait demandé à sa secrétaire de lui prendre un rendez-vous avec le directeur de l'hôpital, qu'il voulait absolument rencontrer avant son départ en vacances. Le personnel soignant avait besoin d'être informé, non seulement pour l'observation de strictes règles de sécurité, mais surtout pour l'approche et le réconfort dus aux malades. Les cas se multipliaient, les rumeurs les plus absurdes circulaient, une véritable psychose risquait de s'installer. Le milieu médical se devait donc d'apporter une réponse. Un confrère inconnu, le Dr Patrice Meyer, était en train de créer la première association de lutte contre le sida, et Fabian avait bien l'intention d'y adhérer.

Il baissa les yeux sur son agenda et observa les colonnes blanches, barrées d'un trait, qui représentaient ses deux semaines de congé. Curieusement, la perspective de ce séjour en Californie ne lui procurait qu'un plaisir mitigé. Bien sûr, il avait des amis là-bas, il pourrait d'ailleurs en profiter pour lire toutes les études publiées sur le sida et, accessoirement, il aurait l'occasion de nager et de bronzer ; néanmoins, il n'avait pas vraiment envie de partir. Que signifiait un tel manque d'entrain ? En principe, il appréciait les périodes de repos qui lui permettaient de se déconnecter de son travail, de ses responsabilités, tout comme il trouvait nécessaire d'entretenir sa forme physique. Même à Bordeaux, il prenait le temps d'aller nager ou jouer au golf, mais c'était forcément moins distrayant qu'à Santa Barbara.

Il relut le planning du bloc, vérifia une énième fois la liste des interventions programmées en son absence. Rien de trop difficile pour ses assistants qui, de toute façon, étaient parfaitement rodés.

— Personne n'est irremplaçable, tu le sais très bien, marmonna-t-il entre ses dents.

Son service pouvait tourner sans lui, autant qu'il profite de son voyage. Il se leva, s'étira, décida qu'il avait besoin d'un café mais qu'il n'allait pas déranger Noémie pour si peu. Il manifestait en permanence un grand respect vis-à-vis du personnel hospitalier qui, en conséquence, le vénérait et acceptait ainsi toutes ses exigences professionnelles.

Il descendit à la cafétéria réservée aux médecins, où finalement il choisit de grignoter une salade composée. Le chef vint la lui apporter lui-même, avec un double express bien serré. La salle était calme, fraîche, peu fréquentée à cette heure de l'après-midi hormis par quelques confrères venus se détendre un moment. Près des baies vitrées, des internes discutaient à mi-voix, et Fabian reconnut Brigitte Cerjac parmi eux. Il n'éprouvait aucune sympathie pour cette femme, persuadé qu'elle ferait un très mauvais médecin – d'ailleurs, son stage en chirurgie s'était révélé catastrophique. S'apercevant qu'elle le regardait avec insistance, il baissa les yeux vers son assiette, agacé. Elle n'allait tout de même pas lui faire du charme ? La très sérieuse Mme Cerjac, qui parlait à longueur de temps de ses deux fillettes et de son mari, qui infligeait sa morosité à tout l'hôpital, avait aussi des velléités d'adultère ? Il releva la tête assez vite pour la surprendre et la toisa froidement. Qu'elle s'en prenne à qui bon lui semblait, mais pas à lui. Non seulement elle ne lui plaisait pas, mais de plus le portrait qu'en avait dressé Lucrèce aurait suffi à le décourager.

Lucrèce... Pourquoi pensait-il à elle si souvent ? Il ne s'attardait *jamais* sur ses conquêtes. Séduire une femme était pour lui un plaisir, un jeu, rien d'autre. En principe, il ne passait pas deux soirées avec la même, ce qui lui évitait toutes sortes d'ennuis. Pourtant, il avait rappelé Lucrèce au bout d'une semaine. Second dîner, seconde nuit, il s'était promis que ce serait la dernière fois mais, indiscutablement, il avait encore envie de la revoir. D'abord elle était gaie, intelligente, ensuite elle était vraiment très belle, avec une sensualité qui ne demandait qu'à s'épanouir, enfin elle parvenait à l'émouvoir tant elle semblait avoir de comptes à régler.

Réprimant un sourire, il reposa sa tasse vide. À quarante-cinq ans, il n'allait tout de même pas céder à une attirance passagère pour une jeune fille ! L'unique histoire d'amour sérieuse de sa vie l'avait conduit au mariage, sans toutefois réussir à durer – peut-être était-il trop jeune, à l'époque, et incapable, surtout, de mesurer les conséquences de ses infidélités.

Les internes s'étaient levés et, tandis qu'ils se dirigeaient vers la sortie, Fabian suivit Brigitte des yeux. Elle avait retrouvé sa sempiternelle expression boudeuse, insatisfaite. C'était pour une femme aussi désagréable que Guy Cerjac avait bouleversé l'existence de sa famille ?

— Monsieur ?

Noémie, qu'il n'avait pas vue entrer, se tenait devant sa table et le dévisageait avec curiosité.

— Vous aviez l'air très distrait, monsieur ! Je vous ai bipé, mais... Le directeur peut vous recevoir à dix-neuf heures... comme votre dernier rendez-vous est à dix-huit heures trente, je me suis permis de donner votre accord.

Même si elle veillait un peu trop jalousement sur lui, Noémie était toujours parfaite.

— Très bien, je vous remercie, dit-il en lui souriant.

La pause était finie, il devait se rendre à sa consultation, puis terminer un article destiné à un journal médical, ensuite convaincre la direction de l'hôpital de prendre certaines mesures indispensables, enfin rentrer chez lui et faire sa valise. Ce programme le fatiguait d'avance, mais il allait le suivre point par point car il n'essayait jamais d'esquiver les corvées.

Près des ascenseurs, il retrouva le petit groupe d'internes qui bavardaient encore, peu pressés de retourner dans leurs services. Qui travaillait vraiment, dans cet hôpital ? À l'époque où il achevait ses études, ici même, il n'avait pas souvenir d'avoir jamais eu cinq minutes de repos. Tandis que les portes s'ouvraient devant lui, Brigitte abandonna les autres pour le suivre.

— Vous remontez en chirurgie, monsieur ?

Il acquiesça d'un signe de tête, la vit appuyer sur les boutons d'étage puis s'adosser à la paroi et se mettre à triturer d'un geste désinvolte le stéthoscope qui pendait autour de son cou. Elle n'était vraiment pas rancunière, il ne l'avait pas ménagée durant son stage en chirurgie, la plongeant dans la confusion chaque fois qu'il l'interrogeait. Malheureusement pour elle, s'il y avait bien une chose qu'il ne supportait pas, c'était l'ignorance, et les étudiants qui défilaient dans son service avaient intérêt à connaître leur programme sur le bout des doigts. La pauvre Brigitte devait le prendre pour une peau de vache, un tyran, mais apparemment cela ne l'empêchait pas d'être subjuguée. Quelle idiote ! Il se demanda quelle tête elle ferait si jamais elle apprenait qu'il avait couché avec Lucrèce. Et que, si cela ne dépendait que de lui, il recommencerait volontiers.

Quand les portes se rouvrirent, il sortit en lui adressant un sourire charmant qui la cloua sur place.

3

février 1984

Un calme inhabituel régnait dans la salle de rédaction où seuls deux journalistes s'attardaient encore. Il était plus de minuit, Lucrèce venait à peine de boucler son papier. Le rédacteur en chef, Marc, lui menait la vie dure depuis quatre mois, mais il ne parviendrait jamais à la décourager, elle s'en était fait le serment. Durant les premières semaines, il l'avait mise à l'épreuve en la laissant délibérément sur la touche, sans jamais rien lui confier, indifférent à son impatience comme à son désir de bien faire. Et, à présent, il la soumettait à un rythme infernal. Toute la journée, elle avait dû courir aux quatre coins de la ville pour couvrir des événements locaux sans intérêt dont pas un seul, au bout du compte, n'avait été jugé digne du moindre entrefilet. Et juste comme elle allait partir, découragée, Marc lui avait demandé quarante lignes sur Konstantin Tchernenko, qui venait de succéder à Andropov à la tête du Kremlin. Et ce parce que le responsable de la rubrique de politique internationale n'était pas rentré d'un cocktail sans doute trop arrosé !

Finalement, elle était assez contente de son article, d'autant plus qu'il n'avait pas été coupé ni remanié, bien que Marc l'ait parcouru d'un œil critique. Était-ce parce qu'elle avait bien fait son travail ou seulement parce qu'il manquait de temps ? L'édition du lendemain n'allait plus tarder à être mise sous presse, et en principe elle retrouverait son nom en bas de deux colonnes, page six.

Quand elle émergea des locaux du journal, la rue était déserte, il faisait très froid et les pare-brise givrés des voitures brillaient. Elle courut jusqu'à sa vieille R5, inquiète à l'idée d'être seule sur ce trottoir obscur à une heure aussi tardive. De plus en plus d'incidents nocturnes étaient signalés dans les mains courantes des commissariats, qu'elle épluchait presque chaque matin, en quête d'informations. Des femmes se faisaient fréquemment arracher leurs sacs ou leurs bijoux, elles étaient parfois rouées de coups. Cambriolages, règlements de comptes entre bandes rivales, trafic de drogue, racket et vols de voitures, désormais aucun quartier ne semblait plus tranquille.

Elle dut attendre la fin du préchauffage du moteur diesel avant de quitter sa place. Son grand sac besace posé sur le siège passager débordait d'un désordre familier – l'appareil photo qui ne la quittait jamais, des pellicules de réserve, un gros bloc-notes, le minuscule dictaphone japonais que lui avait offert Fabian.

Elle rejoignit les quais pour remonter vers le quartier du Lac. Tout en roulant à travers la ville endormie, elle se mit à penser à ce qui se passerait dans les prochains mois. Si le rédacteur en chef appréciait le travail qu'elle venait de faire, lui confierait-il enfin quelques responsabilités ? Elle débordait d'idées et d'énergie, pourquoi l'ignorait-il ? Un bon papier était sans doute le moyen de vaincre ses réticences et son animosité. Mais pourquoi l'avait-il engagée si elle lui inspirait une telle antipathie ? Pour avoir son quota de jeunes journalistes, de femmes ? Eu égard à la très chaude recommandation de *La Dépêche du Midi* ? Elle conservait un souvenir ému de son stage à Toulouse. Accueillie avec d'autant plus de bienveillance qu'elle débutait dans le métier, qu'elle n'était pas appelée à rester et ne ferait donc concurrence à personne, ses confrères avaient tous essayé loyalement de l'aider.

Logée dans un minuscule studio situé sous les toits, où la chaleur était insupportable, elle avait passé le plus clair de son temps en reportages, sur le terrain, ou dans les bureaux du quotidien, à étudier le fonctionnement de chaque service.

Durant son séjour là-bas, Nicolas était venu lui rendre visite à plusieurs reprises, comme prévu. Deux cent quarante kilomètres d'autoroute ne représentant évidemment pas une énorme distance, il lui avait même fait la surprise de débarquer, un soir, juste pour l'emmener dîner dans la vieille ville où il connaissait un bon bistrot. Ensuite, il était reparti. Sans rien tenter, sans l'embrasser. Et chaque fois qu'il était revenu, il avait conservé ce comportement amical qui la déroutait de plus en plus. Il semblait à la fois ne rien attendre d'elle mais ne pas pouvoir rester longtemps sans la voir. Lasse de leur flirt platonique, qui finirait forcément par tourner au malentendu, elle avait attendu d'être rentrée à Bordeaux, au début de l'automne, pour s'expliquer avec lui. Ils avaient passé un dimanche après-midi entier au jardin public à essayer de se comprendre. Bien sûr, elle ne cherchait pas la passion, et encore moins le mariage, mais Nicolas lui plaisait, c'était tout simple. Cet aveu l'avait davantage consterné que comblé : il était beaucoup trop amoureux d'elle pour accepter une aventure sans lendemain. Un peu surprise – voire vexée – par sa réaction, elle n'avait pas insisté. Et depuis, ils en étaient au même point.

Lorsqu'elle se gara devant le pavillon, elle constata qu'une lumière brillait encore dans la cuisine, sans doute laissée par Julien à son intention. Son frère sortait moins souvent ces temps-ci, mais elle n'osait pas l'interroger. Jamais il ne parlait de l'étrange liaison qu'il entretenait avec une femme du nom de Myriam, plus âgée que lui et qui semblait lui poser un problème. Sans les indiscrétions de Sophie, qui continuait à monter au club de l'Éperon chaque dimanche matin, Lucrèce n'aurait rien su. Mais Sophie se désespérait, jalouse et impuissante. Si Julien ne paraissait pas spécialement heureux, ni malheureux d'ailleurs, il était en revanche fatigué, au point de ne plus entendre son réveil le matin.

Sur la console du vestibule, près du téléphone, elle vit qu'il avait posé une feuille bien en évidence. « *Fabian Cartier a appelé, il essaiera de te joindre demain ou après-demain. Dors bien, ma puce.* »

Songeuse, elle replia machinalement le papier et resta un moment immobile. Fabian, lui, n'était venu qu'une seule fois à Toulouse, à la fin du mois de juillet. Il lui avait donné rendez-vous dans le meilleur restaurant de la ville, place du Capitole, et au cours du dîner il lui avait raconté son congrès de chirurgie à Séville avec tellement d'humour qu'elle avait ri aux larmes. Ensuite, ils étaient allés boire un dernier verre au bar de l'Hôtel de l'Opéra, où il avait réservé une chambre, horrifié à l'idée de suffoquer dans le petit studio sous les toits. La nuit passée dans ses bras avait été aussi voluptueuse que les autres, aussi tendre et légère. Il était reparti dès l'aube, avant qu'elle se réveille, laissant sur son oreiller le dictaphone et le walkman Sony, deux merveilles de miniaturisation.

Penser à Fabian la troublait davantage qu'elle ne l'aurait souhaité. Il exerçait sur elle un attrait physique indéniable, dont elle ne cherchait pas à se défendre, et de surcroît il lui offrait exactement ce qu'elle attendait d'un homme. Leur relation épisodique reposait sur le plaisir de rencontres toujours réussies, sans engagement ni contrainte, et n'entraînait aucune conséquence. Avec elle, il s'abstenait de tout paternalisme, ne jouait pas davantage à l'amoureux transi, bref, il la traitait en femme et en adulte.

« *Demain ou après-demain.* » C'était toujours lui qui prenait l'initiative, elle ne l'appelait jamais. En fait, elle pensait rarement à lui s'il ne se manifestait pas. Pas plus qu'à la manière dont il passait son temps, le sachant surchargé de travail à l'hôpital, tout comme elle l'était au journal. Peut-être continuait-il à collectionner les maîtresses, néanmoins elle n'avait pas l'intention de lui demander des comptes, et encore moins de lui en rendre. Leur différence d'âge maintenait leur relation dans un statut très particulier, où chacun préservait sa liberté en respectant celle de l'autre.

Persuadée que Fabian était incapable de tomber amoureux, elle continuait à le considérer comme un amant occasionnel. Un merveilleux amant, en fait, auquel elle ne voulait pas s'attacher. Et elle évitait soigneusement de se demander pourquoi elle redoutait tant de se laisser aller à aimer. Pour ne pas, à l'instar de sa mère, se retrouver prise au piège ? Ou simplement parce que, comme la plupart des filles de sa génération, elle revendiquait le droit au plaisir ? Jouir de la vie, des hommes, de son travail et de sa jeunesse, sans se culpabiliser ; se réaliser seule et non pas à travers quelqu'un.

Quand elle se glissa dans son lit, après avoir pris une douche, elle était transie. Mal isolé, les murs trop minces, le pavillon était chauffé par des radiateurs électriques dont la consommation faisait vite grimper la facture, alors chaque matin, au moment de partir, elle baissait les thermostats au minimum. Recroquevillée sous ses couvertures, elle essaya d'imaginer le plaisir qu'elle éprouverait, dès le lendemain matin, en achetant le journal au kiosque du coin de la rue. Voir enfin son nom au bas d'un article sérieux allait lui procurer sa première véritable satisfaction professionnelle, elle en jubilait d'avance. Avec un peu de chance, ce papier serait suivi de beaucoup d'autres, à condition de trouver des sujets intéressants, d'être plus rapide et plus performante que ses confrères, plus persuasive aussi, car le rédacteur en chef ne lui ferait pas de cadeau, elle le savait. Mais travailler dans un journal comme *Le Quotidien du Sud-Ouest* représentait un atout extraordinaire, dont elle était bien décidée à profiter. Avec un tirage de près de 400 000 exemplaires, il jouissait d'une situation de quasi-monopole sur toute l'Aquitaine, et il était sans concurrent à Bordeaux. Indépendant, sa devise annonçait : « *Informer sans trahir, juger sans concession.* » Un programme alléchant, en parfaite adéquation avec les ambitions de la jeune femme.

— Ce type est chirurgien orthopédiste, chef de service à Saint-Paul depuis quatre ans, avec une très belle clientèle dans le secteur privé et des tarifs en rapport. Il est né en 37 à Libourne, il a divorcé récemment, il a une réputation de cavaleur invétéré... Est-ce que cela te suffit ?

Nicolas hocha la tête sans émettre le moindre commentaire.

— Tu as besoin de te faire opérer ? ironisa son frère. Ou alors tu as trouvé une filière pour caser du vin au corps médical ?

— Rien de tout ça, mais merci quand même ! répliqua Nicolas d'une voix tendue.

Guillaume laissa tomber sur son bureau la fiche qu'il tenait à la main.

— Bon, ça te regarde... Tu voulais des renseignements sur le Pr Cartier, tu les as. À plus tard !

Après un dernier regard scrutateur, il fit demi-tour et quitta la pièce en claquant la porte. Nicolas tendit la main, récupéra la fiche. Quelle idée stupide d'avoir réclamé l'aide de Guillaume ! Il voulait juste savoir qui était exactement Fabian Cartier, et, puisque son frère connaissait tout le monde à Bordeaux, il le lui avait demandé. Une erreur supplémentaire, suite logique de sa première bévue, lorsqu'il avait interrogé Lucrèce quelques jours plus tôt. Ils déjeunaient ensemble, se régalant d'huîtres du bassin accompagnées de petites saucisses grillées, et il n'avait pas pu s'empêcher de lui poser des questions, en sachant pertinemment qu'il avait tort de le faire. Ses réponses, trop franches, le rendaient affreusement jaloux. Oui, elle avait quelqu'un dans sa vie, Fabian Cartier, un chirurgien, qu'elle voyait de temps en temps. *De temps en temps*. Une expression abominable, aussi odieuse que la situation dans laquelle il s'enferrait un peu plus chaque jour. Fou amoureux d'une femme qui le traitait en copain, quelle chance lui restait-il de la conquérir, à présent ? À force de ne pas vouloir précipiter les choses, il était en train de tout rater avec elle.

— De temps en temps, ça signifie quoi ? maugréa-t-il, les yeux toujours rivés sur la fiche.

Une nuit par-ci, par-là ? Des week-ends en amoureux ?

— Ce type a quarante-sept ans...

En savoir davantage sur celui qu'il considérait comme son rival ne l'avançait à rien, au contraire cette histoire allait finir par le rendre fou. Qu'est-ce qu'une fille comme Lucrèce pouvait bien trouver à un homme de cet âge-là ? Fabian Cartier la rassurait ? La comblait au lit ?

L'idée était tellement insupportable qu'il se leva et alla ouvrir l'une des hautes fenêtres cintrées qui donnaient sur les quais. Aussitôt un air glacé, chargé d'une odeur de vase caractéristique, s'engouffra dans son bureau. Le siège social de la société Brantôme était situé au coin du cours de la Martinique, face au fleuve. Même si les entrepôts du quai des Chartrons étaient désormais désaffectés, le quartier restait encore le fief des négociants. L'élégant petit hôtel particulier n'avait rien de tapageur avec ses balcons de fer forgé, son hall de marbre, son large escalier bien ciré. La façade étroite, comme toutes celles des immeubles avoisinants, dissimulait l'importance du bâtiment qui s'étendait en profondeur. Au premier étage, des meubles rares et une série de gravures anciennes donnaient le ton, bien mis en valeur par les murs blancs et l'épaisse moquette noire. Guillaume s'était attribué le bureau occupé autrefois par son père, bureau auquel il n'avait presque rien changé, tandis que Nicolas avait opté pour une décoration plus fonctionnelle, presque anonyme, comme s'il ne voulait pas s'investir personnellement dans ce lieu de travail. Le commerce du vin ne parviendrait jamais à le passionner, quoi qu'en pense son frère, et il conserverait toujours la nostalgie de la terre.

Le jour baissait déjà, il distinguait à peine les contours du croiseur *Colbert*, qui ne naviguerait plus. Il retourna vers son bureau, déchira rageusement la fiche et ouvrit son agenda. D'un œil distrait, il parcourut la liste de ses rendez-vous de la semaine, ce qui lui permit de constater qu'il participait à un banquet, le soir même, à la Commanderie du Bontemps de Médoc et des Graves, une des plus anciennes confréries bordelaises. Mais, avant, il était censé se rendre à Labarde puis à Soussans, pour le compte de clients belges. Il devait donc cesser de s'obnubiler sur Lucrèce s'il voulait assumer son emploi du temps.

Alors qu'il ramassait ses clefs de voiture, le téléphone sonna et il répondit machinalement. La voix de Stéphanie était la dernière qu'il souhaitait entendre, il fit toutefois un effort d'amabilité qui lui coûta la promesse d'un dîner.

La pluie incessante avait détrempé le terrain de concours jusqu'à le transformer en un marécage boueux. Depuis la tribune du jury, on avait fait savoir aux concurrents qu'ils étaient autorisés à se présenter en imperméable ou en blouson, et non plus en tenue officielle. Sur le parcours, les fautes s'accumulaient : obstacles renversés, temps dépassé, chutes, et certains cavaliers avaient préféré déclarer forfait, rembarquant aussitôt leurs chevaux dans les vans.

Julien ne pouvait se permettre de reculer. Une heure plus tôt, il avait récolté huit points de pénalité avec Hermine, et seul Iago était désormais en mesure de lui offrir un classement. En ce début de saison, son compte en banque était à sec, il avait absolument besoin d'obtenir des gains.

Effrayée par l'averse, Myriam s'était d'abord réfugiée sur les gradins, d'où elle avait suivi la décevante prestation de sa jument, puis elle était allée se mettre à l'abri de la buvette et ne comptait pas en sortir avant que Julien vienne la chercher. Les journées de compétition l'assommaient, sauf si elle avait le loisir de parader en bord de piste, vêtue à la dernière mode, adressant ostensiblement des signes de connivence à Julien qui était toujours l'un des cavaliers les plus regardés. Mais pas question de partir à cinq heures du matin, dans un camion qui sentait le crottin, ni de passer la journée à se faire tremper, les pieds gelés et les cheveux dégoulinants. En général, elle préférait prendre sa voiture pour le rejoindre au dernier moment, quand il était prêt à s'élancer en piste.

Sophie, quant à elle, n'avait pas hésité à proposer son aide. Lorsqu'elle avait appris que Julien participait au jumping de Bergerac, elle s'était spontanément portée volontaire pour voyager avec lui et lui donner un coup de main, offre qu'il avait acceptée avec reconnaissance. Levée à quatre heures, elle l'avait retrouvé au Cercle de l'Éperon alors qu'il faisait encore nuit, et tout au long de la journée elle l'avait secondé de son mieux, sellant ou dessellant, donnant à boire aux deux chevaux, allant chercher des sandwiches, courant d'un bout à l'autre du terrain sans se soucier de la gadoue. Son goût pour l'équitation, les chevaux et le spectacle des concours hippiques n'expliquait pas tout, bien sûr. Car c'était avant tout pour Julien qu'elle était là. Ce Julien qui la considérait toujours comme « la-meilleure-amie-de-sa-sœur », qui s'intéressait seulement à cette pimbêche de Myriam, mais qui montait comme un dieu. De toute façon, à cheval ou à pied, il l'attirait de plus en plus, elle en était douloureusement consciente.

À présent, elle était appuyée à la barrière, transie de froid dans sa parka dont elle avait fermé hermétiquement la capuche. Les rafales de vent rendaient la pluie cinglante. Malgré l'importance de l'épreuve disputée, les spectateurs s'étaient raréfiés. Quand la cloche retentit, elle ferma les yeux une seconde, prit une profonde inspiration, puis s'obligea à regarder Iago qui s'élançait.

Julien referma ses doigts sur les rênes mouillées, dont le cuir glissait sans cesse. Canaliser l'énergie brutale de Iago était toujours la première difficulté, en début de parcours.

— Doucement, bonhomme ! dit-il en élevant un peu la voix.

La pluie énervait son cheval, et malheureusement l'averse redoublait de violence. En essayant de ne pas se bagarrer avec lui, il assura les trois premiers sauts, mais la cadence était trop rapide et il dut le reprendre. Aussitôt, Iago se défendit violemment contre son mors, perdit de la vitesse, faillit refuser le mur, le franchit malgré tout, avec maladresse, et sans le heurter. Julien le connaissait si bien qu'il parvint à lui redonner la bonne impulsion juste avant l'entrée du double. À la réception de l'obstacle, le virage à droite était très serré, et de lui-même Iago ralentit un peu de crainte de déraper. De la boue jaillissait sous ses sabots à chaque foulée, maculant son poitrail, se mêlant à l'écume de ses flancs. Julien l'entendait distinctement souffler, renâcler, s'énerver, tandis que son galop devenait désordonné. Il le remit dans l'équilibre pour s'enlever au-dessus de l'oxer mais, dès la réception, Iago tenta une brusque accélération, échappant par surprise à la main de son cavalier. Dans la dernière courbe, qui conduisait au triple, le cheval glissa et trébucha, emporté par son élan. Julien tenta désespérément de le retenir, il y eut une seconde de flottement, puis Iago bascula la tête la première. Projeté au sol, Julien vit nettement arriver l'énorme masse de l'animal qui retombait sur lui, et une douleur atroce, fulgurante, le fit hurler. Il sombra au fond d'un trou noir où rien ne pouvait plus l'atteindre.

Dans l'immense salle de la rédaction, les bureaux destinés aux journalistes n'étaient séparés les uns des autres que par une demi-cloison de verre. Le bruit des téléphones et des claviers d'ordinateur formait un brouhaha auquel nul ne prêtait attention. Lucrèce adorait cette agitation. Cela avait quelque chose de galvanisant qui l'aidait à travailler, en particulier ce jour-là car elle se sentait fatiguée. Réveillée avant l'aube par le départ de Julien, à quatre heures, elle n'avait pu se rendormir. À la conférence de rédaction qui se tenait chaque matin, Marc lui avait assigné un fait divers, comme souvent, et après un saut au commissariat pour y glaner des renseignements, elle peinait sur la rédaction de son article.

À moins d'être directement interpellée, elle n'écoutait pas les conversations autour d'elle quand elle écrivait, toutefois elle entendit son nom et elle releva la tête. Arrêtées dans l'allée centrale, les deux femmes qui parlaient d'elle lui tournaient le dos, et n'avaient pas dû la voir en passant.

— C'est lui qui me l'a dit, je n'invente rien ! Et d'ailleurs, sans un bon coup de piston, tu ne peux pas commencer ta carrière ici, tu le sais très bien. Marc déteste les débutants, ça lui fait perdre un temps fou, pourtant cette fille est entrée par la grande porte... Deux mois à *La Dépêche,* c'est un peu léger comme formation, non ?

Lucrèce saisissait des bribes de phrases, continuant à faire semblant d'écrire. De quel « piston » était-il question ? En ce qui la concernait, elle n'avait bénéficié d'aucun appui. Les C.V. expédiés durant l'été lui avaient apporté un certain nombre de réponses négatives, mais *Le Quotidien du Sud-Ouest* l'avait convoquée en vue d'un entretien, pour finalement l'embaucher. Personne n'aurait pu intervenir en sa faveur, elle le savait très bien. Et ce n'était sûrement pas son père qui avait fait jouer ses relations pour lui ménager une bonne surprise !

Intriguée, elle décida d'en avoir le cœur net et quitta son box pour rejoindre les deux femmes qui continuaient à bavarder, inconscientes de sa présence.

— Vous parlez de moi, je crois ? lança-t-elle d'un ton désinvolte. Est-ce qu'il y a un problème ?

L'une des deux était pigiste. Lucrèce la connaissait de vue parce qu'elle passait de temps à autre pour caser ses papiers, toujours passablement agressive avec ses confrères mais servile avec Marc. L'autre, une dénommée Monique, tenait le standard de la rédaction et la saluait gentiment chaque matin. Ce fut cette dernière qui parut la plus embarrassée.

— Mais non, dit-elle sans conviction, ce n'était pas de toi que...

— Il y a quelqu'un d'autre qui s'appelle Cerjac, au journal ? riposta Lucrèce.

La pigiste la gratifia d'un coup d'œil méprisant avant de hausser les épaules et de s'éloigner.

— Tu sais comme elle est, plaida Monique. Elle n'a pas de place fixe et elle commence à s'aigrir... Alors, forcément, quand Marc lui a raconté qu'il avait été obligé de t'engager, ça lui a fait grincer des dents.

Lucrèce ne comprenait rien à ce que lui disait Monique. Elle se sentait partagée entre la stupeur et l'envie de rire, avec aussi une angoisse diffuse.

— Obligé ? répéta-t-elle. Par qui ?

— Par le big boss. Pour faire plaisir à un de ses amis.

Antipathique à souhait, Marc avait beau être rédacteur en chef, il dépendait du propriétaire du journal, un homme du nom de Claude-Éric Valère. Lucrèce l'avait juste aperçu deux fois, en salle de réunion, et ne lui avait jamais adressé la parole. Il s'agissait forcément d'un malentendu qu'il fallait dissiper au plus vite.

— Ton téléphone sonne, Lucrèce ! cria une voix derrière elle.

Au milieu du chahut, il était impossible de distinguer une sonnerie d'une autre.

— J'y vais, marmonna-t-elle à contrecœur, mais on en reparlera, c'est ridicule...

En trois enjambées, elle regagna son box, décrocha le combiné nerveusement, et la voix hystérique de Sophie la cloua sur place.

Par-dessus l'épaule du radiologue, Fabian détaillait les clichés fixés sur le négatoscope.

— Il devait être couché sur le dos, je pense, avec la jambe repliée, quand il a reçu les cinq cents kilos du cheval sur le genou... Vraiment pas de chance pour lui, c'était la pire position ! Beaucoup de dégâts autour de la fracture ouverte, la tête du tibia est très abîmée... J'aimerais que tu me refasses une autre rotule de face.

— Tu vas l'opérer maintenant ?

— Dans l'après-midi, en tout cas. Il souffre énormément, il a perdu pas mal de sang et il était en état de choc. J'ai fait libérer le bloc 1, j'attends juste des résultats complémentaires.

Soucieux, Fabian adressa un petit signe de tête à son confrère avant de quitter la radiologie. L'intervention s'avérait délicate mais ne le préoccupait pas outre mesure. Il avait déjà été confronté à plus difficile même si, dans ce cas précis, il s'agissait d'un sportif à qui il fallait épargner toute séquelle. D'ici quelques semaines, ou au pire quelques mois, Julien Cerjac pourrait remarcher et remonter à cheval, Fabian en était quasiment certain. Pourtant, un problème demeurait, et de taille, qu'il devait régler immédiatement.

À l'étage de la chirurgie, Noémie l'accueillit avec un air pincé, lui rappelant que « la jeune fille » attendait toujours dans son bureau. Une demi-heure plus tôt, il avait refusé de renvoyer Lucrèce dans la salle d'attente, persuadé qu'elle préférait être seule après la crise de larmes qui l'avait secouée et précipitée dans ses bras. Elle était torturée par l'idée d'avoir pris un risque énorme en exigeant le transfert immédiat de Julien à l'hôpital Saint-Paul, alors que le SAMU s'apprêtait à le diriger vers Périgueux. Et, à ce moment-là, comme elle l'avait avoué, elle n'avait même pas la certitude que Fabian accepterait de prendre en charge le blessé. Bien sûr, dès qu'elle l'avait appelé, il s'était débrouillé pour aplanir toutes les difficultés.

Devant la porte de son bureau, il hésita une seconde, malgré le regard que Noémie rivait sur lui. Lucrèce prenait trop d'importance dans sa vie, ou plus exactement dans ses pensées, puisqu'il s'obligeait à ne pas la voir trop souvent. Néanmoins, il pensait à elle de manière obsessionnelle, une grande première dans sa longue carrière de séducteur. Lui qui ne s'était jamais attaché à aucune femme, à part la sienne, était en train de tomber amoureux pour de bon. D'une jeune fille, en plus – il ne pouvait rien lui arriver de pire à son âge.

Quand il se décida à entrer, il constata que Lucrèce était restée sagement assise et semblait plus calme.

— Alors ? murmura-t-elle en se tournant vers lui.

— Il sera opéré tout à l'heure. Il va bien, ne t'inquiète pas, il est sous calmants...

— Je peux le voir ?

— Pas pour le moment. L'anesthésiste est avec lui.

— Et sa jambe ?

— Du côté du genou, elle est un peu en bouillie, rien d'irréparable cependant.

Il ne voulait pas entrer dans les détails pour ne pas l'affoler, néanmoins son frère avait beaucoup de chance qu'elle ait eu l'idée de l'envoyer ici.

— C'est toi qui t'en occupes ? demanda-t-elle d'une toute petite voix.

— Oui, évidemment. Je te préviens, ce sera très long, ce genre d'intervention peut prendre des heures et je ne veux pas que tu restes là à te morfondre, mais... Je dois d'abord te parler de quelque chose d'important.

Il alla s'installer à sa place habituelle, derrière son bureau, comme s'il voulait mettre un peu de distance entre eux afin de pouvoir retrouver une attitude professionnelle.

— Ton frère va avoir besoin d'une transfusion, annonça-t-il d'un ton neutre.

— Et alors ?

— Son groupe sanguin est O^{+}, j'aimerais connaître le tien.

— Le même, pourquoi ? Vous n'avez pas de réserve de sang, dans cet hôpital ?

— Si, si...

Elle le scrutait avec intensité, attendant une explication. Aborder la question avec quelqu'un d'étranger à l'hôpital représentait une faute déontologique, il en était conscient, cependant il ne pouvait rien faire d'autre, il devait l'avertir.

— Tu as entendu parler du sida, je suppose ?

— Oui, mais... Quel rapport ?

Sourcils froncés, elle l'observait avec inquiétude et il chercha la manière la plus simple de lui présenter les choses.

— Bon, tu vas oublier deux minutes que tu es journaliste, d'accord ? La presse a écrit énormément de bêtises, je ne crois pas que tu puisses avoir une opinion valable sur le sujet. On a minimisé les choses, ou au contraire on a extrapolé, bref, l'opinion publique n'a aucune idée de ce qui se passe en réalité. Pour l'instant, il n'existe pas de réglementation stricte, et les dons du sang ne font pas l'objet d'un dépistage systématique. Ce qui signifie que toute transfusion devient suspecte, nous pouvons très bien avoir des lots contaminés et ils ne sont pas chauffés. Je pense que tu ne veux pas faire courir ce risque à ton frère ?

Incrédule, choquée même, elle se demanda si elle avait bien entendu. Durant quelques secondes, elle se sentit incapable de réagir, puis elle se pencha brusquement en avant.

— Fabian, tu es en train de m'expliquer que tous les gens qui reçoivent du sang peuvent être contaminés ?

— Oui. Par une maladie mortelle à coup sûr, qui sera un véritable fléau d'ici peu, et pour laquelle nous ne possédons aucun traitement. Je ne connais pas le pourcentage du risque, mais il existe.

— C'est monstrueux ! Tu informes tes patients, j'espère ? Tous ceux que tu opères ?

— Je ne *peux* rien leur dire, Lucrèce. Je n'ai pas de solution, et mon rôle n'est pas d'affoler les malades.

Elle ne le quittait pas des yeux, à la fois révoltée par ce qu'il venait de lui apprendre et aussi un peu intimidée. Derrière son bureau, dans cet hôpital, Fabian était un grand patron, un chirurgien de talent à la réputation bien établie. Bien loin de l'homme charmant avec lequel elle riait, dînait ou faisait l'amour. Un amant attentif, qui n'avait jamais omis d'utiliser des préservatifs. De qui s'était-il méfié jusque-là ? D'elle ou de lui-même ? D'ailleurs, que savait-elle de lui, hormis ce qu'il voulait bien lui montrer ? Il avait le double de son âge, l'habitude de diriger les gens et de tenir des vies entre ses mains. Ici, il n'était ni léger ni charmeur, c'était quelqu'un de différent.

— Je vais te donner tout le sang que tu veux, et j'ai aussi une amie qui est là, dans la salle d'attente, si son groupe est compatible, elle sera d'accord !

Elle semblait soudain si jeune et si perdue, Fabian se demanda s'il avait eu raison de lui parler.

— Non, ce n'est pas nécessaire, je crois. Ce que je viens de te confier est assez... bon, il n'y a pas de secret médical là-dedans, personne ne nous a demandé de nous taire, et pour ma part j'aimerais autant que ce débat vienne rapidement sur la place publique. Aucun chirurgien n'agirait comme je suis en train de le faire... mais je refuse qu'il arrive quoi que ce soit à ton frère.

En dépit des efforts visibles qu'elle faisait pour se maîtriser, son menton s'était mis à trembler et ses yeux étaient à nouveau pleins de larmes.

— Julien est la personne que j'aime le plus au monde, avoua-t-elle dans un souffle.

Elle possédait le don de le bouleverser, il l'avait déjà constaté à plusieurs reprises. Malgré toute son énergie et sa détermination, elle était aussi une jeune femme fragile, qu'il avait envie de protéger.

— Ta belle-mère est sûrement dans l'hôpital à cette heure-ci, tu devrais aller la voir, suggéra-t-il.

— Brigitte ? Pourquoi ? Julien n'en a rien à foutre, et moi non plus !

La réponse avait fusé avec une telle violence qu'il leva la main en signe d'apaisement.

— L'intervention sera lourde, Lucrèce, il vaut mieux que tu avertisses ton père, et aussi ta mère. De toute façon, je suis obligé de prévenir la famille.

L'interphone bourdonna et la voix de sa secrétaire annonça que l'anesthésiste l'attendait. Il répondit qu'il en avait encore pour cinq minutes, puis il contourna son bureau et vint se planter devant Lucrèce. Il lui restait encore une question à poser, mais il était gêné d'avoir à le faire.

— Excuse-moi, je dois te demander si tu n'as pas été, ces temps derniers, en contact avec des partenaires susceptibles de... Le mode de contamination le plus fréquent est souvent dû à un rapport sexuel non protégé. N'importe quelle excoriation muqueuse peut servir de porte d'entrée au virus. Tu comprends, je ne...

— Non, Fabian, l'interrompit-elle d'un ton cassant. En dehors de toi, mon dernier « partenaire », comme tu dis, remonte à plus d'un an et demi.

Son regard limpide ne cillait pas et il s'en voulut d'éprouver une sourde satisfaction qui n'avait rien à voir avec Julien Cerjac. Ainsi, elle ne l'avait pas trompé depuis qu'elle le connaissait, sa franchise à cette seconde précise ne faisait aucun doute.

— Très bien. Reste là, je vais t'envoyer une infirmière. Tu peux appeler tes parents d'ici. Et ne t'inquiète pas, tout ira bien, je te le promets.

La tête levée vers lui, elle le scrutait d'une telle manière qu'il dut résister à l'envie de la prendre dans ses bras pour la rassurer.

— Tu sais, murmura-t-elle, mon frère n'a que sa passion des chevaux et son talent de cavalier pour vivre. Il ne sait rien faire d'autre, il n'aime rien d'autre...

Au lieu de répondre, il se contenta de sourire en lui effleurant l'épaule.

— Et la facture des honoraires, crois-moi, on va s'en souvenir ! conclut Guy.

Il arpentait la salle d'attente de long en large, inquiet et en colère, incapable de se dominer.

— Tu aurais préféré que je le laisse entre les mains de n'importe qui ? répliqua Lucrèce d'un ton cinglant.

— Mais non ! Pas du tout ! Je n'ai jamais dit ça, ne sois pas idiote...

Indignée, Lucrèce se tourna vers sa mère qui faisait toujours semblant de lire. La connaissant, elle devina qu'elle était trop angoissée pour comprendre un mot de ce qu'elle lisait, mais qu'elle préférait se réfugier derrière un magazine plutôt qu'adresser la parole à son ex-mari. À son arrivée, elle l'avait juste salué d'un signe de tête et avait carrément ignoré Brigitte.

— Tu as pris la bonne décision en le faisant transporter ici, nous sommes tous d'accord, soupira Guy.

— Je vous rappelle que Cartier est le meilleur chirurgien de Bordeaux ! laissa tomber Brigitte d'un ton péremptoire.

En présence d'Emmanuelle, elle voulait sans doute affirmer sa supériorité de médecin, aussi ne cessait-elle de donner son avis. Se trouver confrontée à la première épouse de Guy semblait la rendre très nerveuse, elle gardait son bipeur à la main, espérant sans doute qu'on la rappelle vite à son étage de médecine générale.

— Voilà près de cinq heures qu'il est au bloc ! constata Guy, l'œil sur sa montre.

— C'est une intervention hyperdélicate, lui rappela Brigitte, Cartier dit toujours que les genoux sont bien pires que les hanches...

Elle faillit parler de la pose des broches, donner des détails techniques, mais l'expression irritée de Lucrèce l'en dissuada. Pourquoi n'avait-on pas besoin d'elle dans son service ? Elle mourait d'envie de partir, exaspérée par l'attitude de Guy qui répétait le prénom de Julien toutes les deux minutes. Il avait laissé tomber ses derniers patients, au cabinet dentaire, s'était précipité chez eux pour confier leurs fillettes à la première baby-sitter qu'il avait pu joindre, et depuis qu'il était là il jouait au père mortellement inquiet en tournant comme un lion en cage. Quant à Lucrèce, pourquoi avait-elle passé autant de temps dans le bureau de Fabian Cartier ?

— Je l'avais prédit, que ça finirait par un accident, bougonna Guy. Il serait temps que Julien prenne un peu de plomb dans la tête ! De toute façon, ce cheval est dangereux...

— Qui le lui a acheté ? rappela sèchement Lucrèce.

Scandalisée, Brigitte se promit de rappeler à son mari qu'il n'avait pas à se laisser parler sur ce ton. Lucrèce devenait vraiment impossible, posséder une carte de journaliste la rendait encore plus arrogante que d'habitude.

— Fabian t'a dit quelque chose de précis ? lui demanda Guy pour la dixième fois.

— Non, je ne l'ai pas vu, ils étaient tous au bloc quand je suis montée, répéta-t-elle d'un ton exagérément patient.

Elle faillit ajouter que Lucrèce l'avait prévenue très tard mais elle s'en abstint, jugeant le moment mal choisi pour s'accrocher avec sa belle-fille. D'ailleurs, elle ne s'était pas vraiment dépêchée, sachant très bien que les chirurgiens risquaient de lui proposer d'assister à l'opération, ce qu'elle redoutait par-dessus tout.

— Heureusement, reprit Guy, Fabian est un ami, il ne salera pas trop l'addition... À condition qu'il ne soit pas obligé de s'y reprendre à plusieurs fois ! S'il doit pratiquer une deuxième intervention, ultérieurement, il n'y a pas de raison qu'il nous fasse un cadeau supplémentaire.

— Tu as de quoi payer, je suppose ? lança Emmanuelle qui venait de poser son magazine sur le siège à côté d'elle.

Elle le toisait d'un air narquois, comme si elle le mettait au défi de se plaindre, et Brigitte eut envie de répliquer à la place de son mari.

— Ce n'est pas une question d'argent, bien sûr, admit-il aussitôt.

— Alors, arrête d'en parler. La seule chose qui importe est de savoir si Julien s'en sortira sans séquelles, s'il pourra remonter à cheval, et quand.

— Ah, ça, il est vraiment trop tôt pour se prononcer ! intervint Brigitte, excédée.

Guy ne parut pas l'entendre et continua de s'adresser à Emmanuelle.

— Je vais avoir une conversation sérieuse avec lui, il faut qu'il soit un peu raisonnable et qu'il change de métier. Si on peut appeler ça un métier ! C'est comme cette espèce de... de bonne femme qui était là tout à l'heure, d'où sort-elle ? Tu as vu son genre ?

— Elle s'appelle Myriam, intervint Lucrèce.

— C'est qui, sa petite amie ? Elle a au moins dix ans de plus que lui !

— Il y a des gens que les différences d'âge ne gênent pas, tu sais bien, fit remarquer perfidement Emmanuelle.

Interloqué, il resta sans voix et Brigitte leva les yeux au ciel. Une fois rentrés chez eux, elle mettrait les choses au point. Comment avait-il pu aimer cette femme, lui faire deux enfants, vivre avec elle pendant dix-huit ans ? Il ne parlait jamais de son passé, mais peut-être y pensait-il ? Le plus discrètement possible, elle observa Emmanuelle durant quelques instants. Aussi mince que sa fille, avec une allure indiscutable, elle était encore très bien. Comment faisaient-elles toutes, jusqu'à cette Myriam entraperçue un peu plus tôt, pour avoir des silhouettes pareilles ? Elle devait à tout prix recommencer son régime et s'y tenir.

À l'autre bout de la salle, Lucrèce surprit le regard de Brigitte sur sa mère. D'un geste nerveux, elle reprit le quotidien acheté une heure plus tôt, dans le hall de l'hôpital, lorsqu'elle était allée manger un sandwich à la cafétéria, sur les conseils de l'infirmière qui s'était occupée d'elle. Le comportement de son père la choquait sans vraiment la surprendre – elle n'avait plus aucune illusion à son sujet. Espérer faire passer à Julien sa passion des chevaux était la preuve qu'il le connaissait bien mal. Et qu'il puisse se préoccuper d'argent alors que son fils était encore sur la table d'opération la dépassait. En faisant appel à Fabian, elle n'avait évidemment pas pensé à cet aspect matériel. Comme Sophie avait eu la présence d'esprit de récupérer le blouson de Julien, avant de monter dans l'ambulance, elles avaient trouvé sa carte de Sécurité sociale au fond de son portefeuille, et elles avaient pu remplir toutes les formalités administratives au bureau des admissions. Mais sans réaliser un seul instant que le Pr Cartier, en tant que sommité, pourrait réclamer des honoraires prohibitifs.

Relevant la tête, elle essaya de croiser le regard de son père qui fixait obstinément le sol. De quelle façon réagirait-il s'il apprenait la vérité ? S'il devinait que sa fille était la maîtresse de Fabian ? Croyait-il vraiment qu'elle avait fait rapatrier Julien dans cet hôpital parce que Brigitte y travaillait ? Il ne pouvait pas être assez stupide pour ça, il devait forcément se poser la question. Deux interviews de Fabian ne justifiaient pas une intimité suffisante pour qu'elle ait eu recours à lui aussi spontanément, ni pour qu'il ait accepté aussitôt. Guy s'imaginait peut-être qu'une vieille camaraderie de carabins expliquait tout...

À travers la manche de son chemisier, elle tâta le pansement posé par l'infirmière. Elle ne se sentait pas fatiguée et aurait volontiers donné davantage de sang si nécessaire. Par discrétion, Fabian avait vaguement évoqué, pour son équipe médicale, des problèmes de religion, une sorte d'osmose entre le frère et la sœur ; bref, il avait présenté ce don du sang comme une exigence familiale, une fantaisie à laquelle il consentait, dans l'intérêt de son patient. La procédure, pour inhabituelle qu'elle soit, n'avait pourtant surpris personne. Un jour, Lucrèce apprendrait à Julien à quel genre de risque il avait échappé, mais pas tout de suite. Elle voulait d'abord en savoir plus, réaliser l'énormité de ce que Fabian lui avait confié et qui concernait l'ensemble des réserves de sang de tous les hôpitaux. Comment les chirurgiens pouvaient-ils opérer en étant confrontés à un tel cas de conscience ? Et pourquoi l'opinion publique n'était-elle pas informée ? Elle-même ne s'était jamais posé la question, le sida était une maladie qui ne la concernait pas et dont elle n'avait qu'une vague – et fausse – idée. Quand Julien serait sorti d'affaire, elle se renseignerait vraiment auprès de Fabian, il fallait qu'elle en sache davantage.

— Lucrèce, parle-moi un peu de cette femme.

Perdue dans ses pensées, elle n'avait pas vu approcher son père et elle dut faire un effort pour comprendre le sens de sa question.

— Myriam ? Je ne la connais pas, papa.

— C'est vraiment sa petite amie ?

— Oui.

— Elle a l'air d'une sacrée garce...

Le ton n'était pas agressif, cette fois, il contenait au contraire une pointe de concupiscence qui révolta Lucrèce.

— Tu en parleras à Julien si tu veux, répliqua-t-elle sèchement, moi je n'ai rien à dire. De toute façon, elle reviendra demain.

Malgré son apparence provocante, ses vêtements à la dernière mode et ses attitudes très étudiées, Myriam, qu'elle n'avait vue qu'une seconde, lui avait paru bouleversée en demandant des nouvelles de Julien. Lucrèce ne s'était pas trompée, son regard était bien celui d'une femme amoureuse.

— Elle se trouvait à Bergerac, sur le terrain de concours, quand l'accident a eu lieu, expliqua-t-elle. Elle a dû trouver un chauffeur pour ramener le camion parce que les chevaux ne pouvaient pas rester là-bas. Julien en montait deux, Iago et une jument. La piste était très glissante, paraît-il, il n'a pas cessé de pleuvoir...

Machinalement, elle jeta un coup d'œil vers la fenêtre mais il faisait nuit depuis longtemps et elle ne vit rien. Quand pourrait-elle enfin appeler Sophie, qui devait se morfondre chez elle ? Son amie avait quitté l'hôpital à l'arrivée d'Emmanuelle, suivie de près par celle de Myriam, comme si elle se sentait de trop.

Alors que son père allait poser une nouvelle question, la porte s'ouvrit sur Fabian dont les traits tirés accusaient la fatigue. Emmanuelle fut la première à se lever et à se précipiter vers lui.

— L'opération s'est bien passée, madame, dit-il tout de suite en s'adressant à elle. Votre fils est en salle de réveil.

Il se força à sourire, malgré sa lassitude, avant de se tourner vers Guy.

— La rééducation sera peut-être un peu difficile, mais en principe je n'y toucherai plus, j'ai pu tout reconstruire.

Son regard chercha celui de Lucrèce et il ajouta, avec une intonation presque tendre :

— Il remontera à cheval.

— Tu ne peux pas savoir à quel point je te suis reconnaissant ! s'exclama Guy. Il a vraiment une chance inouïe d'être tombé sur toi !

C'était la première fois que Lucrèce voyait son père et Fabian côte à côte. La comparaison entre les deux hommes était cruelle, sans appel. Brigitte en avait profité pour s'approcher à son tour, manifestement encouragée par le ton familier qu'employait Guy avec le Pr Cartier.

— Merci beaucoup, monsieur, déclara-t-elle d'un ton pénétré. Vous n'avez pas rencontré trop de difficultés ?

Elle choisissait mal son moment pour se donner de l'importance, Fabian la regarda comme s'il s'apercevait enfin de sa présence.

— Vous auriez dû nous rejoindre, docteur Cerjac, c'était une intervention très intéressante ! Un peu longue, bien sûr, et je crois que vous détestez la chirurgie ?

— Je... Je suis de garde au troisième, bafouilla Brigitte.

— Quand pourrai-je le voir ? demanda Emmanuelle.

— Tout de suite si vous le voulez, mais juste quelques instants, et rien que vous. Je vais vous accompagner.

Il s'était exprimé avec suffisamment d'autorité pour que Guy ne cherche pas à les suivre, toutefois, au moment de sortir, il fit signe à Lucrèce.

— Venez avec nous, il vous a réclamée avant de s'endormir.

Le vouvoiement insolite, ajouté au soulagement qu'elle éprouvait, faillit faire éclater de rire Lucrèce qui rejoignit sa mère en hâte.

Julien n'émergea vraiment que le lendemain, vers dix-sept heures. Entre-temps, il avait connu des périodes de sommeil entrecoupées de réveils douloureux, ne conservant aucun souvenir de ce qui s'était passé depuis l'instant de sa chute.

— Comment te sens-tu ? demanda Lucrèce qui l'observait avec inquiétude.

— Pas terrible...

Immobilisée dans une gouttière de métal, sa jambe le faisait horriblement souffrir et il se mordait les lèvres pour retenir un gémissement.

— Iago ? murmura-t-il en essayant de se redresser.

— Il n'a rien, il est bien à l'abri dans son box, s'empressa de répondre Sophie.

Assise de l'autre côté du lit, elle attendit qu'il tourne la tête vers elle et ajouta :

— Mauvoisin m'a chargée de te dire qu'il passera te voir, mais surtout que tu ne te fasses aucun souci pour Iago, il va s'en occuper personnellement.

Avec un soupir de soulagement, Julien se laissa aller sur son oreiller.

— Quel est le pronostic du chirurgien ? interrogea-t-il d'une voix angoissée.

Lucrèce lui prit aussitôt la main, certaine qu'il n'allait pas tarder à s'agiter.

— Très bon ! Je n'ai pas compris grand-chose, il t'expliquera lui-même, en tout cas, tu pourras remonter.

— Quand ?

— Julien ! s'indigna-t-elle. Tu te rends compte de ce qui t'est arrivé ? Il va te falloir un peu de patience, et pas mal de séances avec un kiné !

— Bon sang, soupira-t-il, c'est une vraie catastrophe... La chute n'a pas eu lieu à l'Éperon, je n'étais pas en train de travailler pour Xavier, il ne s'agit donc *pas* d'un accident du travail. Tu sais ce que cela signifie ?

La douleur et le découragement lui donnaient une expression hagarde. Mauvoisin n'allait pas le payer à ne rien faire, il le savait, et si monter Iago était une chose, flanquer l'argent par les fenêtres en était une autre. Il fallait un moniteur pour s'occuper des clients, Xavier serait obligé d'engager quelqu'un pour remplacer Julien.

Une infirmière entra en coup de vent, annonçant avec un sourire crispé que le Pr Cartier commençait sa visite et que les deux jeunes femmes devaient attendre dans le couloir. Docile,

Lucrèce sortit la première, devant Sophie, au moment où Fabian arrivait, entouré de son staff.

— J'en ai pour cinq minutes et je vous le rends ! dit-il gentiment à Lucrèce.

La porte se referma sur l'équipe médicale, tandis que Sophie sifflait entre ses dents.

— C'est lui ? chuchota-t-elle. Je ne le voyais pas du tout comme ça... Il est très... Waouh, il est vraiment très bien !

Lucrèce réprima un rire silencieux, amusée par l'air mi-étonné, mi-admiratif de son amie.

— Tu croyais quoi ? articula-t-elle à voix basse. Je t'avais dit qu'il était craquant, non ?

Jusque-là, Sophie s'était montrée sceptique, ou même réprobatrice, chaque fois que Lucrèce lui avait parlé de Fabian. Avoir une liaison épisodique avec un homme de la génération de leurs pères lui semblait presque amoral, incompréhensible surtout. Évidemment, le souvenir de Bessières, le surveillant de Sainte-Philomène, la rendait méfiante vis-à-vis de la plupart des hommes – en particulier ceux d'âge mûr – et faussait son jugement, elle en était consciente. Alors, malgré les descriptions de Lucrèce, elle n'avait pas imaginé que Fabian Cartier puisse posséder un tel charisme, un tel pouvoir de séduction, ni qu'il soit aussi impressionnant. L'espace d'un instant, elle envia Lucrèce d'avoir assez confiance en elle pour s'offrir un tel amant.

Un cri de douleur en provenance de la chambre les fit soudain sursauter. Il y eut ensuite un brouhaha confus de voix, dont une plus forte que les autres, et enfin la porte se rouvrit.

— Administrez-lui de la morphine immédiatement, je ne vois pas au nom de quoi il faudrait qu'il souffre, cela ne l'aidera pas à guérir ! lança Fabian d'un ton sec à l'un des internes.

Il fit trois pas en direction de Lucrèce, et Sophie s'écarta un peu, par discrétion.

— Julien est un garçon courageux, mais les premières heures sont très pénibles, c'est normal, alors je vais l'aider à passer le cap. Demain ou après-demain, il se sentira mieux.

En fait, je tiens à ce qu'il se lève le plus vite possible... même si cela semble barbare.

Rassurée par le regard tendre qu'il posait sur elle, elle lui rendit son sourire. Comme il tournait le dos à son staff, il en profita pour ajouter, de manière à n'être entendu que d'elle seule :

— Veux-tu dîner avec moi ce soir ?

— Non, je ne peux pas, je dois aller au journal, il faut que je rattrape le temps perdu.

— Très bien. Je t'appellerai.

Elle lui fut reconnaissante de ne pas avoir l'air vexé ou déçu. Avec lui, tout semblait toujours facile, ils n'avaient d'ailleurs jamais connu la moindre dispute. Elle le suivit des yeux tandis qu'il s'éloignait à grands pas vers la chambre suivante, toute son équipe derrière lui.

— En plus, il est amoureux de toi, déclara Sophie dès qu'elles se retrouvèrent seules dans le couloir.

— Lui ? Tu veux rire ? Je lui plais, ça je le vois, mais ce n'est pas un sentimental, Dieu merci !

Elles revinrent au chevet de Julien qui s'était un peu redressé sur son oreiller, livide, des mèches de cheveux plaquées sur son front par la sueur.

— Quelle brute, ton chirurgien ! lança-t-il à sa sœur.

— Il t'a fait mal ? s'étonna-t-elle.

Bien placée pour savoir à quel point les mains de Fabian pouvaient se révéler légères, précises, délicates, elle ajouta innocemment :

— Tu es douillet, ma parole, il est d'une telle douceur que...

Malgré les élancements insupportables qu'il ressentait, de la hanche jusqu'à la cheville, Julien se mit à rire.

— Tu te rends compte de ce que tu dis, ma puce ? Si papa était là, tu lui expliquerais ça comment ?

Lucrèce éclata de rire à son tour et ne s'arrêta qu'à l'arrivée d'un médecin. Celui-ci, seringue à la main, était suivi d'une aide-soignante qui apportait un énorme bouquet de roses jaunes. Tandis que l'interne injectait la morphine dans la perfusion, Lucrèce détacha la carte de visite qu'elle passa à son frère. Il y jeta un rapide coup d'œil, sans faire aucun commentaire.

— Je pense qu'il faut laisser ce jeune homme se reposer, mesdemoiselles, déclara le médecin. Il a eu beaucoup de visites aujourd'hui.

Sophie réagit aussitôt, ramassa son sac et son blouson avant de se pencher vers Julien dont elle effleura les cheveux d'un geste maladroit.

— Tu reviendras quand ? demanda-t-il en lui prenant le poignet.

— Demain, si tu veux.

La carte était posée sur le drap, et malgré elle elle lut le nom de Myriam. Elle avait beau s'y attendre, elle ressentit une bouffée de jalousie qui lui coupa le souffle. Bien sûr, Julien n'était qu'un copain, le grand frère de Lucrèce, elle ne se faisait aucune illusion, mais elle se reprocha de n'avoir pas pensé aux fleurs la première. Ou à des chocolats. N'importe quoi qui aurait empêché Myriam de se croire la seule autorisée à gâter Julien. Heureusement, elle avait été la plus rapide, sur le terrain de concours, d'abord en se précipitant sur la piste pour rejoindre Julien qui était évanoui, ensuite pour monter d'autorité dans l'ambulance à côté de lui. Quand il avait repris connaissance, quelque part entre Bergerac et Bordeaux, sa douleur avait été si intolérable qu'il s'était raccroché à sa main, lui broyant les doigts. À ce moment précis, elle avait éprouvé une sensation bizarre, mélange de compassion, d'angoisse, et de quelque chose de très fort qui n'avait plus rien à voir avec une simple amitié.

— Ne te mets pas dans un état pareil, soupira Nicolas, cela n'en vaut pas la peine.

Il regarda autour de lui le salon dévasté. Un panneau du tissu mural pendait lamentablement et les liasses d'échantillons avaient atterri aux quatre coins de la pièce. Pourquoi

Guillaume s'était-il mis en colère pour une chose aussi futile ? Agnès, prostrée sur le canapé, la tête entre les mains, semblait traumatisée par la réaction de son mari. Et Nicolas avait parfaitement vu la marque rouge, sur sa joue. Que son frère ait pu la frapper le révoltait. Il se mit à ramasser les rouleaux de galon, les échantillons.

— Laisse, murmura Agnès.

Cependant, elle ne faisait pas un geste et il déposa le tout sur une table basse.

— Il a toujours fait des crises d'autorité, dit-il d'un ton apaisant.

Dans son enfance, il avait pris quelques raclées dont il gardait un souvenir cuisant. En revanche, si Guillaume était exigeant, il se montrait rarement injuste : qu'un simple tissu ait pu lui déplaire à ce point paraissait insensé. Le bruit de la porte lui fit tourner la tête et son frère entra, disparaissant derrière un énorme bouquet. Sur son canapé, Agnès avait d'abord sursauté avant de se mettre à sourire.

— Désolé, chérie, déclara Guillaume en lui offrant les fleurs.

Il tendit la main vers elle, ébouriffa ses cheveux châtains d'un geste affectueux. Un peu mal à l'aise, Nicolas remarqua le mouvement de recul qu'elle venait d'avoir malgré elle. Était-il possible qu'elle ait peur de lui ? Il ne les avait jamais entendus se disputer mais il n'habitait plus là, il ne venait qu'en invité et ne s'intéressait pas à la vie privée de son frère.

— Tu dînes avec nous ? lui demanda Guillaume.

Malgré le regard implorant d'Agnès, il déclina l'invitation, persuadé qu'il valait mieux les laisser seuls. D'ailleurs, il voyait suffisamment son frère à longueur de journée, et n'avait aucune envie de passer la soirée avec lui. Il sortit du salon, traversa le vaste hall sans allumer. Il connaissait la maison par cœur, rien n'avait bougé depuis son enfance, tous les meubles se trouvaient à la même place, comme si sa belle-sœur n'avait jamais osé modifier la moindre chose.

Bâtie au tout début du XVIIIe siècle, la chartreuse des Brantôme était assez caractéristique de l'architecture de la Guyenne, corps principal bas, fronton orné de palmes, en rez-de-chaussée de plain-pied sur une terrasse pavée, et flanqué de deux tours carrées aux toits pointus qui, elles, comportaient un étage. Les tours, rigoureusement symétriques, abritaient chacune deux grandes chambres disposées de part et d'autre d'un vaste palier qui faisait fonction de petit salon. Au rez-de-chaussée, les pièces étaient imposantes, sous de hauts plafonds, avec des portes à la française et des sols de marbre blanc. À l'origine, cette chartreuse avait dû appartenir à un hobereau, la noblesse locale se faisant volontiers construire ce type de maison de campagne. Les Brantôme l'avaient acquise cent ans plus tôt, avec les vignes qui l'entouraient alors, et chaque génération avait pris grand soin de son entretien. Guillaume avait dû s'apercevoir qu'il était temps pour lui de remplir son rôle de gardien du patrimoine familial en procédant à quelques rénovations, mais bien sûr il voulait être le seul à décider de tout, comme toujours. Pauvre Agnès !

Dehors, une petite pluie froide obligea Nicolas à courir jusque chez lui, où il arriva transi, pestant contre ce mois de mars décidément abominable. Au moment où il ouvrait la porte, il repéra une masse sombre, dans l'allée, juste derrière son coupé Mercedes. Reconnaissant la petite Fiat noire de Stéphanie, il se souvint brusquement de ce rendez-vous qu'il n'avait pas su refuser, quelques jours plus tôt, et qu'il avait complètement oublié depuis.

— Stéphanie ? appela-t-il en entrant.

Elle l'attendait dans la cuisine, un verre de jus de fruits à la main.

— Je suis désolé, je...

— Tu avais oublié, c'est ça ?

— Ne m'en veux pas, j'ai du boulot par-dessus la tête, je ne sais plus ce que je fais...

Mais aussi, pourquoi ne fermait-il jamais à clef ? Si elle avait trouvé porte close, sans doute serait-elle partie. Il remarqua qu'elle portait un ravissant tailleur beige qu'il ne connaissait pas et qu'elle avait dû acheter exprès pour lui. Ses cheveux châtain clair, coupés au carré, brillaient sous la lumière, ses yeux gris étaient habilement soulignés d'un trait noir. Jolie, fragile, douce, elle pouvait plaire à n'importe quel homme mais c'était lui qu'elle voulait. Au début de leur histoire, il avait failli tomber amoureux pour de bon, et puis quelque chose s'était détraqué.

— Tu as reçu un appel, il y a cinq minutes..., dit-elle en désignant le téléphone.

Sur le comptoir de marbre, le voyant rouge du répondeur clignotait. Tandis qu'il rembobinait la cassette, il constata qu'elle l'observait d'un drôle d'air et il se demanda quel était le contenu du message. Elle l'avait forcément entendu puisque le son n'était pas coupé. Il enfonça la touche *play,* à peu près certain qu'il s'agissait d'une femme.

— Salut, Nicolas, c'est Lucrèce. Mon frère a eu un accident et... Oh, tout va bien maintenant, il a été opéré avant-hier, ce qui fait que je suis plutôt bousculée en ce moment ! J'ai pris du retard au journal et je ne pourrai sûrement pas te voir dimanche. Rappelle-moi la semaine prochaine, ça me fera plaisir. Je t'embrasse.

La bande s'arrêta avec un claquement sec. Stéphanie le regardait toujours, attendant sans doute une explication, mais il se détourna, désemparé. Lucrèce n'avait aucun besoin de lui, c'était manifeste. Elle se contentait de se décommander, elle ne criait pas au secours. Sachant à quel point elle adorait son frère, elle avait dû s'affoler, se faire du souci, et aussi se retrouver seule dans son pavillon... néanmoins, elle n'avait pas éprouvé l'envie de lui téléphoner plus tôt. Il ne comptait guère pour elle, autant se faire une raison. Sans aucun doute était-elle allée chercher de l'aide auprès du Pr Cartier ! Si tant est qu'elle en ait eu le désir, car finalement elle pouvait se passer de tout le monde, elle était assez forte pour cela.

Il s'en voulut aussitôt d'éprouver une telle rage. Non, Lucrèce n'était pas une jeune femme fragile, et elle n'allait pas changer seulement parce qu'il mourait d'envie de la consoler. « Salut, Nicolas » suivi d'un « Je t'embrasse » des plus indifférent. Quel genre d'illusions pouvait-il encore conserver ?

— Une mauvaise nouvelle ? demanda Stéphanie dans son dos.

Elle s'était approchée sans qu'il s'en aperçoive, et bien sûr elle n'osait pas lui demander carrément qui était cette Lucrèce. Il fit un énorme effort pour ne plus penser à ce qu'il venait d'entendre.

— Où veux-tu aller dîner ? parvint-il à dire.

— J'ai apporté tout ce qu'il faut, c'est dans le frigo.

Un tête-à-tête d'amoureux ? C'était vraiment ce qu'elle espérait ?

— Mais si tu préfères que je m'en aille...

Quand il se retourna vers elle, surpris par la tristesse de l'intonation, il découvrit son air malheureux et se sentit coupable. La soirée avait mal commencé pour eux deux, inutile de gâcher la suite.

— Je vais nous préparer une flambée, murmura-t-il à contrecœur.

À défaut d'aimer Stéphanie, il l'appréciait, avec elle au moins il pourrait parler de vignes et de vins puisqu'elle appartenait à une famille d'exploitants. Et peut-être sa compagnie parviendrait-elle à lui faire oublier le message de Lucrèce ? L'idée était tellement absurde qu'il finit par sourire.

Fabian déposa doucement le plateau sur la table de chevet, sans réveiller Lucrèce. C'était la première fois qu'elle passait une nuit entière chez lui et jamais ils n'avaient pris leur petit déjeuner ensemble. Même lorsqu'il était allé la rejoindre, à Toulouse, il avait quitté l'hôtel à l'aube afin de regagner Bordeaux assez tôt pour être au bloc à l'heure. Avoir une femme dans son lit, ce matin, lui procurait une sensation étrange l'obligeant à se souvenir d'une autre période de sa vie.

Il resserra la ceinture de son peignoir de soie bleu nuit puis s'assit à côté d'elle dans la pénombre. Allongée sur le ventre, la joue posée sur ses bras croisés, elle était incroyablement belle. Du bout des doigts, il écarta la masse de cheveux bruns qui cachait son épaule, fit glisser le drap, découvrant son dos, ses fesses. Il connaissait son corps par cœur, savait exactement de quelle façon lui faire l'amour. Tout comme il savait qu'il lui était à présent trop attaché pour pouvoir rompre. Il serait obligé d'attendre qu'elle se lasse de leur liaison, qu'elle se décide à le quitter. Autant ne pas chercher à imaginer ce qu'il allait ressentir ce jour-là.

— Quelle heure est-il ? murmura-t-elle d'une voix ensommeillée.

— Six heures.

— Il faut se lever ?

— Toi, peut-être pas, mais moi, oui.

Lorsqu'elle ouvrit enfin les yeux, il fut frappé une fois de plus par l'extraordinaire luminosité de son regard turquoise. Il se détourna pour servir le café, lui en tendit une tasse.

— Toujours sans sucre, même le matin ? Tu as des toasts, si tu veux. Je vais prendre une douche.

— Attends...

Tenant la tasse d'une main, elle posa l'autre sur son bras pour l'empêcher de bouger.

— J'ai réfléchi, Fabian, je vais écrire cet article. Il faut juste que j'arrive à convaincre Marc, mon rédacteur en chef, mais le sujet devrait le motiver !

Avec un sourire amusé, il se demanda à quel moment elle avait bien pu réfléchir, depuis la veille, alors qu'elle s'était endormie d'un coup, au milieu d'une phrase, exactement comme une enfant. Ils avaient d'abord dîné au restaurant, où elle l'avait harcelé de questions à propos du sida. Depuis la révélation qu'il lui avait faite à l'hôpital, sa curiosité semblait insatiable. Pour lui répondre, il s'était efforcé de ne pas se réfugier derrière un jargon trop scientifique, ni de minimiser ses inquiétudes de chirurgien. En rentrant à l'appartement, la jeune femme avait continué à l'interroger, ne s'interrompant que lorsqu'il l'avait déshabillée. Bien plus tard, réfugiée dans ses bras, elle avait recommencé à en parler jusqu'à ce que le sommeil la fasse taire.

— Tu crois vraiment que je dois aller à Paris ? ajouta-t-elle en fronçant les sourcils. Avec tout ce que tu m'as dit, j'ai déjà de quoi faire un sacré papier.

— Non, tu n'as pas le droit d'écrire sur un sujet aussi grave sans te renseigner d'abord. Va à l'Institut Pasteur, va dans les différents ministères, mène ta propre enquête.

— On me répondra ?

— C'est ton métier de faire parler les gens, non ? Et tout n'est pas top secret. Tiens, par exemple, nous avons reçu l'année dernière une circulaire du directeur général de la Santé, relative à l'éventuelle transmission du sida par la transfusion sanguine et qui préconisait la sélection des donneurs. Pourquoi est-ce resté un vœu pieux, sans aucune application ? Pourtant, une étude du Centre national de transfusion montrait déjà que des anomalies du système immunitaire étaient apparues chez des hémophiles français, traités par des produits français... Tu vois, on parle beaucoup du sida dans la presse, mais on en parle n'importe comment.

— Pourquoi, à ton avis ? Il y a des centaines de journalistes bien plus compétents que moi, plus fouineurs !

— Et aussi un milieu médical très fermé, qui préfère toujours la loi du silence, soupira-t-il, sans compter des intérêts énormes en jeu.

Elle récupéra son élastique sur la table de chevet et leva les bras pour attacher ses cheveux en queue-de-cheval. Un geste si émouvant qu'il se sentit fondre.

— Très bien, tu as raison, dit-elle d'une voix décidée, je vais foncer au journal.

— À six heures du matin ?

Malgré l'envie qu'il avait de la prendre dans ses bras, il se leva avec nonchalance et se dirigea vers la salle de bains. Quand il en sortit, vingt minutes plus tard, vêtu d'un jean, d'une chemise blanche et d'un blazer bleu marine, elle était toujours enfouie sous les draps, écoutant la radio en sourdine. Il s'arrêta près d'une console, fouilla dans une coupe en verre où il prit un trousseau de clefs.

— Si tu vas à Paris et si tu ne sais pas où dormir, j'ai un pied-à-terre rue de Médicis, tu peux t'y installer, je ne m'en sers jamais.

— C'est vrai ?

Certaine que Marc refuserait de lui payer ses frais de déplacement pour un hypothétique article à sensation, elle s'était inquiétée du prix des hôtels. Fabian pouvait au moins la soulager de ce problème. Il lui tendit les clefs puis se pencha vers elle et lui déposa un baiser léger sur les lèvres.

— 22, rue de Médicis, deuxième étage, c'est facile de s'en souvenir. Je t'appellerai dans quelques jours pour savoir où tu en es, dit-il en souriant. Travaille bien, ma belle !

Il aurait adoré l'accompagner à Paris, mais il n'en était pas question, et pas uniquement à cause de son planning chargé. Sa seule chance de conserver Lucrèce était de la laisser libre, de ne jamais lui montrer à quel point il l'aimait.

— Il y a quand même un truc qui m'ennuie, déclara-t-elle en sortant du lit, c'est laisser Julien.

Debout devant lui, nue, elle était sublime avec ses longues jambes, son ventre plat, ses hanches étroites et ses seins provocants. Il s'écarta délibérément afin de ne pas céder au désir violent qu'elle était en train de susciter.

— Ton frère est coincé à l'hôpital un petit moment encore et, à ma connaissance, non seulement il ne manque pas de visites, mais les infirmières se battent pour s'occuper de lui !

Il la regarda une dernière fois, des pieds à la tête, esquissa un nouveau sourire.

— En sortant d'ici, ajouta-t-il, tire la porte, cela suffira.

Déçue par son départ hâtif, alors qu'elle aurait voulu continuer à parler, Lucrèce soupira puis alla ouvrir les lourds rideaux de velours brun. Elle observa un moment la place Pey-

Berland, encore déserte à cette heure matinale, jusqu'à ce qu'elle aperçoive la silhouette de Fabian qui s'éloignait vers la rue des Frères-Bonie. Grâce à lui, elle tenait sans doute sa première vraie chance de journaliste et elle commençait à se sentir très excitée par cette perspective.

Quittant la fenêtre, elle fila à la salle de bains, qu'il avait laissée dans un ordre impeccable. Comme le reste de l'appartement, elle n'avait jamais vu cette pièce que la nuit, et la lumière du jour lui donnait un autre aspect. Fabian était un célibataire méthodique, qui semblait n'apprécier que les objets luxueux ; toutefois, l'impression d'ensemble restait dénuée de fantaisie, presque froide. Depuis qu'elle avait été obligée de quitter la maison de son enfance, elle était très sensible à l'atmosphère des lieux où elle se trouvait. Avec Julien, ils avaient réussi à rendre gai et chaleureux leur petit pavillon, tout comme leur mère l'avait fait de son appartement minuscule, au-dessus de la boutique. Tandis que Brigitte, pendant ce temps-là, ôtait son âme et son charme à la maison des Cerjac.

Elle prit une douche rapide, puis retourna s'habiller dans la chambre sans plus s'intéresser à ce qui l'entourait. D'abord, elle allait appeler sa mère, et aussi Sophie, afin de s'assurer que Julien ne manquerait de rien en son absence. Ensuite, elle filerait au journal, où Marc arrivait toujours très tôt, et avec un peu de chance elle pourrait sauter dans un train pour Paris avant midi.

Nicolas était déjà venu une première fois, en fin de matinée. Fort étonné de découvrir l'affichette : « *Fermé* », accrochée sur le rideau de fer, il avait décidé de retenter sa chance en sortant du bureau, à six heures du soir. Quand il arriva en vue de la librairie, il constata avec plaisir que les lumières étaient allumées et, à travers la vitre, il aperçut Emmanuelle à sa place habituelle.

— Bonjour ! lança-t-il en faisant tinter la clochette de la porte. J'ai cru que vous étiez partie en vacances sans prévenir, je vous en aurais beaucoup voulu...

Souriant, il vint se planter devant le comptoir de pitchpin.

— J'avais envie de vous voir... et je n'ai plus rien à lire.

Elle lui rendit son sourire, pourtant elle paraissait fatiguée, soucieuse, sans entrain même.

— Quelque chose ne va pas ? demanda-t-il spontanément. Oh, excusez-moi, c'est indiscret ! Peut-être préféreriez-vous que je revienne un autre jour ?

— Non, pas du tout, vous êtes toujours le bienvenu.

Durant quelques instants, elle le dévisagea d'un air énigmatique, puis elle finit par lui proposer une tasse de café. Il était un peu tard pour en boire, il accepta néanmoins sans hésiter. L'atmosphère de la librairie et la conversation d'Emmanuelle lui donnaient toujours envie de s'attarder, sans qu'il sache vraiment pourquoi il y prenait un tel plaisir.

— J'espère qu'il est encore chaud, dit-elle en le servant. J'ai reçu des nouveautés, malheureusement je n'ai pas eu le temps de déballer les cartons...

— Aucune importance, je ne tiens pas forcément aux dernières parutions, il doit y avoir dans votre stock des tas de livres que je n'ai pas encore découverts.

Au lieu de lui proposer immédiatement un titre, comme d'habitude, elle parut réfléchir à la question, mais soudain elle désigna une série de photos alignées près d'elle, sur le comptoir.

— Mon fils a eu un accident, on a dû l'opérer, je me suis fait beaucoup de souci...

La phrase cloua Nicolas sur place. La voix de Lucrèce, sur le répondeur, avait eu une intonation identique en prononçant les mêmes mots. « *Mon frère a eu un accident... il a été opéré avant-hier...* » Son regard se posa sur les photos puis il tendit la main et les fit glisser vers lui. Un cavalier en tenue de concours hippique, monté sur un très beau cheval, s'envolait au-dessus d'un obstacle rouge et blanc. Sur le cliché suivant, le cavalier était à pied, sans sa bombe, debout sur un podium, un trophée à la main, souriant à l'objectif. Il l'avait déjà entrevu en raccompagnant Lucrèce chez elle, sans compter cette couleur d'yeux inimitable que la photo ne trahissait pas.

— C'est votre fils ? demanda-t-il, sidéré.

Lucrèce lui avait raconté, avec des intonations tendres, que les chevaux constituaient la seule passion de son frère.

— Il s'appelle Julien, précisa Emmanuelle.

Relevant la tête, il la regarda comme s'il la voyait pour la première fois. Bien sûr, il aurait pu deviner avant, découvrir seul la ressemblance, comprendre la raison de cette tendresse inexplicable qu'il éprouvait pour elle depuis le premier livre acheté ici.

— Et votre fille, Lucrèce, non ?

— Si ! Comment le savez-vous ?

Ils n'avaient jamais parlé que de littérature ensemble, pas d'eux-mêmes. Sur la devanture, l'inscription *Librairie Emmanuelle Berthier* était tout à fait anonyme. D'ailleurs, il ignorait qu'elle avait des enfants, fait qu'elle n'avait pas mentionné jusque-là.

— C'est une drôle d'histoire, dit-il prudemment.

S'il connaissait son nom, elle ne devait pas avoir retenu le sien. Un client parmi d'autres, qui payait toujours en espèces, qu'elle appelait par son prénom lorsqu'ils discutaient sans fin. Lucrèce parlait-elle de ses amis à sa mère ? Avait-il assez d'importance dans la vie de la jeune femme pour qu'elle ait eu l'envie ou l'occasion de l'évoquer en famille ?

Le café, qu'il venait de boire machinalement, était amer et froid. L'idée de s'en aller sans jamais revenir l'effleura une seconde puis le fit sourire. Alors qu'il prenait sa respiration avant de se lancer dans une longue explication, elle le devança.

— Nicolas, que faites-vous, dans la vie ?

— Négociant.

À Bordeaux, il était évidemment inutile de préciser de quelle sorte de négoce il s'agissait. Elle fit le rapprochement tout de suite et il vit son visage s'éclairer.

— Mais bien sûr ! Nicolas Brantôme, c'est vous ? Mon Dieu, quelle...

— Je ne crois pas aux coïncidences.

— Pourtant, là, vous êtes obligé de vous incliner !

Lucrèce faisait parfois référence à son père, avec une rage qu'elle ne cherchait pas à dissimuler, mais de sa mère elle avait juste mentionné son commerce, une femme merveilleuse. Il était d'accord, même si la découverte de cette parenté le gênait. Et, s'il avait besoin d'une preuve supplémentaire de la stupidité dont il avait fait preuve dans ses rapports avec Lucrèce jusque-là, il la tenait. Trop de discrétion, de patience inutile, de temps perdu. Il n'avait pas voulu la questionner, elle ne lui avait rien livré, et maintenant il avait l'air d'un idiot.

— Ma fille vous aime beaucoup, elle dit que vous êtes adorable, que vous lui avez fait découvrir toutes les caves du Médoc, que...

— Pas toutes, non !

Il s'en voulut de lui avoir coupé la parole aussi sèchement, cependant il ne voulait pas entendre la suite. Que Lucrèce le prenne pour un bon copain était déjà insupportable, il espéra qu'Emmanuelle n'ajouterait rien. Et comme, effectivement, elle restait silencieuse, perplexe même, il essaya de se reprendre, sans parvenir à autre chose qu'à esquisser une grimace pitoyable.

— Désolé... Votre fils va mieux, maintenant ?

— Aussi bien que possible, compte tenu de la gravité de sa chute. Je vais le voir tous les jours à l'hôpital, j'essaie de lui remonter le moral, mais sa saison de compétition est fichue et il vit cela comme un drame. En plus, il n'est pas certain de conserver son emploi.

Tout en parlant, elle avait quitté le comptoir et s'était dirigée vers les tables où s'entassaient les livres. Elle lui cita plusieurs titres, qu'il accepta d'emblée, ce qui la fit se retourner.

— Vous les voulez tous ?

— Oui.

Amusée, elle revint vers lui avec les cinq volumes choisis.

— Eh bien, vous en aurez pour un moment...

Tandis qu'il sortait son portefeuille, elle l'observa à la dérobée. Il était amoureux, elle le devinait sans peine, et il souffrait. Comment Lucrèce pouvait-elle préférer un homme d'âge mûr à ce si charmant garçon ? Même si sa fille n'était guère bavarde au sujet de sa vie privée, elle avait laissé échapper quelques confidences surprenantes d'où il ressortait que Fabian Cartier la rassurait, alors que Nicolas, avec son désir d'absolu, l'inquiétait. Lucrèce ne voulait pas aimer et s'encombrer de grands sentiments, elle prétendait avoir besoin de rester libre pour l'instant. Dans quel but ? Sacrifier toute sa jeunesse à une carrière ? Bien sûr, elle ne l'avait pas exprimé clairement, mais l'exemple de sa mère, de ces années consacrées à un mari qui l'avait finalement trompée et quittée avait dû la révolter. Après tout, c'était compréhensible, le monde changeait, les femmes aussi.

— Quand Lucrèce sera rentrée de Paris, venez donc prendre un café avec elle ici, suggéra-t-elle.

— De Paris ? Elle est à... Oui, certainement. À bientôt, Emmanuelle.

Il ramassa son sac de livres et sortit du magasin sans se retourner. Dehors, il faisait encore jour, des gens flânaient sur les trottoirs de la rue Notre-Dame. Lucrèce était partie en voyage, pour son journal ou pour son plaisir, seule ou accompagnée, il n'en savait rien puisqu'elle n'avait pas jugé bon de l'avertir. Au moins, son absence expliquait qu'elle ne soit jamais chez elle, qu'elle ne réponde pas au téléphone.

« Quand tu en auras marre de perdre ton temps et d'avoir l'air d'un con... »

Pour récupérer sa voiture, garée près du bureau, il gagna le quai des Chartrons. Il avait rendez-vous dans un quart d'heure à son club de tennis, et aucune envie de s'y rendre. Pourquoi avait-il accepté de disputer un match en double ce soir ?

« Parce que tu dois te distraire, voir des gens, surtout des filles... »

Était-elle en train de roucouler sous la tour Eiffel avec Fabian Cartier ? Était-ce lui qui avait opéré son frère ?

« Il y a cette ravissante Juliette, qui possède un excellent revers et que tu pourrais inviter à dîner. Ou cette petite blonde qui tient le bar... si tu attends la fermeture, tu la ramènes chez toi à coup sûr ! »

Il mit le contact et le moteur du coupé démarra instantanément avec un grondement sourd. Lucrèce Cerjac ne serait pas la femme de sa vie, tant pis. Il ne pourrait l'arracher de force à son chirurgien quadragénaire, ni lui enlever ses idées féministes ! D'ailleurs, elle tournait en dérision tout ce à quoi il croyait : le grand amour, le mariage. Ils étaient trop différents l'un de l'autre, autant qu'il se fasse une raison s'il ne voulait pas passer le reste de son existence à se désespérer. En pure perte.

« Et Stéphanie, aussi... Après tout, tu n'es pas si mal que ça avec elle... »

À force de s'accrocher à lui, elle avait fini par l'émouvoir. Plus il résistait, plus elle se montrait adorable, au point d'arriver à le faire craquer certains soirs.

« Ou alors, appelle des copains, va te saouler ! »

N'importe quoi pour ne plus penser à Lucrèce. Ne plus *jamais* lui téléphoner et mendier un rendez-vous. S'il parvenait à la faire sortir de son existence, il serait sauvé.

Persuadé d'avoir pris la bonne décision, il s'insinua dans le flot de la circulation sans savoir à quel point l'avenir allait lui donner tort.

4

mai 1984

Perdue dans la contemplation des jardins du Luxembourg, Lucrèce était restée longtemps accoudée au balcon. Les divers éléments de son enquête commençaient à bien s'ordonner dans sa tête, elle avait enfin réussi à trier la somme d'informations recueillies, mais à présent elle se sentait si fatiguée qu'elle ne trouvait pas le courage d'écrire le soir même.

À regret, elle se détourna pour rentrer dans le studio, sans se donner la peine de fermer la fenêtre. Il faisait presque chaud, malgré l'heure tardive, et elle s'aperçut qu'elle avait faim. Elle pouvait sortir, gagner le boulevard Saint-Michel tout proche, dîner en vitesse dans n'importe quel bistrot puis rentrer se coucher, toutefois, l'idée de marcher encore la décourageait d'avance. Combien de kilomètres avait-elle parcourus, depuis trois jours, dans les couloirs du métro ou le long des trottoirs ? Sans compter toutes les fois où elle s'était perdue, où elle avait dû courir pour arriver à l'heure à ses rendez-vous. Mais la découverte de Paris l'enthousiasmait, elle ne se lassait pas d'arpenter les rues, attentive à tout. Comparée à Bordeaux, la ville était si vaste, si grouillante d'activité, qu'elle enviait les journalistes ayant la chance d'y travailler. Ici, tout semblait possible.

Pieds nus sur le parquet de chêne, elle gagna la cuisine. Ce que Fabian appelait son « studio » était en réalité une pièce immense, avec trois hautes portes-fenêtres donnant sur un balcon de pierre, face aux grilles du Luxembourg. Il y avait aussi une cuisine, petite mais ultramoderne, ainsi qu'une salle de bains spacieuse, entièrement carrelée de blanc et de bleu marine. Un vestibule dallé de marbre et un dressing aux penderies d'acajou complétaient l'ensemble. Lors de son premier séjour parisien, trois semaines plus tôt, elle avait été éblouie en entrant là. Téléphone, télévision, chaîne stéréo, rien ne manquait à ce somptueux pied-à-terre, sinon un peu de chaleur. Elle n'avait trouvé aucun objet personnel, à part quelques chemises sur des cintres, et une boîte de préservatifs dans le tiroir de la table de nuit, ce qui l'avait fait éclater de rire. Fabian était décidément un homme à femmes, constatait-elle sans éprouver de jalousie. Avec elle, en tout cas, il se comportait de manière idéale. En avril, quand elle était rentrée à Bordeaux presque bredouille, découragée par la mauvaise volonté – voire, l'animosité – des gens rencontrés au fond des ministères, elle aurait fini par renoncer s'il ne l'avait pas aidée. Mais quelques coups de téléphone avaient suffi, à croire qu'il possédait des relations partout, y compris à Paris. Et les trois rendez-vous obtenus justifiaient amplement un nouveau voyage, qu'elle ne regrettait vraiment pas !

Debout devant le réfrigérateur ouvert, elle but du jus d'orange à même la bouteille, puis elle retourna dans le living où elle s'installa confortablement. Marc ne tarderait plus à l'appeler et elle devait pouvoir lui exposer l'essentiel de ses conclusions. Autant il avait été difficile à convaincre au début, autant il se montrait passionné depuis qu'elle lui avait raconté ses derniers entretiens. Au téléphone, elle avait senti le changement de ton, perçu son excitation de chien de chasse flairant soudain la piste du gibier.

Son bloc était entièrement couvert de notes prises sous la dictée lors des interviews, parfois en phonétique lorsqu'il s'agissait de termes techniques incompréhensibles, et elle commença à inscrire des numéros en face de certains paragraphes. D'abord les renseignements obtenus à l'Institut Pasteur, avec la révélation que, depuis janvier, le Pr Montagnier avait obtenu du gouvernement le financement d'un laboratoire de haute sécurité, au sein duquel il essayait de mettre au point un test de dépistage sanguin. Depuis la mise en évidence de la transmission du virus du sida par le sang, ce test devenait indispensable. Sachant que les produits sanguins destinés aux hémophiles étaient faits à partir de milliers de lots de donneurs, on pouvait en conclure qu'ils étaient *tous* contaminés. Une catastrophe sans précédent. Aux États-Unis, la puissante firme Abott avait déjà élaboré son test, mais celui-ci se révélait peu fiable, d'après les scientifiques. Ainsi, une véritable guerre était-elle en train de s'engager entre les Américains et Diagnostics-Pasteur, société industrielle pour le développement des découvertes de l'Institut. Suite logique de la rivalité qui opposait les Prs Montagnier et Gallo, ce dernier venant juste d'annoncer sa « découverte » du virus, un an après celle de son confrère en France. Qu'il soit baptisé HTLV III ou LAV, il s'agissait du même fléau, qui risquait d'infecter la planète entière.

Fabian le lui avait expliqué, des intérêts énormes étaient en jeu, couverts par la loi du silence, protégés par l'ignorance, ou l'inertie. Chaque maladie, chaque épidémie donnait systématiquement lieu à des batailles d'argent que se livraient les géants de l'industrie pharmaceutique, et si amoral ou paradoxal que ce soit, il n'existait pas d'autre salut. Dehors, la nuit était tombée, noyant d'ombre les feuillages du Luxembourg. Lucrèce pensa à son frère, qui avait échappé à un risque mortel *uniquement* parce qu'elle était, à ce moment-là, la maîtresse d'un chirurgien. D'autres n'auraient pas cette chance. En ce moment même, à combien de gens était-on en train d'inoculer le virus sans le savoir ? « Mon rôle n'est pas d'affoler les patients et je n'ai pas de solution », avait dit Fabian. Transfuser quelqu'un revenait à jouer à la roulette russe. Non seulement cette terrible maladie se répandait d'elle-même, mais elle était parfois, de surcroît, directement injectée aux malades. Inimaginable. De quoi provoquer le scandale du siècle.

Lucrèce se leva et se mit à arpenter nerveusement la pièce, allumant des lumières sur son passage. Les gens qu'elle avait interrogés s'étaient pour la plupart montrés coopératifs, à l'exception de deux incidents significatifs. Le premier avec un médecin, fort agressif durant l'interview, l'autre au ministère de la Santé, avec un fonctionnaire carrément menaçant. Face à ces deux hommes, Lucrèce avait compris que son enquête ne faisait pas plaisir à tout le monde. Être propulsée dans le journalisme d'investigation – alors qu'elle n'était encore qu'une débutante – la stimulait, l'excitait, aiguisait sa curiosité au point de la rendre téméraire. *Qui* appliquait cette loi du silence évoquée par Fabian, et *pourquoi ?* Un jour ou l'autre, des gens allaient apprendre qu'ils avaient contracté le sida par le biais des hôpitaux de l'Assistance publique. Entre-temps, ils seraient sans doute rejetés comme des brebis galeuses par la société, suspects pour tout leur entourage, condamnés à mort... Ils finiraient bien cependant par découvrir que le monde politique, ainsi que le monde médical, aurait pu réagir à temps. Combien de plaintes puis de procès l'attentisme louche des pouvoirs publics allait-il déclencher ? Il s'agissait, ni plus ni moins, d'empoisonnement délibéré. Et certains des protagonistes en étaient bien conscients, ce qui leur donnait l'impression d'être assis sur une poudrière. Ceux-là recevaient forcément très mal toute tentative des médias pour en apprendre davantage.

L'article qu'elle allait livrer devrait donc être très clair, sans concession. Informer, dénoncer, voilà le but de n'importe quel journaliste responsable, à condition d'éviter les pièges du sensationnel ou de la sensiblerie.

La sonnerie du téléphone l'arracha brutalement à ses pensées et, persuadée qu'il s'agissait de Marc, elle se précipita sur son bloc pour pouvoir lui répondre avec précision grâce à ses notes.

— Bonsoir, Lucrèce, comment vas-tu ?

Heureuse d'entendre Fabian, sa belle voix grave, elle se laissa tomber sur le canapé.

— Bien ! Épuisée, mais très bien.

— Tant mieux. Tu progresses ?

— Tous les médecins à qui tu m'as adressée ont été formidables. Sauf un, le Dr Roland, qui s'est montré franchement désagréable.

— C'est-à-dire ?

— Le genre : « De toute façon, vous n'y comprenez rien, laissez-nous nous débrouiller entre nous ! »

— Je n'aurais pas cru ça de lui...

— Oh, et puis il y a aussi un type, au ministère, qui m'a plus ou moins menacée, rien que ça !

— Tu plaisantes ?

— Pas du tout. Un vrai teigneux ! On aurait cru que je m'intéressais à un secret d'État. On n'est pourtant pas dans un pays de l'Est, ici ! Tu parles d'une transparence...

Elle voulait ironiser mais il l'interrompit, sa voix se fit soudain inquiète :

— Fais attention à toi, Lucrèce.

Ce n'était pas une simple formule, elle le comprit si bien qu'elle éprouva aussitôt une sourde angoisse.

— De toute façon, j'ai fini. Le plus difficile, maintenant, ce sera de trier les informations, j'en ai presque trop ! Je pense rentrer demain.

— Déjà ? Tu n'en profites pas pour visiter un peu Paris ?

— Mon rédacteur en chef m'arracherait les yeux si je m'amusais à ça.

Elle perçut son rire léger et se sentit réconfortée.

— J'ai vu ton frère en consultation, cet après-midi, ajouta-t-il. Ses radios sont bonnes, je lui enlèverai sûrement ses broches plus tôt que prévu. Maintenant, il faut que je te laisse, je suis en retard. Quand veux-tu que nous dînions ensemble ? Vendredi, samedi ?

— Vendredi, ce serait parfait. J'aimerais que tu me donnes encore quelques explications, et aussi l'orthographe de certains termes.

— Je retiens une table au Bistrot des Quinconces pour vingt et une heures. Travaille bien d'ici là !

Avant qu'elle puisse le remercier, il avait déjà raccroché. Elle n'avait même pas pensé à prendre de ses nouvelles. Ni à lui demander pourquoi il était pressé. En principe, elle ne cherchait pas à savoir comment il occupait ses soirées. Ils étaient libres, tous les deux, et ne s'étaient pas juré fidélité. Un serment qu'il n'aurait pas pu tenir, elle en était persuadée. Entouré de femmes à l'hôpital, de sa ravissante secrétaire, manifestement folle de lui, de toutes les infirmières, des internes ou des patientes, comment réagissait-il ? Sans compter ses relations, qu'elle ne connaissait pas, tous ces gens qui l'invitaient à leurs dîners et dont il ne lui parlait jamais.

Toujours allongée sur le canapé, elle regarda autour d'elle. Décidément, rien n'évoquait Fabian dans ce décor impersonnel, elle aurait aussi bien pu se trouver à l'hôtel. Leur drôle de liaison durait depuis un an et demi. Pas vraiment une liaison, d'ailleurs, plutôt une aventure délibérément renouvelée. En tant qu'amant, elle le connaissait de mieux en mieux, mais en tant qu'homme... Fallait-il laisser durer cette histoire ? Ne prenait-il pas trop d'importance, malgré tout ? Certes, ils gardaient leurs distances avec soin, l'un comme l'autre, et en principe ne partageaient que le plaisir de l'instant, néanmoins, elle éprouvait parfois à son égard des élans de tendresse un peu déroutants. Assez réaliste pour deviner qu'elle projetait sur lui des sentiments confus, dont une frustration à laquelle son père n'était pas étranger, elle devait absolument rester vigilante pour ne pas s'attacher à lui. À moins qu'il ne soit déjà trop tard ?

Quand le téléphone sonna de nouveau, elle s'aperçut qu'elle avait complètement oublié Marc.

Sophie s'étira comme un chat, étouffa un bâillement puis se décida à sortir du lit. Elle avait mal dormi, non parce qu'elle était dans le lit de Lucrèce, mais parce que Julien se trouvait de l'autre côté de la cloison et qu'elle avait pensé à lui une grande partie de la nuit.

Elle ouvrit la porte tout doucement et fila à la salle de bains où elle s'enferma, espérant qu'une bonne douche allait lui remettre les idées en place. Rêver de Julien ne la conduirait nulle part, elle le savait très bien, ne serait-ce qu'à cause de Myriam, qui s'était comportée en véritable tigresse chaque fois qu'elles s'étaient croisées au chevet de Julien. Cette femme semblait croire que Julien lui appartenait, sa manière de lui tenir la main en le couvant d'un regard de propriétaire avait ulcéré Sophie.

Lorsqu'elle gagna la cuisine pour préparer le petit déjeuner, elle trouva Julien debout devant l'évier, en train de verser de l'eau bouillante sur du café. Elle n'avait pas l'habitude d'être seule avec lui et elle se sentit d'autant plus intimidée.

— Moi qui voulais te faire une surprise ! bredouilla-t-elle.

— Trop tard, jolie Sophie, je suis toujours très matinal...

— Et moi, je suis censée veiller sur toi.

— Je vais avoir besoin de toi, ne t'inquiète pas, au moins pour m'aider à me laver et à m'habiller.

S'appuyant d'une main à l'évier, il se retourna vers elle. Son peignoir en éponge s'ouvrit sur le plâtre qui l'emprisonnait de la hanche à la cheville, et dont il ne serait délivré que dans quelques jours. Il avait maigri, ses cheveux étaient plus longs, son teint plus pâle. À l'idée de rester avec lui pendant qu'il se doucherait, elle éprouva un début de panique. Elle était venue pour lui tenir compagnie, lui faire la cuisine, passer l'aspirateur et ranger la maison si nécessaire, courir chez l'épicier du bout de la rue, bref, tenir le rôle de Lucrèce en l'absence de celle-ci, mais elle n'avait pas vraiment songé au reste. Comme il avait refusé tout net d'aller chez Myriam durant sa convalescence, Emmanuelle avait assuré les deux premières nuits, puis Sophie s'était proposée, et à présent elle se demandait ce qui lui était passé par la tête. Elle le vit empoigner sa béquille et boitiller jusqu'à une chaise sur laquelle il s'installa tant bien que mal.

— Tu ne peux pas savoir à quel point j'en ai marre, soupira-t-il.

Il n'avait absolument pas faim mais il accepta par politesse la tartine qu'elle venait de lui beurrer. Il s'ennuyait de son cheval, l'exercice physique lui manquait, et par-dessus tout il était rongé d'inquiétude pour son avenir. Mauvoisin avait engagé un moniteur intérimaire et promis de monter Iago lui-même afin de le maintenir au meilleur niveau de sa condition ; cependant, même s'il s'était montré rassurant au téléphone, il n'avait pu calmer les angoisses de Julien.

— La rééducation sera longue, paraît-il, ajouta-t-il d'un ton morne.

Fabian Cartier estimait à une cinquantaine les séances prévues avec le kiné avant de pouvoir mettre un pied à l'étrier, ce qui le désespérait. Sans compter l'état lamentable de ses finances. Il en était réduit à attendre le retour de Lucrèce pour payer la facture d'électricité, et il n'était pas certain qu'elle soit beaucoup plus à flot que lui.

— Je vais avoir un peu de mal à remonter la pente...

— Mais non ! De quoi te plains-tu ? Tu as été opéré par le meilleur chirurgien de Bordeaux, tu n'auras plus de plâtre à la fin de la semaine, et tel que je te connais tu seras en selle dans un mois.

— Et Iago ?

— Quand tu le verras, tu n'en croiras pas tes yeux ! Xavier en a fait une affaire personnelle, il le travaille lui-même tous les matins alors qu'il ne montait quasiment plus. Je le soupçonne d'avoir toujours eu un faible pour ton cheval, ils ont aussi mauvais caractère l'un que l'autre !

Elle était désarmante à force de gentillesse et il finit par lui sourire, soudain de meilleure humeur.

— Il est bien, mon remplaçant ?

— Non, sois tranquille, il ne prendra pas ta place, aucun cavalier ne l'apprécie. Gentil, mais mou, incapable de diriger le personnel de l'écurie, ça rend fou Xavier.

Cette fois, il rit carrément, puis il essaya de se lever et dut s'y reprendre à trois fois.

— Comme tu vois, ce n'est pas glorieux, plaisanta-t-il. Tu viens me shampouiner ?

— Oui, bien sûr...

Elle le suivit jusqu'à la salle de bains mais il remarqua qu'elle s'arrêtait sur le seuil, indécise.

— Sophie ? Tu es sûre que ça ne t'ennuie pas ? Je comprendrais très bien que...

— Mais pas du tout, je t'assure ! Dis-moi ce que tu veux que je fasse.

Il avait défait la ceinture du peignoir et il l'observait, devinant sa gêne.

— Bon, je ne suis pas le premier homme que tu vois à poil, je suppose ?

En disant ces mots, il se demanda si tel n'était pas le cas, justement. Avec Lucrèce, il n'avait pas ressenti le moindre embarras, d'abord parce qu'il s'agissait de sa sœur, ensuite parce qu'ils avaient ri ensemble comme des gamins au lieu de se poser d'inutiles problèmes de pudeur.

— Je suis obligé d'emmener cette satanée béquille dans la douche, sinon je risque de me casser la figure, donc je n'ai qu'une main. Je te rassure, ça me suffit pour me savonner, alors si tu peux juste rincer, avec le jet, en évitant le plâtre...

— D'accord !

Pleine d'appréhension, elle s'était forcée à lui répondre d'un air désinvolte, mais, quand il laissa tomber son peignoir, elle se sentit encore plus mal à l'aise. Il se dirigea vers la douche, ouvrit les robinets, et quand il jugea la température satisfaisante il entra dans le bac avec précaution, laissant sa jambe plâtrée à l'extérieur. Elle se pencha pour ramasser le peignoir, qu'elle déposa sur un tabouret. Gardant la tête baissée, elle avança de trois pas, chacun lui coûtant un effort supplémentaire. Il sifflotait entre ses dents, toujours de dos, et elle releva enfin les yeux. Mince, musclé, avec une peau mate sans défaut, il était plutôt agréable à voir, pourtant elle aurait préféré s'enfuir. Où allait-elle trouver le courage de s'approcher et, pire, de le toucher ? D'où elle était, elle le voyait de profil, en train de se shampouiner d'une main.

— Tu supportes le spectacle, ça va ? lança-t-il gaiement. Bon, c'est là que tu interviens...

Fermant les yeux à cause de la mousse, il décrocha la pomme de douche à tâtons et la lui passa. Maladroite, elle sentit l'eau couler dans sa manche avant de se décider à diriger le jet sur lui. Elle dut lever les bras pour arriver à lui rincer les cheveux, et comme elle essayait en vain de ne pas le frôler elle faillit perdre l'équilibre. Son chemisier était trempé quand elle estima qu'elle pouvait enfin couper l'eau.

— Voilà, dit-elle en s'écartant. Je t'aide à te sécher ?

— S'il te plaît.

Elle prit la première serviette qui lui tomba sous la main, la lui posa sur les épaules.

— Tu n'as pas froid ? Tu n'es pas fatigué ?

À l'aide d'une deuxième serviette, elle se mit à le frictionner vigoureusement, pressée d'en finir.

— Arrête, dit-il soudain. Arrête...

Surprise par l'inflexion un peu rauque de sa voix, elle fut aussitôt sur la défensive.

— Désolé, Sophie, c'est juste un réflexe, sans doute parce que tu es trop jolie et que si tu continues... Je suis vraiment navré. Tu me passes mon peignoir ?

Il avait envie d'elle, elle le constatait avec un mélange de stupeur, de fierté idiote, et aussi un insupportable dégoût. Elle s'était mise à trembler, incapable de se contrôler, les joues brûlantes. Le seul autre homme dont elle ait vu le sexe en érection était Bessières, mais elle ne voulait s'en souvenir à aucun prix, et surtout pas maintenant.

Apparemment, Julien ne comprenait pas sa réaction et restait immobile. Comment lui expliquer ce qu'elle ressentait sans le vexer ? Il était troublé, ce n'était pas grave, elle ne devait pas en faire un drame. Elle le vit prendre appui sur sa béquille, puis il tendit vers elle sa main libre, la saisit par la taille et l'attira contre lui. Terrorisée, elle se dégagea brutalement avant d'éclater en sanglots.

— Sophie, mais enfin... Qu'est-ce que tu as ? Ne pleure pas, il ne s'est rien passé, rien du tout.

Réfugiée contre le mur, elle fit un effort désespéré pour se maîtriser, réussissant même à lui sourire à travers ses larmes.

— Excuse-moi, je suis ridicule.

Depuis des mois, elle espérait qu'il allait s'intéresser à elle autrement que comme la meilleure amie de sa sœur, une gentille fille qu'il aimait bien mais qui faisait partie du paysage, et tout ce qu'elle trouvait à faire aujourd'hui était de piquer une crise d'hystérie. Pour se justifier, elle aurait dû lui expliquer, lui raconter les horreurs qu'elle gardait au fond de sa mémoire, des choses qu'elle n'avait jamais réussi à dire, même pas à Lucrèce, hélas ! il était le dernier à qui elle pouvait se confier.

— Sortons d'ici. Viens, on va reprendre un café, proposa-t-il d'un ton apaisant.

Il avait remis son peignoir, dont il serra la ceinture, et il s'écarta pour la laisser passer la première. Avait-il enfin fait le rapprochement ? Il connaissait l'histoire de Bessières, au moins en partie, et maintenant il y pensait sûrement car il paraissait très gêné.

Une fois assis face à face à la table de la cuisine il parla le premier.

— Tu n'es pas un copain de régiment, j'ai été idiot de te demander quelque chose d'aussi... intime. On oublie, on n'en parle plus.

— Tu dois me prendre pour une folle !

— Absolument pas. C'est moi qui ai commis une erreur, ne m'en veux pas. Mais tu ne dois pas avoir peur de moi, d'accord ?

Prudemment, il tendit le bras au-dessus de la table et posa sa main sur celle de Sophie. Les larmes avaient fait couler son mascara, lui dessinant des cernes, son chemisier mouillé était plaqué sur elle. Il la trouva très jolie, très émouvante, mais ce n'était pas le moment de le lui dire.

— Tu vas être en retard à la fac, sauve-toi.

Quand il retira sa main, elle ressentit une absurde déception et se maudit de sa propre incohérence.

— Excusez-moi, monsieur, bredouilla Brigitte, je peux vous parler un instant ?

Elle avait attendu Fabian Cartier devant le vestiaire des chirurgiens, d'où il venait enfin d'émerger.

— Oui, allez-y, mais vite, je suis en retard pour ma consultation !

Ses papiers à la main, Brigitte se sentit stupide, pourtant elle devait absolument essayer de le fléchir.

— J'ai vu que vous n'aviez pas validé mon stage, dit-elle en désignant l'une des feuilles.

— Non, en effet, répondit-il sèchement.

Quand il le voulait, il pouvait se montrer très désagréable, mais parfois il était vraiment charmant, il suffisait de savoir s'y prendre.

— Tous mes autres stages ont été validés par les chefs de service, plaida-t-elle.

Gardant la tête levée vers lui, elle se força à sourire. La seule chose qui la séparait encore de son titre d'interne dépendait du Pr Cartier, elle avait failli pleurer de frustration en prenant connaissance de son dossier, le matin même. L'ensemble des notes ou des appréciations n'était pas extraordinaire, mais en principe elle en avait fini avec son interminable formation de médecin des hôpitaux. Sauf cette maudite chirurgie, qui l'effrayait et qu'elle détestait.

— Tant mieux si vous brillez dans les autres matières, mais votre passage ici a été franchement nul. Vous en êtes bien consciente ?

À l'évidence, il n'allait pas revenir sur sa décision, pour lui le chapitre était clos. Qui plus est, il avait la réputation d'être un patron exigeant, qui ne faisait jamais de concession à personne et surtout pas aux étudiants. Avec n'importe qui d'autre, elle aurait argumenté, insisté, malheureusement Fabian lui faisait perdre tous ses moyens. Elle le suivit jusqu'aux ascenseurs, affolée à l'idée de ce trimestre perdu. Lorsqu'elle le vit appuyer sur le bouton d'appel, elle comprit qu'il ne lui restait qu'une poignée de secondes pour le convaincre. Il releva le col de sa chemise, prit dans la poche de son blazer une cravate qu'il commença tranquillement à nouer. Ce geste simple, accompli par Guy chaque matin sans qu'elle s'y intéresse, lui parut soudain chargé d'une extraordinaire sensualité.

— Monsieur, je...

— La seule chose que je puisse faire pour vous est d'accepter un deuxième essai. Réinscrivez-vous dans mon service, je suis d'accord.

Médusée, elle voulut protester mais l'ascenseur arrivait et il s'engouffra dans la cabinc.

— Oh, mon Dieu..., murmura-t-cllc.

Ce n'était pas du tout ce qu'elle avait prévu. Elle s'était bêtement imaginé qu'il céderait, peut-être par courtoisie vis-à-vis de Guy, peut-être seulement parce qu'il l'aurait trouvée émouvante. Ou jolie. Et maintenant, elle allait se retrouver à nouveau enfermée dans cette maudite salle d'opération pendant trois mois, avec pour seule consolation de voir chaque jour un homme qui la faisait fantasmer au moins autant qu'il l'exaspérait. Trop intransigeant, il la terrorisait quand il l'interrogeait, et trop séduisant, il l'embrouillait dans les rares réponses qu'elle aurait pu lui fournir.

— Eh bien, tu n'as pas l'air en forme ! Des soucis ?

Un jeune médecin, qu'elle connaissait de vue, s'était approché et la dévisageait d'un air curieux.

— Pas du tout ! répliqua-t-elle d'un ton de défi.

À rester plantée devant les ascenseurs, elle devait avoir l'air d'une idiote. Elle décida d'emprunter l'escalier et redescendit dans son service. Agitée de pensées contradictoires, l'idée de demander à Guy d'intervenir l'effleura. Mais non, son mari allait au contraire essayer de la raisonner, de la persuader de sa chance. Il était lui aussi subjugué par Fabian Cartier, et très flatté de le connaître. Sans oublier qu'il n'avait jamais reçu aucune note d'honoraires pour l'opération de Julien. D'ailleurs, à son âge, il devait avoir oublié depuis longtemps l'époque où il était lui-même étudiant en médecine, avec toutes les angoisses que cela supposait, et il serait incapable de la comprendre.

Elle déboucha à l'étage de la médecine générale, toujours très préoccupée, et se heurta à Aline Vidal, l'agrégée du service, qui faillit tomber.

— Eh, tu n'es pas obligée de défoncer les portes ! protesta Aline.

— Excuse-moi, maugréa Brigitte, mais je ne suis pas dans un bon jour, Cartier a refusé de valider mon stage.

Comme elle tenait toujours son dossier d'internat à la main, elle l'agita sous le nez d'Aline en lui racontant ses malheurs.

— Et il te reprend ? Eh bien, c'est plutôt une fleur qu'il te fait...

— Tu crois ?

N'ayant pas envisagé les choses sous cet angle, Brigitte se sentit un peu rassérénée, mais aussitôt Aline eut un petit rire cynique qui lui enleva toute illusion.

— Bien sûr que non ! En fait, il va s'acharner sur toi et te poser des questions dont il est le seul à connaître la réponse ! Et, de plus, il s'imagine que tout le monde adore le genre de boucherie qu'il pratique avec ses scies, ses trépans, ses broches...

— Arrête, rien que d'y penser, ça me rend malade ! Sans compter les trois mois de perdus...

Avec un haussement d'épaules, Aline l'entraîna vers le distributeur de café.

— Moi non plus, ça ne m'arrange pas, je manque d'internes et j'avais besoin de toi ici.

Tout en introduisant des pièces dans la machine, elle se pencha vers Brigitte.

— Tu n'es pas la seule à ne pas apprécier Cartier. Il est terriblement sûr de lui, d'accord, mais il n'a pas que des amis ! Viens avec moi deux minutes...

Elles longèrent le couloir jusqu'à une minuscule salle de repos, dont Aline ferma soigneusement la porte.

— Bon sang, ce boulot est crevant, soupira-t-elle. Et malgré tout, j'ai adoré cet hôpital des années et des années ! Quand j'ai obtenu mon titre et mon poste, j'ai même cru que c'était le plus beau jour de ma vie.

D'un geste machinal, elle passa ses mains dans ses cheveux coupés court. À quarante-trois ans, elle était belle, avec son regard intelligent et ses formes épanouies.

— Tu sais ce qu'on fait, quand on est chef de clinique ? On attend que le patron prenne sa retraite ! En général, ils se cramponnent... Et comme Jean-Louis n'a jamais que sept ou huit ans de plus que moi, je crois que je ne dirigerai jamais ce service.

Elle faisait allusion au patron du service de médecine générale, Jean-Louis Cousseau, avec lequel elle s'accrochait parfois mais qu'elle aimait bien.

— En plus, comme je suis une femme, je ne serai pas nommée, quoi qu'il arrive. Bon, je ne me plains pas, je trouve que dans l'ensemble on fait de l'excellent boulot à Saint-Paul... Fais-moi voir ton dossier d'internat.

Sourcils froncés, elle examina les notes et les appréciations, s'attarda sur celles de Cartier qui avait signifié son refus d'une écriture nerveuse.

— Toujours aussi aimable... Décidément, il n'a pas volé sa réputation de peau de vache ! J'ai beaucoup de mal à travailler avec lui, il ne supporte pas la contradiction quand on discute à propos d'un patient opéré qu'il nous renvoie en médecine. C'est monsieur je-sais-tout. Et tu l'entendrais lors des conseils d'administration ! Comme tous les chirurgiens, il regarde le monde de très haut, et en plus il se croit irrésistible... Mais Jean-Louis l'apprécie énormément, alors je me tais.

Intriguée par l'agressivité du ton qu'elle percevait chez Aline, Brigitte but son café en silence. Aline avait-elle été l'une des conquêtes éphémères de Fabian Cartier ? Si c'était le cas, elle en conservait une rancune tenace. Tenaillée par la curiosité, Brigitte aurait voulu lui demander des détails, cependant elle jugea plus habile de biaiser.

— Tu sais que ma belle-fille, qui entre nous se prend pour une grande journaliste, est allée l'interviewer à plusieurs reprises et qu'elle le trouve charmant ?

— Si elle est jolie, il se montre *forcément* charmant ! C'est le genre d'homme à t'inviter dans un grand restaurant, avec chandelles et champagne, à te faire croire que tu es une femme exceptionnelle, et à te mettre dans son lit une heure plus tard ! Soirée unique, il ne se tape jamais deux fois la même, il n'y a pas de seconde chance.

— Tu en as fait l'expérience ? ne put s'empêcher de demander Brigitte.

Au lieu de répondre, Aline la dévisagea d'un air songeur.

— Dis à ta belle-fille de se méfier de lui. Elle l'a interrogé à quel sujet ?

— Une enquête sur le sida.

— Oh, là, elle est bien tombée, en ce moment il ne parle que de ça et ses exigences rendent fou le directeur ! Il devrait pourtant savoir qu'on n'a jamais intérêt à faire du scandale, même quand on est une vedette...

Aline expédia son gobelet dans la poubelle, se leva et s'étira. Elle regrettait déjà d'avoir été trop loin dans les confidences, néanmoins Brigitte lui avait appris quelque chose d'intéressant. Que Fabian alerte la presse à propos de la contamination par transfusion ne serait pas du goût de tout le monde, elle en était certaine. Elle commençait à entrevoir une possibilité de ternir un peu l'image de l'intouchable chouchou de l'hôpital. Une manière comme une autre de lui faire payer son indifférence, la légèreté avec laquelle il l'avait traitée, quelques années plus tôt, alors qu'elle était éperdument amoureuse de lui et qu'il ne la regardait déjà plus.

— Allez, assez bavardé, au travail ! lança-t-elle à Brigitte.

Un excès de familiarité n'était jamais une bonne chose, elle était censée diriger les internes et surveiller le service, sans états d'âme. Mais, pour cette fois, elle n'avait vraiment pas perdu son temps.

— Désolé, mais la dernière partie de votre article ne paraîtra pas.

Avec un sourire mitigé, Marc fit signe à Lucrèce de s'asseoir. Comme il disposait d'un vrai bureau fermé, à l'écart du chahut de la salle de rédaction, il régnait chez lui un silence un peu intimidant.

— Tout le reste est parfait, inutile de gâcher la fin, précisa-t-il.

— Comment ça, gâcher ? Vous plaisantez, Marc ? Qu'est-ce qui intéresse le plus le lecteur, à votre avis ?

Incrédule, déjà furieuse, elle sentit sa respiration s'accélérer. Pour pouvoir se défendre, mieux valait maîtriser sa colère. S'en sentait-elle capable ? Elle baissa les yeux vers le dernier feuillet qu'il avait posé sur son bureau, juste devant elle, barré de grands traits de feutre rouge. En conclusion, elle avait sous-titré sa dernière colonne : *« Et à Bordeaux, que se passe-t-il dans les hôpitaux ? »* Elle s'était donné la peine d'aller interroger les différents responsables des groupes Pellerin, Sud et Saint-Paul pour connaître leurs positions, savoir quelles mesures étaient en vigueur dans leurs établissements, de quelle manière ils s'organisaient pour lutter contre le fléau. À sa question simple : « Pourquoi la circulaire du directeur général de la Santé n'est-elle pas appliquée ? », leurs réponses étaient restées incroyablement évasives et l'article s'achevait sur une note plutôt inquiétante.

— Je ne peux pas publier ça, un point c'est tout !

— Et pourquoi donc ? protesta-t-elle, révoltée.

— Vous voulez lancer une polémique ici même ? Déclencher un vent de panique ? Avec un brûlot pareil, j'aurai tout le monde sur le dos en moins de deux, jusqu'au ministre !

— Pourtant la vérité est que...

— Il y a plusieurs sortes de vérités, et certaines ne sont pas bonnes à dire !

— Alors, vous allez tronquer mon article pour ménager des susceptibilités ? s'indigna-t-elle.

— C'est moi qui décide. Si je vous avertis, c'est par simple courtoisie. Votre papier sortira mardi prochain, trouvez-moi une autre conclusion d'ici là, sinon je la rédigerai moi-même.

Le regard étincelant de rage, elle se leva d'un bond, comme s'il venait de l'insulter, et sortit en claquant la porte. Une fois seul, Marc soupira, s'agita un peu sur sa chaise puis finalement se mit à jouer avec son stylo-feutre. Depuis la veille, il avait reçu plusieurs coups de téléphone, dont il était bien obligé de tenir compte. Liberté de la presse : quel vain mot ! Mais aussi, pourquoi la petite Cerjac avait-elle été fouiner partout ? Son insatiable curiosité provoquait des remous très gênants. Tant qu'elle s'était contentée d'enquêter à Paris, il avait soutenu son initiative, malheureusement, il n'en allait pas de même à Bordeaux. Quand on connaissait ceux qui siégeaient au conseil d'administration du centre hospitalier, mieux valait ne pas se les mettre à dos... Des gens qui n'avaient aucune envie de se faire traiter d'irresponsables ou d'assassins, mais qui n'en continuaient pas moins à utiliser des produits contaminés.

Plus jeune, plus combatif, moins embourgeoisé par les années et par un bon salaire, Marc serait monté au créneau, exactement comme Lucrèce. Aujourd'hui, il la censurait, et bien sûr elle refusait d'en comprendre les raisons, avec l'intransigeance de son âge. Quand il avait lui-même débuté dans le journalisme, il se souvenait d'avoir éprouvé ce genre d'enthousiasme grisant. Malheureusement, à quatre ans de la retraite, il n'avait plus aucun intérêt à se lancer dans une histoire aussi hasardeuse. Cette affaire de contamination impliquait de telles responsabilités, en haut lieu, que les retombées étaient imprévisibles... Marc ne voulait à aucun prix être celui qui allume la mèche le premier.

— Asseyez-vous, je vous en prie...

Par-dessus son bureau et sans même se lever, Victor Granier serra brièvement la main de Fabian Cartier, avec un évident manque de cordialité. Puis il appuya sur le bouton de son interphone, demandant à n'être dérangé sous aucun prétexte.

— Pardonnez-moi de vous avoir convoqué de manière aussi cavalière, mais j'estime que cette conversation ne pouvait pas être différée.

Le ton était sec, le regard froid. Fabian comprit très bien que le directeur général de l'hôpital Saint-Paul n'allait pas lui dire des choses agréables, aussi prit-il le temps de croiser les jambes et de s'installer plus confortablement dans son fauteuil.

— Je vous écoute, dit-il enfin, mais j'ai encore un certain nombre de patients dans ma salle d'attente.

— Oh, je serai bref ! Il paraît que vous avez alerté la presse...

Éberlué, Fabian le dévisagea quelques instants avant de répondre.

— « Alerté » me semble abusif, toutefois j'ai effectivement répondu aux questions d'une journaliste du *Quotidien du Sud-Ouest* dans le cadre d'une enquête à propos du sida.

— Un sujet à la mode !

— Avant tout un sujet préoccupant.

— Bien entendu, admit Granier précipitamment.

Il reprit son souffle et changea aussitôt de tactique, devenant beaucoup plus cordial.

— Fabian, vous êtes un de nos meilleurs chirurgiens, votre service d'orthopédie fait beaucoup d'envieux et n'a jamais un seul lit vacant, ce que j'apprécie à sa juste valeur. Pourtant, je ne crois pas que votre rôle soit de tirer la sonnette d'alarme auprès des médias. Le monde médical a ses propres publications, si vous tenez à vous exprimer, encore que je préférerais de beaucoup que vous vous adressiez d'abord à moi quand vous avez un problème de... conscience.

— Un gros problème, comme vous dites ! Je ne m'en suis pas caché jusqu'ici, je trouve inadmissible que nous utilisions encore des produits non chauffés alors qu'on connaît très bien le risque aujourd'hui. Pour faire des économies, le centre hospitalier met dans une situation impossible tous les médecins qui demandent des transfusions, et ce dans n'importe quel service ! Je vous en ai parlé, j'en ai parlé lors des conseils d'administration, mais, apparemment, personne n'en a tenu compte.

— Aucune interdiction ne frappe ces lots ! protesta Granier en haussant le ton.

— Ils seront interdits un jour ou l'autre, vous le savez parfaitement. Mais l'inertie des pouvoirs publics vous permet d'écouler vos stocks, je trouve ça honteux.

— Ce n'est pas une raison pour aller le clamer sur les toits !

— Si, bien sûr que si... Je me dois de dénoncer ce scandale.

— Fabian, je suis désolé de vous le rappeler : Qui sème le vent récolte la tempête.

— Et vous ne voulez pas faire de vagues, c'est bien ça ? J'ai des responsabilités, Victor, vis-à-vis de mes malades, et aussi de tous les gens qui travaillent avec moi. L'opinion publique, quand elle est sollicitée, sert souvent à débloquer les choses, à obliger les gens qui nous gouvernent à agir. C'est tout ce que j'espère en répondant honnêtement aux journalistes.

— Vous ne faites pas que répondre, vous provoquez. C'est inacceptable de la part d'un grand patron.

— Seriez-vous en train de me demander ma démission ?

Apparemment ébranlé par la brutalité de la menace, Victor Granier agita ses mains en signe de dénégation.

— Comme vous y allez !

Il leva les yeux au ciel avant de reprendre, d'une voix plus conciliante :

— De toute façon, j'ai contacté la rédaction du *Quotidien du Sud-Ouest* et je leur ai expliqué ma position. Ils ont parfaitement saisi.

— Vous avez fait ça ? dit Fabian en se penchant brusquement en avant. Qu'est-ce que vous cherchez à étouffer ?

— Mais... rien ! Je leur ai seulement suggéré de faire attention à ce qu'ils publient, c'est tout. La jeune femme que j'ai reçue moi-même, la semaine dernière, m'a paru bien inexpérimentée et plutôt avide de sensationnel. Autant je trouve légitime de débattre des problèmes du sida, de la prévention, ou même de la contamination, pourquoi pas, autant je jugerais scandaleux d'impliquer le C.H.U. de Bordeaux. Ou même de vous impliquer, *vous,* le Pr Fabian Cartier. Ce n'est pas ce que j'appelle une bonne publicité ! Vous n'êtes pas d'accord ?

— Vous avez besoin de publicité ? explosa Fabian. Nous sommes dans un hôpital, pas dans une entreprise !

— De nos jours, un centre hospitalier se gère comme une entreprise, cela m'étonne que vous ne le sachiez pas...

Il y eut un assez long silence, durant lequel ils continuèrent à se défier du regard, puis Fabian se leva, furieux.

— Bon, si vous n'avez rien de plus intéressant à m'apprendre...

Négligeant toute autre formule de politesse, il quitta le bureau sans laisser à Granier le temps de protester. Il possédait suffisamment de sang-froid pour se maîtriser mais il se sentait dans un tel état de fureur qu'il décida de rentrer chez lui sur-le-champ. En principe, il était attendu pour dîner chez des amis, tant pis, il serait en retard, il avait d'abord des choses à régler. Il passa devant le palais de justice puis l'école de la magistrature sans y jeter un seul regard, tourna sur la place Pey-Berland et s'engouffra dans son immeuble. Aucun directeur d'aucun hôpital n'avait de leçon ou d'ordre à lui donner. Et Granier n'arriverait jamais à le convaincre de choisir le camp des pouvoirs publics plutôt que celui des malades. Au pire, il pouvait aller exercer ailleurs, il serait accueilli partout à bras ouverts. S'il devait quitter Saint-Paul, il le ferait.

Une fois dans son appartement, il jeta son blazer sur l'un des canapés et se servit un whisky sec qu'il but d'un trait.

Il était né à Bordeaux, y avait fait ses études, sa carrière, il connaissait parfaitement la mentalité du milieu dans lequel il évoluait – et auquel il appartenait –, avec ses conventions, ses interdits, ses non-dits. Mais personne au monde ne l'obligerait à se taire s'il avait quelque chose à dire. Lucrèce avait accompli un excellent travail, et même s'il n'avait pas été amoureux d'elle il aurait trouvé déplacé le jugement de Granier : « ... inexpérimentée et plutôt avide de sensationnel ». Lui et les autres directeurs avaient dû s'étrangler en entendant les questions qu'elle avait à poser. Un véritable coup de pied dans la fourmilière, du bon boulot de journaliste.

Il récupéra son agenda dans la poche de son blazer et composa le numéro personnel de Claude-Éric Valère, le patron de presse à qui appartenait *Le Quotidien du Sud-Ouest*. Quatre ans plus tôt, il avait remarquablement opéré son épouse d'une dysplasie de la hanche, et depuis il était toujours reçu chez eux, à Paris, comme un ami. La preuve, il avait suffi d'un mot pour faire engager Lucrèce, qui n'en avait jamais rien su. Aujourd'hui, l'enjeu était bien plus important encore et Fabian était décidé à se battre.

Effaré, Marc regarda son téléphone comme s'il avait du mal à croire ce qu'il venait d'entendre. Essuyer une engueulade, à huit heures du matin, n'aidait pas à démarrer la journée. Et de façon injuste, absurde ! Que faisait-il d'autre que préserver les intérêts du journal ? Pourtant, d'après son patron, qui venait de lui sonner les cloches, rien n'était plus profitable à un quotidien qu'une bonne polémique. En conséquence, pas question d'amputer l'article de la petite Cerjac dans ce qu'il avait de plus croustillant, cette conclusion purement bordelaise qui mettait en cause les hôpitaux et les cliniques de la région. Les lecteurs se sentiraient ainsi directement concernés. « Allons, mon vieux, pas d'enfantillages, ne vous laissez pas influencer par quelques notables peu scrupuleux et volontiers menaçants, partez donc en guerre, informez ! » Facile à dire pour un homme qui voyait les choses de très loin, du haut de son empire de presse, et qui ne mettait les pieds à Bordeaux que deux fois par an. La guerre, ici même, n'aurait rien de comique.

— Sauf si le tirage grimpe en flèche..., soupira Marc.

De quels appuis occultes Lucrèce Cerjac disposait-elle donc ? Qui tirait les ficelles de toute cette histoire ? Lorsqu'elle avait été embauchée, le patron avait simplement évoqué l'un de ses amis, à qui il voulait faire plaisir. Marc devait bien en convenir aujourd'hui, Lucrèce s'était avérée compétente. Elle avait des idées, de la volonté, du culot, et par-dessus tout du talent.

Résigné, il reprit les feuillets barrés de rouge et les considéra une seconde avec angoisse. Il allait se mettre à dos des gens importants, mais il ne pouvait pas outrepasser les consignes, c'était son patron qui le payait.

— À la grâce de Dieu...

Il biffa les traits de correction, inscrivit quelques signes dans la marge à l'adresse du typo puis, laissant l'article sur son bureau, il gagna la grande salle de rédaction où régnait l'agitation coutumière. Quand il s'arrêta devant le box où Lucrèce travaillait, le nez rivé à son écran, il lui lança, le plus naturellement possible :

— Bon ! Après réflexion, votre enquête sort intégralement, ça passera demain.

La nouvelle stupéfia la jeune femme qui hocha la tête, incrédule, se demandant à quoi attribuer un tel revirement.

— Il faut savoir prendre des risques, ajouta-t-il avec un sourire contraint. Et puis, c'est vous qui signez !

Son air crispé indiquait qu'il ne faisait pas volontiers marche arrière. Deux ou trois des journalistes les plus proches d'eux avaient cessé d'écrire ou de taper sur leur clavier pour écouter la conversation, et Marc leur jeta un regard noir.

— Mais ne vous attendez pas à des miracles, ma petite, vous risquez de ne pas recevoir que des appels ou des courriers de félicitations. Quoi qu'il arrive, gardez la tête froide.

— Oui...

Elle l'observait toujours avec attention. Pour quelle raison avait-il bien pu changer d'avis ?

— En attendant, il va falloir redescendre sur terre et vous occuper de choses moins grandioses, enchaîna-t-il. Vous avez des projets ?

Pour ne pas lui répondre n'importe quoi, elle voulut prendre le temps de réfléchir, mais il la devança.

— Tiens, vous devriez me faire un truc sur toutes ces manifestations en faveur de l'école privée. Vous avez l'esprit de synthèse, pondez-moi deux colonnes là-dessus. Les motivations des gens, pourquoi ils sont tellement attachés à ces conneries de boîtes religieuses, tout ça... Un million de gens sur les trottoirs de Paris, hier, avec un débarquement massif de la province, dommage que vous ne soyez pas restée là-bas, vous auriez pu me réaliser un reportage sur le vif ! Appelez un de nos correspondants parisiens et voyez ce que vous pouvez en tirer, quitte à signer l'article à deux.

Sa suggestion ressemblait davantage à une punition qu'à une promotion, cependant Lucrèce n'essaya même pas de discuter. Après tout, il aurait aussi bien pu la renvoyer aux chiens écrasés, il était le seul à décider de qui écrivait quoi dans son journal, et il venait de lui faire une énorme concession.

— D'accord, répondit-elle simplement, je m'y mets tout de suite.

Elle savait, si nécessaire, se montrer diplomate, de plus elle se sentait capable de traiter n'importe quel sujet avec la même rigueur, du plus exaltant au plus insignifiant. Elle en donnerait la preuve à Marc chaque fois qu'il la chargerait d'un travail. D'un geste décidé, elle décrocha son téléphone tout en consultant la liste des correspondants réguliers du *Quotidien du Sud-Ouest*, lui offrant ainsi la possibilité de s'éloigner la tête haute, pas du tout comme quelqu'un qui vient de capituler. Mais c'était bien ce qu'il avait fait, il avait cédé ! Cet article pour lequel elle s'était donné tant de mal allait sortir intégralement. Il constituerait le véritable début de sa carrière, elle en était certaine, son premier grand papier, sa vraie chance.

Un quart d'heure plus tard, après s'être mise d'accord avec son confrère parisien quant à la manière de traiter le sujet, elle obtint un rendez-vous immédiat avec le proviseur du lycée Gustave-Eiffel, et un autre avec le responsable de l'école de l'Assomption. Quitte à comparer les avantages du public et du privé, autant aller interroger les parties concernées. Elle rangea ses affaires, éteignit son ordinateur.

En sortant du journal, elle était tellement perdue dans ses pensées qu'elle ne vit pas immédiatement l'état de sa R5, garée un peu plus loin. Mais, en mettant la clef dans la serrure, elle découvrit soudain des débris de verre à ses pieds et elle leva les yeux. Le pare-brise avait été fracassé, ainsi que les phares. Et, à l'évidence, il s'agissait d'un acte de vandalisme et non d'un accident puisque le reste de la carrosserie était intact.

Médusée, elle resta un instant sans réaction. Qui avait bien pu faire une chose pareille ? Trop vieille pour attirer la convoitise, ce n'était pas sa voiture qui avait été visée. Elle en fit lentement le tour, perplexe, vaguement inquiète. Parmi les éclats de verre qui jonchaient les sièges, elle remarqua l'autocollant du *Quotidien du Sud-Ouest*. Du journal ou d'elle-même, qui était la cible du mystérieux casseur ? La seule personne à l'avoir jamais menacée ouvertement se trouvait à Paris, au fond d'un ministère. Difficile de faire le rapprochement, et pourtant... Fabian l'avait prévenue, et Marc venait également de le lui dire : son enquête sur le sang contaminé risquait de lui attirer des ennuis, voire des représailles. Or l'article n'était pas encore paru, il fallait donc chercher parmi ceux qu'elle avait interrogés, qui étaient au courant de ses recherches et de ses intentions.

Elle remit la clef dans son sac, jeta un dernier coup d'œil à sa pauvre R5. D'abord, elle devait aller à son rendez-vous, le proviseur ne l'attendrait pas toute la journée. Ensuite, elle appellerait un garage. Pour éviter le coût d'une dépanneuse, elle y conduirait la voiture elle-même. Et après, elle essaierait d'oublier l'incident – ou au moins de le reléguer dans un coin de sa tête car elle ne pouvait strictement rien faire. La pire idée serait d'en parler à Marc, qui risquait de modifier encore une fois la date de publication ou le contenu de l'article. Non, quoi qu'il arrive désormais, son papier allait sortir demain, rien d'autre n'avait d'importance. D'un pas décidé, elle se hâta vers l'arrêt de l'autobus.

Le kiosque du grand hall avait été dévalisé et Aline Vidal dut emprunter un exemplaire du *Quotidien du Sud-Ouest* à une infirmière. Avec un titre passablement racoleur à la une, l'article sur la contamination du virus du sida, placé à l'intérieur du journal, occupait une page et demie.

Aline le parcourut en hâte, puis s'attarda à lire les dernières lignes. Granier lui avait pourtant affirmé qu'il s'opposerait énergiquement à toute allusion à l'hôpital Saint-Paul, mais ce dernier était mentionné et ses responsables nommés. Granier s'était sans doute étranglé de fureur en découvrant *Le Quotidien du Sud-Ouest* ce matin. Au moins, grâce à elle, il savait à qui il devait ce pavé dans la mare, et il ne tarderait pas à convoquer Fabian Cartier pour lui passer un savon. Si seulement il pouvait lui demander de quitter l'hôpital, d'aller exercer ailleurs ses talents de chirurgien ! Arrogant comme il l'était, Fabian ne supporterait pas de se faire tancer, il était capable de démissionner, bon vent !

Au lieu de remonter en médecine, Aline décida de s'attabler à la cafétéria du hall d'accueil, qui était ouverte au public et donc peu fréquentée par ses confrères. Elle commanda un thé avec un croissant, tout en se replongeant dans sa lecture. Rédigé avec élégance et concision, bien documenté, l'article soulevait de nombreuses questions pertinentes. Effectivement, il y avait de quoi s'interroger, voire s'indigner. Signé Lucrèce Cerjac, ce papier allait faire du bruit. Cerjac, comme cette brave Brigitte, puisqu'il s'agissait de sa belle-fille. Et elle devait être vraiment séduisante pour que Fabian, malgré son habituelle réserve envers les journalistes, ait accepté de s'impliquer à ce point.

« Il a quand même eu raison de vouloir soulever un coin du voile... », songea-t-elle. Mais aussitôt, elle se reprocha sa faiblesse. Pas question de se comporter comme ces petites dindes, séduites un soir puis rejetées dès le lendemain, et qui trouvaient quand même toutes sortes d'excuses à l'irrésistible Pr Cartier.

Elle demanda un autre croissant au serveur, oubliant au passage le régime qu'elle prétendait suivre. Pour plaire à qui, d'ailleurs ? L'hôpital l'absorbait dix-huit heures par jour, c'était devenu l'essentiel de son existence depuis la désillusion infligée par Fabian. Bon sang, elle avait vraiment été folle de lui, et quel mal elle avait eu à en guérir ! S'il quittait Bordeaux, peut-être réussirait-elle enfin à enterrer cette vieille histoire ?

Abandonnant de la monnaie sur la table, elle traversa le hall en direction des ascenseurs réservés au personnel médical. Elle devait terminer le planning des internes pour le mois suivant et, bien sûr, dès qu'elle l'épinglerait sur le tableau de service il y aurait un concert de protestations. En fait, les internes passaient leur temps à échanger leurs nuits de garde, les dates ne leur convenaient jamais, programmer les astreintes était un vrai casse-tête chinois.

— Remarquable, non ?

Elle sursauta car elle n'avait pas vu arriver Fabian. Juste à côté d'elle, il désignait *Le Quotidien du Sud-Ouest*, qu'elle tenait replié sous son bras. Elle se contenta d'un bref hochement de tête avant de détourner les yeux.

— Pour une fois que la presse aborde le sujet sérieusement, on peut s'estimer contents, non ?

— Ce ne sera peut-être pas du goût de tout le monde ! répliqua-t-elle d'un ton de défi.

— Je sais, mais peu importe.

Il semblait calme, aussi sûr de lui que de coutume, presque réjoui. À croire que rien ne l'atteignait, d'ailleurs, elle en avait fait l'expérience à ses dépens. Ne s'était-elle pas abaissée à le relancer, à insister, à quémander ? À l'époque, le sachant marié et infidèle, elle n'avait pas hésité à lui avouer qu'elle accepterait n'importe quoi, y compris d'être la maîtresse qu'on dissimule et qui passe son temps à espérer un moment volé. Agacé, il avait mis les choses au point, elle ne s'en souvenait jamais sans honte.

Quand les portes métalliques s'ouvrirent devant eux, il s'effaça pour la laisser passer la première.

— Tu montes en chirurgie ? demanda-t-elle du bout des lèvres.

— Non, je m'arrête à ton étage, je vais voir Jean-Louis. Il faut absolument que je lui parle d'un patient.

— Tu pourrais m'en parler à moi ! Il n'est pas très matinal, tu sais, je ne pense pas qu'il soit arrivé à cette heure-ci.

— Très bien, madame l'agrégée, je t'exposerai volontiers le cas si Jean-Louis n'est pas là.

Il lui adressa un de ces sourires charmeurs dont il avait le secret, puis tendit la main vers elle et fit tomber une miette de croissant qui était restée sur le col de sa blouse. Déconcertée par son geste, elle se sentit blêmir tandis que les portes se rouvraient. Ils sortirent et s'engagèrent dans le long couloir de la médecine générale. Combien de kilos avait-elle pris depuis sa trop brève aventure avec Fabian ? Et combien de rides ? Lui était toujours aussi séduisant, à en croire les regards des infirmières qu'ils croisaient, mais c'était si facile pour les hommes de continuer à plaire au-delà d'un certain âge ! Si facile, et tellement injuste.

— Ah, docteur Cerjac ! s'exclama-t-il soudain.

Brigitte sortait d'une chambre, son stéthoscope autour du cou, et elle parut stupéfaite de voir Aline escortée du Pr Cartier.

— Vous êtes dans mon service à compter de jeudi, annonça-t-il.

— Oh, c'est vrai, soupira Aline, j'avais oublié que tu me l'enlèves...

Tout son planning, si laborieusement établi, était donc à refaire. Contrariée, elle accompagna Fabian jusque chez Jean-Louis Cousseau qui, par malchance, était déjà arrivé. Pour ne pas rester à l'écart de la discussion des grands pontes, elle s'engouffra dans le bureau avant d'y être invitée.

Loin derrière eux, Brigitte se tenait immobile au milieu du couloir, vexée par la désinvolture avec laquelle Cartier venait de lui signifier le début de son stage. Quant à Aline Vidal, que faisait-elle collée aux basques d'un patron dont elle disait pis que pendre ? De toute manière, la vie à l'hôpital n'était faite que de mesquineries, de ragots, de rivalités. Elle aurait donné n'importe quoi pour pouvoir rentrer chez elle mais elle venait à peine de commencer sa garde de vingt-quatre heures, garde dont elle ne sortirait pas avant le lendemain matin.

Le son d'un poste de télévision résonnait dans tout le rez-de-chaussée du pavillon tandis que Lucrèce s'agitait en cadence, imitant l'un après l'autre les gestes de Véronique et de Davina, lesquelles, sur l'écran, évoluaient avec de grands sourires encourageants. La sueur avait collé son short à ses cuisses, son tee-shirt sur ses épaules, et le souffle commençait à lui manquer. Chaque dimanche matin, elle s'obligeait à suivre le programme des deux grandes prêtresses de l'aérobic, se trouvant trop sédentaire. Rythmée de façon obsédante, la musique ne permettait pas de prendre le moindre retard dans l'enchaînement des exercices. Au bout d'une demi-heure, vaincue, elle s'écroula.

— Quel calvaire..., grogna-t-elle en se laissant glisser sur le carrelage, les bras en croix.

Du coin de l'œil, elle observa encore quelques instants les évolutions des deux filles en justaucorps fluorescents, pas même essoufflées, puis elle se traîna jusqu'à la télé et l'éteignit. Dans le silence bienfaisant qui s'ensuivit, elle songea au kiné de Julien, qui lui avait recommandé d'aller nager avant de remonter à cheval. Dorénavant, c'était décidé, elle accompagnerait son frère à la piscine, ce serait plus profitable et moins douloureux pour ses muscles. Toujours allongée sur le dos, elle remarqua à quel point la peinture du plafond avait jauni et commençait à se craqueler. Au lieu de gigoter devant la télé, elle aurait sûrement mieux fait d'employer ses dimanches à repeindre le pavillon. Lessiver la cuisine, changer le tissu des coussins qui traînaient toujours par terre, peut-être acheter un tapis... Pour l'instant, son salaire au journal n'avait rien de mirobolant, néanmoins, sa situation financière s'améliorait un peu, son compte en banque n'était plus à découvert, et elle avait même réussi à aider Julien en réglant les factures toute seule ce mois-ci.

Elle se releva, s'étira avec précaution puis fila sous la douche. Qu'allait-elle faire de son dimanche ? Par ce temps radieux, pas question de rester enfermée toute la journée, elle mourait d'envie de sortir mais sans savoir où aller. La veille, Julien avait repris son travail au Club de l'Éperon, il ne rentrerait sûrement qu'en toute fin de journée, à condition que Myriam ne l'invite pas à dîner. Quant à Sophie, elle était en week-end à Cap-Ferret, apprenant le surf à sa petite sœur.

« Et toi, tu es toute seule comme une idiote... »

Sophie rentrerait bronzée, détendue, même si elle prétendait ne pas apprécier l'obligation imposée par Arnaud Granville de passer ses week-ends en famille et aussi de profiter d'une résidence secondaire dont il était très fier. Exactement comme la maison de Lacanau, que Brigitte avait fait acheter à leur père, où ni Julien ni Lucrèce n'avaient jamais été invités. Domaine réservé pour les chères demi-sœurs ! De toute façon, elle n'y serait pas allée. Accaparée par le journal, elle passait l'essentiel de son temps à travailler et ne s'en plaignait pas. Sauf que, au bout du compte, elle ne s'occupait jamais d'elle-même. La preuve, en dehors de Sophie, elle n'avait pas d'amies, pas de bons copains chez qui débarquer le dimanche à l'improviste. À plusieurs reprises, elle avait bien essayé de joindre Nicolas, mais soit elle n'avait pas eu de chance, soit il était rarement chez lui, car il ne répondait pas.

« Dommage, j'aurais volontiers déjeuné au bord de l'eau avec lui... »

Pourquoi l'avait-elle autant négligé ? Qu'il se soit lassé de son indifférence n'était pas très surprenant... entre ses voyages à Paris, l'accident de Julien, ses soirées avec Fabian et son enquête sur le sida, elle l'avait complètement oublié. Or c'était un garçon adorable, chaleureux, drôle, capable de discuter pendant des heures ou de la faire rire aux larmes. D'une certaine manière, il commençait à lui manquer.

Elle enfila une petite jupe de toile avec un chemisier blanc, puis démêla ses cheveux qu'elle laissa flotter librement afin qu'ils sèchent. Près du téléphone, dans le vestibule, elle fouilla un moment parmi les bouts de papier entassés en vrac, jusqu'à ce qu'elle retrouve la carte de visite de Nicolas. Elle composa son numéro personnel et fut très déçue d'entendre le répondeur automatique se déclencher. Par un message laconique, Nicolas annonçait son retour aux environs de midi. Songeuse, elle relut plusieurs fois l'adresse qu'il avait ajoutée, au stylo, sous ses coordonnées professionnelles. Pourquoi ne pas lui rendre une visite surprise ? Elle n'était jamais allée chez lui, n'avait fait qu'apercevoir sa maison au retour d'une de leurs virées à travers le Médoc, lorsqu'ils étaient passés par Saint-Laurent. Ce jour-là, pressée de rentrer chez elle, elle avait regretté de ne pas pouvoir s'arrêter.

« Eh bien, on va réparer ça... »

L'idée qu'elle pouvait le déranger ou mal tomber l'effleura mais elle la rejeta aussitôt. Nicolas s'était toujours montré si empressé avec elle qu'il serait forcément ravi de sa visite. Dehors, il faisait très chaud, un temps idéal pour une balade à la campagne. Elle inspecta sa voiture d'un œil circonspect, ce qu'elle faisait machinalement depuis qu'elle l'avait retrouvée amochée, mais tout était normal. Le pire qu'elle ait eu à subir depuis cet incident était une montagne de courrier, félicitations et protestations mélangées. Presque tous ses confrères avaient des anecdotes de ce genre à raconter. Chaque fois que *Le Quotidien du Sud-Ouest* publiait un article sur un sujet brûlant, il y avait toujours un mécontent pour venir faire du scandale. Façade du journal taguée, carreaux cassés, voitures de presse vandalisées ou appareils photo réduits en miettes. Et, bien entendu, on ne retrouvait jamais les coupables, que personne ne se donnait la peine de chercher.

Vitres baissées, elle prit la rocade et gagna la nationale, puis la départementale. Une demi-heure plus tard, en arrivant à Saint-Laurent, elle se perdit plusieurs fois avant de repérer le chemin qui menait à la chartreuse des Brantôme. D'après les explications de Nicolas, il habitait le chai, pas la maison principale, et elle fit le tour de la propriété, roulant au ralenti. Quand elle découvrit enfin l'accès privé qui conduisait directement chez lui, elle constata que le portail était ouvert et elle s'engagea dans l'allée de gravier pour venir se garer juste derrière le coupé Mercedes.

À peine descendue de voiture, elle fut frappée par le silence alentour, juste troublé de quelques bourdonnements d'insectes. Le jardin était bien entretenu, avec une grande pelouse bordée de massifs et plantée de cèdres majestueux. Tout au fond, une rangée de peupliers isolait la maison et, de l'autre côté, le paysage s'étendait à perte de vue sur des vignes.

Indécise, elle patienta encore une ou deux minutes. Elle avait supposé que Nicolas l'aurait entendu arriver et se serait précipité pour l'accueillir. Mais peut-être était-il sous sa douche, ou en train de rire avec des copains, ou même, pourquoi pas, dans les bras d'une petite amie ? Elle n'aurait pas dû arriver ici comme en pays conquis. À présent, que faire ? Grimper les marches du perron pour aller sonner ou rester plantée là ? Le plus simple était sans doute de repartir discrètement, trouver une cabine téléphonique sur la route et appeler.

— Lucrèce ?

La porte venait de s'ouvrir sur Nicolas qui la considérait d'un air stupéfait. Ni joyeux ni furieux, seulement stupéfait.

— J'espère que je ne te dérange pas ?

— Non...

Il portait une chemise bleu ciel, un jean, et il était pieds nus dans ses mocassins. Il se décida enfin à bouger, descendant les marches pour venir à sa rencontre.

— Tu passais par Saint-Laurent ?

Sa voix manquait d'enthousiasme, tout comme son sourire.

— Pas vraiment... Je voulais savoir ce que tu devenais, tu ne réponds jamais au téléphone.

— Moi ? Mieux vaut entendre ça que d'être sourd... C'est toi qui es injoignable, Lucrèce !

Au lieu de lui proposer d'entrer, il restait debout devant elle sans faire un geste.

— J'aime beaucoup ta maison, dit-elle en désignant la façade, mais tu m'avais parlé d'un ancien chai, alors j'imaginais plutôt une sorte de halle...

— Et pourquoi pas un hangar ? À l'époque, même une écurie était parfois un bijou d'architecture !

Il sembla enfin réagir, la prenant familièrement par l'épaule.

— Tu es gentille d'avoir pensé à t'arrêter ici. Entre...

À défaut de gaieté, il avait au moins retrouvé sa courtoisie, et elle le suivit à l'intérieur. Au milieu de l'entrée, un large escalier en spirale, ceint d'une balustrade de fer forgé, s'élançait vers le premier étage qui paraissait très élevé.

— Là-haut, expliqua-t-il, c'était ce qu'on appelle le « plancher », c'est-à-dire la salle destinée à l'emballage des bouteilles... Et sous nos pieds se trouvent les caves voûtées, immenses, somptueuses. Je me suis contenté d'aménager le rez-de-chaussée, ça me suffit amplement !

Il la guida jusqu'à la cuisine, où un désordre indescriptible attestait qu'il était en train de préparer le déjeuner.

— Tu attends du monde ? Je suis désolée...

— Non, non, c'est... Peu importe. Alors, qu'est-ce que je t'offre ? Un verre de vin blanc ?

Sur la table et sur le plan de travail, il avait commencé à couper des tomates, des oignons, des poivrons. Elle vit une traînée de farine, des coquilles d'œufs, un pot de crème fraîche vide, et un livre de recettes maintenu ouvert à la bonne page grâce à une cuillère en bois. À l'évidence, il s'était lancé dans une préparation compliquée, trop pour être destinée à lui seul.

— Je prends un plateau et on va boire dehors, d'accord ? Il y a une table en pierre, sous le tilleul, nous y serons très bien.

Elle aurait préféré rester à l'intérieur, curieuse de découvrir sa maison, mais elle devina qu'il était mal à l'aise. Tandis qu'il prenait une bouteille dans le réfrigérateur, elle jeta un coup d'œil aux deux vaisseliers de châtaignier qui se faisaient face, à la série d'eaux-fortes accrochées aux murs, au comptoir d'épicier dont les multiples tiroirs s'ornaient de poignées de cuivre.

— Meubles de famille ?

— Oh, non ! Mon frère n'aurait pas supporté que je touche à quoi que ce soit. La maison familiale, que tu ne peux pas voir à cause des peupliers, est un véritable musée où il est interdit de déplacer un seul vase ! Alors, j'ai pris l'habitude de chiner chez les antiquaires...

Le plateau à la main, il attendait qu'elle ait achevé son inspection.

— Si tu veux visiter le reste, proposa-t-il, ne te gêne pas. D'ailleurs, j'ai un coup de fil à passer, je t'attendrai dans le jardin !

Sans lui laisser le temps de répondre, il quitta la cuisine en hâte. Son attitude était un peu déconcertante, il devait avoir besoin d'être seul pour téléphoner et n'avait pas trouvé un autre moyen de se débarrasser d'elle. Intriguée, agacée – vexée surtout –, elle décida d'explorer la maison, au moins elle apprendrait quelque chose sur les goûts de Nicolas. Et si, pendant sa visite, il n'arrivait pas à joindre ceux ou celles qui devaient évidemment le rejoindre ici, tant pis pour lui ! Même en sachant qu'elle n'aurait pas dû arriver chez lui de façon aussi cavalière, elle ne pouvait pas s'empêcher d'être déçue par son accueil. Une réaction assez égoïste.

Au-delà de la cuisine, elle découvrit une délicieuse petite salle à manger, qui pouvait accueillir tout au plus huit convives, égayée par des rideaux jaune vif et un mobilier d'érable moucheté. Puis elle pénétra dans le salon, immense, qui s'ornait d'une cheminée centrale, en pierre blanche, cernée par des bergères et des méridiennes tendues de velours vert pâle. Elle remarqua des livres posés un peu partout, certains ouverts sur les bras des fauteuils, d'autres empilés sur des tables volantes. Nicolas était-il un passionné de littérature, ou seulement un garçon qui s'ennuyait ?

Elle poussa encore une porte, qui donnait sur une grande chambre ensoleillée dont le désordre la fit sourire. Des vêtements étaient abandonnés sur des journaux froissés, des cassettes vidéo s'entassaient en vrac près du magnétoscope et du téléviseur. Avait-il prévu de ranger pendant que ses petits plats cuiraient dans le four ? Si c'était le cas, elle lui gâchait sa journée en s'attardant.

De retour dans l'entrée, elle tomba sur Nicolas sortant de la seule pièce qu'elle n'avait pas encore visitée.

— C'est ton bureau ?

— Plutôt une chambre d'amis.

Elle aperçut un lit bateau, un fauteuil tournant, une table d'acajou qui supportait un Minitel et un téléphone. Dont il venait probablement de se servir.

— Nicolas, je crois que je te dérange vraiment, si tu veux que je parte, tu peux le dire simplement. J'aurais mieux fait de prévenir, je vais...

— Reste ! De toute façon, maintenant, le problème est réglé.

D'un geste machinal, il repoussa une mèche de cheveux qui tombait devant ses yeux. Il semblait préoccupé, distrait, un peu triste. Comment avait-elle fait pour ne pas s'être aperçu plus tôt qu'il était vraiment mignon ?

— Qui attendais-tu ?

— Une fille formidable.

La réponse était aussi déplaisante que prévisible. Non seulement elle n'était pas la bienvenue, mais en plus elle l'avait mis dans l'embarras. Ainsi, il connaissait une fille *formidable*, pour qui il mitonnait de fins déjeuners... Bien sûr, un garçon comme lui n'allait pas rester à se morfondre en pleurant sur un amour impossible, il avait le droit de se consoler.

— Je suis désolée, se força-t-elle à déclarer.

Cependant elle n'éprouvait aucun regret, au contraire une jalousie intempestive la poussa à insister.

— C'est ta petite amie du moment ?

— Elle s'appelle Stéphanie.

— Tu es amoureux ?

Secouant la tête, il esquissa un geste résigné.

— Bien sûr que non.

Aussi effarés l'un que l'autre par le tour que prenait leur conversation, ils échangèrent un regard circonspect. Au bout d'un moment, il murmura :

— On le boit, ce verre ?

Elle le suivit dehors, jusqu'à la table de pierre où il avait posé le plateau. Il déboucha la bouteille de vin blanc, le goûta en prenant son temps.

— Je crois que tu l'aimeras, c'est un château bonnet, marmonna-t-il.

Embarrassé, il lui tendit un verre.

— Au fait, j'ai lu ton article dans *Le Quotidien du Sud-Ouest*, l'autre jour, c'était vraiment édifiant ! Et très bien écrit, bravo.

Il semblait sincère, pourtant il n'avait pas appelé pour la féliciter. Il n'avait plus donné de nouvelles depuis des semaines.

— Tant mieux si mon papier t'a plu, mais tu aurais pu me le faire savoir. Je pensais que nous étions amis et...

— Je ne peux pas être ton ami ! explosa-t-il. Tu te rends compte de ce que tu dis ?

Le regard étincelant de fureur, il reposa brutalement son verre sur le plateau. Elle ne l'avait jamais vu en colère et sa réaction avait quelque chose d'excessif.

— D'ailleurs, tu ne traiterais pas un ami avec autant de mépris ! Moi, c'est simple, tu m'ignores. Bah ! je m'y suis tellement mal pris avec toi que ça devait finir comme ça !

— Sois gentil, ne crie pas.

— Je crie ?

— Oui.

— Alors, excuse-moi.

Il croisa les bras, baissa la tête et se mit à pousser un caillou du bout du pied.

— Je fais des efforts inouïs pour ne plus penser à toi, Lucrèce. J'essaie d'admettre une fois pour toutes que c'est foutu, tu ne m'aimeras jamais. J'ai commis une erreur en imaginant qu'à force de patience je finirais par t'intéresser un peu.

— Tu m'intéresses !

— Oh, oui, c'est vrai, tu m'as même fait comprendre que je ne te déplaisais pas ! Mais passer une nuit avec toi et ensuite ne jamais te revoir, je trouve ça... désespérant. Ou plutôt, ce n'est pas ce que je veux. Remarque, tu m'avais prévenu en me disant que je me trompais de fille. Toi, tu n'aimes pas les grands sentiments, ça te fait rire...

— Et toi, tu prends tout au tragique.

— Pas tout, non. Contrairement à ce que tu crois, chaque fois que je drague, je n'ai pas une bague de fiançailles dans la poche. Je ne l'ai fait qu'avec toi.

Il releva la tête et la regarda d'un air malheureux, puis il vint se rasseoir en face d'elle.

— Je suis tombé amoureux de toi en deux secondes, je n'y peux rien. Avant de te rencontrer, je ne pensais pas qu'une chose pareille pouvait arriver. Pas aussi vite, ni aussi fort. Et pas dans un hypermarché... Tu m'as sans doute trouvé ridicule depuis le début.

Quelques rayons de soleil passaient à travers le feuillage du tilleul, s'accrochant dans ses cheveux blonds. Il semblait tellement désemparé qu'elle se sentit soudain coupable de l'avoir dédaigné, et stupide d'être venue le relancer chez lui. Comme elle ne savait pas que dire, le silence s'éternisa entre eux.

— Malgré tout, reprit-il, je suis content de te voir assise là, dans mon jardin. Tu es particulièrement jolie aujourd'hui...

Énoncé d'un ton de regret, le compliment la fit sourire. Nicolas possédait un charme dont il n'était même pas conscient, ce qui le rendait parfois très émouvant. Elle se leva, contourna la table de pierre et s'arrêta juste devant lui.

— Et si tu m'embrassais, au lieu de me jouer la scène du désespoir ?

Elle en mourait soudain d'envie. Ils avaient trop retardé ce moment, de marivaudage en malentendu, maintenant elle voulait qu'il la prenne dans ses bras, qu'il la serre fort. Mais il resta immobile, l'espace de deux ou trois secondes. Quand il se mit debout à son tour, il n'ébaucha pas un seul geste pour la toucher et elle se demanda si elle allait être obligée de lui passer les bras autour du cou avant qu'il se décide à faire quelque chose.

— Fabian Cartier est toujours dans ta vie ?

— Qu'est-ce que ça peut te faire ? Il y a bien une Stéphanie dans la tienne ! Ne t'occupe pas de...

— Ce type a vraiment beaucoup de chance, j'espère qu'il le sait. Tu voudrais le tromper avec moi ?

— Mais je rêve ! Tu me donnes une leçon de morale ou quoi ?

— Je veux juste que tu m'expliques, parce que je ne comprends pas.

Furieuse, elle le toisa sans aucune indulgence.

— Je suis libre, Nicolas.

— Ah, le couplet de la femme libérée !

— Et après ? Tu n'aimes pas ce mot ? Moi, je le trouve superbe ! Les hommes ne sont plus les seuls à pouvoir prendre du plaisir, de nos jours les femmes y ont droit aussi, quel progrès, hein ?

— Là, c'est toi qui cries.

Brusquement calmée, elle haussa les épaules et s'éloigna de lui. C'était la deuxième fois qu'il se dérobait, pour la même raison absurde. Ni amis, ni amants, ils n'étaient liés que par un long flirt, et qui avait trop duré. Les choses auraient dû être beaucoup plus simples entre eux. Elle se retourna, le détailla, constata qu'il était toujours debout à la même place, en train de l'observer lui aussi.

— Dis-moi seulement s'il a de l'importance pour toi, murmura-t-il.

Elle n'en savait rien elle-même mais ne pouvait pas le lui avouer.

— Fabian ? Eh bien, il est très gentil, très...

— Épargne-moi la liste de ses qualités, ce n'est pas ce que je te demande.

— De l'importance ? répéta-t-elle lentement. Je ne sais pas.

Jamais elle ne parviendrait à lui faire comprendre le genre de relation qu'elle entretenait avec Fabian, et tout ce qu'elle pourrait lui raconter à ce sujet risquait de le rendre inutilement jaloux.

— Comment peux-tu me répondre ça ? s'indigna-t-il. Ou tu l'aimes, ou tu ne l'aimes pas !

— Je l'aime beaucoup. Est-ce que tu éprouves une violente passion pour toutes les filles avec lesquelles tu couches ?

— C'est différent.

— Pourquoi ? C'est ce que tous les hommes disent, et avec un aplomb ahurissant ! Écoute, Nicolas, cette conversation ne nous mènera nulle part. Je ne veux pas te parler de Fabian.

— Ni le quitter, je suppose ? Donc j'ai raison, tu y tiens.

— Admettons ! Au moins, avec lui, la vie n'est pas un drame permanent, il ne me harcèle pas, ne me questionne pas, ne me juge pas !

— À son âge, et coureur comme il l'est, c'est la moindre des choses, je suppose.

Stupéfaite, elle accusa le coup puis revint vers lui à pas lents.

— Comment le sais-tu ? Je n'ai pas souvenir de t'avoir fait des confidences. Tu me surveilles ? C'est vraiment un truc de gamin de quinze ans... Bon, je crois qu'on va en rester là, cette fois on s'est tout dit.

Qu'il ait pu se renseigner sur le compte de Fabian la mettait hors d'elle. Coureur, séducteur, elle était bien placée pour savoir que Fabian n'usurpait pas sa réputation, mais Nicolas n'avait pas à lui rappeler quelque chose qu'elle préférait ignorer. Et elle n'était pas venue jusqu'ici pour parler de Fabian, encore moins pour essuyer un refus ! D'un geste rageur, elle récupéra son sac sur la table de pierre, s'éloigna en hâte le long de l'allée, contourna le coupé Mercedes et ouvrit la portière de sa R5 à la volée.

— Attends !

Il l'avait rattrapée et se tenait à côté de la voiture. Elle fit démarrer le moteur en l'ignorant.

— Lucrèce, s'il te plaît...

Paniqué, il était prêt à tout pour la retenir, néanmoins, quand elle fit brutalement une marche arrière, il fut bien obligé de s'écarter. Il la vit faire demi-tour, dans une envolée de gravier, et foncer vers le portail ouvert. Impuissant, il se maudit de l'avoir laissée partir. Pourquoi était-il incapable d'agir – ou même de penser – normalement avec elle ? Son comportement de collégien débile avait de quoi la faire fuir, il s'était conduit de façon aberrante. La connaissant, elle n'allait pas le lui pardonner...

Ne plus jamais la revoir lui parut soudain intolérable, alors qu'il avait presque réussi à en accepter l'idée, depuis quelques semaines. Si elle n'était pas venue, aujourd'hui, peut-être même aurait-il passé une bonne journée en compagnie de Stéphanie. Mais, à présent, il n'en était plus question. Combien de temps mettrait-il à oublier la vision de Lucrèce, sous le tilleul, adorable dans sa petite jupe, en train de lui demander de l'embrasser ? Et lui, au lieu de la prendre dans ses bras, il n'avait rien trouvé de plus subtil que parler de ce Fabian Cartier ! Auquel il allait penser de manière obsessionnelle, dorénavant. Un fiasco complet, irrémédiable, dont il était l'unique responsable, tout cela parce qu'il avait découvert, à la faveur d'un coup de foudre, une jalousie et une intransigeance, insoupçonnées jusque-là.

« J'ai lu ton article dans *Le Quotidien du Sud-Ouest*, l'autre jour... » Avait-il vraiment dit ça de manière aussi plate ? Il achetait le journal chaque matin, uniquement pour voir si le nom de Lucrèce figurait quelque part, et l'article en question, il l'avait non seulement lu mais découpé et conservé. C'était risible. De sa vie entière, il ne s'était pas montré aussi maladroit avec une fille ! À présent, s'il voulait sauver quelque chose du désastre qui menaçait son existence, il devait au moins se montrer correct envers la pauvre Stéphanie et lui expliquer en quoi consistait son « empêchement de dernière minute ».

Brigitte se sentait au bord du malaise, étouffant sous son masque et tout à fait hors d'état de mener la suture à bien. Hormis le fond musical, du Vivaldi diffusé en sourdine, on n'entendait plus un seul bruit dans le bloc. Elle faillit lâcher le porte-aiguilles et constata que, comble de malchance, ses doigts commençaient à trembler.

— Vous lui en voulez personnellement ? ironisa Fabian Cartier. Si vous continuez, vous allez lui faire la plus vilaine cicatrice de l'histoire de la chirurgie...

En principe, il quittait la salle d'opération le premier, laissant à ses assistants le soin de refermer les incisions, sauf s'il confiait cette tâche à un interne, auquel cas il restait presque toujours pour le surveiller.

— Prenez votre temps et appliquez-vous !

Devenue le point de mire de l'équipe de chirurgiens, infirmières et instrumentistes qui attendaient autour de la table, Brigitte se crispa davantage et le point suivant fut pire.

— Bon, Jérémie, tu termines, je crois que le Dr Cerjac n'est pas très en forme, soupira-t-il.

Vexée, Brigitte céda aussitôt sa place, mais, quand elle voulut s'éloigner, la voix de Cartier l'arrêta net.

— Restez près de lui, vous avez besoin d'apprendre !

Elle sentit des larmes de rage lui piquer les yeux tandis que l'assistant recousait la plaie avec des gestes rapides qu'elle n'arriverait jamais à acquérir, elle en était certaine. Depuis le début de la semaine, Fabian Cartier lui rendait la vie impossible et elle se demandait comment elle allait pouvoir tenir trois mois dans son service. Tous les matins, elle devait affronter l'horreur du bloc, dont elle ressortait avec la nausée, et tous les après-midi, il lui imposait la visite des patients, assortie d'un véritable questionnaire dans chaque chambre. Diagnostic, traitement, contre-indications, interprétation des radios : rien ne lui était épargné. Quand il la lâchait enfin pour s'adresser à quelqu'un d'autre, elle l'observait du coin de l'œil au lieu de l'écouter, cherchant à comprendre pourquoi un homme aussi désagréable lui plaisait autant. Car, indiscutablement, il l'attirait, même si elle essayait de s'en défendre, claironnant partout qu'elle était en stage chez le pire patron de l'hôpital.

— C'est fini, on peut y aller, murmura Jérémie en la poussant du coude.

Avant même de franchir les portes battantes, elle se débarrassa de ses gants maculés de sang, puis elle baissa son masque et arracha son bonnet. Pour éviter toute discussion avec l'un des membres de l'équipe, elle se précipita dans le vestiaire des femmes où elle acheva de se déshabiller. Elle avait largement le temps d'aller déjeuner à la cafétéria, pourtant l'idée de la nourriture lui soulevait le cœur. À ce rythme-là, son stage en chirurgie servirait au moins à lui rendre la ligne !

— J'en ai marre, marre..., murmura-t-elle, les larmes aux yeux.

Fallait-il absolument qu'elle termine ce maudit internat ? Pourquoi ne pas ouvrir un cabinet en ville ou, mieux encore, prendre une participation dans un cabinet de groupe où elle pourrait travailler à mi-temps ? L'atmosphère de l'hôpital, ses rapports hiérarchisés lui déplaisaient tant qu'il lui sembla que s'obstiner était une folie. Sauf que, chaque fois qu'elle y réfléchissait, elle en revenait à la même conclusion : elle voulait son titre d'interne. Quitte à ne plus remettre les pieds dans aucun des établissements du C.H.U., de sa vie entière ! « *Doc-*

teur Brigitte Cerjac, ancienne interne des hôpitaux de Bordeaux », voilà ce qu'elle voulait à tout prix voir gravé sur ses ordonnances, voilà la récompense de ces années consacrées à la médecine. Pas question de caler si près du but.

— À condition qu'il ne gâche pas tout !

Cartier la déstabilisait et finirait par la rendre folle. Il ne s'intéressait à elle que pour la prendre comme tête de turc, alors qu'il faisait le joli cœur avec toutes les autres femmes ! Avant de recommencer son stage, elle aurait dû rouvrir ses livres, parler avec d'autres internes, en particulier ceux qui avaient apprécié la chirurgie, et leur demander des tuyaux. Malheureusement, elle avait peu d'amis à l'hôpital. Quant aux confrères qui avaient cru lui faire plaisir en la félicitant pour l'article retentissant de sa belle-fille dans *Le Quotidien du Sud-Ouest*, ils n'avaient eu droit qu'à un haussement d'épaules. Les succès journalistiques de Lucrèce ne l'intéressaient pas, autant que tout le monde le sache une bonne fois. Quand Guy lui avait lu le fameux papier, avec un enthousiasme déplacé, elle s'était contentée de faire remarquer que la pauvre Lucrèce n'avait pas dû comprendre la moitié de ce qu'elle avait écrit ! La partie intéressante, c'était plutôt les interviews des chercheurs concernés, et pour cela il suffisait d'un bon magnétophone, pas besoin d'un quelconque talent personnel. Il avait acquiescé, néanmoins, elle était sûre qu'il avait dû en parler à tous ses clients, au cabinet. Entre l'article et l'accident de Julien, les enfants de Guy commençaient à prendre trop de place dans leurs conversations, elle se sentait à bout et n'hésitait pas à le montrer. Lucrèce et Julien étaient adultes, ils n'avaient pas besoin qu'on s'occupe d'eux, alors que Pénélope et Agathe réclamaient toute l'attention de leur père, elle l'avait dit clairement. D'autant plus qu'à cause des horaires stricts de ce maudit stage elle rentrait tard et devait compter sur Guy pour câliner les petites.

Au moment où elle quittait le vestiaire des femmes, elle se trouva nez à nez avec Jérémie qui sortait de celui des hommes.

— Ah, tu tombes bien ! lui lança-t-il. Le patron veut te voir d'ici une demi-heure, dans son bureau.

— Pourquoi ? Qu'est-ce que j'ai encore fait ? Il va me faire chier jusqu'à quand ? Je n'ai même plus le droit de déjeuner ?

— Mais si, dit la voix grave de Cartier, juste derrière elle. Cinq minutes suffiront, rassurez-vous.

Tétanisée par l'énormité de la gaffe qu'elle venait de commettre, elle se retourna lentement pour lui faire face.

— Excusez-moi, monsieur, je ne...

— Je vous en prie, coupa-t-il d'un ton glacial.

Jérémie s'était éloigné en hâte, Cartier esquissa un sourire contraint qui acheva de l'intimider.

— Après tout, nous pouvons aussi bien discuter ici !

Elle avait envie de disparaître, de rentrer sous terre, mais elle leva les yeux malgré tout et rencontra son regard bleu pâle.

— Docteur Cerjac, je crois que vous avez un problème avec la chirurgie. Ce n'est pas grave, vous allez vous aguerrir au fur et à mesure des interventions.

— Je ne tiens pas du tout à...

— Même en tant que généraliste, vous devez être en mesure de recoudre une plaie sans vous évanouir. Il n'y a pas toujours un hôpital à proximité, et il n'est pas forcément nécessaire d'expédier un patient aux urgences quand il suffit de lui faire trois points de suture. Une expérience dans ce domaine est indispensable, c'est ce que vous êtes censée acquérir avec moi et je vais m'y employer.

Elle détestait la manière dont il lui parlait, à la fois hautain et apitoyé, mais elle ne se sentait pas capable de l'interrompre.

— Contrairement à ce que vous semblez croire, je n'ai aucune malveillance à votre égard, je ne vous demande d'ailleurs rien d'extraordinaire, même si je vous parais trop exigeant. Quand je vous interroge, je ne vous tends pas un piège, et quand je vous propose de vous servir d'un instrument pendant une opération, c'est que j'estime que vous pouvez le faire. Si vous cessiez de vous braquer, vous apprendriez beaucoup durant ces trois mois. Alors pour votre confort, et aussi pour le mien, j'aimerais vous voir vous détendre, participer à la vie du service et, éventuellement, sourire de temps en temps.

Son cynisme la révolta. Non, elle ne prendrait pas l'air béat de ces idiotes qui papillonnaient autour de lui, elle trouvait normal de conserver une expression sérieuse, et de toute façon il n'y avait rien de plus sinistre qu'un bloc.

— Navrée de ne pas vous paraître aimable, répliqua-t-elle sèchement, mais je suis très sensible et la vue de...

— Sensible ? *Très* sensible ? Eh bien, vous vous êtes trompée de carrière, docteur Cerjac ! Quand vous avez fait votre stage au groupe Pellerin, en pédiatrie, vous en avez parlé ? Et en réanimation ? En gériatrie ? Dans n'importe quel service, il y a des choses dures à supporter, toutefois nous sommes précisément là pour soulager les malades, je pense que vous vous en souvenez ? Prenez sur vous, ou changez de métier, c'est le meilleur conseil que je puisse vous donner. Maintenant, je vous laisse aller déjeuner, bon appétit.

Il attendit quelques instants, lui laissant largement la possibilité de se défendre si elle le souhaitait, mais elle n'avait rien à répondre et elle garda le silence.

Lucrèce relut son article encore une fois, assez peu satisfaite de ce qu'elle avait écrit, bien que le sujet ne mérite guère mieux. Avec un long soupir exaspéré, elle recula sa chaise, posa les pieds sur le rebord de son bureau métallique. À force de rester penchée des heures durant au-dessus d'un clavier, elle éprouvait un mal de dos chronique. D'un regard circulaire, elle s'assura qu'elle n'était pas la dernière dans la salle de rédaction, et elle aperçut deux autres journalistes attardés dans un box. Ils avaient l'air très absorbés par leur travail, heureux d'être là. Planchaient-ils sur la percée du Front national aux élections européennes, sur la mise en règlement de la société Creusot-Loire, ou sur le grand, le seul événement capable de mobiliser *tous* les hommes : la victoire des footballeurs français dans le championnat d'Europe des nations !

Récupérant la feuille, elle relut son texte à voix basse.

— « *L'inauguration du bâtiment, en présence du préfet et du président du Conseil régional...* » Mon Dieu, quelle prose !

Elle faillit expédier son article à la poubelle, mais elle n'avait aucune envie de recommencer. Le compte rendu d'un événement aussi peu important ne serait jamais exaltant quoi qu'elle fasse. D'ailleurs, elle avait trouvé l'immeuble affreux, comme tous ceux qu'Arnaud Granville avait construits à Bordeaux depuis quinze ans. Si celui-ci vieillissait aussi mal que les autres... Malheureusement, il n'était pas question d'insinuer une idée pareille dans son article, personne ne lui demandait un avis personnel au sujet des promoteurs bordelais ! Ce qui était dommage, car elle se serait sentie inspirée par ce thème de l'urbanisation démente qui sévissait à Bordeaux et massacrait peu à peu le paysage de la périphérie. De toute façon, elle ne voulait pas s'attirer les foudres de Granville, elle gardait un souvenir trop désagréable de la visite qu'il lui avait rendue au pavillon. Sans compter Sophie, qui aurait droit à de nouveaux discours sur cette amitié « indésirable » qu'elles avaient réussi à préserver malgré tout.

À regret, elle se leva pour aller porter son article à la rédaction. Si Marc ne la cantonnait plus systématiquement dans des tâches ingrates, il ne manquait pas une occasion de lui rappeler qu'elle était encore une débutante – malgré ses succès. Elle finirait bien par lui prouver qu'il avait tort de ne pas lui faire confiance. Les deux derniers sujets auxquels elle croyait vraiment n'avaient pas été retenus, Marc le lui avait fait savoir le matin même, ne s'arrêtant à côté d'elle que le temps de laisser tomber son verdict. Elle n'en revenait pas qu'il ait pu refuser son enquête à propos des sommes énormes dépensées par la municipalité pour la culture. Un budget faramineux, disproportionné, sur lequel elle se serait volontiers penchée de plus près. Mais, décidément, il y avait des bombes qu'il valait mieux ne pas faire éclater dans cette ville ! La frilosité de la presse régionale la décevait et finirait peut-être, à la longue, par émousser son esprit critique. Fallait-il qu'elle envisage de quitter Bordeaux un jour ? À Paris, les journalistes se sentaient sûrement mille fois plus libres.

Elle laissa son article au rédacteur adjoint puis se dépêcha de quitter le journal. D'ici quelques jours, elle allait se retrouver en vacances forcées. Marc avait établi le planning des congés sans lui laisser le choix des dates, lui imposant la dernière semaine de juin et la première quinzaine de juillet. Elle travaillerait donc en août, période creuse entre toutes où il lui faudrait courir après un sujet intéressant. Heureusement, elle avait réussi à obtenir *in extremis* un stage non rémunéré dans un magazine luxueux – et confidentiel, hélas ! – à Biarritz. Le genre de revue sur papier glacé uniquement financée par la publicité, avec quelques reportages touristiques illustrés de magnifiques photos, ainsi que des interviews, toujours très complaisantes, de personnalités en vogue. Tant pis, tout ce qu'elle voulait apprendre était la différence de fonctionnement entre un mensuel et un quotidien, elle se contenterait donc d'observer, ou de donner un coup de main, si toutefois on l'y autorisait. Au moins, ces vacances ne seraient pas inutiles, pour elle qui détestait l'inaction, et lui permettraient de changer d'horizon. Depuis combien d'années n'avait-elle pas vu l'océan ? La perspective de se baigner au milieu des rouleaux suffisait à lui faire oublier qu'elle serait logée dans une modeste pension de famille, en dehors de la ville, avec une chambre dépourvue de sanitaires.

Dehors, l'air était doux, léger, il faisait encore grand jour malgré l'heure tardive. Comme chaque fois qu'elle avait rendez-vous avec Fabian, elle se sentait gaie, un peu excitée, heureuse à l'idée de passer la soirée avec lui. Elle récupéra sa R5 et gagna sans trop de difficultés la rue des Piliers-de-Tutelle, où elle eut la chance de trouver immédiatement une place. Elle en profita pour prendre le temps de remettre un peu de blush et de rouge à lèvres, amusée par sa coquetterie, mais ses journées étaient tellement chargées qu'elle avait rarement l'occasion de s'attarder devant un miroir.

En pénétrant dans les caves voûtées du restaurant La Chamade, elle constata que Fabian était déjà attablé, la regardant approcher, un petit sourire au coin des lèvres. Il se leva pour l'accueillir, aussi galant que de coutume, et attendit qu'elle soit installée avant de se rasseoir.

— Tu es ravissante, lui dit-il gentiment, je suis très flatté de dîner avec toi.

Plus ému qu'il ne voulait le montrer, il la détailla encore un instant puis adressa un signe au maître d'hôtel. Son ton léger était loin de refléter ses sentiments, mais leur liaison ne durait que parce qu'il savait se contrôler, il en était parfaitement conscient.

— Je meurs de faim ! déclara-t-elle en se plongeant dans l'étude de la carte.

Pour une fois, elle avait relevé ses longs cheveux en chignon et elle arborait des boucles d'oreilles fantaisie qu'il ne connaissait pas. Le col de son chemisier noir frôlait sa joue, tandis qu'elle gardait la tête penchée, et sa manière de froncer les sourcils dessinait une ride minuscule sur son front. Tout en l'étudiant, il songea qu'elle n'était pas seulement belle mais qu'en plus elle possédait quelque chose de particulier qui le rendait complètement fou. Depuis deux ans, il l'avait emmenée dans tous les grands restaurants de la ville, à un certain nombre d'expositions d'art contemporain, au théâtre, lui avait fait découvrir le jazz, l'avait aidée dans son métier sans qu'elle le sache, amusé par ce rôle de Pygmalion très insolite pour lui et qui lui procurait un plaisir mitigé. Il ne cherchait nullement à lui imposer ses choix, se bornant à lui servir de guide ou à lui donner des explications quand elle en réclamait, mais il la sentait curieuse de tout, avide d'apprendre, pressée de faire ses preuves. Environ une fois par semaine, il l'appelait, lui proposait une sortie, lui donnait rendez-vous, attentif à ne créer ni habitudes ni obligations. Il avait banni les déclarations d'amour comme les questions indiscrètes, et tout ce que son expérience d'homme à femmes lui avait appris, il l'utilisait pour la reconquérir à chaque rencontre. Car, s'il ignorait à quel moment elle se lasserait de lui, il savait que ce jour arriverait fatalement, qu'il était en sursis à cause de leur trop grande différence d'âge.

— J'ai un planning dément au bloc, la semaine prochaine, soupira-t-il.

À croire que les gens voulaient tous se faire opérer avant qu'il parte en vacances. Il passa la commande, décida de dîner au champagne parce qu'elle adorait ça, et dès qu'ils furent servis il trinqua à son séjour à Biarritz. En réalité, il se sentait plutôt contrarié par cette absence à venir, par la perspective de ne pas la voir pendant au moins un mois puisqu'il s'en irait avant qu'elle rentre, leurs dates ne concordant pas. Bien sûr, il aurait pu envisager d'aller la voir là-bas, de passer une soirée avec elle, mais elle ne le lui avait pas demandé, ni même évoqué cette possibilité, et il n'en parlerait pas le premier.

— Tu vas me manquer, dit-il en souriant. On se reverra, voyons... fin juillet, début août ?

— Oui, c'est ça. J'espère que j'aurai plein de choses à te raconter ! À mon retour de Biarritz, Marc ne sera pas là, alors je pourrai peut-être en profiter pour caser quelques bons papiers au rédac chef adjoint. Je me refuse à végéter dans la rubrique des chiens écrasés, ça me rend folle...

— Et moi, je suis inquiet quand tu t'attaques à des choses trop explosives.

En apprenant que sa voiture avait subi un acte de vandalisme, il s'était fait beaucoup de souci pour elle. D'autant plus qu'il se sentait entièrement responsable de ce qui arrivait. Sans lui, jamais Lucrèce n'aurait réalisé une enquête aussi approfondie, n'aurait été fouiner jusque dans les ministères. L'idée qu'elle soit menacée ou agressée lui était insupportable, mais il avait su dissimuler son angoisse. Le paternalisme était la dernière chose à introduire dans leurs rapports.

— Tu sais, j'ai eu beaucoup de chance en démarrant ici, poursuivait-elle avec insouciance. *Le Quotidien du Sud-Ouest* aurait très bien pu m'envoyer croupir pendant un an dans une antenne à Bergerac ou à Mont-de-Marsan. C'est stimulant de bosser au sein d'une grande équipe, sauf qu'il faut avoir trois initiatives à la minute, quitte à se faire rembarrer, et surtout ne pas hésiter à user ses semelles !

Être débordée de travail semblait tellement la réjouir... une fois de plus, il envia sa jeunesse et son enthousiasme. Il aurait donné n'importe quoi pour avoir dix ans de moins, pour avoir le droit de faire des projets d'avenir avec elle. Attendri, il la regarda dévorer ses noisettes d'agneau, suivies d'une coupe de fruits rouges.

— On prend le café chez moi ? proposa-t-il avec désinvolture.

La plupart de leurs soirées se terminaient dans son appartement, là où il pouvait lui prouver qu'il n'était pas seulement un homme agréable. En lui faisant l'amour, il n'éprouvait aucune crainte, il lui avait fait découvrir des plaisirs dont elle n'avait pas idée avant de le connaître, et il était certain de savoir la satisfaire bien au-delà de ses envies. Il régla discrètement l'addition puis tendit le bras au-dessus de la table pour pouvoir lui prendre la main. Du bout des doigts, il caressa sa paume, son poignet, jusqu'à ce qu'elle réprime un frisson.

— J'ai hâte de te serrer dans mes bras, chuchota-t-il.

Quand elle le regarda, il s'aperçut qu'il avait réussi à la troubler, que son extraordinaire regard vert semblait soudain plus tendre, plus sensuel.

— Lucrèce ? s'écria une voix d'homme, juste à côté d'eux.

Fabian comprit tout de suite qu'une catastrophe était en train de se produire. Il lâcha la main de Lucrèce et leva les yeux vers Guy Cerjac qui les dévisageait tour à tour, à la fois incrédule et furieux. Dans le silence qui suivit, Fabian se mit debout. Derrière Guy, il découvrit Brigitte qui le considérait d'un air médusé.

— Installe-toi, j'arrive tout de suite, lui jeta son mari, le maître d'hôtel va t'accompagner...

À voir son expression, elle aurait voulu assister au scandale, mais Guy attendit qu'elle se soit éloignée pour s'adresser directement à sa fille, ignorant Fabian.

— Dis-moi que je me trompe ! Je peux savoir ce que tu fais là ?

— Je dîne, papa.

Abasourdi par la réponse, Guy chercha son souffle puis haussa le ton.

— Je vois, oui ! Mais vous ne... Enfin, pas toi ! Tu es complètement folle !

— Tu ne veux pas plutôt sortir pour en parler avec moi ? intervint Fabian.

Autour d'eux, la plupart des clients s'étaient tus, les observant d'un air goguenard. Guy jeta un coup d'œil agacé vers la salle avant de reporter son attention sur Fabian.

— Très bien, allons dehors, je te préviens, ça ne va pas se passer comme ça.

Il l'avait dit en baissant la voix, conscient qu'ils étaient devenus le point de mire, et aussi parce que, malgré sa fureur, il n'osait pas s'en prendre à Fabian aussi violemment qu'il l'aurait voulu. Celui-ci était tout de même l'un des chirurgiens les plus réputés de Bordeaux, bardé de titres et de relations, unanimement apprécié – et c'était aussi l'homme qui avait opéré Julien. Néanmoins, à peine sur le trottoir de la rue des Piliers-de-Tutelle, il lui lança :

— Tu couches avec ma fille ? Toi ? Ma parole, tu es un vrai salaud !

— Ta fille est adulte, Guy.

— Adulte et idiote ! Elle l'a toujours été ! Quel plaisir peut-elle bien trouver à sortir avec un type de ton âge ?

— Je ne sais pas. Demande à ta femme, vous avez à peu près la même différence.

La bouche ouverte, Guy mit quelques instants à réaliser l'ironie cinglante de la réplique. Lucrèce, qui venait d'émerger du restaurant à son tour, avait entendu la phrase assassine elle aussi.

— Tu mériterais que je te démolisse, gronda Guy entre ses dents.

— Si tu veux.

Fabian était plus grand que lui, plus mince, sûrement plus en forme, de surcroît il restait d'un calme absolu. Les mains dans les poches, son blazer ouvert sur sa chemise blanche, il ne narguait pas Guy mais refusait de prendre l'air penaud.

— Ma femme, puisque tu en parles, je ne me suis pas contenté de la baiser à la sauvette, je l'ai épousée, je lui ai fait des enfants ! Toi, tu comptes épouser ma fille, ou seulement la débaucher ?

— Si elle veut de moi comme mari, je fais rouvrir la mairie tout de suite. Mais je ne suis pas assez stupide pour penser que ça lui ferait plaisir. Un peu de lucidité, quoi ! Elle est jeune, elle mérite autre chose. En attendant, laisse-la s'amuser, c'est sa vie, pas la tienne.

— Je suis son père, j'ai le droit de m'en mêler !

— Arrête de hurler, Guy...

— Pourquoi ? Tu as peur du scandale ?

— Moins que toi.

C'était l'exacte vérité, il suffisait de regarder Fabian pour le comprendre. Guy se demanda d'où lui venait cette inadmissible assurance. Soit, il était officiellement divorcé et Lucrèce était majeure, pourtant, il aurait dû manifester un certain embarras, un minimum de confusion devant le père de sa jeune maîtresse. S'il l'avait fait, Guy se serait senti dédommagé de quelques souvenirs désagréables, des choses qu'il n'avait racontées à personne. À l'époque où ils étaient étudiants en médecine tous les deux, il avait voulu devenir l'ami de Fabian parce que celui-ci était alors la coqueluche de la fac. Le garçon qui réussissait le mieux aux examens, devant lequel toutes les filles se pâmaient, que les chefs de service s'arrachaient à l'hôpital, pendant leur internat. Mais, hormis une vague camaraderie assortie d'une certaine condescendance, Fabian ne s'était pas intéressé à lui, et aujourd'hui encore il le regardait de haut.

— Tu es vraiment un pauvre con ! cracha Guy avant de se retourner vers sa fille. Et toi, tu ne vaux pas mieux que lui ! Comment ta mère t'a-t-elle donc élevée ? Ah, je n'aurais jamais dû vous laisser partir avec elle, ton frère et toi, voilà le résultat ! Elle est au courant de ce que tu fais, ou elle est toujours plongée dans ses foutus bouquins ?

Lucrèce avait pâli en entendant accuser sa mère, elle se redressa de toute sa taille pour riposter.

— Ne parle pas de maman, tu veux ? Laisse-la en dehors de ça et fous-moi la paix ! Et n'essaie pas de me faire croire que tu avais envie de nous garder, Julien et moi... ta femme ne l'aurait jamais supporté !

Sa voix tremblait de rage, de mépris, d'une rancune trop longtemps contenue et qui ne demandait qu'à exploser. Ulcéré, Guy fit un pas dans sa direction mais sentit que Fabian le saisissait par le bras, l'empêchant d'avancer.

— Brigitte t'attend, tu devrais aller dîner...

Furieux, il se dégagea d'un coup sec, prêt à se battre, pourtant, lorsqu'il croisa le regard glacé de Fabian, il y découvrit une réelle menace, quelque chose d'assez inquiétant. Il finit par marmonner :

— Allez au diable, tous les deux !

Avec un haussement d'épaules, il fit volte-face et s'engouffra dans le restaurant. Fabian prit aussitôt Lucrèce par la taille et l'attira contre lui.

— C'est sans importance, lui chuchota-t-il à l'oreille. Tout va bien...

Elle tremblait dans ses bras, au bord des larmes, plus choquée qu'elle n'aurait dû l'être. Il devina qu'elle avait refoulé un contentieux trop lourd pour elle, que ses sentiments vis-à-vis de son père étaient à vif.

— Ce n'était ni le lieu ni le moment de lui dire ce que tu as sur le cœur, mais tu le feras un jour, quand tu seras en position de force...

Elle se serra davantage contre lui tandis qu'il l'embrassait doucement sur la tempe.

— Si tu préfères, je te ramène chez toi. Sinon, on rentre...

— Tu es un amour, lui dit-elle en reniflant.

Dans l'obscurité, elle ne vit pas son sourire résigné, ne devina pas ce que ce mot signifiait pour lui.

— Je vais avec toi, décida-t-elle, pas question de le laisser gâcher la soirée !

Il aurait préféré une autre motivation, mais il s'abstint de le lui faire remarquer.

— Tu as été parfait ! ajouta-t-elle d'un ton plus gai. Le coup du mariage : admirable !

Son rire résonna dans la rue étroite, elle avait déjà surmonté son émotion et retrouvait sa joie de vivre, son insouciance. Fabian se demanda si Guy serait encore assez en colère, le lendemain matin, pour ébruiter l'histoire. N'étant jamais resté longtemps avec la même femme, hormis la sienne, Fabian n'avait pas eu l'occasion d'affronter des maris jaloux ou des pères outragés, et il s'en moquait. Quant à Brigitte, qu'il verrait dès le lendemain matin dans son service, elle ne pourrait guère se montrer plus maussade qu'elle ne l'était habituellement. En revanche, il ne se faisait aucune illusion, tout l'hôpital allait être au courant.

— Au point où nous en sommes..., murmura-t-il en prenant le visage de Lucrèce entre ses mains.

La manière dont il l'embrassa était plutôt inattendue pour un homme aussi discret que lui en public, mais pas une seconde elle ne chercha à l'en empêcher.

5

avril 1985

— Mais enfin, quand je trouve ça infect, j'ai le droit de le dire ! explosa Guillaume.

— Je ne sais pas comment Agnès peut te supporter ! riposta Nicolas.

Sa belle-sœur venait de repartir précipitamment à la cuisine, avec un air de chien battu. Les deux frères se défièrent du regard un moment, puis Guillaume haussa les épaules.

— Ne prends pas tout au tragique, dans un couple il y a souvent des frictions, ce n'est pas grave...

— Vraiment ? Eh bien, si tu préfères, je m'en vais, je ne veux pas troubler votre délicieuse intimité !

Repoussant son assiette, Nicolas esquissa le geste de se lever mais Guillaume donna un violent coup de poing sur la table.

— Bon sang, Nick, ça suffit !

Son verre s'était renversé et une large tache de vin s'étendait sur la nappe.

— Regarde ce que tu me pousses à faire... Je suis coléreux, d'accord... Je l'ai toujours été, non ?

— Oui, mais tu ne t'arranges pas !

Si les accès de rage de Guillaume impressionnaient beaucoup Nicolas lorsqu'il était enfant, il avait appris à surmonter sa peur en grandissant. Il se leva posément, sans quitter son frère des yeux.

— Tu m'excuseras auprès d'Agnès...

— Ah, je t'ai vraiment mal élevé ! explosa Guillaume. J'aurais mieux fait de t'envoyer en pension, on t'aurait au moins appris à ne pas quitter la table en plein milieu d'un repas. Tu m'en veux parce qu'il m'est arrivé de te secouer un peu, je sais bien, mais, crois-moi, dans l'ensemble ta jeunesse a été plus drôle que la mienne !

Sans se retourner, Nicolas sortit de la salle à manger et traversa le hall. « Drôle » n'était pas le mot adéquat, « secouer », non plus. Pour lui, Guillaume avait tenu à la fois les rôles de père, de mère, de frère aîné. Sans doute du mieux possible. Il avait accompagné son cadet chez le dentiste, au tennis, au collège, au cinéma. S'était réveillé la nuit, quand le petit faisait des cauchemars. N'avait ménagé ni les câlins, ni les corrections. Lui avait offert sa première bière, et montré son premier cadavre. Ce jour-là, Nicolas voulait voir sa mère, il ne pouvait pas accepter l'idée de sa mort, hurlant pendant des heures jusqu'à ce que son frère, à bout de nerfs, lui ouvre la porte de la chambre et ensuite l'oblige à regarder. Traîné au chevet d'une femme méconnaissable, dont le visage cireux, entouré d'une mentonnière, n'exprimait plus rien, Nicolas avait essayé de reculer, terrorisé, mais Guillaume l'en avait empêché. Finalement, ils s'étaient mis à prier ensemble. Avant de le laisser partir, Guillaume s'était penché vers lui : « La prochaine fois que tu me demanderas quelque chose, réfléchis-y à deux fois. » Ce souvenir-là demeurait le plus pénible, et de loin.

Quand il se retrouva sur la terrasse dallée, il prit une profonde inspiration. La nuit était fraîche, avec un magnifique clair de lune qui nimbait les arbres d'une lueur irréelle. Il contempla le parc un moment, puis se retourna vers la maison. Les guirlandes et les palmes, sculptées sur le fronton, se distinguaient nettement. Il avait toujours adoré cette chartreuse, à l'architecture parfaite, mais il ne s'y sentait plus chez lui. Son frère lui devenait étranger, impossible à comprendre.

Réprimant un frisson, il s'engagea dans l'allée, en direction des peupliers. Aménager l'ancien chai avait peut-être été une erreur, au bout du compte. S'il avait eu le courage de couper les ponts, de partir s'installer à Bordeaux, par exemple, les choses auraient été différentes. Malheureusement, il ne l'avait jamais envisagé. Il se souvenait trop bien de ce qu'il avait éprouvé, à treize ans, quand Guillaume avait vendu le vignoble : un véritable déchirement, la certitude qu'on lui arrachait *sa* terre. Et il s'était juré, aussi solennellement que peut le faire un adolescent, de racheter un jour ces hectares de vigne. De devenir un exploitant, un viticulteur, un *éleveur* de grands crus, celui qui taille et qui vendange. Ce n'était pas en s'éloignant d'ici qu'il y parviendrait. Non, il était bien là, en plein milieu du Médoc, il ne s'en irait pas, jusqu'au jour où son rêve aurait pris forme. Le métier de négociant, s'il l'avait bien appris et s'il l'exerçait avec maîtrise, serait toujours pour lui un pis-aller, il en avait une conscience aiguë.

Il se glissa entre deux arbres, escalada le grillage afin d'éviter le détour qui conduisait à l'entrée de son propre jardin. Après avoir traversé la pelouse, il passa près des tilleuls et effleura du plat de la main la table en pierre où la mousse s'était accumulée durant l'hiver. Chaque fois qu'il regardait cette table, il pensait à Lucrèce. « Et si tu m'embrassais ? » Hélas ! il ne l'avait pas fait et n'aurait plus jamais l'occasion de le faire. Il s'était abstenu de la rappeler, elle n'avait pas donné signe de vie. Aujourd'hui, il avait renoué pour de bon avec Stéphanie et s'était embarqué dans une histoire d'amour. D'amour, vraiment ?

En entrant chez lui, il s'aperçut qu'il avait faim et il regretta le gigot, même trop cuit, d'Agnès. Il alla directement à la cuisine, inspecta le contenu du réfrigérateur puis se décida à sortir le plateau de fromages. Stéphanie était une fille adorable, jolie, sincère, qui ne revendiquait pas un statut de jeune femme « libérée » et n'avait aucune velléité d'en devenir une. Au contraire, elle souhaitait se marier, avoir des enfants, les élever elle-même, s'épanouir dans l'amour de la famille qu'elle fonderait. Un programme qu'il comprenait, qu'il approuvait. Mais malgré toute sa douceur, sa blondeur, il ne parvenait pas à éprouver autre chose que des sentiments désespérément tièdes.

— Et merde, soupira-t-il en coupant une part de chèvre frais.

Il pouvait essayer de s'en persuader tant qu'il voulait, il ne l'aimait pas assez pour en faire sa femme. Or il n'était pas mercantile, il n'allait pas l'épouser uniquement pour les vignes de son père. Depuis des années, il négociait avec la famille de Stéphanie, les Cazeneuve, qui possédaient une trentaine d'hectares classés en cru bourgeois, au nord de Saint-Estèphe. Leur vin était agréable, parfois inégal selon les parcelles, mais de bonne qualité. C'étaient des gens sympathiques, ouverts, qui adoraient leur métier et qui voyaient d'un très bon œil la relation de leur fille unique avec Nicolas Brantôme.

— Si tu continues, tu vas avoir des tas d'ennuis...

Honnête, il n'avait rien promis à Stéphanie, même si, à l'évidence, elle attendait. Parfois, elle l'observait avec curiosité, comme si elle cherchait à deviner ses réticences pour mieux les combattre. Il ne lui avait jamais parlé de Lucrèce, évidemment, pourtant il continuait à penser à elle, à souffrir de manière lancinante, à ressasser inlassablement son échec. Il lui arrivait même d'y songer en faisant l'amour avec Stéphanie, ce qui l'écrasait aussitôt de culpabilité. Dans ces moments-là, il redoublait de gentillesse et se détestait de le faire. Tout comme il ne pouvait s'empêcher de suivre du regard, dans la rue, la plupart des jeunes femmes brunes à cheveux longs. Il n'avait aperçu Lucrèce qu'une seule fois, de loin, alors qu'elle sortait du Grand-Théâtre en compagnie de Fabian Cartier. Sa silhouette était reconnaissable entre mille, sa queue-de-cheval aussi. D'où il était, Nicolas n'avait pas entendu son rire mais il avait vu qu'elle semblait gaie. Ce soir-là, par chance, il était avec des copains et il n'avait pas hésité à se saouler. Une lâcheté de plus, payée d'une banale migraine le lendemain matin, sans compter un rendez-vous d'affaires manqué, que Guillaume avait dû assumer à sa place. Il avait mis une semaine à s'en remettre. Pas de la cuite – les grands bordeaux, tels qu'il les aimait, ne rendent jamais personne malade –, mais de cette vision d'une femme qu'il ne parviendrait jamais à oublier quoi qu'il fasse, qui le poursuivait jusque dans ses rêves, et qui riait avec un autre.

Il remit le plateau de fromages au frais, rangea son assiette dans le lave-vaisselle. Puis il gagna sa chambre où il alluma sa chaîne pour écouter le dernier disque de Jean-Jacques Goldman. Par terre, près de son lit, *Le Quotidien du Sud-Ouest* traînait. Il continuait de l'acheter chaque jour, cherchant malgré lui les articles signés Lucrèce Cerjac. Elle écrivait de mieux en mieux et, même sans signature, il aurait pu reconnaître son style incisif.

Combien de temps encore allait-il continuer à se rendre malade ? À trente et un ans, il devenait urgent pour lui de donner un sens à sa vie. Il se laissa tomber tout habillé sur les oreillers, soupira et ferma les yeux. Juste avant de s'endormir, bercé par la mélodie de Goldman, sa dernière pensée consciente fut qu'il ne voulait plus rester seul.

Comme chaque matin, la conférence de rédaction réunissait tous les journalistes dans une atmosphère fiévreuse. Sur l'immense tableau noir, le secrétaire d'édition dessinait la mise en place de ses pages, avec les 100 lignes de tête, les 60 et les 40, réparties par Marc selon l'importance des infos qui tombaient de l'A.F.P. Au-dessus du tableau, une citation de Charles Péguy se détachait en grandes lettres dorées : « *Homère est nouveau ce matin et rien n'est peut-être aussi vieux que le journal d'aujourd'hui.* » Un avis destiné à ceux qui auraient la tentation de se prendre au sérieux, puisque Marc leur rabâchait à longueur de temps que le bon journaliste n'est qu'un témoin impartial, et rien d'autre.

Il n'y avait rien de nouveau sur l'affaire Grégory qui, avec ses multiples rebondissements, avait alimenté bon nombre d'éditions depuis six mois. De la politique étrangère – avec les premières mesures prises par Gorbatchev depuis son élection à la tête du Parti – jusqu'aux plus insignifiantes nouvelles locales, tout fut rapidement distribué. Lucrèce n'eut même pas droit au commentaire sur la création du Loto sportif, qui fut attribué à un de ses confrères, et elle hérita du compte rendu de la réunion du conseil municipal.

— Pas de questions ? lança Marc à la cantonade.

Il y eut un bref silence, quelques regards échangés, puis toute l'équipe se dispersa en bavardant.

— Lucrèce ! Je peux te voir une seconde ?

Alors qu'elle se dirigeait déjà vers son box, d'assez mauvaise humeur, elle rebroussa chemin et rejoignit Marc sur le seuil de son bureau.

— Pas mal, ton idée sur la montée de la violence urbaine... Les chiffres qui viennent d'être publiés par le ministère de l'Intérieur vont dans ce sens. Tu pourrais faire le tour des commissariats de la ville et de la périphérie pour obtenir quelques anecdotes avant de pondre un truc là-dessus, je ne suis pas contre. Tu le traiterais sous quel angle ?

Reprenant confiance, elle s'empressa de répondre, volubile :

— Celui de la trouille. De l'insécurité. Je crois que les gens commencent vraiment à s'inquiéter, ça tombera pile dans leurs préoccupations ! Toutes les femmes ont peur quand elles sont seules la nuit dans une rue déserte, moi la première. Et...

— Tu es seule la nuit, toi ? s'esclaffa-t-il.

— Les soirs où je quitte le journal à minuit, par exemple ! Tu sais bien qu'on est souvent obligés de se garer très loin... Pourtant, j'estime avoir le droit de marcher en paix dans les rues de ma ville. De toute façon, on dénombre autant d'incidents de jour que de nuit. Quand tu parles avec les flics, tu as les cheveux droits sur la tête. Même en excluant les cinglés, les violeurs et les assassins, on se fait agresser pour dix francs par le premier drogué en manque. Et il n'y a pas que ça.

Elle reprit son souffle mais Marc, la main levée, l'empêcha de continuer.

— D'accord ! Je t'ai dit que j'étais d'accord... Écris ce truc, on l'aura sous le coude et on verra quand le passer, parce que forcément, à un moment ou à un autre, ton papier collera à l'actualité.

Depuis quelques mois, il semblait avoir oublié son antipathie pour elle. S'il lui arrivait encore de la rembarrer, c'était de manière moins agressive, et désormais il acceptait plus volontiers les sujets qu'elle lui proposait.

— Tu ne t'en sors pas mal, ces temps-ci, ajouta-t-il. Je dois reconnaître que tu es en progrès, même si tu as toujours ce maudit défaut de traiter les choses trop en profondeur. Le lecteur s'en fout, mets-toi bien ça dans la tête ! Du moins, le lecteur d'un quotidien. Ton avenir serait peut-être davantage dans un hebdo. Tu n'y as jamais pensé ?

— Pas encore, mais si tu cherches à me dire que je ferais mieux de partir d'ici...

— Bien sûr que non ! Tu fais partie de l'équipe, tu le sais très bien.

Lucrèce faillit sourire mais jugea plus prudent de conserver un air sérieux. Tutoyer Marc ou obtenir son approbation n'avait pas fait d'eux des amis pour autant, elle se méfiait d'un revirement possible, d'un retour à la case départ.

— Allez, au boulot et prépare-moi ce papier quand tu auras un moment, on en rediscutera.

Ce qui signifiait qu'il était vraiment intéressé, peut-être même impatient de voir ce qu'elle pourrait faire sur ce thème. Elle lui adressa un sourire radieux puis se précipita vers son box pour y récupérer son sac. Henri, le photographe avec lequel elle faisait équipe, l'attendait en piaffant, son casque de moto à la main.

— Le maire commence son discours à onze heures, on va être en retard !

Que cela l'amuse ou non, elle était censée couvrir l'événement ; elle récupéra de mauvaise grâce sous son bureau le vieux casque de Julien.

— Je te suis, marmonna-t-elle.

Ce genre de corvée l'assommait mais faisait partie de son travail quotidien : résumer une allocution, en tirer trois phrases significatives, à citer de préférence entre guillemets, et surtout s'abstenir de toute opinion personnelle. Elle s'astreignait à demeurer simple témoin, comme le voulait Marc, ainsi que Hemingway lui-même l'avait proclamé en son temps. Parfois, elle rêvait d'envisager une autre manière d'écrire, qui la libérerait enfin. Un hebdomadaire, pourquoi pas ? Elle y avait déjà pensé, mais avait-elle acquis assez d'étoffe pour défendre ses idées, s'engager sur certaines causes qui lui tenaient à cœur, enquêter à fond ?

Dans la rue, un petit vent froid la fit frissonner tandis qu'elle prenait place sur la moto, derrière Henri. Elle vérifia qu'elle avait bien sa carte de presse, rabattit la visière du casque et se cramponna.

D'un revers de main, Julien essuya le sang qui coulait de sa joue, ensuite il mit son casque et démarra. Le grondement du moteur l'empêcha d'entendre les appels de Myriam tandis qu'il s'éloignait dans l'allée. Il attendit d'avoir gagné la route, en contrebas, pour accélérer à fond, heureux de se sentir enfin libre. Cette rupture, trop longtemps différée, le soulageait tant qu'il en occultait délibérément les conséquences. Pourtant, Myriam se vengerait, il le savait, et le moins qu'elle puisse faire serait de lui retirer sa jument dès le lendemain. Elle était même capable de convaincre Xavier Mauvoisin de le renvoyer. Si elle y parvenait, il n'aurait plus qu'à chercher une place ailleurs, mais tant pis, il avait atteint la limite de ce qu'il pouvait supporter. Une heure plus tôt, lorsqu'elle lui avait montré les chemises et les cravates achetées à son intention chez un grand tailleur, il s'était soudain senti dans la peau d'un gigolo et il avait décidé d'en finir. La rage de Myriam, prévisible, avait dépassé ses craintes, après des injures, des menaces, des larmes, elle lui avait finalement assené une magistrale paire de claques.

Arrivé devant le pavillon, il bloqua les freins et s'engagea dans la pente du garage. Malgré la distance, le chemin du retour lui avait semblé très court, sans doute parce qu'il était plus préoccupé que prévu. Se retrouver sans travail serait ce qui pourrait lui arriver de pire.

— C'est toi ? s'écria Lucrèce du haut de l'escalier. Je ne savais pas que tu rentrais dîner !

Il se demanda si Sophie était là et se sentit mal à l'aise. Bien que la jeune fille ne soit pas étrangère à ce qui venait de se produire, mieux valait qu'elle n'en sache rien pour l'instant.

— Qu'est-ce qui t'est arrivé ? s'exclama sa sœur quand il entra dans la cuisine. Tu es tombé de cheval ?

— Non, j'ai rompu avec Myriam...

— Tu plaisantes ?

— Pas du tout.

Manifestement inquiète, mais aussi dévorée de curiosité, elle l'observa un moment avant de lancer :

— Eh bien... Toutes mes félicitations !

Elle sortit d'un placard un torchon propre qu'elle humecta.

— Assieds-toi et fais voir... Elle t'a griffé, cette garce ?

— Giflé. Mais elle portait une sacrée bague.

Pour la rassurer, il lui adressa un sourire tendre et elle se mit à essuyer sa joue.

— Alors c'est vraiment fini entre vous ?

— Oui. Il ne me reste plus qu'à payer l'addition.

— À savoir ?

— Elle ne va pas me rater, elle était folle de rage. Or c'est une cliente du club et Xavier m'a bien prévenu : à la première embrouille, je suis viré.

— Si elle a un minimum d'orgueil, elle n'ira pas le clamer sur les toits !

— Tu ne la connais pas... Aïe !

— La coupure est profonde, il faut désinfecter. Je vais chercher de l'alcool.

En attendant qu'elle revienne, il jeta un coup d'œil sur la casserole qui mijotait à feu doux.

— Lapin à la moutarde, annonça-t-elle derrière lui, ça te va ?

— Tu attends du monde ?

— Sophie doit venir vers neuf heures.

Contrarié, il reprit place sur le tabouret et ferma les yeux pendant qu'elle nettoyait méticuleusement la plaie. Il éprouvait de plus en plus de plaisir à voir Sophie, malheureusement un malaise certain persistait entre eux depuis la scène de la douche. Pour le dissiper, il aurait fallu qu'ils en parlent mais il n'osait pas l'inviter seule, persuadé qu'un tête-à-tête risquait de l'effrayer. Au club, quand elle venait monter, ou ici, lorsque Lucrèce l'invitait, ils n'étaient jamais seuls. Et elle ne semblait pas décidée à faire le premier pas elle-même. Deux mois plus tôt, lors du jumping international de Bordeaux – épreuve disputée par les meilleurs cavaliers du monde –, elle avait eu l'idée d'acheter des places, mais elle en avait pris trois et Lucrèce était venue avec eux. Durant cette soirée, il avait eu l'occasion de remarquer qu'elle préférait le regarder, lui, plutôt que les chevaux en piste. La victoire de John Whitaker sur Milton, pour la deuxième année consécutive, les avait tellement enthousiasmés que, dans l'euphorie du moment, il avait passé son bras autour des épaules de Sophie. Mais elle s'était tout de suite crispée. À cause de sa peur des hommes, de sa timidité maladive, ou parce qu'il avait une liaison avec Myriam ?

— Tu seras superbe en balafré, c'est très viril ! déclara Lucrèce.

Elle enleva les traces du sang qui avait séché dans son cou, puis elle l'obligea à relever le menton pour pouvoir croiser son regard.

— Je suis certaine que tu as eu raison de le faire, ne regrette rien.

Une lassitude inattendue venait de s'abattre sur lui et il se contenta de hocher la tête en silence. Raison ou pas, il avait pris un risque en mettant aussi brutalement un terme à sa liaison avec Myriam. N'étant pas de celles qui pardonnent ou qui oublient, elle devait déjà être en train d'organiser sa vengeance.

— Tu ne l'aimais pas ? insista Lucrèce.

— Non. Et je n'ai jamais cherché à le lui faire croire. Elle me plaisait, point.

Cette réponse un peu cynique rappela à Lucrèce certaines discussions avec Nicolas, un an plus tôt. *Plaire* ne pouvait pas suffire, c'était ce qu'il prétendait alors, et elle y repensa avec une nostalgie inattendue.

— Au lit, c'est une sacrée affaire, poursuivit Julien, je n'ai pas eu à me forcer... Mais je n'aurais pas dû succomber si souvent ! J'ai laissé traîner par lâcheté, par... Oh, pour être honnête, je ne trouvais pas désagréable d'être choyé, il y avait longtemps que ça ne m'était pas arrivé ! Bon, je sais, ce n'est pas une motivation très élégante... Tu vas me dire que je suis un salaud, c'est ça ?

Guettant sa réaction, il gardait la tête levée vers elle, l'air pitoyable.

— Je crois surtout, répondit-elle lentement, que tu mènes une vie de dingue. Tu travailles douze heures par jour, tu n'as jamais un moment de repos, et le dimanche, tu es en concours... Combien de temps vas-tu supporter ce rythme ?

— Tant qu'il y aura Iago. Et, à partir de maintenant, pour nous, ça se complique.

— Mauvoisin va vraiment te licencier ?

— Aucune idée. Il fera ce qu'il doit faire, il ne m'a pas pris en traître. Je trouverai une autre place.

— Et la jument ?

— Hermine ? Je m'en fous ! Ce n'était pas pour son cheval que je couchais avec Myriam. Tu l'as cru ?

— Comme tout le monde.

Un peu embarrassée, elle se détourna, prit une pile d'assiettes sur l'évier et entreprit de mettre le couvert. Son frère s'était montré tellement discret sur sa liaison qu'elle avait fini par imaginer n'importe quoi. Lorsqu'elle le regarda de nouveau, il lui demanda, d'une voix grave :

— C'est qui, « tout le monde » ?

— Maman, Sophie... Les gens de ton club aussi, j'imagine.

— Sophie ? répéta-t-il, avec une intonation consternée.

— Elle a un faible pour toi, tu as dû t'en apercevoir, non ? Alors, forcément, elle était exaspérée que tu te tapes cette nana par intérêt.

— Mais merde, à la fin ! explosa-t-il. Par *intérêt* ? Ah, vous n'êtes pas tendres, les filles !

— Excuse-moi, soupira Lucrèce. Ce n'est pas ce que je voulais dire.

Après tout, il aurait pu lui retourner le compliment. Jusqu'ici, il n'avait pas émis le moindre commentaire au sujet de Fabian, se refusant à porter un jugement. Dès qu'il s'agissait de sa sœur, il était d'accord avec elle et prêt à la défendre. Quand leur père avait poussé les hauts cris, scandalisé, Julien lui avait fait comprendre en quelques mots que Lucrèce pouvait agir à sa guise, à ses yeux elle aurait toujours raison. Il ne voyait rien de répréhensible dans son aventure, l'âge de Fabian Cartier ne le gênait pas, d'ailleurs, il vouait à ce dernier une infinie reconnaissance depuis son opération.

— Voilà Sophie, annonça Lucrèce qui regardait par la fenêtre.

En se retournant, elle remarqua le sourire spontané de Julien, ainsi que son geste furtif pour discipliner ses cheveux pourtant très courts. C'était bien la première fois que l'arrivée de Sophie déclenchait ce genre de réflexe chez lui.

— Julien, dit-elle à voix basse, ne fais pas l'idiot avec Sophie ! Elle est très fragile, elle ne connaît pas grand-chose aux garçons et elle t'adore. Alors, si tu n'es pas sérieux, abstiens-toi.

— Mais non, pas du tout, je ne...

Brusquement embarrassé, il haussa les épaules sans achever sa phrase. Lucrèce le considéra encore une seconde, sourcils froncés, cherchant à comprendre, puis elle alla ouvrir la porte.

— Si tu veux, je vais te chercher de la glace dans le local des infirmières, proposa Jean-Louis Cousseau.

— Non, merci, ton whisky est divin, ce serait criminel !

Fabian leva son verre et porta un toast muet à son confrère. La fin de la journée était calme à l'étage de la médecine générale, hormis les bruits habituels du couloir où circulaient les chariots des plateaux-repas destinés aux malades. Jean-Louis savoura une gorgée du pur malt vingt ans d'âge qu'il rapportait d'Écosse chaque année.

— Tu as lu le rapport du conseil d'administration ? demanda-t-il avec un sourire moqueur. Pour une fois, ce ne sont pas *tes* blocs qui passent en premier, l'essentiel des crédits est alloué à la radiologie, et on me fait la grâce de retaper un peu mon service !

— Il en a besoin, c'est d'une vétusté ! De toute façon, je n'avais rien demandé pour les salles d'op.

— Encore heureux ! Vous, les chirurgiens, vous vivez dans un monde ultramoderne, crois-moi. Je ne sais pas comment tu as fais pour embobiner nos directeurs successifs, mais tu as obtenu beaucoup de choses tandis que je pleurais après un malheureux coup de peinture ! Pourtant, c'est vrai, Granier n'a pas l'air de te porter dans son cœur en ce moment...

Ils échangèrent un regard amusé, puis Jean-Louis versa une nouvelle rasade de whisky dans leurs verres. Depuis dix ans qu'ils se connaissaient, ils s'appréciaient sans réserve et se soutenaient systématiquement dans toutes les réunions administratives auxquelles les chefs de service étaient tenus d'assister.

— Granier n'a pas apprécié ma prise de position sur les risques liés aux transfusions. Je lui parle d'épidémie et il me répond gros sous, nous ne sommes pas faits pour nous entendre !

Devant la moue dubitative de Jean-Louis, Fabian se pencha brusquement en avant et posa sa main sur le bureau.

— Ces malades-là, c'est toi qui vas les avoir. Qu'est-ce que tu leur raconteras ? Il est question de tester les donneurs, à partir du 1er août prochain, mais va-t-on pour autant détruire tous les stocks actuels ? Bien sûr que non !

— Il suffira de les chauffer...

— C'est bien ce que j'exige ! Et, pour achever de convaincre Granier, je lui ai fait porter par ma secrétaire le compte rendu de la conférence qui vient de se tenir à Atlanta. Il serait tout de même temps que le corps médical réagisse, non ?

Il planta son regard dans celui de son confrère qui, au bout d'un moment, baissa les yeux et murmura :

— Si tu as un double, je le lirai volontiers.

— Noémie en mettra un sur ton bureau demain matin.

Fabian se tenait au courant de toutes les publications professionnelles, qu'il décortiquait avec attention, et il ne comprenait pas le manque de curiosité de ses confrères – ou leur paresse.

— Je suis allé faire un tour sur la galerie, ce matin, rien que pour le plaisir de te voir opérer ton polytraumatisé, déclara Jean-Louis. Il y avait un monde fou, tout l'hôpital ne parlait que de ça depuis hier. Très, très belle intervention, vraiment. À part toi, je ne vois pas qui aurait pu y parvenir en moins de sept heures !

L'éclat de rire de Fabian résonna dans le minuscule bureau. Un rire spontané, sincère, mais Jean-Louis insista, comme s'il voulait racheter son manque d'intérêt pour la polémique autour du sida :

— Pas de fausse modestie, mon vieux. Je suis convaincu que cet homme a eu beaucoup de chance de tomber sur toi.

— Mais la malchance de passer d'abord sous un camion !

L'opération tentée par Fabian le jour même nécessitait une grande maîtrise, il fallait son expérience pour s'y risquer, cependant il l'avait menée à bien sans jamais se laisser distraire. Le blessé avait été transféré l'avant-veille de Lille, par avion sanitaire, sa famille exigeant à tout prix qu'il soit opéré par le Pr Cartier, qu'ils connaissaient de réputation. Fabian était sans doute l'un des deux ou trois plus célèbres chirurgiens orthopédistes de France, ses patients venaient parfois de très loin, et sa carrière commençait à être médiatisée par la presse spécialisée.

— Tu as une faculté de concentration qui me stupéfie, ajouta Jean-Louis. Sans parler d'un certain culot...

Très pris par son service, il quittait rarement le premier étage, néanmoins son amitié pour Fabian l'avait poussé à aller jeter un coup d'œil en chirurgie, puisqu'on pouvait assister aux interventions du bloc 1 derrière une vitre. Ensuite, il s'était posté devant le vestiaire pour inviter Fabian à boire un verre en sa compagnie.

— Tu en veux encore une goutte ? Non ? Moi, oui... Tiens, j'ai entendu parler de toi, hier soir, dans un dîner en ville. Mais, pour une fois, on ne chantait pas tes louanges !

Intrigué, Fabian leva les yeux vers lui, attendant la suite.

— Je crois que tu connais Cerjac, le stomato ? C'est le mari de la petite Brigitte, tu l'as eue en stage.

— Ah, je vois...

Avec un sourire désabusé, Fabian continua à soutenir le regard de Jean-Louis avant de préciser :

— Guy Cerjac et moi avons en effet un grand sujet de désaccord : je suis l'amant de sa fille.

— C'est ce que j'ai compris, oui.

Il y eut un court silence, puis Fabian tendit son verre.

— Cerjac a fait un numéro de père outragé en essayant de te présenter comme le pire des salauds.

— Vraiment ? Eh bien, la vie est bizarre, parce que...

Fabian s'interrompit. Il était en face d'un ami, ce qu'il allait dire ne sortirait pas de ce bureau, et de toute façon il avait besoin de l'avouer à quelqu'un.

— ... elle, je l'aime, acheva-t-il.

— Toi, amoureux ? Le séducteur s'est fait piéger ? Eh bien... c'est ce qui pouvait t'arriver de mieux, non ?

— Je n'en suis pas certain mais tant pis, le jeu en vaut la chandelle. Bref, je ne suis pas le monstre dénué de toute moralité que Guy Cerjac imagine. Évidemment, comme nous avons le même âge, il le prend très mal, bien qu'il ait lui-même épousé une toute jeune femme.

— Qui n'est pas spécialement marrante ! Elle est interne chez moi...

— Tu en es content ?

— Pourquoi ?

— Elle a fait deux stages en chirurgie, à peu près aussi nuls l'un que l'autre. Figure-toi qu'elle ne supporte pas la vue du sang ! J'ai validé le second de guerre lasse. Mais, pendant trois mois, elle m'a regardé avec des airs de belle-mère offusquée. Croyait-elle vraiment que j'allais raser les murs ? Je n'ai pas changé ma façon d'être à son égard et elle n'a pas apprécié.

Que Brigitte le déteste ne le gênait pas, mais il était consterné d'avoir envenimé les rapports déjà difficiles de Lucrèce avec son père. Guy n'avait pas décoléré puisqu'il continuait à clamer son indignation chez ses amis, et même si Lucrèce refusait d'en parler, cela devait lui poser un problème supplémentaire.

— Merci pour le verre, Jean-Louis, dit-il en se levant. Je vais rentrer chez moi, je suis crevé.

— Tu peux ! Et encore bravo, c'était une vraie démonstration magistrale, au bloc. La prochaine fois, si tu as envie d'un whisky, n'attends pas que je vienne te chercher, d'accord ?

Au lieu de remonter jusqu'à son bureau, Fabian décida qu'il était effectivement assez fatigué pour quitter l'hôpital. S'il n'avait pas très envie de se retrouver dans son appartement désert, l'idée de sortir le tentait encore moins. Sa femme de ménage avait dû veiller à ce qu'il y ait, comme toujours, de quoi improviser un dîner pour deux. À une certaine époque, désormais bien lointaine semblait-il, il avait apprécié de pouvoir ramener ses conquêtes chez lui et grignoter un toast de saumon fumé ou boire une coupe de champagne après avoir fait l'amour. Il aimait les femmes, il les traitait avec courtoisie, pourtant, de ces moments aussi agréables qu'éphémères il ne conservait plus que des souvenirs flous. Aujourd'hui, quand Lucrèce était là, chaque instant comptait, se gravait dans sa mémoire.

— Monsieur !

Noémie venait de le rejoindre en courant, alors qu'il marchait déjà vers la place Pey-Berland.

— Je pensais que vous étiez parti depuis longtemps ! s'exclama-t-elle d'une voix essoufflée. Si j'avais su que vous étiez encore dans l'hôpital, je vous aurais bipé. Un journaliste du *Quotidien du médecin* souhaiterait que vous le rappeliez demain matin à la première heure. Il y a aussi un de vos confrères parisiens, de l'hôpital Bichat, qui aimerait s'entretenir avec vous quand vous aurez un moment. Oh, et puis, le directeur a passé un petit coup de fil de félicitations, mais je l'ai trouvé plutôt sec...

Reprenant sa respiration, elle acheva :

— Et votre fils a téléphoné, il est en Australie. Il voulait juste avoir de vos nouvelles, il va vous écrire.

— En Australie ?

Depuis combien de temps son fils n'avait-il pas mis les pieds à Bordeaux ? À quand remontait leur dernière rencontre ? Ils étaient toujours ravis de se voir, néanmoins ils finiraient par devenir des étrangers s'ils n'arrivaient pas à rétablir un contact plus étroit. Il se promit de répondre longuement à sa lettre. À côté de lui, Noémie semblait attendre quelque chose et il lui sourit.

— Il est tard, vous devriez rentrer. Vous passez beaucoup trop de temps entre ces quatre murs.

— J'aime mon travail, et rien de précis ne m'attend chez moi...

L'allusion était assez directe, surtout pour quelqu'un d'aussi réservé qu'elle. Fabian hésita. Il savait qu'elle l'adorait, mais il s'était abstenu d'en profiter, préférant séduire toutes les autres femmes de l'hôpital plutôt que sa propre secrétaire, afin d'éviter les conflits. Ravissante, avec sa peau mate de métisse et ses grands yeux bruns, elle devait se demander pourquoi elle était la seule qu'il n'ait jamais invitée à dîner.

— Je vous offre quelque chose ? proposa-t-il en désignant une terrasse.

Attablés dans leur *bistrot* habituel, La Forge, où se retrouvaient tous ceux qui avaient travaillé tard, les journalistes du *Quotidien du Sud-Ouest* échangeaient des plaisanteries bruyantes. Assise à côté d'un confrère nouvellement embauché, Lucrèce l'écoutait raconter les quatre années qu'il venait de passer à Paris.

— C'est tellement plus motivant de bosser sur l'actualité nationale ! Ici, vous êtes complètement sclérosés par vos habitudes locales, vous donnez de l'importance à des riens.

— Non, protesta Lucrèce, on traite toutes les infos, sans exception.

— Peut-être, mais si Chaban-Delmas s'enrhume vous y consacrez trois colonnes ! Et à la moindre inauguration, hop ! un envoyé spécial et un photographe de service.

Il semblait très déçu par ses premières semaines d'activité en province. D'un air navré, il dévisagea Lucrèce.

— Toi, franchement, qu'est-ce que tu fous là ? Quand je lis tes papiers, je suis sûr qu'un jour ou l'autre tu en auras marre de végéter à Bordeaux ! Tu as du talent, même si cet abruti coincé de Marc se garde bien de te le dire.

— Il est avare de compliments, répliqua Lucrèce en souriant.

— C'est surtout un ringard...

Son amertume rappela à Lucrèce les débuts difficiles qu'elle avait connus. Aujourd'hui, elle s'entendait mieux avec Marc et obtenait davantage de responsabilités, cependant son ambition finirait par se heurter à ce cadre trop étroit, elle en avait la certitude. Certaines tâches lui semblaient déjà répétitives, et jamais elle ne parviendrait à imposer ses idées. Pour chaque article, elle devait faire des concessions, se fondre dans le moule du journal qui l'employait. Elle se prenait alors à rêver d'un horizon plus vaste, où elle pourrait enquêter sur les thèmes de son choix, sans aucune censure. Perplexe, elle observa son voisin un moment.

— Pourquoi as-tu quitté Paris, Olivier ?

— Sur un coup de tête. Je me suis fait virer de mon canard pour une histoire de fille. J'étais plutôt mal dans ma peau, à ce moment-là, alors j'ai cru qu'un changement radical d'existence réglerait mes problèmes. Mais je me suis planté. La qualité de la vie, le charme de la province... tu parles !

D'un geste qui pouvait passer pour amical, il venait de poser sa main sur celle de Lucrèce. Quand elle sentit la pression insistante de ses doigts, elle se dégagea. Il ne l'attirait pas et elle ne voulait pas qu'il se fasse d'illusions, mais elle avait encore beaucoup de questions à lui poser sur le fonctionnement de l'hebdo pour lequel il avait travaillé.

— Tu as un petit ami ? demanda-t-il en la prenant de vitesse.

— Oui.

— Sérieux ?

— Très.

Autant le décourager tout de suite, et d'ailleurs c'était vrai. Sauf que l'expression « petit ami » pouvait difficilement s'appliquer à Fabian.

— Forcément, une fille aussi jolie que toi ne peut pas être libre, soupira Olivier.

— Il y en a plein d'autres à Bordeaux, tu verras ! dit-elle en riant.

— Si tu cherches à la draguer, tu vas te casser les dents, on a tous essayé ! lança gaiement un des journalistes, de l'autre côté de la table.

En ce qui concernait ses confrères du *Quotidien du Sud-Ouest*, c'était la pure vérité, elle n'avait jamais cédé à aucune avance. Ils avaient même fini par lui faire la réputation d'une fille sérieuse. L'était-elle ? Certes, elle n'avait pas trompé Fabian, mais elle savait pertinemment qu'elle en avait éprouvé l'envie, au moins avec Nicolas, et que s'il n'avait pas été aussi follement romantique elle se serait retrouvée avec plaisir dans ses bras.

— C'est à l'élu de ton cœur que tu penses quand tu prends cet air rêveur ? railla Olivier.

Une seconde, elle le dévisagea sans comprendre, puis elle se sentit un peu mal à l'aise.

— Parle-moi encore de ton journal parisien, lui demanda-t-elle en se forçant à sourire.

Il était presque midi lorsque Julien sortit de la carrière, en sueur, la bouche sèche à force d'avoir avalé de la poussière. Comme il avait donné ses trois reprises de la matinée à la suite, sans une minute de pause, il mourait de soif. Il escalada l'escalier conduisant au bar et, dès qu'il entra, Joëlle, la serveuse, sortit à son intention une bouteille de coca glacé.

— Le patron veut te voir, lui annonça-t-elle en posant un verre sur le comptoir. Je te préviens, il est de très mauvaise humeur !

D'abord, il but à longs traits, puis il reprit sa respiration et adressa à la fille un petit sourire résigné.

— Je finis mon verre et j'y vais...

Elle l'observa une seconde, remarqua la balafre sur sa joue, parut hésiter, et finalement déclara, à voix basse :

— Il y a du scandale dans l'air, non ? Je viens d'apprendre qu'Hermine est à vendre !

Même si la nouvelle ne le surprenait pas vraiment, il encaissa le choc avec une grimace. Il considéra le reste du coca d'un air dégoûté et fouilla la poche de son jean, mais Joëlle l'arrêta d'un geste.

— Laisse, c'est ma tournée.

D'un signe de tête, il la remercia sans discuter, alors qu'en temps normal il n'acceptait jamais rien de personne. Il se détourna à regret en se demandant si ce n'était pas la dernière fois qu'il mettait les pieds dans ce bar.

— Julien ! N'oublie pas, tous les cavaliers te soutiendront en cas de problème, ils ne jurent que par toi ! lui lança-t-elle encore alors qu'il franchissait la porte.

Oui, les clients l'appréciaient, seulement ce serait insuffisant pour fléchir Xavier s'il était vraiment en colère. D'un pas hésitant, il traversa la cour où ses élèves étaient en train de panser leurs chevaux ou de bavarder au soleil. Sophie lui tournait le dos, un seau d'eau à la main, et il préféra ne pas s'arrêter. Inutile de reculer l'échéance, il devait affronter son patron maintenant. Il remonta la longue allée qui conduisait à une petite maison blanche, construite à l'écart. Au moment où il s'apprêtait à sonner, la porte s'ouvrit devant lui.

— Tu t'es fait attendre ! lâcha Mauvoisin d'une voix glaciale.

— J'avais trois cours à assurer d'abord...

— Bon, on ne va pas rester là, allons dans mon bureau.

L'un derrière l'autre, ils gagnèrent une pièce lambrissée, à gauche de l'entrée. Des photos de chevaux étaient accrochées partout, avec, sur des étagères, d'innombrables coupes qui attestaient de la carrière exceptionnelle de Xavier dans les années cinquante.

— Tu t'es conduit comme un con, dit celui-ci en s'asseyant.

Il ne fit rien pour mettre à l'aise Julien qui restait debout devant lui, indécis.

— Myriam m'a appelé hier, enchaîna-t-il, je n'ai pas besoin de t'expliquer pourquoi. Ce matin, elle est venue me relancer, au cas où je n'aurais pas compris, pourtant le marché est simple : elle ou toi. Et comme elle est incohérente, parce qu'elle est folle de rage, elle a décidé de vendre Hermine. Je suppose qu'elle compte racheter un cheval plus facile et rester ici pour être certaine que tu ne feras plus jamais partie du paysage.

Il s'appuya au dossier de son fauteuil et considéra Julien sans la moindre indulgence.

— Elle t'a bien arrangé... Elle voulait te crever un œil ? Je t'avais prévenu, il me semble ! Des femmes comme ça... Pff ! Malgré tout, le client est roi, sinon le commerce est mort. Tu ferais quoi, toi, à ma place ?

Baissant la tête, Julien ne se donna pas la peine de répondre. Xavier ne voyait plus que ses cheveux bruns, coupés court, et le col de sa chemise, trempé de sueur.

— Bien entendu, elle a réservé une table, pour déjeuner. Il fait très beau, le club-house sera plein, elle aura tout loisir de te tailler en pièces. Elle prétend que tu as profité de son fric, ce que je ne crois pas, te connaissant, et aussi de sa naïveté, ce que personne ne pourra jamais croire ! Mais elle remue de l'air, elle fait du bruit...

Après un soupir excédé, il attendit en vain une réaction. L'idée de la pagaille qui allait régner pendant quelques jours le fatiguait d'avance. Le Cercle de l'Éperon était une affaire prospère et il n'était pas question que cela change. Pas d'histoires sordides, pas de règlements de comptes. Entre eux, les clients pouvaient bien faire ce qu'ils voulaient, mais le personnel devait être irréprochable, Xavier ne pouvait transiger sur ce point.

— Pourquoi as-tu laissé traîner cette histoire ? Tu savais bien que ça finirait mal ! Mais tu es aussi stupide que tous les coqs de ton âge, hein ? Rien dans la tête, non, c'est dans le pantalon que tout se décide !

Julien se redressa brusquement, pâle de rage sous l'insulte, mais Xavier devança ses protestations en donnant un violent coup de poing sur le bureau.

— Et ferme-la, je n'ai pas fini ! Évidemment, tu n'as pas pensé aux conséquences... Tu sais où aller ? Tu crois qu'on t'attend, ailleurs ? Ma parole, tu veux patauger dans le fumier toute ta vie... Tu n'as donc pas d'ambition ? Ah, je te croyais plus intelligent, je te jure ! Ici, je t'ai laissé monter en concours, même quand j'avais besoin de toi le dimanche, je t'ai facilité la vie, je me suis occupé de ton cheval quand tu t'es blessé, et pour me remercier tu te tapes la plus hystérique de mes clientes, avant de la laisser tomber comme une chaussette sale ! Forcément, ça me crée des problèmes...

D'un geste sec, il ouvrit un tiroir, en sortit son chéquier. Comme il avait dit tout ce qu'il avait sur le cœur, sa colère était en train de retomber. D'autant plus vite que Julien demeurait silencieux, immobile au milieu de la pièce, semblable au gamin qu'il avait été et que Xavier engueulait déjà, à dix ans, lorsqu'il essayait de lui apprendre à bien monter. Aujourd'hui, il fallait lui faire peur, lui donner une autre sorte de leçon.

— Ton contrat ne comporte pas d'indemnité de licenciement, je pense que tu t'en souviens ? ajouta-t-il d'une voix dure.

Julien avala sa salive et hocha la tête en silence. Il devait songer à Iago, passer en revue les clubs hippiques bordelais où il pourrait tenter sa chance.

— Tu n'essaies même pas de te défendre ? insista Xavier. Pourquoi ne dis-tu rien ?

— Parce que je suis dans mon tort.

Prononcée à contrecœur, la phrase était à peine audible, pourtant Xavier l'entendit parfaitement. La franchise faisait partie des qualités du garçon qui se tenait devant lui. Un jeune homme qu'il connaissait bien et qu'il estimait. Non seulement un cavalier remarquable, mais aussi un excellent moniteur, patient, compétent, qui n'avait jamais provoqué le moindre incident jusqu'ici. On pouvait lui confier toute une écurie les yeux fermés. Non, décidément, pas question de se séparer de lui. D'ailleurs, dans quel établissement de seconde zone serait-il capable d'aller s'employer, rien que pour conserver son cheval ? Cette idée exaspérait Xavier parce qu'il s'était attaché à Julien. Vieux loup solitaire, il n'avait jamais eu ni le temps ni l'envie de fonder une famille, d'abord trop accaparé par l'équitation, ensuite par le Cercle de l'Éperon qu'il avait acquis en s'endettant lourdement. Les gens ne l'intéressaient guère, seuls les chevaux comptaient, mais Julien avait su l'émouvoir et gagner sa confiance au fil du temps. Comment ne pas reconnaître sa propre jeunesse dans ce garçon courageux, passionné, prêt à tout ?

— Très bien..., maugréa Xavier en refermant son chéquier.

Julien se méprit sur son attitude et se racla la gorge avant de demander :

— Quand voulez-vous que je parte ?

— Tu restes. Au pire, c'est elle qui s'en ira, elle m'emmerde.

Sidéré, Julien découvrit une lueur ironique dans le regard de son patron.

— Je vais passer un marché avec toi... Mais attention ! Donne-moi une seule raison de revenir sur ma décision, même la plus insignifiante, et cette fois, je te fous dehors à coups de pied aux fesses. Bon, tu vas préparer ton brevet d'instructeur et le passer illico, ce sera une bonne image de marque pour le cercle, quelque chose en plus vis-à-vis de la concurrence. À part moi et le type de Libourne, il n'y a pas d'instructeur diplômé dans la région... Seulement, je te préviens, je ne compte pas augmenter ton salaire pour autant ! Et fais profil bas si tu croises Myriam ici, compris ?

— Le brevet d'instructeur ? répéta lentement Julien qui n'avait retenu que cette partie du discours. Mais il y a un stage obligatoire à Saumur, et aussi...

— Tu n'auras qu'à y aller pendant tes vacances, je ne vais pas te payer pour ça, ne rêve pas. En revanche, je m'occuperai de ta formation, c'est déjà pas mal... Bon sang, je suis vraiment trop gentil avec toi ! Alors, tu es d'accord ?

— Oui... Oui, évidemment !

— Alors tire-toi, va travailler.

Julien le vit tendre la main vers un livre de comptes, ce qui signifiait la fin de l'engueulade. Encore incrédule, il se décida à bouger.

— Attends une seconde, lui dit Xavier en relevant la tête. Tu sais qu'on n'a rien sans rien, n'est-ce pas ? Je passe l'éponge cette fois-ci, mais ne te fais pas d'illusion, maintenant tu as une dette envers moi. Un jour ou l'autre, tu me la rembourseras.

C'était une affirmation, qui n'appelait aucune réponse. Julien patienta encore un peu, par politesse, puis il se détourna et sortit. Quand il se retrouva dehors, en plein soleil, il éprouvait un tel soulagement qu'il se mit à courir le long de l'allée, traversa la cour de l'écurie sans ralentir et alla s'affaler contre la grille du box de Iago.

— Tu n'imagines pas à quoi on a échappé, toi et moi, chuchota-t-il en observant son cheval.

La tête dans sa mangeoire, trop occupé à mastiquer son avoine, le superbe alezan ne l'écoutait pas, même s'il avait reconnu sa voix. Julien se laissa glisser le long de la porte et s'assit sur le ciment. Sa prochaine leçon – puisqu'il était toujours le moniteur en titre de l'Éperon – ne commencerait qu'à deux heures. D'ici là, pas question pour lui de mettre les pieds au club-house où Myriam devait exécuter son numéro de femme abandonnée par un mufle. Grand bien lui fasse ! À condition d'être vigilant, il parviendrait à l'éviter jusqu'à la fin de la journée.

Il regarda autour de lui la cour déserte, écrasée de soleil et impeccablement balayée. Les bâtiments qui l'entouraient étaient devenus son unique horizon, au fil du temps, l'endroit du monde où il se sentait le mieux. S'il avait été obligé de partir, il l'aurait fait avec un réel désespoir. Mais, contrairement à ses craintes, Xavier venait de lui offrir une chance inespérée, dont il allait profiter. Être sous-payé n'avait aucune importance pour lui, il était prêt à s'accommoder de n'importe quoi tant qu'il montait à cheval, tant qu'il gardait Iago. Dans l'avenir, le titre d'instructeur lui ouvrirait certaines portes, lui donnerait accès à de nouvelles responsabilités, et même s'il ne devenait jamais riche il ne crèverait pas de faim. Une bonne nouvelle à annoncer à sa mère ; un pied de nez à son père. Depuis quand celui-ci n'avait-il pas téléphoné ? Un mois, deux ? La veille, en s'endormant, affolé à l'idée de se retrouver au chômage, Julien s'était juré qu'il ne l'appellerait pas au secours, qu'il ne lui parlerait même pas de ses problèmes. Aujourd'hui, c'était Xavier Mauvoisin qui s'était conduit comme un père, personne d'autre.

La bombe éclata le mardi matin. Quand l'information tomba, au journal, rapportée d'un commissariat par un confrère, Lucrèce dut la relire plusieurs fois, incrédule, avant d'en réaliser la portée. Jacques Bessières, employé de l'institution Sainte-Philomène, venait d'être arrêté à la suite d'une plainte déposée par la famille d'une élève. Fonçant jusqu'au bureau de Marc, elle lui expliqua son désir de s'occuper en priorité du sujet, mais elle eut beaucoup de mal à le convaincre. Pour lui, les affaires de mœurs demandaient beaucoup de délicatesse, et il ne pensait pas que Lucrèce en soit suffisamment pourvue. Elle dut argumenter longtemps, et, quand elle fit valoir qu'elle-même avait été élève à Sainte-Philomène, il s'inclina.

Elle se rendit aussitôt au palais de justice, où elle eut la chance de pouvoir parler deux minutes au juge chargé du dossier. Il s'agissait d'une femme assez jeune, Viviane Perrin, récemment nommée à Bordeaux. L'arrestation s'était effectuée avec discrétion au domicile de Bessières qui n'avait pas fait de difficultés. Comme toujours, lorsque des mineurs étaient impliqués, le magistrat avait préféré mettre le suspect en détention préventive. Il fallait éviter, en attendant l'instruction, tout incident avec les familles.

Après avoir essayé en vain de glaner d'autres renseignements, Lucrèce décida d'aller chercher Sophie à la sortie des beaux-arts, afin d'être la première à lui apprendre la nouvelle. Elle devinait sans peine à quel point son amie serait perturbée de voir ressurgir cette ancienne histoire, avec tous les souvenirs pénibles qui y étaient liés. Or la réaction de

Sophie fut pire que prévu : d'abord elle resta saisie, puis soudain éclata en sanglots.

— Calme-toi, calme-toi..., murmura Lucrèce en lui passant un bras autour des épaules.

Elle l'entraîna jusqu'à sa R5, où elle la fit asseoir pour la soustraire aux regards intrigués des passants.

— Je n'ai pas obtenu beaucoup de détails, mais la fille qui a porté plainte a dû y mettre assez de conviction pour décider le juge à retirer Bessières de la circulation. Bizarrement, c'est un très grand avocat qui est chargé de sa défense, du genre vieux routier coriace, et ruineux. Je me demande où Bessières trouvera l'argent pour le payer !

Sophie sortit de son sac une pochette de kleenex qu'elle se mit à triturer. Elle ne pleurait plus mais semblait encore tellement choquée que Lucrèce hésita à poursuivre.

— Ne te mets pas dans un état pareil... Tu devrais te réjouir, non ? Il y a quand même quelqu'un qui a eu le courage de le dénoncer. C'est tant mieux !

Tendant la main pour baisser le pare-soleil, elle désigna le miroir de courtoisie.

— Ton mascara a coulé...

D'un rapide coup d'œil, Sophie mesura les dégâts et commença de s'essuyer les joues tandis que Lucrèce démarrait en déclarant :

— Je t'emmène faire un tour au Jardin Public, on va marcher un peu !

Lorsqu'elles étaient adolescentes, elles adoraient s'y promener, comme presque tous les Bordelais. Elles y avaient fait des concours de patins à roulettes, plus tard, du footing destiné à combattre les rondeurs superflues, puis de longues balades en échangeant confidences et fous rires. Quand Lucrèce et Julien s'étaient retrouvés confinés dans le petit appartement situé au-dessus de la librairie, c'était là qu'ils allaient volontiers travailler, en sortant du lycée, dès les premiers beaux jours. Mais, depuis quelque temps, aucun d'eux trois n'avait eu le loisir d'y retourner.

Lucrèce remonta les quais jusqu'au cours Xavier-Arnozan et trouva une place cours de Verdun. Il faisait très beau, presque trop chaud pour le mois de mai, et les allées du jardin étaient envahies de flâneurs. Comme elles connaissaient les lieux par cœur, elles filèrent vers la rivière serpentine où elles étaient sûres de dénicher un coin tranquille.

— Tu te sens mieux ? demanda Lucrèce une fois qu'elles furent assises dans l'herbe.

— Oui. Qu'est-ce qui va se passer, maintenant ?

Sa voix gardait une intonation angoissée et elle serrait nerveusement ses mains l'une contre l'autre.

— Le parquet ayant besoin d'éléments supplémentaires, il y aura sûrement de nombreuses auditions. Les élèves, les profs, tous ceux qui pourraient avoir vu ou subi quelque chose.

— Tu veux dire que... que peut-être, je devrai...

Elle n'acheva pas sa phrase, tandis que son regard se perdait sur la rivière où évoluaient des cygnes. Au bout d'un long moment, elle se tourna vers Lucrèce puis murmura :

— Je n'arriverai jamais à parler de tout ça dans le bureau d'un juge !

— Ce juge est une femme, et elle est jeune. Trente-cinq ans, à peu près. La fille qui accuse Bessières en a quatorze. Je suppose que, pour elle, ce n'est pas une partie de plaisir. Mais le pire serait qu'elle se fasse traiter de menteuse et que ce salaud s'en sorte blanc comme neige. Nous savons, toi et moi, qu'il y a eu des précédents, que cet état de fait dure depuis au moins dix ans !

Lucrèce venait d'en prendre conscience en l'énonçant. Elle n'était pas venue chercher Sophie pour la pousser à témoigner, mais au contraire dans l'intention de la préserver. Cependant, l'idée s'imposait d'elle-même à présent, comme un devoir incontournable.

— Alors, il faudra que j'y aille ? demanda Sophie dans un souffle.

— Eh bien... À mon avis, aucun juge ne remontera aussi loin, personne ne te convoquera. Mais tu peux *décider* de le faire si tu estimes que c'est bien. Pour cette gamine, pour toi, pour toutes les autres.

— Régler mes comptes, quoi !

— Pourquoi pas ? Il ne s'agit pas de vengeance, Sophie, seulement de justice. Toi, tu veux oublier, hélas ! tu n'oublies rien du tout et ton silence ne t'est d'aucune utilité.

C'était malheureusement vrai, elles le savaient toutes deux, mais Lucrèce eut le sentiment de s'être montrée un peu abrupte dans sa façon de présenter les choses. D'autant plus qu'elle ne connaissait pas *tous* les détails. Jusqu'où Bessières était-il allé, derrière la porte fermée de son bureau de surveillant général ? Même quand Sophie s'était confiée, bien des années auparavant, elle ne l'avait fait qu'avec réticence, sans aller au bout de son aveu, Lucrèce en était persuadée.

— Tu as raison, décida soudain Sophie, je vais y aller. Mais je n'ose imaginer la réaction de papa quand il l'apprendra !

Lucrèce hocha la tête en silence. L'anonymat des témoignages ne serait respecté que pour les mineures, et, si jamais le nom de Granville apparaissait d'une manière ou d'une autre dans ce scandale, Arnaud deviendrait fou de rage, c'était certain.

— Viens, dit-elle en se levant, nous étions venues pour marcher...

Elles abandonnèrent la berge et s'enfoncèrent dans les allées ombragées. Les gens avaient dû regagner leurs bureaux car les promeneurs étaient moins nombreux et le calme régnait à présent sur cette partie du jardin. Alors qu'elles passaient devant une rangée de gigantesques palmiers, Sophie s'arrêta pour allumer une cigarette et Lucrèce constata que sa main ne tremblait pas. Malgré sa timidité, son amie pouvait parfois se montrer volontaire jusqu'à l'entêtement, elle l'avait prouvé lorsqu'elle avait cru sa sœur en danger. À présent qu'elle avait fait son choix, elle ne reviendrait sûrement pas en arrière, quel que soit le prix à payer. Mais qu'allait lui coûter au juste une confrontation avec Bessières ? Réprimant son inquiétude, Lucrèce se força à lui sourire.

6

février 1986

Viviane Perrin adressa un petit signe de tête à l'avocat pour lui signifier que leur entretien était terminé. Elle détestait particulièrement ce genre de vieux briscard arrogant qui semblait toujours s'étonner d'avoir affaire à une femme. Celui-là connaissait sans aucun doute la moindre ficelle de son métier et toutes les manières de faire passer son client à travers les mailles de la justice. Mais elle venait de lui apprendre qu'il n'était toujours pas question de mettre Jacques Bessières en liberté conditionnelle, les charges pesant contre lui n'ayant cessé d'augmenter au fur et à mesure de l'instruction.

— Vous avez choisi une cause bien délicate, maître, dit-elle tandis qu'il se levait. Les pédophiles sont des gens difficilement défendables...

— Défendre est justement mon travail, madame le juge, je le ferai donc de mon mieux, répondit-il d'un ton glacial.

Elle attendit que la porte capitonnée se soit refermée sur lui pour se tourner vers son greffier.

— Il va nous donner du fil à retordre ! lança-t-elle rageusement. Vous avez entendu avec quel machiavélisme il cherchait à faire pression sur moi, tout à l'heure ?

— J'ai eu l'impression qu'il se sentait très sûr de lui, marmonna le greffier.

— Eh bien, moi aussi j'ai confiance ! Et quand je vois les témoignages accumulés, je trouve qu'il a tort de fanfaronner.

Baissant les yeux vers la pendulette de son bureau, elle constata que Sophie Granville n'allait plus tarder à arriver. C'était la cinquième fois que Viviane Perrin recevait la jeune fille, et à l'issue de ce rendez-vous elle saurait enfin si elle pouvait compter sur elle. Depuis bientôt six mois qu'elle instruisait l'affaire, le dossier Bessières s'était épaissi au point de représenter désormais des centaines de pages. Interroger toutes ces adolescentes avait nécessité beaucoup de diplomatie, de pudeur et de patience, mais le résultat était là, dans toute son horreur. Un autre juge qu'elle aurait sans doute montré moins de pugnacité et n'aurait, par conséquent, obtenu qu'une partie de la vérité, ce dont elle ne pouvait en aucun cas se satisfaire.

Elle prit un paquet de cigarettes et un briquet dans le tiroir de son bureau, se leva et gagna la fenêtre qu'elle ouvrit en grand. Une bourrasque glacée s'engouffra aussitôt dans la pièce, la faisant frissonner. Le mois de février avait rarement été aussi froid et maussade à Bordeaux, elle n'avait pas de chance pour son premier hiver ici, c'est ce que lui répétaient ses confrères. Elle aspira deux ou trois bouffées de sa Dunhill mentholée, un des rares plaisirs qu'elle s'octroyait entre deux auditions. Son métier de juge, qu'elle aimait avec passion, l'avait conduite jusqu'à cette ville, et surtout jusqu'à cette affaire, comme s'il n'existait aucun hasard dans l'existence et que toutes ses années d'études et ses différentes affectations n'aient eu que ce but : débusquer un Jacques Bessières. À travers cet homme, qu'elle avait détesté dès sa première comparution, elle allait enfin pouvoir affronter ces très vieux fantômes qui ne l'avaient jamais laissée en paix et contre lesquels elle possédait maintenant des armes. Bessières était identique à ses semblables, à tous les détraqués du monde, peu importaient les traits de son visage ou le talent de son avocat : il paierait pour les autres.

Avec un soupir à peine audible, elle écrasa sa cigarette sur le rebord de la fenêtre qu'elle referma. Elle se sentait transie, mais pas seulement parce qu'elle était restée deux minutes à respirer l'air glacé du dehors. Non, le froid intérieur qui l'avait gagnée, elle le connaissait bien, c'était celui provoqué par certains souvenirs indésirables qui revenaient parfois la hanter.

— Allez chercher Sophie Granville, elle doit être arrivée, dit-elle au greffier.

La première fois qu'elle avait reçu la jeune fille, celle-ci était accompagnée d'une amie qui avait corroboré ses assertions. Sans leur témoignage spontané, Viviane n'aurait pas eu l'idée de remonter aussi loin dans le temps. Presque dix ans plus tôt, Jacques Bessières commettait déjà les mêmes délits, en toute impunité, et personne ne l'avait dénoncé. Sauf la gamine qui avait porté plainte. Une adolescente à peine formée, dont l'allure timorée dissimulait un caractère pourtant bien trempé. Elle faisait suffisamment confiance à ses parents pour avoir eu le courage de leur parler. Horrifiés et tout à fait dépassés, ceux-ci s'étaient précipités au commissariat. Sans eux, Bessières aurait pu continuer encore longtemps à pervertir des innocentes, bien à l'abri dans son bureau de surveillant général. Il avait profité de la naïveté de ces jeunes filles presque toutes issues de ce milieu bourgeois où les parents ne parlent jamais de sexe à leurs enfants, abusé de son autorité au sein d'un établissement scolaire, joué de la culpabilité paradoxale qu'il provoquait chez ses proies. Viviane Perrin connaissait bien ce processus pour l'avoir subi elle-même, alors qu'elle était âgée d'à peine dix ans : aucune pression ne lui ferait abandonner l'affaire Bessières. Mais, à Bordeaux, elle allait devoir se battre autant contre les victimes que contre leur bourreau. Pour une certaine catégorie sociale, précisément celle des familles inscrivant leurs enfants dans des établissements comme l'école Sainte-Philomène, le silence semblait toujours préférable au scandale.

Elle leva les yeux vers Sophie, que le greffier venait de faire entrer, et lui sourit gentiment.

— Bonjour, mademoiselle Granville, asseyez-vous, je vous en prie.

Cette fille était ravissante, mais sa timidité maladive devait beaucoup l'handicaper.

— J'ai encore progressé depuis notre dernière entrevue, commença Viviane, et c'est un peu à vous que je le dois, je vous en remercie. Il m'a fallu auditionner un grand nombre d'élèves, vous vous en doutez, mais les révélations obtenues sont... décisives. À ma connaissance et à ce jour, Jacques Bessières aurait exercé ses perversions sur six adolescentes. Adolescentes au moment des faits, s'entend.

Malgré elle, Sophie faillit détourner son regard, mais Viviane lui adressa un sourire rassurant.

— Ces six personnes, vous comprise, ont toutes réagi de la même manière : la peur, la honte, le silence... Un silence difficile à rompre aujourd'hui. Ainsi que je vous l'ai expliqué la dernière fois, personne ne peut vous obliger à témoigner au procès, néanmoins je pense qu'il s'agit d'un devoir. Comme il est inscrit dans le *Traité des preuves*, les témoins sont les yeux et les oreilles de la justice. Et, dans un monde juste, Bessières ne doit plus jamais avoir la possibilité d'être en contact avec des jeunes filles.

Du coin de l'œil, Viviane surprit la moue désapprobatrice du greffier. Allait-elle trop loin avec Sophie Granville ? Elle ne se montrait pas aussi impartiale qu'elle aurait dû dans cette affaire, mais n'était-ce pas presque toujours le cas ? Les juges avaient le droit de ressentir des réticences, des préférences, le droit de traquer la vérité à leur manière. En ce qui la concernait, l'indifférence n'était pas de mise. Dès la première audition de la gamine qui avait porté plainte, elle avait senti sa haine se réveiller, une haine très personnelle, soit, mais qui servirait aussi à protéger des innocentes. Mieux encore, elle avait tout de suite compris qu'elle tenait enfin une occasion de vengeance, et cette opportunité-là, elle ne la laisserait passer pour rien au monde.

— Il n'y a pas d'anonymat possible ? murmura Sophie.

— À ce stade de l'instruction, non. Sans votre identité, le procès-verbal de votre déposition serait nul. Néanmoins...

Elle s'interrompit un instant puis finit par conclure, dans un souci d'honnêteté qui lui coûta un véritable effort :

— Vous n'êtes pas le seul témoin, mademoiselle Granville. Si vous ne souhaitez pas apparaître au procès, la victime aura tout de même d'autres soutiens, ne vous culpabilisez pas.

Sophie se redressa sur sa chaise, comme si elle venait de recevoir une injure.

— Très bien, dit-elle d'une voix nette, je témoignerai.

Tandis que Fabian cherchait un disque compact parmi tous ceux qu'il avait achetés ces derniers mois afin de remplacer son impressionnante collection de 33 tours, Lucrèce l'observait, assise sur l'accoudoir du canapé. Elle était certaine qu'il allait choisir un morceau de jazz ou un extrait d'opéra, les deux genres qu'il préférait.

Depuis qu'elle le connaissait, elle ne constatait aucun changement, il était exactement tel qu'elle l'avait rencontré, comme si le temps n'avait pas de prise sur lui. Toujours aussi mince, habillé avec la même élégance, le teint hâlé et les cheveux impeccablement coupés, il restait fidèle à son image de séducteur. Et, indiscutablement, il lui plaisait autant que le premier soir. Avoir rendez-vous avec lui était toujours aussi excitant. Il savait proposer sans imposer, l'avait emmenée dans tous les endroits agréables de la ville, lui avait fait découvrir des expositions ou des spectacles auxquels elle n'aurait jamais eu l'idée d'aller. Charmeur et attentif, il semblait vouloir la reconquérir à chacune de leurs rencontres, ne laissant aucune habitude s'installer entre eux.

— Ah, le voilà ! Je voulais te le faire écouter avant de l'apporter à l'hôpital, c'est une formidable direction d'orchestre...

Il se retourna vers elle et parut surpris de la manière dont elle le regardait.

— Tu n'as peut-être pas envie de musique ?

— Si, si !

Abandonnant son accoudoir, elle le rejoignit, le prit par la taille et appuya sa tête contre lui. Sous sa joue, le cashmere du blazer était très doux, avec un effluve à peine perceptible d'eau de toilette.

— Je m'inquiète pour Sophie, soupira-t-elle. C'est moi qui l'ai poussée à témoigner, je croyais bien faire.

— Tu as bien fait.

— Pas sûr. C'était à elle de décider. Peut-être ne voulait-elle plus jamais parler de ça à personne, et maintenant il va y avoir un grand déballage sur la place publique !

— Non, bien sûr que non. Les affaires de mineurs se traitent à huis clos, tu le sais. D'ailleurs, se taire est rarement une bonne solution.

Du bout des doigts, il caressait ses cheveux, sa nuque. Malgré tous ses désirs d'indépendance, elle constata qu'elle éprouvait une sensation rassurante à ce contact. Il était le seul homme, en dehors de Julien, près duquel elle puisse se sentir aussi bien, aussi complètement elle-même. Aussi femme. Cette plénitude-là, il la lui avait donnée dès la première nuit. L'ouverture du *Vaisseau fantôme* résonnait autour d'eux et elle ferma les yeux, se serrant davantage contre lui. Combien de soirées avait-elle passées ici ? Assez peu, au bout du compte, puisqu'il lui proposait presque toujours de sortir. Par égard pour elle ou parce qu'il n'aimait pas rester dans son appartement ? Comme il ne faisait jamais état de ses sentiments, elle supposait qu'il tenait à sa liberté autant qu'elle et se refusait à tout projet d'avenir. Si un homme la regardait avec un peu trop d'insistance, il ne semblait pas en prendre ombrage, et lorsqu'ils revenaient d'un spectacle ou d'un dîner il lui demandait systématiquement si elle préférait rentrer chez elle ou l'accompagner chez lui, ne tenant pas pour acquis qu'elle ait envie de faire l'amour avec lui, ni de dormir dans son lit.

Elle savait qu'il avait beaucoup d'amis – et d'amies, sans aucun doute ! – mais elle ne souhaitait pas vraiment les connaître, ni être invitée en tant que « petite amie de Cartier ». Pas plus qu'elle ne se sentait obligée de le présenter à ses propres copains. Fabian demeurait une parenthèse dans sa vie, une aventure à part, susceptible de cesser du jour au lendemain. Mais, inutile de se mentir, il comptait beaucoup pour elle. De plus en plus souvent, elle se posait des questions... Elle n'avait pas seulement envie de lui mais également besoin de lui, de sa tendresse, de sa voix, de son regard et de ses mains sur elle. Était-elle tombée amoureuse, au bout du compte ? Si tel était le cas, elle se mettait en danger. Elle ne voulait ni s'attacher à lui, ni dépendre de lui. Ne pas l'aimer, et ainsi ne pas courir le risque d'être rejetée.

— J'ai aperçu ton père dans un cocktail, aujourd'hui, dit-il d'un ton léger. Un truc organisé par un laboratoire qui avait convié la plupart des spécialistes de la région pour les persuader d'utiliser leur antibiotique plutôt qu'un autre...

Tout en parlant, il continuait à lui masser doucement les épaules et elle n'avait aucune envie de bouger.

— Et alors ?

— Rien. Nous avons réussi à nous éviter.

Depuis qu'il avait découvert leur liaison, son père ne l'avait pas appelée directement une seule fois. Par l'intermédiaire de Julien, il lançait de temps à autre une invitation à dîner chez lui, mais dans ces occasions-là il évitait le sujet avec soin et se limitait à des banalités.

— Et Brigitte, à l'hôpital ?

— Là, c'est elle qui m'évite ! Une interne ne pèse pas grand-chose face à un patron, elle n'est pas assez stupide pour supposer le contraire. Je ne crois pas que je supporterais la moindre réflexion venant d'elle...

Lucrèce imaginait si bien l'air pincé que sa belle-mère devait afficher devant Fabian qu'elle se mit à rire. Pourtant, presque aussitôt, elle songea à toutes ces femmes qu'il côtoyait du matin au soir à l'hôpital, et qui le regardaient toutes comme un dieu. Lui arrivait-il de céder à leurs avances ? Après tout, il aimait séduire, elle était bien placée pour le savoir.

— Fabian..., commença-t-elle en s'écartant un peu de lui.

La tête baissée vers elle, il lui souriait, exactement comme ce premier soir où il l'avait embrassée dans sa cuisine. Faire preuve de curiosité ou de jalousie aurait été stupide, elle le comprit juste à temps et n'acheva pas sa phrase. Une main sur son épaule, il défit de l'autre les boutons de son chemisier, qu'il lui enleva délicatement. Ensuite, il fit glisser les bretelles du soutien-gorge, écarta la dentelle et découvrit ses seins. Quand il se mit à les caresser, elle fut parcourue d'un long frisson. Il connaissait si bien le corps de Lucrèce qu'elle ressentit immédiatement un violent désir pour lui. À ce jeu-là, elle n'avait aucune chance, elle allait succomber au plaisir à l'instant où il le déciderait.

— Il n'en est pas question ! hurla Arnaud Granville, perdant tout contrôle.

Dans une vitrine, une figurine de porcelaine tomba contre l'étagère en verre. Debout devant son père, Sophie lui tenait tête, terrorisée mais inébranlable.

— Tu veux te rendre ridicule, qu'on te montre du doigt ? Tu trouves que cette gamine a eu raison de parler ? Eh bien alors, c'est toi qui as eu tort, à l'époque, de ne rien dire !

— Oui, c'est vrai, et comme j'ai enfin l'occasion de me rattraper, je vais en profiter.

— Sûrement pas ! Tu penses à ta petite sœur, à ta mère ? Je ne veux pas que notre nom apparaisse dans cette boue, tu n'as aucune idée des intérêts qui sont en jeu !

Exaspéré, il faillit se lancer dans des explications plus précises mais se ravisa. De toute manière, sa fille aînée n'y comprendrait rien, inutile de lui apprendre que le président du Conseil général vivait fort mal le scandale lié à Sainte-Philomène parce que son propre frère en était malheureusement le directeur. Une école jusque-là très recherchée, dont on lisait désormais le nom dans les journaux, à la rubrique des affaires judiciaires. Le matin même, *Le Quotidien du Sud-Ouest* avait publié un article virulent à ce sujet, rendant responsable chaque chef d'établissement des horreurs susceptibles de se dérouler derrière les hauts murs des institutions les plus respectables. L'article était signé par cette punaise de Lucrèce, qui devait se faire un malin plaisir de pousser Sophie à la révolte.

— Tu vois toujours la petite Cerjac ?

— Oui. Elle...

— C'est bien ce que je pensais ! Cette fille a une influence lamentable sur toi, mais tu ne m'écoutes pas, tu ne tiens aucun compte de mon avis !

— C'est mon amie !

— Tu ne sais même pas ce que ça signifie, les amis ! Ni à quoi ça sert !

Il s'était approché d'elle et l'avait prise par le bras pour la secouer, mais elle se dégagea avec une fureur qui le surprit.

— Je ne suis plus une enfant, papa. J'ai le droit de voir qui je veux, de dire ce que je veux. Et de ne pas mentir à la justice.

— Mais je rêve ! D'abord, qu'est-ce qui t'a pris d'aller trouver ce juge ? Comme d'habitude, tu as fait ça dans mon dos, ma parole, tu es idiote ! Tu suis ton petit bonhomme de chemin sans lever le nez de tes œuvres d'art, c'est risible. Le monde tourne autour de toi mais sans toi, ma petite fille, et il s'y traite plein d'affaires dont tu ne te doutes même pas ! Tu sais pourquoi ? Parce que tu es une enfant, justement, et surtout une enfant gâtée.

Le ton était devenu franchement agressif, ce n'était plus une leçon de morale qu'Arnaud infligeait à sa fille, mais une vraie scène de chantage.

— Où vas-tu ?

Sans s'en rendre compte, il l'avait poursuivie jusque dans l'entrée de l'appartement, et tandis qu'ils se disputaient elle avait saisi son sac et ses clefs.

— Prendre l'air !

— Celui que tu respires ici ne te va pas ? Il est bientôt minuit, va te coucher, on reparlera de tout ça au petit déjeuner.

— Inutile d'en reparler, je ne changerai pas d'avis.

Il la dévisagea avec une incrédulité mêlée à une soudaine curiosité. Il avait eu la certitude de bien la connaître, de la manœuvrer comme il voulait si besoin était. Timide, bien élevée, désespérément honnête, ravissante, jusque-là il s'était senti plutôt content d'elle. Une jeune fille accomplie, qu'on pouvait emmener partout, qui n'allait plus tarder à décrocher un beau diplôme et faire un beau mariage, il se l'était promis. Sauf si elle tombait dans une crise d'adolescence bien tardive. Auquel cas elle risquait d'entraîner sa sœur sur la même pente.

— Sophie, je te parle très sérieusement. Ne franchis pas cette porte, sinon ce sera la dernière fois. Je me fais bien comprendre ? D'ailleurs, tu n'as pas à traîner dans les rues en pleine nuit, tu peux aussi bien aller bouder dans ta chambre. Nous devons avoir une vraie discussion, toi et moi, et nous l'aurons à tête reposée.

— Papa, dit-elle d'une voix sourde, cela ne servira à rien, j'irai à ce procès.

— L'avocat de Bessières ne fera qu'une bouchée de toi ! Tu sais qui c'est ? Tu sais qui le paye ? Et le genre de questions qu'il va te poser ? Tu auras bonne mine au tribunal, quand tu vas bafouiller pour expliquer qu'un type a soulevé ta jupe, il y a dix ans !

Il la vit rougir, devenir carrément écarlate, enfin prendre une grande inspiration comme si elle étouffait.

— Il n'a pas fait que la soulever ! hurla-t-elle. Il m'a touchée ! Et il a sorti cet horrible truc, ce sexe qui vous rend tellement fiers d'être des hommes !

Incapable de rester une seconde de plus devant son père, elle ouvrit la porte à la volée et se précipita dans l'escalier. Une main sur la rampe, elle dévala les étages sans ralentir, traversa le hall de l'immeuble en courant puis, une fois dehors, fonça jusqu'à sa Mini. Elle démarra en trombe, son pare-chocs heurta la voiture garée devant elle, mais elle força le passage. Sa seule idée était de rejoindre Lucrèce au plus vite, de se réfugier là où elle serait la bienvenue. Roulant à tombeau ouvert le long des quais, elle prit la direction du lac et, dix minutes plus tard, s'arrêta devant le pavillon. Il n'y avait aucune lumière aux fenêtres, ni dans aucune autre maison alentour, pourtant elle s'élança vers la porte et maintint son doigt enfoncé sur la sonnette.

Quand Julien ouvrit enfin, elle s'écroula contre lui, tellement soulagée qu'elle ne pleurait même plus.

— Oh, là, là..., dit-il en l'attirant à l'intérieur, il y a un drame ? Qu'est-ce qui t'arrive ? Allez, viens t'asseoir... Lucrèce n'est pas là. Elle dînait avec Fabian et je ne sais pas du tout quand elle rentrera. Tu veux de l'eau ? Un alcool ? Je dois avoir un fond de cognac quelque part...

Il l'installa sur une chaise, à la cuisine, et se mit à fouiller les placards.

— Désolée de t'avoir réveillé, bredouilla-t-elle. Je suis venue ici tête baissée, c'est idiot.

— Mais non, voyons !

Avec un sourire rassurant, il lui tendit un petit verre qu'elle vida d'un trait.

— Je viens de me fâcher avec mon père, annonça-t-elle simplement.

— Bienvenue au club ! Tu verras, on s'y fait.

Il portait toujours le même peignoir, celui dont elle se souvenait trop bien. Dans l'échancrure, elle apercevait sa peau mate, lisse, une peau qu'elle aurait pu avoir envie de toucher malgré les circonstances, malgré sa peur, malgré tout.

— Va te recoucher, Julien, j'irai m'allonger sur le lit de Lucrèce, en attendant.

— Tu n'as pas envie de me raconter tes malheurs d'abord ?

Sa gentillesse la bouleversa. Elle avait si désespérément besoin d'être écoutée, rassurée, consolée.

— Papa n'accepte pas que je veuille témoigner au procès de Bessières. Je n'ai pas cédé, voilà tout. Ça doit être la première fois de ma vie !

— Eh bien, ça s'arrose, apprécia-t-il en lui versant une nouvelle rasade de cognac.

Elle but son second verre à petites gorgées, presque heureuse d'être assise en face de lui. Lucrèce passait rarement une nuit entière chez Fabian Cartier et ne tarderait sans doute pas à rentrer. À ce moment-là, elles pourraient parler d'avenir toutes les deux et trouver des solutions, au moins pour les jours prochains. Sophie connaissait son père, il ne reviendrait pas sur sa décision. Désormais, il lui faudrait se débrouiller mais déjà cette idée était beaucoup moins inquiétante qu'un quart d'heure plus tôt.

Quand elle sentit que Julien lui prenait la main, elle releva brusquement la tête. Il l'observait avec une tendresse désarmante. Ils restèrent immobiles un long moment, jusqu'à ce que le regard de Julien se trouble et que, de lui-même, il la lâche.

Guillaume baissa les yeux vers Agnès qui était en train de se relever, hagarde, les joues rouges et le haut de la robe déchiré.

— Ne me touche pas ! haleta-t-elle alors qu'il faisait un pas vers elle.

— Je suis désolé..., commença-t-il, sans conviction.

Il ne savait pas exactement ce qu'il devait lui dire, ni s'il avait envie de la consoler ou au contraire de la frapper encore. Il ébaucha un geste hésitant dans sa direction mais elle recula d'un bond. Elle avait la lèvre supérieure tuméfiée, l'air terrorisée.

— Voyons, Agnès... Ce n'est qu'une petite scène de ménage, pas la fin du monde ! On fait la paix ?

Assailli de sentiments contradictoires, il inspira à fond pour essayer de se dominer. De la vaisselle brisée jonchait le sol en marbre, il poussa les débris du bout du pied.

— Il faut qu'on ramasse tout ça, marmonna-t-il.

Tandis qu'il se baissait, il l'entendit qui détalait vers la double porte de la salle à manger, restée ouverte. Il se lança à sa poursuite, faillit la rattraper dans le hall d'entrée mais ne parvint à saisir qu'un morceau de la robe qui se déchira pour la seconde fois. Quand il la vit s'élancer sur la terrasse, courant droit devant elle vers le parc, il s'arrêta enfin.

C'était une histoire ridicule, impensable, indigne de lui. Sa propre femme, en train de s'enfuir de chez eux, avec une tête tuméfiée et des lambeaux de tissu sur le dos ! Que leur arrivait-il donc ? Et où allait-elle ? Machinalement, il jeta un regard vers la rangée de peupliers. Elle était bien capable de se réfugier chez Nicolas, de lui demander asile... Il imaginait sans peine la réaction de son frère. Avec lui aussi, les problèmes se multipliaient ces temps-ci. D'ailleurs, c'était à cause de lui que tout avait débuté ce soir. Quand Agnès prenait la défense de son beau-frère, au lieu de se ranger à l'avis de son mari, le ton montait et ça finissait mal.

— Quel con je fais...

Sa colère était tombée à présent et il ne pouvait pas effacer les coups par des caresses, en tout cas pas tant que sa femme resterait dehors. Il referma la porte sans mettre le verrou, pour lui laisser la possibilité de rentrer lorsqu'elle le voudrait. S'il continuait à la brutaliser, leur mariage allait sombrer, il en avait conscience, hélas ! il avait la main plus rapide que la pensée. Et puis, s'il voulait bien se l'avouer, il devait aussi admettre que lorsqu'il frappait Agnès il éprouvait toujours une sorte de... De quoi ? Non, il n'avait pas envie d'y penser maintenant. Secouant la tête, il retraversa le hall à pas lents, éteignit les lumières, hormis une petite lampe située sur une commode, qu'il laissait en veilleuse depuis des années au cas où son père appellerait durant la nuit. Il gagna l'aile droite de la chartreuse et monta au premier étage, bien décidé à se coucher. Même s'il n'aimait pas dormir seul, pour ce soir il allait devoir se faire une raison. Sur le seuil de sa chambre, il regarda le grand lit, la coiffeuse, l'imposante armoire sculptée à pointes de diamant, les deux fauteuils crapauds flanquant la table juponnée, près de la fenêtre aux rideaux tirés. Il flottait dans la pièce une légère odeur de lavande. Agnès se donnait beaucoup de mal et la maison était toujours impeccable, comme il l'aimait. Mais lui, quel genre de mari était-il ? Juste une brute ? Leurs scènes, de plus en plus fréquentes, se terminaient toujours de la même manière, et ce n'était jamais elle qui commençait.

Soudain furieux contre lui-même, il donna un violent coup de poing dans le chambranle en se maudissant de n'avoir pas davantage de sang-froid.

Ensuite, il considéra avec stupeur le bois qui s'était fendu.

— Divorce, répéta posément Nicolas.

Agnès ne pleurait pas, d'ailleurs, elle n'avait pas versé une larme depuis son arrivée. Elle restait assise sans bouger, appliquant d'une main la poche de glace sur sa pommette et sur ses lèvres.

Agenouillé devant la cheminée, il ajouta une bûche. Il s'était occupé avec la flambée pendant près d'un quart d'heure afin de lui laisser le temps de se reprendre. Il tisonna encore un peu avant d'aller se réinstaller dans une bergère, à côté d'elle, tout en gardant les yeux rivés sur les flammes, pour ne pas la gêner. Il lui avait prêté un jean et un pull, beaucoup trop grands pour elle mais infiniment plus confortables que ce qui restait de sa robe.

— Je ne vois pas ce que tu peux faire d'autre, reprit-il d'une voix douce. Il ne changera pas, tu le sais, ou alors l'espace d'une semaine...

— Il ne me laissera pas partir non plus.

— Bien sûr que si. De toute façon, c'est une mauvaise raison, Agnès : si tu veux le quitter, tu peux. Je n'ai pas à m'en mêler, je te donne juste mon avis, mais rien ne pourra freiner le genre de dérive que vous connaissez.

— Il y a quand même un problème, murmura-t-elle. Ton frère, je l'aime encore.

— Tu crois ?

— Oui ! Même si... ce n'est plus tout à fait pareil.

Elle le découvrait en le disant, il en eut la conviction. Jamais elle n'avait dû oser s'interroger à ce sujet jusque-là, persuadée qu'elle avait épousé Guillaume pour le pire et le meilleur, en tout cas pour toujours.

— Au début, je... Eh bien, il est plutôt autoritaire, oui, mais pas vraiment méchant. Pour moi, c'était rassurant d'avoir épousé un homme qui savait à ce point ce qu'il voulait ! Pas d'hésitations, pas d'incertitude... Et avant lui, personne ne m'avait accordé une telle attention. Notre mariage, je l'ai vécu comme un conte de fées, j'estimais avoir une chance folle.

Agnès venait d'une famille nombreuse, Nicolas le savait. Son enfance n'avait pas été très heureuse et elle avait quitté les siens sans regret. Aujourd'hui, elle devait se sentir seule, n'ayant strictement personne à qui se confier, à part lui.

— Guillaume t'a imposé une existence anormale, reprit-il. T'occuper de la maison, de papa, des menus... et puis rester là à l'attendre. Pourquoi n'as-tu pas d'amis, de...

— D'enfants ? Parce qu'il n'en veut pas. Il m'avait prévenue, mais bien sûr je pensais le faire changer d'avis un jour.

— Il t'a expliqué pourquoi ?

— Il dit qu'il t'a élevé, toi, et qu'il n'aurait plus la patience.

Elle rapportait ces propos avec une certaine candeur, sans comprendre ce que cette phrase pouvait avoir de blessant pour Nicolas.

— Quand je le vois agir ainsi, poursuivit-elle, je finis par croire que c'est mieux... Je ne pourrais pas supporter de le voir lever la main sur un enfant. Il en serait capable, il ne se contrôle plus du tout quand il est en colère. Il a bien dû te brutaliser un peu, toi ?

Jamais elle n'avait osé lui poser la question, qui devait lui brûler les lèvres depuis un moment. Pourtant, si elle voulait comprendre son mari, elle avait besoin de connaître la réponse.

— Le mot est trop fort, répondit-il prudemment. Guillaume n'était ni injuste ni spécialement méchant. Papa l'avait élevé de cette façon-là, en ne pardonnant rien, alors je suppose qu'il a répété le même schéma avec moi. La plupart de mes copains de l'école ramassaient aussi quelques corrections chez eux, je ne trouvais pas scandaleux d'en recevoir de temps à autre. Mais j'étais son petit frère turbulent, pas sa femme. Tu n'as pas à supporter ça, Agnès. Sauf si...

Tournant la tête vers elle, il l'observa avec embarras, ne sachant trop comment exprimer ses doutes.

— Sauf si ça ne te déplaît pas, acheva-t-il. De quelle manière se fait-il pardonner ? Avec des cadeaux, des promesses, des câlins ? Il a peut-être envie de ce genre de piment, mais toi ?

Voilà, il l'avait dit, ensuite il s'obligea à soutenir le regard pitoyable d'Agnès. Au bout d'une interminable minute, elle esquissa un sourire d'une tristesse infinie.

— Non, pas moi, dit-elle seulement.

La violence ne l'excitait pas, elle n'avait aucune attirance pour les rapports de force, la soumission ne faisait pas non plus partie de ses fantasmes. En revanche, Guillaume y trouvait sans doute son compte, elle ne pouvait pas continuer de l'ignorer. Pourquoi n'avait-elle pas ouvert les yeux plus tôt ? Elle savait exactement ce qui allait se passer lorsqu'elle regagnerait la chartreuse, et la chambre où son mari l'attendait. Des excuses, des serments, des caresses auxquelles elle n'aurait pas la possibilité de se soustraire, sous peine de le mettre de nouveau en colère. Ensuite, quelques jours calmes, avant la prochaine crise qui se déclencherait sous n'importe quel prétexte. Même la présence de son beau-père, qui pendant un temps avait constitué un garde-fou, n'y changeait désormais plus rien.

— Veux-tu que j'aille lui parler ? proposa Nicolas. Je peux au moins lui expliquer que tu ne rentreras pas cette nuit. Ni... Enfin, dis-moi ce que tu comptes faire et je transmettrai.

À l'évidence, il ne lui offrait pas seulement l'hospitalité, mais aussi sa protection. Guillaume n'oserait pas forcer la porte de son frère, il ne viendrait pas chercher ici Agnès contre son gré.

— Il doit s'inquiéter, soupira-t-elle.

— De quoi ? Il sait très bien où tu es, tu n'avais pas d'autre endroit où aller dans cette tenue, à part chez les gendarmes ! S'il se fait du souci, il peut m'appeler. Mais si tu préfères, je vais le voir maintenant.

Elle ne voulait pas les dresser l'un contre l'autre, néanmoins elle éprouvait un tel sentiment de soulagement à l'idée d'avoir un allié qu'elle ne savait que répondre. Si quitter Guillaume lui semblait impossible, rentrer chez elle était au-dessus de ses forces.

— J'ai une petite chambre d'amis, tu t'en souviens ? Le lit est fait, je vais te donner des couvertures supplémentaires. Veux-tu prendre un bain chaud d'abord ? Viens...

Debout à côté d'elle, il lui tendait la main, elle la saisit machinalement. Elle le suivit jusqu'à la salle de bains où il prit des serviettes dans un placard, ainsi qu'un tee-shirt propre.

— Tu es chez toi, dit-il en la quittant. Stéphanie laisse des tas de flacons ici, n'hésite pas à t'en servir.

Après avoir refermé la porte, il resta quelques instants indécis, la main sur la poignée. Même s'il la connaissait depuis une quinzaine d'années, il ne savait pas grand-chose d'elle. À trente-sept ans, sa belle-sœur n'avait aucun autre horizon que les Brantôme. Depuis son mariage avec Guillaume, elle s'était coupée du reste du monde et n'y retrouverait pas facilement une place. Or c'était une femme adorable, dévouée, franche, prête à tout pour tenir son rôle d'épouse modèle, sauf à se laisser rouer de coups par un mari violent. Avec Nicolas, elle s'était toujours montrée d'une gentillesse exemplaire, presque maternelle, alors qu'elle n'avait que six ans de plus que lui, et elle avait toujours ri de ses bêtises d'adolescent. Seule présence féminine dans une maison d'hommes, elle représentait pour lui toute la douceur qui faisait défaut à son frère comme à son père. Pourquoi n'avait-il pas été plus attentif à sa détresse, à sa solitude ? Par discrétion, ou par lâcheté ? Même s'il n'avait jamais vu Guillaume la rudoyer – ce qu'il n'aurait pas supporté –, il devinait sans mal les scènes dont il n'était pas le témoin direct.

Il gagna la cuisine, mit de l'eau à chauffer pour préparer une infusion de tilleul, disposa deux tasses sur un plateau. Son frère allait hurler le lendemain matin, au bureau, ce qui ne l'impressionnait pas. S'il le fallait, il crierait un peu plus fort. Agnès lui avait raconté le début de leur dispute de ce soir, dont il était responsable bien malgré lui. À partir du moment où il avait annoncé qu'il comptait se lancer enfin dans l'achat de vignes, et réaliser ainsi son rêve, Guillaume s'était braqué. L'occasion qui se présentait était pourtant unique, Nicolas ne la laisserait échapper pour rien au monde. Tant pis pour la société Brantôme et pour les états d'âme de son grand frère ! Autant il hésitait encore à lier son destin à celui de Stéphanie Cazeneuve, autant il se sentait prêt à se lancer dans l'aventure de la terre, quitte à s'endetter pour la vie entière. Le désir de posséder un vignoble était devenu si impérieux, si lancinant, que, lorsqu'on lui avait signalé la mise en vente probable de dix-sept hectares dans la région de Listrac, il avait foncé chez son banquier pour discuter du financement. Cette reconversion le conduirait à abandonner le négoce familial, une perspective inadmissible pour son frère. Des affrontements pénibles avaient déjà eu lieu entre eux, d'autres suivraient fatalement. En quelques semaines, c'était devenu un sujet tabou, sur lequel Guillaume s'acharnait malgré tout. Quand sa propre femme avait émis un avis différent du sien, il était sorti de ses gonds.

Dans la chambre d'amis, Nicolas déposa le plateau sur le petit bureau, puis il alla chercher un édredon, l'étala sur le lit. Agnès pourrait très bien habiter là pendant un moment si elle le souhaitait, mais, si elle désirait mettre davantage de distance entre elle et son mari, il demanderait à Stéphanie de l'héberger chez les Cazeneuve.

— Stéphanie..., dit-il tout en fermant les rideaux.

Une ou deux fois par semaine, la jeune fille passait la nuit avec lui. Elle adorait sa maison, qu'elle investissait peu à peu grâce à des oublis délibérés. D'abord quelques produits de maquillage abandonnés au bord du lavabo, un livre de recettes laissé dans la cuisine, des magazines traînant un peu partout, puis carrément des vêtements. Les traces de sa présence ne le gênaient pas, dans la mesure où il lui était fidèle et ne recevait pas d'autres femmes qu'elle, mais il ne faisait rien pour l'encourager à rester, encore moins à s'installer. Néanmoins, à force d'obstination et de patience, elle finirait par s'imposer pour de bon dans son existence, il s'y était presque résigné. Il la trouvait jolie, la désirait, éprouvait parfois une vraie tendresse pour elle, malheureusement cela ne ressemblait pas au grand amour.

— Que tu es gentil ! s'exclama Agnès.

Elle se tenait sur le pas de la porte et regardait le plateau d'un air attendri. Avec son visage tuméfié et son air perdu, elle ne prendrait aucune décision définitive ce soir, il le comprit si bien qu'il se contenta de lui sourire.

— Je vais rester avec toi jusqu'à ce que tu aies sommeil, décida-t-il.

C'était sûrement ce qu'elle avait espéré, sans oser le demander, car elle eut soudain les larmes aux yeux.

Petit à petit, l'attitude des journalistes du *Quotidien du Sud-Ouest* avait changé. À présent, plus personne ne considérait Lucrèce comme une débutante, au contraire, elle faisait partie de l'équipe au même titre que les vieux routiers du métier, qui la traitaient sur un pied d'égalité. À la suite de son article retentissant sur le sang contaminé, l'ensemble des médias s'était emparé du sujet, toutefois elle avait été l'une des premières à monter au créneau, et son enquête, solidement documentée, restait celle qui avait mis le feu aux poudres.

Elle se plaisait toujours beaucoup dans l'atmosphère de ruche qui régnait au quotidien, même si elle rêvait parfois de travailler pour un hebdomadaire, où elle pourrait enfin écrire des articles de fond. C'était son but depuis le début et elle y arriverait. D'après ceux qui en avaient fait l'expérience, la vie d'un journaliste dans un hebdo était moins exaltante que dans un quotidien, mais le sensationnel, glané puis rédigé dans l'urgence, laissait toujours à Lucrèce un sentiment de frustration. Pour les besoins du métier, elle avait appris à photographier dans n'importe quelles conditions car un photographe de l'équipe n'était pas en permanence disponible. Elle savait obtenir ou improviser un rendez-vous, poser les questions pertinentes, foncer pour devancer ses confrères, traquer la plus insignifiante des informations. Le surnom de « la petite Cerjac » lui était resté, mais elle s'en offusquait d'autant moins qu'il était souvent prononcé avec affection, et parfois avec envie.

Ce soir-là, elle avait quitté la salle de rédaction un peu avant six heures pour se rendre à la conférence de presse décidée par le Syndicat des négociants, à propos de l'organisation pléthorique de *Vinexpo,* salon mondial du vin qui se tiendrait en juin et qui préoccupait déjà tous les professionnels bordelais. Ne trouvant aucune place cours du 30-Juillet, elle fut obligée d'aller se garer près de la place des Quinconces et elle arriva alors que les discussions avaient déjà commencé. Son bloc à la main, elle se fraya un passage parmi la foule, saluant quelques confrères au passage. Comme elle ne disposerait que de vingt ou trente lignes pour résumer l'essentiel de la soirée, elle n'avait vraiment pas besoin de tout noter. Au lieu de s'asseoir, elle s'adossa à un pilier d'où elle avait une bonne vue sur l'assistance et écouta d'une oreille distraite les propositions du président du syndicat. Elle mémorisa les noms des personnalités présentes, qu'elle citerait dans son compte rendu.

— *Le Quotidien du Sud-Ouest* nous envoie sa meilleure journaliste ? Quel honneur ! chuchota une voix familière, juste derrière elle.

Faisant volte-face, elle se retrouva nez à nez avec Nicolas. À son côté, elle découvrit un homme d'une quarantaine d'années, qui la dévisageait froidement.

— Mon frère Guillaume, murmura Nicolas. Lucrèce Cerjac, une amie.

La main de Guillaume broya la sienne.

— Enchantée, dit-elle en se dégageant.

Les deux frères se ressemblaient vaguement – cheveux blonds et même regard doré –, mais l'aîné était plus massif, plus grand, et nettement moins sympathique. Il se désintéressa d'elle presque aussitôt, comme si elle n'existait pas. Nicolas la prit par l'épaule pour l'entraîner à l'écart.

— Tu m'accordes cinq minutes ? Viens, je sais où est le buffet et je peux te faire la synthèse de tout ce qui va se dire...

Il la conduisit hors de la salle où se tenait la conférence, lui fit traverser un gigantesque hall.

— Je vois que le négoce a les moyens ! ironisa-t-elle.

Elle n'était guère surprise par la présence de Nicolas, ni par le fait qu'il l'ait si facilement trouvée au milieu de la foule. Peut-être n'avait-elle accepté ce reportage – peu exaltant – que parce qu'il s'agissait de *négociants*, un mot qui lui évoquait des souvenirs agréables. Hormis leur dernière rencontre, et sa pénible conclusion, elle avait toujours passé de bons moments avec lui, sans compter une indéniable attirance, qu'elle ressentait de nouveau rien qu'au contact de sa main sur son épaule.

— Je te jure que tu ne rates rien, ils répètent la même chose chaque fois, dit-il en la dirigeant vers une salle de réception déserte où de somptueux buffets avaient été dressés.

Un des maîtres d'hôtel, en veste et gants blancs, émergea d'une porte dérobée et les regarda approcher d'un air contrarié, mais il dut reconnaître Nicolas car il esquissa aussitôt un signe de tête.

— Vous ne refuserez pas votre aide à deux assoiffés ? plaisanta le jeune homme.

— Bien sûr, monsieur Brantôme. Avez-vous une préférence ?

— Pavillon blanc, merci.

En quelques instants, une bouteille fut débouchée, deux verres servis et disposés sur un plateau. Nicolas en tendit un à Lucrèce tandis que le maître d'hôtel s'éclipsait discrètement.

— Tu connais tout le monde, ici ?

— Je suis membre de ce syndicat et nous faisons toujours appel au même traiteur. À la tienne...

Au lieu de boire, il se contenta de l'observer, avec un regard indéchiffrable.

— Je n'ai pas de blague toute prête, dit-il au bout d'un moment, mais j'aimerais beaucoup t'entendre rire.

— Il va pourtant falloir que tu trouves quelque chose de drôle, je ne ris pas sur commande. Comment vas-tu ?

— Plutôt bien. Et toi ?

— Pareil.

— Je lis tous tes articles, tu sais, et je reconnais chaque fois ton style.

— C'est flatteur...

Pour se donner une contenance, elle but quelques gorgées de vin puis releva les yeux vers lui. Il portait un costume bleu marine, une chemise bleu ciel et une cravate rayée qui lui donnaient l'allure sérieuse d'un homme d'affaires, toutefois, les mèches de cheveux qui tombaient sur ses yeux étaient trop longues, comme toujours. Elle le trouva encore plus mignon que dans son souvenir, au point d'éprouver un mélange confus de regret et de jalousie à l'égard de cette Stéphanie, qu'elle ne connaissait pas mais dont elle avait retenu le prénom.

— Tu n'es pas marié ? hasarda-t-elle avec désinvolture.

— Non.

Agacée de se sentir stupidement soulagée, elle lui tendit son verre vide.

— Tu crois que...

— Oui, je m'en occupe.

Elle le vit se diriger vers le buffet, prendre la bouteille et remplir leurs deux verres, exactement de la même manière que lors de tous ces déjeuners à travers le Médoc, au bord de l'eau ou dans les terres, quand il lui expliquait les secrets des grands crus.

— Dans une demi-heure, ce sera noir de monde ici, dit-il en revenant. Les gens vont se jeter sur les buffets. Tu es obligée de rester ? Tu ne veux pas dîner avec moi ?

Indécise, mal à l'aise, elle n'arrivait pas à se décider. Il insista, à mi-voix :

— Fais-moi plaisir, Lucrèce...

— D'accord. Mais une brasserie vite fait, j'aimerais me coucher tôt, je suis crevée.

Elle n'en revenait pas d'avoir accepté si facilement, et surtout de proférer de telles absurdités. Elle n'était pas fatiguée, non, en fait elle était ravie de cette invitation mais sans trop comprendre pourquoi. À moins que la joie de Nicolas, qu'il ne faisait rien pour dissimuler, ne soit vraiment communicative.

— On va se raconter nos vies, dit-il gaiement.

— Et ton frère ? Tu le laisses là ?

— Oui, c'est un grand garçon. D'ailleurs, tout ce qui touche au négoce le passionne, il restera jusqu'à la fin. Pas moi. J'ai des tas de projets, cela me fait plaisir de pouvoir t'en parler.

— Tu n'avais qu'à m'appeler.

— Tu plaisantes ? s'indigna-t-il. La dernière fois que je t'ai vue, tu as failli me rouler dessus !

Elle éclata de rire spontanément, et le visage de Nicolas s'illumina.

— Je n'arrivais plus à m'en souvenir, j'adore...

Il faillit ajouter qu'il adorait aussi son regard vert, comme à peu près toute sa personne, qu'il était en train de réduire à néant des mois et des mois d'efforts pour l'oublier, qu'il le faisait délibérément parce qu'une heure en sa compagnie valait bien des nuits blanches, mais il choisit de se taire.

— Je t'emmène où tu veux. Tu as une préférence ?

— Des huîtres et des saucisses grillées au Port de la Lune, proposa-t-elle.

— C'est parfait.

Ensemble, ils allèrent déposer les verres vides sur le coin d'un buffet, leurs pas résonnant sur le parquet de la salle toujours déserte. Quand ils retraversèrent le grand hall d'entrée, un bruit confus de discussion leur parvint et elle pensa à son article.

— Je devrais peut-être aller les écouter cinq minutes...

— Non, je sais exactement ce qu'ils sont en train de raconter ! Et s'il se passe quelque chose d'extraordinaire, Guillaume me le communiquera. Dans ce cas-là, je t'appellerai demain matin, promis.

En réalité, il était en très mauvais termes avec son frère depuis qu'Agnès s'était réfugiée chez lui, et Guillaume ne lui ferait sûrement pas un compte rendu de la conférence. Il se sentait cependant prêt à n'importe quel mensonge pour qu'elle le suive, afin de ne pas perdre un seul instant de cette soirée inattendue. Tout à l'heure, il l'avait invitée sans illusions, persuadé de se heurter à un refus, et maintenant il savait qu'il disposait d'au moins une ou deux heures. Même si c'était insuffisant pour la reconquérir, il allait essayer par tous les moyens. D'abord il devait dissiper le malentendu sur lequel ils s'étaient séparés, l'amuser, ne plus *jamais* prononcer le nom du Pr Fabian Cartier. Ensuite...

Devant son coupé Mercedes, il s'arrêta, prit ses clefs dans la poche de sa veste et s'aperçut qu'il avait oublié son manteau au syndicat. Lucrèce, qui n'avait pas quitté le sien, semblait déjà transie par le vent glacial qui soufflait sur le cours du 30-Juillet.

— Tu n'as pas trop froid ? s'inquiéta-t-il en lui ouvrant la portière. Je te déposerai à ta voiture après le dîner, monte vite !

Dès qu'il fut installé au volant, il mit le contact, ouvrit la ventilation d'air chaud, mais alors qu'il enclenchait la marche arrière il sentit la main de Lucrèce se poser sur la sienne.

— Je suis contente qu'on se soit rencontrés, ce soir, dit-elle d'une voix hésitante.

Il remit la boîte de vitesses au point mort, se tourna vers elle.

— Je t'aime toujours, je n'y peux rien.

C'était la stricte vérité, un état contre lequel il ne pouvait pas lutter, quelle que soit sa volonté. Mais, au moins, il ne se comporterait plus comme un imbécile avec elle, il se l'était juré. Il se pencha, la prit dans ses bras sans hésiter et l'embrassa. D'abord stupéfait de la découvrir tellement consentante, il fut très vite submergé par un désir insupportable, presque douloureux, qui lui fit écarter les pans du manteau, glisser ses mains sous le pull d'angora. Le contact de la peau tiède et soyeuse fut plus excitant que tout ce qu'il avait pu imaginer.

— Attention, chuchota-t-elle, il y a un flic sur le trottoir... et il nous observe...

À regret, il s'écarta un peu, prit une profonde inspiration puis regarda à travers le pare-brise. Le policier était planté à deux mètres de la Mercedes, l'air goguenard.

— Une voiture est une propriété privée, on a le droit de s'embrasser chez soi, non ?

— Tant que tu ne commets pas d'attentat à la pudeur.

— Dans ce cas, il a raison de me surveiller, j'étais parti pour !

Lucrèce se mit à rire tandis qu'il manœuvrait et quittait sa place.

Ponctuelle, Sophie se présenta à l'hôpital dès huit heures du matin, à la fois intimidée et bien décidée à faire de son mieux. Il ne s'agissait que d'un remplacement de deux semaines, pour du secrétariat, néanmoins le salaire était intéressant et lui permettrait de tenir le coup en attendant un vrai travail. Elle ne voulait pas se retrouver à la charge de Lucrèce et de Julien, or son père lui avait coupé les vivres de manière brutale, et maintenant son compte en banque était à sec. Au téléphone, sa mère s'était montrée virulente, lui enjoignant de rentrer à la maison sur le champ ou alors d'aller au diable. La pauvre femme, incapable de se désolidariser de son mari, jugeait l'attitude de Sophie impardonnable et, sûre de son bon droit, n'hésitait pas à pratiquer le même chantage qu'Arnaud : sans un retour penaud au bercail, leur fille aînée n'aurait plus un sou.

Tant d'hostilité avait conforté Sophie dans sa résolution, elle témoignerait au procès Bessières et désormais se débrouillerait seule dans la vie. Lucrèce lui fournissait un toit, à elle de se chercher un métier. Avec une maîtrise d'histoire de l'art, elle pouvait postuler auprès des commissaires-priseurs, des antiquaires, des galeries d'art. D'ici là, elle était prête à accepter n'importe quoi, l'offre de Fabian Cartier, transmise par Lucrèce, tombait donc à pic.

Accueillie plutôt fraîchement, Sophie comprit tout de suite que la secrétaire ne partait en vacances qu'à regret. Céder sa place auprès du patron, même pour quinze jours, semblait la rendre jalouse d'avance.

— Bon, reprit Noémie d'un ton rogue, voici l'agenda de M. Cartier, vous y faites attention comme à la prunelle de vos yeux et vous marquez tout au crayon à papier. Les rendez-vous sont pris de demi-heure en demi-heure, durant les plages de la consultation. Il n'y a plus rien de libre jusqu'en mars, comme vous le voyez, mais j'essaie toujours de laisser une ou deux cases disponibles chaque semaine, pour les imprévus. Dès que vous aurez un moment, profitez-en pour taper les comptes rendus opératoires qu'il enregistre sur son dictaphone. Avant chaque visite, vous prenez le dossier du patient dans le classeur métallique et vous allez le poser sur son bureau. Ne l'appelez pas sur l'interphone quand il consulte, il a horreur de ça. Et n'essayez pas de gérer un imprévu toute seule, bipez-le immédiatement, il est toujours quelque part dans l'hôpital... Ah, il aime le café très fort et sans sucre !

Elle reprit son souffle, toisa Sophie qui écoutait ce déluge de paroles en ouvrant de grands yeux effarés.

— Des questions ? Non ? Vous avez là une liste de numéros de postes, ceux du bloc, de la surveillante d'étage, de l'agrégée, de l'administration, du bureau des admissions et de la radiologie. Voilà votre badge pour la cantine. N'allez jamais dans celle des médecins, sauf si vous êtes à la recherche de M. Cartier. On dit « monsieur » à un professeur, pas « docteur ». Il fait sa visite du service en fin de journée, pas toujours à la même heure, c'est lui qui décide et les autres attendent. Vous savez prendre en sténo ?

— Euh, non...

— Mais où vous a-t-il donc dégotée ? En tout cas, je vous préviens, je veux trouver ce bureau en ordre à mon retour, ne me laissez pas une montagne de boulot ou bien ça ira mal. Et essayez de lui faciliter la tâche par tous les moyens, il a des responsabilités énormes !

Son regard effleura Sophie une dernière fois, puis la pendule murale, et elle soupira.

— Il faut que je vous laisse, je vais finir par rater mon train. Mettez-vous au travail sans attendre, pour le moment vous êtes tranquille, il opère !

Elle sortit en claquant la porte, Sophie put enfin respirer. Heureusement, Lucrèce lui avait affirmé que Fabian était patient, courtois, et qu'il ferait tout pour lui faciliter les choses. Elle se laissa tomber sur la chaise à roulettes qui alla percuter les classeurs métalliques dans un grand fracas, juste au moment où le téléphone sonnait.

— Secrétariat du Pr Cartier, articula-t-elle en essayant de prendre les intonations suaves d'une d'hôtesse d'accueil.

— Sophie Granville ? Bonjour, Fabian Cartier.

— Bonjour, monsieur, mais...Vous n'êtes pas au bloc ?

— Si. C'est une ligne intérieure, normalement signalée par un voyant orange.

— Ah, oui ! Je...

— Bienvenue dans mon service, Sophie. J'espère que Noémie n'a pas été trop revêche avec vous ? Si vous avez envie d'un café, il y a un distributeur au fond du couloir. Je ne descendrai pas d'ici avant quatorze heures, soyez gentille de décaler mon premier patient pour que j'aie le temps d'avaler une salade. Merci, et à tout à l'heure.

Avant qu'elle ait pu répondre, il avait déjà raccroché. Sa voix était grave, très agréable, et elle se sentit un peu rassurée. Ces deux semaines ne seraient peut-être pas si terribles, après tout. Elle feuilleta l'agenda, regarda le nom inscrit au premier rendez-vous et chercha le dossier correspondant dans les classeurs. Elle allait devoir se surveiller, ici elle n'était pas une étudiante mais une employée. Jamais elle n'avait prêté attention aux secrétaires de son père les rares fois où elle s'était rendue au siège de sa société. Elle se souvenait seulement qu'il les traitait de haut, exactement comme l'employée de maison quand il rentrait le soir. En principe, il réservait ses sourires pour ses invités, ses relations d'affaires. Envers ses filles et sa femme, il se montrait souvent distant ou distrait, ne s'investissant vraiment que dans ses projets immobiliers. Mais il n'était pas un mauvais père, elle n'avait rien eu à lui reprocher de précis jusque-là. Sauf cette histoire de Sainte-Philomène. La manière dont il minimisait les choses, sa désinvolture agacée pour changer Élise d'école, enfin son absurde crise d'autorité avaient fait réfléchir Sophie. La dernière phrase qu'elle lui avait jetée à la figure, avant de quitter l'appartement, aurait dû provoquer une réaction quelconque. Comment ne comprenait-il pas ce qu'elle ressentait, maintenant qu'il savait la vérité au sujet de Bessières ? Pourquoi ne la soutenait-il pas, au lieu de la punir ? Par quelle aberration s'en prenait-il à elle ? N'importe quel père serait entré dans une colère noire contre l'homme qui avait osé toucher sa fille, mais pas lui. Non, c'était elle qu'il visait, comme si elle était en faute. Poussant la sottise jusqu'à lui demander de ramener la voiture !

— Tu peux courir..., ragea-t-elle entre ses dents.

Qu'elle soit en révolte constituait une nouveauté, mais elle apprenait vite. Ne plus remettre les pieds chez elle ne l'attristait pas, sauf vis-à-vis de sa sœur, à qui elle avait posté une longue lettre le matin même. De gré ou de force, elle s'arrangerait pour la voir, quitte à aller la chercher à la sortie du lycée. Leurs parents étaient capables de raconter n'importe quoi, elle ne voulait pas qu'Élise se trompe à son sujet.

Elle téléphona au patient dont elle avait enfin trouvé le dossier, puis décida d'aller boire un café. Après, elle essaierait de se familiariser avec le traitement de texte de Noémie pour pouvoir s'attaquer aux comptes rendus opératoires de la veille. Autant ne pas décevoir Fabian Cartier, grâce à qui elle toucherait son tout premier salaire, dans deux semaines, un argent qui représentait le début d'une autre vie.

Tout en regardant couler le café dans le gobelet de plastique, elle se souvint de sa dernière entrevue avec le juge Viviane Perrin, trois semaines plus tôt. Le rendez-vous s'était terminé par un conseil donné d'une voix amicale : « Voyez donc un psychologue, même si vous vous sentez bien. Ces choses-là laissent toujours des traces, on a besoin d'aide pour les effacer. » Des traces ? Oh, oui ! Assez profondes pour la paralyser chaque fois que Julien la frôlait, ce qui arrivait fréquemment dans le petit pavillon où ils cohabitaient tous les trois. Paralysée de peur, d'espoir, de frustration, incapable de rester naturelle dès qu'il s'intéressait à elle de trop près, et désespérée s'il l'ignorait. La scène de la douche avait été un monument de ridicule dont il devait encore s'amuser à ses dépens, pourtant il la regardait parfois si gentiment que...

— C'est vous l'intérimaire du patron ? s'exclama une femme en blouse rayée qui venait de s'arrêter à côté d'elle. Vous comptez passer la matinée devant cette machine ? Le téléphone sonne, là-bas !

Elle désignait le bureau, à l'autre bout du couloir, et Sophie s'éloigna en hâte, oubliant son café.

La rareté des visites de Claude-Éric Valère justifiait que tous les journalistes soient présents dans la salle de rédaction malgré l'heure tardive. *Le Quotidien du Sud-Ouest* n'était que l'un des nombreux titres du groupe géré par Valère, mais tout de même l'un de ses plus beaux fleurons. Aussi, après une brève discussion dans le bureau de Marc, le patron de presse avait-il tenu à saluer chacun des collaborateurs du journal.

Depuis son box, Lucrèce, curieuse de découvrir enfin celui qui présidait aux destinées du quotidien, le regardait approcher, suivi par un Marc au garde-à-vous. Elle l'avait à peine aperçu, à deux reprises, et n'avait jamais eu l'occasion de lui adresser la parole. Elle savait de lui ce qu'en disaient les autres : Valère était avant tout un homme d'affaires aux dents longues, vivant à Paris où il était marié et père de trois enfants, investissant une véritable fortune dans ses journaux et voyageant d'un bout de l'année à l'autre. Petit, mince, habillé avec élégance d'un strict costume sur mesure, il se tenait très droit. Son regard sombre, presque noir, se posait sur ses interlocuteurs avec une telle acuité qu'il obtenait en général des bredouillements confus en guise de réponse. Un sourire poli mais froid creusait une fossette dans son visage émacié qui semblait taillé à coups de serpe, depuis les pommettes saillantes jusqu'à la ligne volontaire du menton. Derrière lui, Marc présentait les journalistes un à un, comme à la parade.

Amusée par cette revue des troupes, Lucrèce attendit le dernier moment pour se lever, alors que Claude-Éric Valère s'arrêtait devant elle.

— Voici Lucrèce Cerjac, murmura Marc.

— Oh, c'est *vous* ? s'écria Valère. Enchanté de vous rencontrer. Votre papier sur le sida était excellent !

Il la détailla des pieds à la tête, finit par planter son regard dans le sien et enchaîna :

— Je suis très content de vous, mais je ne vous imaginais pas si jolie, en prime. Maintenant, je comprends mieux Cartier !

Stupéfaite, Lucrèce ne trouva aucune repartie. Que signifiait cette phrase et pourquoi semblait-il si réjoui ? Le nom de Fabian était totalement incongru ici, dans la bouche de cet homme.

— Continuez à bien travailler, mademoiselle Cerjac, vous avez une véritable carrière devant vous, je sais de quoi je parle.

Il faillit ajouter quelque chose, se ravisa, puis finalement lui adressa un sourire très différent de celui qu'il affichait depuis qu'il était entré dans la salle de rédaction. Cette nouvelle expression, inattendue, le rendit soudain beaucoup plus sympathique, plus jeune. Avant qu'il se détourne pour passer au journaliste suivant, Lucrèce eut le temps de remarquer son regard d'oiseau de proie, intelligent et calculateur.

Elle se rassit à son bureau, baissa les yeux vers l'ordinateur mais sans parvenir à s'intéresser aux phrases alignées sur l'écran. L'allusion à son amant la laissait perplexe, presque désemparée. Fabian connaissait donc Claude-Éric Valère ? Il ne l'avait jamais mentionné.

D'un geste décidé, elle éteignit l'ordinateur. Quand elle quitta son box, le grand patron était presque arrivé à l'autre bout de la salle, toujours suivi de Marc, et les deux hommes tournèrent la tête vers elle. Se contentant d'un petit signe de la main, elle se dirigea vers la sortie. Elle avait bouclé son travail de la journée et n'allait pas rester là à attendre que l'inspection soit terminée, on n'avait plus besoin d'elle !

Elle prit sa voiture et rentra directement chez elle, toujours perdue dans ses pensées. Fabian pouvait-il être ce mystérieux « piston » dont elle avait entendu parler accidentellement peu de temps après son embauche au *Quotidien du Sud-Ouest ?* Elle n'avait pas cherché à éclaircir ces ragots, oubliés depuis longtemps. Pourtant, ceux-ci expliquaient peut-être la violente antipathie de Marc durant toute sa première année de journaliste. Si Fabian s'était permis de lui mentir, de l'imposer sans qu'elle le sache, elle ne le lui pardonnerait pas.

Quand elle pénétra dans la cuisine du pavillon, d'assez mauvaise humeur, elle découvrit Sophie et Julien, hilares, lancés dans la préparation d'un civet de lièvre aux petits légumes. Ils l'accueillirent avec des cris de joie.

— On fête quelque chose ? maugréa-t-elle.

— Ma première journée de travail ! répliqua Sophie dont le regard pétillait. Tu avais raison, c'était presque facile, je n'ai pas vu passer le temps, et Fabian s'est montré très patient.

En revanche, sa secrétaire, quel dragon ! Elle est amoureuse de lui ou quoi ? D'ailleurs, elles en sont toutes folles, dans son service... Mais rassure-toi, je l'ai bien observé et je peux t'affirmer qu'il n'en regarde aucune.

— Oh, tu sais, soupira Lucrèce, ça m'est égal...

Sophie la dévisagea quelques secondes, interloquée. Évidemment, sa réponse était idiote. Elle ne pouvait pas être indifférente à ce que faisait Fabian. Alors qu'elle se détournait, son frère s'approcha d'elle, la bouscula par jeu, puis il l'embrassa dans le cou.

— Tu vas bien, toi ? Tu as l'air bizarre...

— Non, juste un peu fatiguée. Je peux aider à quelque chose ?

Elle prit l'économe des mains de Julien et s'assit à table pour finir d'éplucher les carottes tandis que Sophie faisait revenir les morceaux de viande dans la cocotte. Ces deux-là étaient toujours très gais quand ils étaient ensemble, ça sautait aux yeux qu'ils éprouvaient des sentiments l'un pour l'autre, et depuis que Sophie habitait le pavillon, Julien rentrait plus tôt, se couchait plus tard, devenait bavard.

— Vous voulez le goûter, les filles ? demanda-t-il en brandissant une bouteille de pauillac.

— Ne la secoue pas comme ça ! protesta Lucrèce. Fais voir... château batailley... Tu as cassé ta tirelire ou quoi ?

— C'est un cadeau d'un des propriétaires du club.

— Est-ce que ce serait criminel d'en mettre une goutte dans ma sauce ? lui demanda Sophie avec un grand sourire.

Lucrèce leur jeta un coup d'œil amusé. Elle trouvait merveilleux que Sophie soit enfin amoureuse, merveilleux qu'il s'agisse de Julien, mais elle se demandait comment ils allaient surmonter leurs problèmes. Ou plus exactement, celui de Sophie, qui ne s'était pas arrangé au fil des entretiens chez le juge. L'histoire Bessières était abjecte, révoltante. Lucrèce s'en voulait de n'avoir pas deviné plus tôt ce que Sophie lui avait avoué, avec dix ans de retard, le soir où elle s'était réfugiée ici.

— À quoi penses-tu, jolie petite sœur ? C'est bien rare que tu n'aies rien à raconter...

Son frère la dévisageait avec curiosité, un peu inquiet, soudain conscient de son silence persistant.

— La journée n'a pas été passionnante, affirma-t-elle d'un ton délibérément insouciant.

Pourtant, ce qu'elle avait appris une heure plus tôt continuait à l'obséder, et la phrase ambiguë de Claude-Éric Valère : « Maintenant, je comprends mieux Cartier ! » lui revenait sans cesse en mémoire. Elle avait la possibilité de téléphoner à Fabian et d'éclaircir le mystère, mais elle préférait lui poser la question en face. Voir de quelle manière il allait réagir et jusqu'où il lui avait menti. Malheureusement, ils n'avaient rendez-vous que le surlendemain, jamais elle n'aurait la patience d'attendre jusque-là. Déjà, avant la visite du patron de presse, elle avait beaucoup pensé à Fabian au cours de la journée, à cause de la soirée passée avec Nicolas. Elle ne s'expliquait toujours pas comment ni pourquoi elle s'était retrouvée dans les bras de ce garçon. Leur flirt s'était prolongé longtemps, dans la Mercedes, provoquant une folle envie de faire l'amour là, sur les sièges de cuir, flic ou pas, et ensuite ils avaient eu un fou rire en réalisant qu'ils ne pouvaient aller nulle part hors de cette voiture. Lui avait sa belle-sœur réfugiée dans son chai, et pour sa part elle partageait son lit avec Sophie. Restait l'hôtel, qu'il avait proposé mais qu'elle avait refusé.

— J'ai croisé ta belle-mère dans le hall de l'hôpital, et elle m'a ignorée.

— Bien entendu ! répliquèrent ensemble le frère et la sœur.

— C'est vrai qu'elle a un air franchement désagréable.

— Je crois qu'elle souffre de paresse chronique, qu'elle déteste son job et qu'elle rêve de ne rien faire d'autre que pouponner ses gamines, lâcha Lucrèce avec mépris. Parles-en à Fabian, il n'a aucune considération professionnelle pour elle.

— Oh, je pense me limiter à : « Oui, monsieur, bien, monsieur » durant mon bref passage là-bas ! Je le trouve très impressionnant, je ne sais pas comment tu fais.

Sur le point de protester, Lucrèce se souvint que Fabian n'était pas tout à fait le même homme quand il se trouvait dans son service ou dans son rôle de chirurgien. Pour quelqu'un comme Sophie, il devait être effrayant – même Julien, lors de son hospitalisation, s'était montré très docile devant le grand patron. Avec une bouffée de nostalgie incompréhensible, elle se souvint de leur premier dîner au Chapon Fin, de la manière dont il l'avait gentiment écoutée avant de proposer un dernier verre chez lui, en séducteur accompli. Et aussi de cette soirée mémorable où son père les avait surpris à La Chamade, du calme avec lequel Fabian avait dominé la situation avant de l'embrasser, en pleine rue.

Durant le repas, elle resta un peu distraite, se forçant à manger pour ne pas vexer Sophie, à parler ou à rire, mais sans parvenir à dissiper son malaise. Jusqu'au moment où, n'y tenant plus, elle prétexta un oubli au journal pour s'éclipser. Dans la rue, le froid glacial la saisit et elle courut jusqu'à sa vieille R5, qui démarrait de plus en plus difficilement et qu'elle songeait à remplacer. Le chemin jusqu'à la place Pey-Berland lui parut court tant elle restait troublée par des pensées contradictoires, de sombres pressentiments. Obnubilée par sa réussite professionnelle, sa revanche sur l'indifférence de son père, son avenir, la maîtrise de sa vie, elle avait toujours évité de réfléchir à sa liaison avec Fabian. Il était entré dans son existence à pas de loup, aventure éphémère et délicieuse, et maintenant il occupait une place considérable malgré l'apparente légèreté de leur relation. Non seulement à cause du plaisir qu'il lui donnait mais surtout pour ce rapport sans contrainte qui lui avait tellement plu jusque-là. Pourtant, les années passaient, et lui qui prétendait n'apprécier que la conquête restait un amant aussi attentionné qu'au premier jour. Était-ce à cause de leur différence d'âge ?

Une fois garée au pied de son immeuble, elle hésita un peu, la tête levée vers ses fenêtres obscures. Pourquoi se mettait-elle dans un état pareil ? Parce qu'elle l'aimait, ou au contraire parce qu'elle songeait à le quitter ? Et d'abord, où était-il ? En train de dormir ? À un de ces dîners où elle n'aurait jamais accepté de l'accompagner tout en souhaitant qu'il le lui demande ?

« Mais qu'est-ce que j'ai, à la fin ? »

Horriblement angoissée, elle se résigna à quitter sa voiture. Elle poussa la porte de l'immeuble, grimpa l'escalier lentement et finit par sonner chez lui. Après cinq minutes d'attente inutile, le cœur battant, elle se laissa tomber sur le paillasson. Combien de fois Fabian avait-il déverrouillé cette double porte d'acajou devant elle, sans lui en proposer la clef ? Et s'il arrivait maintenant, en compagnie d'une femme, de quelle façon réagir ? À force de silences polis, ils ne se devaient strictement rien l'un à l'autre. Il était le Pr Fabian Cartier, une sommité de la chirurgie, un merveilleux amant. À qui elle avait préféré, avant-hier, les maladresses d'un garçon sur lequel elle s'était jetée, malgré le levier de vitesses entre eux. Les mains de Nicolas ne possédaient pas le savoir-faire de celles de Fabian, ni leur sensualité, mais elle en avait adoré le contact. Durant ces instants, elle avait oublié Fabian, détesté Stéphanie. Un moment d'égarement qu'elle se reprochait sans raison. Peut-être, à vingt-cinq ans, avait-elle besoin de commettre enfin des folies ?

Soudain, la minuterie se ralluma. Elle retint son souffle et écouta la progression de l'ascenseur qui s'immobilisa juste devant elle. Fabian était seul, ce qui rompit brutalement la tension insupportable qu'elle subissait depuis près d'une demi-heure. Elle se redressa alors qu'il ouvrait la porte vitrée, le vit marquer un temps d'arrêt. Sous la lumière douce du palier, elle le trouva encore plus séduisant que de coutume. Vêtu d'un pardessus bleu nuit dont le col était relevé sur une écharpe de soie blanche, il était absolument irrésistible. Sa clef à la main, il hésita une seconde puis vint vers elle et se pencha.

— Si tu es là depuis longtemps, cela me consterne. Je suis désolé, Lucrèce, tiens, garde-la, j'aurais dû te la donner depuis longtemps.

Elle sentit qu'il mettait la clef dans ses doigts, ensuite il la prit par la taille pour la relever. C'était bien dans sa manière de ne pas poser de question, de la rassurer d'abord, de lui sourire, et elle dut avaler sa salive pour chasser la boule qu'elle avait dans la gorge. Durant quelques secondes, elle s'énerva sur la serrure, parvint enfin à ouvrir, entra la première. Derrière elle, il alluma le hall et se débarrassa de son manteau, mais elle ne fit pas un geste pour ôter le sien tant elle se sentait peu sûre de rester.

— Veux-tu boire quelque chose ?

— Non, dit-elle d'une voix rauque, j'ai déjà bu trop de vin... Un café, si tu veux bien.

— J'adore te préparer du café. Viens.

À contrecœur, elle le suivit jusqu'à la cuisine. Si elle l'attaquait de front et provoquait une scène, comment allait-il réagir ? Elle faillit renoncer, mais elle était venue pour cette raison et elle ne pourrait pas dormir sans savoir. Tandis qu'il mettait des tasses sous le percolateur, de dos, elle dut s'y reprendre à deux fois avant d'arriver à lui demander :

— Tu connais Claude-Éric Valère ?

— Oui...

Il se retourna, soutint son regard en ajoutant :

— Pourquoi cette question ?

— C'est à toi que je dois d'être entrée au *Quotidien du Sud-Ouest*, alors ?

— Si tu veux...

Elle scruta le visage de Fabian qui restait imperturbable, sans manifester le moindre embarras, ce qui la mit en colère.

— Non, je ne veux pas ! explosa-t-elle. Je croyais y être arrivée seule ! Quelle prétention, hein ?

— Lucrèce...

— Arrête d'être mon ange gardien, mon protecteur ! Mon père !

Sa voix avait claqué avec une telle agressivité qu'elle regretta aussitôt le dernier mot. Reprocher son âge à Fabian était la dernière chose qu'elle souhaitait faire. Pourquoi lui en voulait-elle autant ? Parce qu'en l'aidant il avait agi avec une bienveillance paternelle qu'elle ne pouvait pas supporter ? En tout cas, il lui avait menti. De combien d'autres mensonges était-il capable ? Et pourquoi restait-il obstinément muet ? À cause de ce mot, « père » ? D'accord, elle n'aurait jamais dû le dire, pourtant elle continua à s'emporter, contre toute logique.

— Tu arranges toujours tout pour moi, tu me tiens la main comme à une gamine, je ne voulais rien de tout cela entre nous ! Si je vais à Paris, tu me prêtes ton studio, si j'entame une enquête, tu me donnes des adresses, si j'ai une amie dans le besoin, tu lui trouves un boulot ! Tu opères mon frère gratuitement, tu me fais engager dans le plus grand quotidien de la région, tu me crois donc incapable d'exister par moi-même ? Je ne suis pas Cosette ! Je ne suis pas...

Elle s'interrompit et se mordit les lèvres. Comment pouvait-elle se montrer aussi injuste, ingrate ? Fabian continuait à l'observer en silence et elle se sentit ridicule. Au bout d'un moment, il se borna à desserrer sa cravate, puis il se détourna, prit les tasses et les posa sur des soucoupes. Il franchit les trois pas qui les séparaient pour lui en tendre une, toujours muet. Ils ne s'étaient jamais affrontés, jusque-là, n'avaient pas eu l'occasion d'élever la voix ni l'un ni l'autre. Il retourna vers le comptoir, but son café à petites gorgées.

— Tu as rencontré Valère aujourd'hui ? demanda-t-il enfin, d'un ton neutre. J'ai opéré sa femme, il y a quelques années, et c'est devenu un ami.

— Auquel tu as demandé d'embaucher ta copine du moment ?

— Oui.

Elle le toisait toujours mais commençait à douter d'elle-même.

— Pourquoi ne me l'as-tu pas dit plus tôt ?

— Tu n'aurais pas voulu que j'intervienne. La preuve.

— Et alors ?

— Je n'avais pas envie de te voir quitter Bordeaux.

Même s'il se contraignait à rester calme, en apparence, il éprouvait une telle inquiétude qu'il mesurait chacune de ses paroles pour ne pas la braquer davantage. Moins il parlerait, moins il envenimerait la situation. Il avait toujours su que le moment de leur première dispute arriverait un jour, qu'il n'était qu'en sursis, néanmoins il n'était pas prêt à perdre Lucrèce, et ne le serait sans doute jamais.

— Depuis le début, je m'imagine avoir réussi par mes propres moyens, mais en réalité, sans toi, je serais peut-être grouillot dans une feuille de chou !

— Tu as fait tes études seule et personne ne te tient la main quand tu écris.

— Si, toi ! D'une certaine manière, tu regardes par-dessus mon épaule, tu décides de ce qui est bon pour moi, mais tu me juges trop immature pour être tenue au courant ! Je croyais que nous étions sur un pied d'égalité, je croyais que je ne te devais rien...

— C'est moi qui suis débiteur, Lucrèce.

Au moins, il pouvait lui dire ça, c'était la stricte vérité. Il la vit froncer les sourcils, cherchant à comprendre le sens de ses paroles.

— Vu ton âge, et le mien, ne rien faire pour toi, ç'aurait été profiter de toi.

L'envie de la prendre dans ses bras était si violente qu'il mit ses mains dans ses poches. La toucher ne résoudrait rien. Sa colère persistait, il le voyait bien, avec une sorte de tristesse sous-jacente dont il ne cernait pas la raison.

— Demain matin, quand je vais me pointer au journal et me retrouver devant mon rédac chef, je vais mourir de honte. Il doit me considérer comme une fille capable de coucher avec n'importe qui pour arriver !

— N'importe qui ?

Jouer les repentis ou les chiens battus n'était sûrement pas le meilleur moyen de la garder et, sciemment, il venait d'utiliser un ton tranchant qui la fit se troubler.

— Non, excuse-moi.

Elle baissa la tête, contempla la clef de l'appartement qui était toujours dans sa main.

— Je n'en veux pas, dit-elle en la déposant sur la table.

Il s'efforça de ne pas réagir, de rester parfaitement immobile, toujours appuyé au comptoir derrière lui. L'idée qu'elle puisse s'en aller, disparaître, le déchirait de manière aiguë, le ravageait d'angoisse.

— Je crois que j'ai besoin d'un peu de temps pour digérer tout ça, finit-elle par déclarer.

— Très bien. Tu es seule juge.

Quelle que soit son envie de se battre ou de plaider sa cause, il savait que sa marge de manœuvre était étroite, un seul mot maladroit pouvait sceller définitivement la rupture.

— Fabian..., murmura-t-elle avec une intonation soudain plus tendre.

Parce qu'il avait quarante-sept ans, et l'habitude d'une totale maîtrise de lui-même dans les salles d'opération, il se contenta d'attendre sans bouger tandis qu'elle avançait vers lui. Mais, quand elle appuya son front contre le revers de sa veste, il la prit doucement par la nuque, d'un geste délicat.

— Hier soir, souffla-t-elle, j'ai eu envie de... D'un garçon que je connais depuis longtemps. Ce n'était pas une vengeance, puisque je ne savais pas encore que tu... Non, juste une coïncidence. Je ne veux pas te mentir. Je préfère te quitter.

Ces derniers mots, à peine murmurés, l'atteignirent de plein fouet.

— Tu es libre, parvint-il à répondre.

Libre de faire l'amour avec un autre, libre de mettre un point final à leur histoire, même si cela le détruisait. Elle s'écarta un peu pour pouvoir le regarder, comme si elle attendait qu'il ajoute quelque chose. Il laissa glisser sa main, la lâcha.

— Je ne te comprends pas, Fabian ! Je ne sais pas ce que tu penses ni où j'en suis avec toi. Est-ce que tu m'aimes un peu, beaucoup ? Ou bien...

— Je t'aime.

L'aveu le surprit lui-même, il s'était juré de ne pas s'y risquer, mais c'était sans doute la seule occasion qu'il aurait de lui faire cette déclaration.

— Alors, c'est pire, chuchota-t-elle.

Elle le scrutait d'un air désespéré, ses extraordinaires yeux verts pleins de larmes, et il réalisa qu'il ne voulait pas de sa compassion.

— Je te raccompagne à ta voiture, décida-t-il.

— Non ! Non, reste là, il ne m'arrivera rien dans la rue... Et puis je ne veux pas partir, je...

Si elle se ravisait maintenant, si elle s'attardait pour ne pas lui faire de peine il allait perdre la partie, or il lui restait une chance, il venait de le deviner. Il passa à côté d'elle, récupéra la clef sur la table.

— Tiens, prends-la quand même, à tout hasard.

Il la lui remit de force dans la main avant de la précéder le long du couloir. Devant la porte d'entrée, il s'arrêta, se retourna.

— À certains moments de l'existence, on ne sait plus exactement ce qu'on désire. Ce n'est pas grave, Lucrèce, ne sois pas triste et réfléchis tranquillement.

Au lieu de l'embrasser, il ne fit qu'effleurer ses lèvres et il perçut sa déception, son affolement. Peut-être avait-elle eu envie de le tromper, la veille, sans doute était-elle entrée dans une rage folle contre lui, le jour même, mais à cette seconde précise, c'était bien lui qu'elle désirait tenir dans ses bras. Impassible, il ouvrit en grand pour la laisser sortir.

7

mars 1986

Alors que Nicolas quittait son bureau, Guillaume sortit du sien comme s'il l'avait guetté, et il l'interpella à travers le palier.

— Est-ce que tu peux me dire quand ma femme compte rentrer à la maison ?

Le ton railleur n'augurait rien de bon, l'orage n'était pas loin.

— Aucune idée, répliqua Nicolas. Téléphone-lui si tu veux le savoir.

— Je ferais peut-être aussi bien d'aller la chercher chez toi...

Ce n'était pas la première fois qu'il envisageait cette éventualité, systématiquement rejetée par Nicolas.

— Nous en avons déjà parlé, laisse-la tranquille.

— Il y a trois semaines que ça dure, maintenant j'en ai marre ! hurla Guillaume.

— C'est ton problème, pas le mien.

— Il n'y aurait aucun problème si tu ne lui montais pas la tête !

Sans se donner la peine de répondre, Nicolas continua d'avancer vers l'escalier mais Guillaume le rattrapa en deux enjambées et s'interposa.

— Reste là, je te parle.

— Tu ne me parles pas, tu cherches la bagarre.

Jusque-là, ils avaient évité le pire à cause du va-et-vient des secrétaires, mais à cette heure tardive ils étaient seuls dans les locaux de la société.

— Si tu me pousses à bout, je vais finir par défoncer ta porte et la ramener à la maison par la peau des fesses, c'est tout ce que vous aurez gagné !

Pour ne pas céder à cette provocation délibérée, Nicolas se contenta de lever les yeux au ciel.

— Arrête de t'énerver, Guillaume, je m'en vais.

— Non, tu n'iras nulle part..., gronda son frère d'une voix menaçante.

Avant qu'il puisse réaliser ce qui arrivait, Nicolas se retrouva propulsé contre la rampe de l'escalier sur laquelle il s'écroula, souffle coupé. La violence du coup de poing reçu en plein estomac lui provoqua un haut-le-cœur difficilement réprimé. En se redressant, il vit Guillaume qui fonçait sur lui, visage fermé et mâchoires crispées. Jamais il n'avait eu l'occasion de se battre avec lui. Enfant puis adolescent, il avait été obligé d'encaisser sans pouvoir riposter, mais ce temps-là était révolu. Il évita de justesse le coup suivant, en profita pour reprendre pied sur le palier et cogner de toutes ses forces, persuadé qu'il n'en aurait pas deux fois l'occasion. Il atteignit son frère au menton mais, la seconde d'après, il eut l'impression que sa mâchoire explosait et aussitôt le goût métallique du sang envahit sa bouche. Acculé, il parvint quand même à prendre appui sur le mur derrière lui et se jeta sur Guillaume. Il réussit à le frapper à plusieurs reprises, indifférent à la grêle de coups qu'il recevait lui-même, jusqu'à ce qu'ils s'effondrent ensemble, entraînant dans leur chute un fauteuil, une table basse et toute une pile de catalogues Brantôme.

Nicolas fut le premier à se relever, tandis que Guillaume restait allongé, à moitié assommé et profondément choqué d'avoir perdu la bagarre. Ils reprirent leur souffle ensemble, sans se quitter des yeux.

— Dégage, finit par marmonner Guillaume.

Comme il ne paraissait pas trop mal en point, Nicolas s'écarta sans insister. En descendant l'escalier, il eut le sentiment d'avoir liquidé un contentieux vieux de vingt ans. Son grand frère serait peut-être moins pressé, désormais, d'imposer sa volonté par la violence physique... À moins qu'il ne cherche à se venger, bien entendu.

Une fois installé dans sa voiture, il inclina le rétroviseur vers lui. Sa gencive était à vif et il passa sa langue avec précaution sur une prémolaire cassée net. Peu de dégâts, au bout du compte, hormis une douleur persistante sous les côtes, qui l'empêchait de respirer à fond.

Il rentra directement chez lui où l'attendaient Stéphanie et Agnès, bavardant gaiement devant la cheminée du salon.

— Nicolas ! s'exclama Stéphanie dès qu'elle l'aperçut. Mon Dieu, mais d'où viens-tu ? Tu n'étais pas chez ton père ?

Ahurie, elle détaillait sa chemise déchirée, ses cheveux en bataille, une traînée de sang sur sa joue.

Plus rapide qu'elle, Agnès s'était levée, toute pâle.

— C'est Guillaume, n'est-ce pas ?

— Oui.

Son regard affolé fit le tour de la pièce, comme si elle craignait de voir arriver son mari, puis elle parvint à ajouter :

— Je suis désolée, Nicolas...

— Tu n'y peux rien, c'est un fou furieux !

— Si je rentre, il se calmera ?

— Non, c'est sur toi qu'il tapera. Je n'ai pas peur de lui, Agnès, tu es en sécurité ici.

Il n'en était pas tout à fait certain mais il ne voulait pas le lui dire pour l'instant.

— S'il se pointe, j'appelle les flics ! lança Stéphanie d'un ton péremptoire.

Nicolas esquissa un sourire contraint, renonçant à rappeler qu'il était chez lui et qu'il gérait très bien ses problèmes tout seul. Il n'avait aucune raison d'être désagréable avec elle, même si elle se comportait de plus en plus comme sa future femme. Chaque fois qu'il se rendait chez les Cazeneuve, il se sentait dans la position du fiancé qui tarde à faire sa demande, ce qui le rendait malade. Il ne voulait pas épouser Stéphanie, encore moins depuis qu'il avait tenu Lucrèce dans ses bras.

— Il y a une femme qui t'a demandé deux fois au téléphone, je lui ai dit de rappeler demain. J'ai marqué son nom sur le bloc de la cuisine.

Elle s'efforçait de ne pas prendre l'air boudeur mais il comprit qu'elle était contrariée. Impossible de lui suggérer de ne plus répondre, ni de venir passer ses journées chez lui en son absence : Agnès avait trop besoin de compagnie.

— Vous ne buvez rien, les filles ? demanda-t-il négligemment. Je vais nous chercher une bouteille...

Dans la cuisine, il commença par se passer la tête sous l'eau, crachant un mélange de salive et de sang. Il aurait dû prendre un antalgique et désinfecter sa gencive mais il préférait, de loin, ouvrir un château saint-robert, graves sec qu'il appréciait particulièrement et qu'il trouvait tout indiqué pour oublier sa bagarre avec Guillaume. Au moment où il tendait la main vers le bloc-notes, il se figea. D'une écriture nerveuse, Stéphanie avait inscrit : *Lucrèce Cerjac, 19h10, 19h30,* et l'avait rageusement souligné. Ainsi, il s'agissait bien d'elle, comme il l'avait espéré sans y croire. Il saisit le téléphone tellement vite qu'il le laissa échapper, le rattrapa de justesse par le combiné, puis composa le numéro qu'il connaissait toujours par cœur. Au bout de vingt sonneries, il raccrocha, découragé. En quittant la Mercedes, l'autre soir, elle lui avait déclaré qu'elle préférait l'appeler elle-même, alors il avait trouvé le courage d'attendre, mais là il se sentait bouillir. S'il ne parvenait pas à la joindre, il deviendrait fou, ou irascible, ou il irait l'attendre devant chez elle toute la nuit. Sauf qu'il ne pouvait pas planter là Stéphanie. À moins de lui apprendre la vérité, à savoir qu'il était désespérément amoureux d'une autre, il n'avait aucun prétexte valable pour sortir, il se retrouvait prisonnier dans sa propre maison : un comble !

— Tu te sens bien, mon chéri ? Tu as besoin d'aide ?

Elle se tenait sur le seuil de la cuisine, adorable avec ses yeux gris en amande, son sourire de gamine. Une toute petite femme absolument délicieuse, qui voulait devenir *sa* femme. Il la regarda disposer trois verres sur un plateau, sortir d'un tiroir le tire-bouchon avec la même aisance que si elle avait aménagé elle-même cette cuisine. Quand elle passa à côté de lui, elle se mit sur la pointe des pieds pour l'embrasser dans le cou.

— Tu saignes toujours ? Ton frère est vraiment une brute, un sale con !

Elle s'attardait près de lui, attendant sûrement un geste tendre de sa part, mais il en était pour l'instant incapable.

— Agnès va beaucoup mieux, tu sais ! Elle commence à accepter l'idée de prendre un avocat... Qu'est-ce que tu veux, comme bouteille ?

D'autorité, elle ouvrit la porte du réfrigérateur qu'elle commença à inspecter.

— Un entre-deux-mers, un crémant, un...

— Château-robert, sur ta gauche.

Elle prit délicatement le vin avant de demander, mais sans se retourner vers lui :

— Qui est-ce, Lucrèce Cerjac ?

Pour poser la question, elle avait conservé une voix calme, sans aucune agressivité. Il avait le choix de se taire, d'avouer ou de mentir. Et tout lui déplaisait.

— Une amie, journaliste au *Quotidien du Sud-Ouest*, finit-il par répondre.

— Quelqu'un qui compte pour toi ?

Cette fois, elle lui fit face, la bouteille à la main. Plus de sourire et un regard si anxieux qu'il se sentit ignoble.

— Réponds-moi franchement, Nicolas.

Toutes les filles savaient donc, d'instinct, identifier une rivale ? Malgré lui, il baissa les yeux et découvrit qu'il tenait encore le téléphone.

— Je suis désolé, se força-t-il à articuler.

Ivre de rage, Fabian déclara l'heure du décès, les yeux rivés sur Paul, son anesthésiste. Depuis le temps qu'ils travaillaient ensemble, ils se connaissaient par cœur, et à cette seconde ils éprouvaient exactement la même sensation d'impuissance. Autour d'eux, l'équipe chirurgicale se taisait, comme si un seul murmure était susceptible de faire exploser le patron.

— Eh bien, je n'avais pas tenté de réanimation d'urgence depuis un bon bout de temps ! lança Fabian d'un ton dégoûté.

Néanmoins, il venait de le faire pendant près de dix minutes, avec une totale maîtrise mais sans aucun résultat. Ses deux assistants gardaient la tête baissée sur les champs opératoires couverts de sang pour éviter de croiser son regard, et le chirurgien de cardiovasculaire appelé à la rescousse se tenait un peu en retrait.

— Et coupez-moi cette musique, c'est morbide !

Une instrumentiste quitta précipitamment le bloc, peu après la bande-son s'éteignit.

— Je vous laisse... finir.

D'un geste rageur, il retira ses gants qu'il jeta au sol, arracha son masque.

— Viens avec moi, Paul.

L'anesthésiste lui emboîta le pas jusqu'au vestiaire sans prononcer un mot.

— Je me douche et on descend chez Cousseau ! lâcha Fabian entre ses dents.

— Tu veux que je parle à la famille ?

— Non, c'est à moi de le faire, mais pas dans cette tenue !

La porte d'une cabine claqua et Paul espéra que le patron choisirait plutôt l'eau froide pour se calmer. Il ne l'avait pas vu dans cet état-là depuis des années mais il lui donnait entièrement raison. D'autant plus que lui-même, en tant qu'anesthésiste, allait devoir endosser sa part de responsabilité dans cet échec.

Quelques minutes plus tard, Fabian acheva d'ajuster son nœud de cravate et entraîna Paul hors des vestiaires. Ils descendirent d'abord jusqu'à la salle d'attente du service de chirurgie, où attendaient tranquillement la femme et le fils du patient décédé sur la table d'opération. Fabian s'isola avec eux dans son bureau durant plus d'un quart d'heure, sans que Paul puisse savoir de quelle façon il s'y prenait pour annoncer le drame. Quand ils ressortirent, en larmes, ils n'avaient pas l'air d'en vouloir au patron à qui ils serrèrent longuement la main.

— Bon sang, je déteste ça, murmura Fabian en les suivant du regard. J'aurais dû leur apprendre une bonne nouvelle, cette hanche ne me posait vraiment aucun problème !

— C'est moi qui me suis fait prendre de vitesse mais...

— Tu n'y es pour rien, et je compte le faire savoir !

Paul se tourna vers lui et l'observa une fraction de seconde. Leur solidarité ne devait rien à la déontologie, ils étaient aussi accablés l'un que l'autre par ce décès qui n'aurait jamais dû se produire.

Sophie ouvrit la porte du secrétariat et s'approcha d'eux, d'un air embarrassé qui ne laissait aucun doute sur la rapidité avec laquelle les bruits se propageaient à travers l'hôpital.

— Monsieur, si vous voulez bien signer le planning de la semaine...

— Pas maintenant, répondit-il sèchement.

Il lui adressa aussitôt une mimique d'excuse, avant de se diriger vers les ascenseurs d'un pas décidé. Paul le suivit comme son ombre, certain que le règlement de compte qui allait avoir lieu à l'étage de la médecine générale serait très mouvementé. Quand ils se retrouvèrent au premier, Fabian se rendit directement au bureau de Jean-Louis Cousseau, qui était fermé, et il arrêta un interne pour lui demander de trouver l'agrégée sur-le-champ.

— J'attends là, et je suis pressé !

Tous les gens qui travaillaient à l'hôpital Saint-Paul connaissaient le Pr Cartier, au moins de réputation, et savaient qu'il valait mieux ne pas discuter ses ordres. Le jeune médecin hocha la tête avant de partir en courant.

— Je te jure que, s'ils sont responsables, je dépose une plainte contre eux ! cracha Fabian dont la colère n'était toujours pas tombée.

— Tu ne peux pas faire ça à Cousseau... En revanche, tu peux les engueuler...

— C'est prévu ! Eux ou bien les urgences, mais je passerai mes nerfs sur quelqu'un.

Rien ne l'empêcherait d'aller au bout de cette histoire, Paul le savait. Son patron avait une trop haute idée de la médecine en général, et de la chirurgie en particulier, pour accepter que ce drame soit rangé dans les statistiques comme un incident de parcours. Dans son service, un patient n'était jamais un simple numéro sur le planning du bloc, au contraire, c'était un être humain qui méritait tous les égards. D'ailleurs, il avait une façon bien à lui de leur adresser quelques mots chaleureux, avant que Paul démarre l'anesthésie.

Au bout du couloir, ils virent enfin apparaître Aline Vidal, escortée de deux médecins.

— Si elle vient en force, c'est qu'elle a la trouille, chuchota Paul.

— Tu parles d'un état-major ! Cerjac est la pire interne de tout l'hôpital, et je ne sais même pas qui est l'autre blanc-bec...

À quelques pas d'eux, Aline lança à Fabian d'une voix aimable :

— Tu as un problème ?

— Moi, non, mais toi, oui.

— Quoi donc ? demanda-t-elle en ouvrant de grands yeux.

— René Dubosq, j'espère que tu vois de qui il s'agit, il vient de nous lâcher sur la table...

Visiblement contrariée, elle resta deux ou trois secondes silencieuse, observant tour à tour Fabian et Paul.

— Ce sont des choses qui arrivent, hélas...

— Surtout quand on m'envoie un malade non stabilisé ! Celui-là venait de chez toi, et apparemment il était hors d'état de subir une intervention. Que tu puisses laisser passer des trucs pareils prouve que tu ne contrôles rien du tout dans ton service ! Où est Jean-Louis ?

— Aux sports d'hiver.

— C'est toi qui as donné le feu vert pour faire monter Dubosq ?

— Les urgences nous l'ont transféré à six heures, ce matin. Accident de la route. Arrivé ici, il a été examiné par une interne.

— Qui ?

— Moi, fit Brigitte d'une voix mal assurée.

À la torture, elle avait suivi l'échange entre Aline et Fabian Cartier, sachant qu'à un moment ou à un autre ils en arriveraient à elle. À présent, elle était gagnée par la panique.

— Et vous l'avez trouvé comment ?

Le ton glacial de Fabian lui ôta tous ses moyens.

— Hormis l'écrasement du bassin qui nécessitait une opération immédiate, bredouilla-t-elle, il était dans un état à peu près satisfaisant.

— Sûrement très *à peu près*, puisqu'il est mort deux heures plus tard !

Incapable de soutenir son regard inquisiteur une seconde de plus, elle baissa la tête.

— J'ai contresigné la feuille, intervint Aline.

Contrairement à Brigitte, elle ne perdait pas son sang-froid, et son rôle d'agrégée l'obligeait à couvrir ses internes quoi qu'il arrive.

— Vous n'avez pas refait un bilan, là-haut ? ajouta-t-elle.

— Jamais quand on opère en urgence ! On vous fait confiance !

— Nous aussi. C'était quoi, un arrêt cardiaque ? Et vous n'avez pas pu le réanimer ? Bien sûr, ça ne vous arrive pas souvent, en orthopédie, vous n'avez pas vraiment l'habitude...

Elle s'était tournée vers Paul pour le toiser, comme si elle le tenait pour responsable, mais ce fut Fabian qui répondit.

— Un arrêt sur une hémorragie non détectée, Aline ! Sans rapport avec son bassin. J'ai fait venir un chirurgien de la cardio, qui n'a rien pu faire non plus. Ce type n'avait pas soixante ans, c'est une faute professionnelle impardonnable dont tu vas répondre.

— Moi ? C'est sur *ta* table et dans *ton* bloc qu'il est mort !

Le cynisme de la phrase indiquait qu'elle était décidée à partir en guerre, et Brigitte se sentit vaguement rassurée tandis que Fabian réagissait violemment.

— En l'absence de Jean-Louis, c'est toi le chef de ce service, Aline. Que tu protèges ta crétine d'interne, c'est normal, mais que tu n'aies même pas jeté un coup d'œil à ce patient est une aberration. Tu étais là, puisque tu as signé, donc je peux très bien t'expédier devant le conseil pour que tu t'expliques. Tu ne me feras pas endosser la responsabilité de cette affaire, et à Paul encore moins ! Et j'espère pour toi qu'il s'agit vraiment d'une négligence, parce que tu serais capable de l'avoir laissé partir comme ça rien que pour m'emmerder !

D'abord rouge de colère, Aline devint livide. À côté d'elle, Brigitte osait à peine respirer, et l'autre interne fixait obstinément le sol.

— Tu n'as pas le droit..., commença Aline avec un manque de conviction qui étonna Brigitte.

— Tu crois ça ?

— Je vais mettre Granier au courant, c'est de la diffamation.

— Vas-y la première, de toute façon il aura droit à ma visite.

— Tu n'es pas aussi bien vu que tu le penses par la direction de l'hôpital, Fabian, tu pourrais avoir une mauvaise surprise.

— Au moins, je n'aurai rien sur la conscience !

Le regard de Fabian se posa sur Brigitte qui comprit que l'accusation la visait directement. Elle se sentit blêmir, se demandant jusqu'où il pourrait aller. De toutes les altercations entre médecins dont elle avait été témoin depuis qu'elle travaillait à l'hôpital, aucune n'avait atteint cette virulence.

— J'y regarderai dorénavant à deux fois avant d'opérer vos malades, ajouta-t-il d'un ton dégoûté.

— C'est ma conscience professionnelle que tu mets en cause ? s'insurgea Aline.

— Et ta compétence avec, oui !

Cette fois, Aline resta muette. Fabian se décida à bouger et Brigitte s'écarta juste à temps pour le laisser passer. Suivi de Paul, il se dirigea vers les ascenseurs où ils s'engouffrèrent.

— Quel sale con ! lâcha Aline à mi-voix. Il a tort de crier comme ça, je vais le mettre à genoux...

Brigitte se faisait toute petite, persuadée que la foudre n'allait plus tarder à lui tomber dessus, mais Aline n'avait pas l'air de lui en vouloir. Au contraire, elle la prit à témoin, avec l'autre interne :

— Vous l'avez entendu ? C'est le service entier qu'il suspecte ! En l'absence de Jean-Louis, je ne peux pas laisser passer ça...

Son expression s'était considérablement durcie. Brigitte eut soudain la certitude que le conflit qui opposait Aline et Cartier ne datait pas d'aujourd'hui. Tant mieux pour elle s'ils en faisaient une histoire personnelle et s'ils l'oubliaient. Et si Aline réussissait à mettre Fabian en difficulté, tant mieux aussi ! Elle serra les poings dans les poches de sa blouse, sans se risquer au moindre commentaire. Le trop séduisant Pr Cartier avait besoin d'une leçon, et elle d'une revanche. Pour la façon dont il l'avait traitée lorsqu'elle était sous ses ordres, pour ne jamais l'avoir regardée comme les autres femmes, pour être devenu l'amant de Lucrèce en ridiculisant Guy.

Penché depuis plus d'une demi-heure au-dessus du moteur de la R5, Julien secoua finalement la tête.

— Il a rendu l'âme. Désolé, Luce, mais cette fois ta poubelle est bonne pour la casse !

Les bras serrés autour d'elle, claquant des dents à cause d'un petit vent glacial, Lucrèce haussa les épaules avec fatalisme.

— Tant pis ! Viens, on meurt de froid... Tu parles d'un joli mois de mars !

Dans la cuisine du pavillon, pendant que Julien se lavait les mains et tentait de réchauffer ses doigts engourdis sous l'eau chaude, Lucrèce se mit à marcher de long en large derrière lui.

— Je vais en acheter une autre, marmonna-t-elle. Je prendrai un crédit, je n'en mourrai pas.

Son salaire de journaliste n'était pas mirobolant, mais, en comparaison de ce qu'elle avait connu lorsqu'elle travaillait comme caissière à mi-temps, elle pouvait se permettre quelques fantaisies.

— En attendant, je suis coincée, alors si tu pouvais m'accompagner, cela me rendrait vraiment service.

— Tu n'as pas fini ta journée ? s'étonna-t-il. Ma parole, ils vous exploitent, dans ton canard !

— Avec tes horaires, tu peux parler ! Non, écoute, je devais rendre un papier sur les Restos du Cœur – ils en sont à plus de cent mille repas servis dans vingt-six grandes villes, tu te rends compte, alors qu'ils n'ont commencé qu'en décembre dernier –, mais je n'ai pu rencontrer le responsable de celui de Bordeaux que très tard cet après-midi, et...

— Arrête ! Arrête, tu me saoules. C'est d'accord, je t'emmène où tu veux.

— Au journal, d'abord, ensuite tu pourras me laisser à l'hôpital ?

— Tu es malade ?

Il s'était retourné d'un bloc et la considérait d'un air si alarmé qu'elle éclata de rire.

— Non. Je veux juste... voir Fabian.

— Ah, bon !

Sourcils froncés, il se mordilla les lèvres pour résister à la tentation de l'interroger. Depuis une dizaine de jours, il avait constaté qu'elle était nerveuse, parfois triste, et qu'en tout cas elle se noyait dans le travail comme si elle voulait fuir d'autres soucis.

— Tout va bien, Luce ? hasarda-t-il.

L'habitude de se soutenir mutuellement créait un lien particulier entre eux, dont la solidité à toute épreuve les rassurait l'un et l'autre.

— Oui...

Sa voix manquait d'entrain, toutefois il se garda d'insister.

— Va te changer, suggéra-t-il seulement, tu ne peux pas monter sur ma moto en jupe !

Dans sa chambre, laissée impeccablement en ordre par Sophie, elle enfila un jean cigarette sur des boots, un gros col roulé noir et un blouson de cuir.

— Un vrai loubard ! plaisanta Julien lorsqu'elle le rejoignit dans le sous-sol du pavillon. Mets ton casque.

— Impossible, il est resté au journal.

— Alors, prends le mien.

D'autorité, il le lui enfila, accrochant la queue-de-cheval au passage, puis il démarra. Ils descendirent vers le centre-ville en se frayant un chemin au milieu de la circulation intense du vendredi soir et, quelques minutes plus tard, elle put remettre son papier à la rédaction. Quand elle reprit place sur la selle, elle se plaqua contre son frère avec une telle force qu'il ne redémarra pas aussitôt, un pied par terre et le moteur tournant au ralenti.

— Hôpital Saint-Paul ? Pas de changement de programme ?

— Non...

— Et tu rentreras comment ? Tu veux que je t'attende ?

— Non...

Elle se confiait davantage à Sophie qu'à lui, ce dont il n'avait jamais pris ombrage, mais il savait qu'elle traversait une période de doute. D'ailleurs, Fabian Cartier ne téléphonait plus, ce qu'il regrettait vaguement car il vouait une admiration sans bornes au chirurgien qui l'avait remis sur pied. Même si, tout d'abord, il avait eu un peu de mal à comprendre pourquoi sa sœur sortait avec un homme de cet âge-là, il s'y était d'autant mieux habitué qu'elle avait paru s'épanouir avec les années.

— Il te raccompagnera ? insista-t-il. Je ne veux pas te savoir dans le bus à pas d'heure !

— C'est quoi, ce jargon ? Tu vas te mettre à parler comme un palefrenier ?

— Je suis sérieux, Luce.

— Eh bien, je t'appellerai ! Ou alors je prendrai un taxi, dit-elle en serrant davantage ses bras autour de lui.

Il la connaissait trop bien pour ignorer que ce genre d'élan était chez elle un appel au secours. Contre lui, elle cherchait une protection ou une consolation, ce qui n'était pas dans ses habitudes. Les mains de Lucrèce étant croisées sur son estomac, il posa les siennes par-dessus.

— Tu es ma petite sœur, alors, si je peux t'aider d'une manière ou d'une autre, n'hésite pas à me le dire...

En guise de réponse, elle releva la visière de son casque afin de pouvoir l'embrasser dans le cou, très tendrement.

— Allons-y, Julien, ou je vais le rater !

Un peu déçu par son silence, il fit rugir le moteur, démarra en trombe. Une fois devant l'hôpital, il sentit qu'elle se détachait de lui à regret et il tendit la main pour récupérer le casque.

— Bonne chance, Luce.

Elle lui adressa un clin d'œil complice, puis se retourna vers la façade tandis qu'il s'éloignait. Des gens entraient et sortaient mais elle n'avait pas d'idée précise sur l'heure à laquelle Fabian quittait son service. D'après Sophie, jamais avant sept heures, et il était déjà la demie. Le plus simple était de monter jusqu'à l'étage de la chirurgie pour se renseigner, ou encore d'aller directement à l'appartement puisqu'elle avait conservé la clef sur son trousseau. Depuis le soir où elle était allée lui faire une scène chez lui, elle n'avait pas pu se résoudre à l'appeler. À la fois, elle lui en voulait, il lui manquait, et elle avait peur de l'entendre. Pour ne plus penser à lui, elle avait essayé de joindre Nicolas, tombant à plusieurs reprises sur une jeune femme qui devait être Stéphanie. Elle habitait donc chez lui ? Lors de sa troisième tentative, elle avait perçu de l'irritation dans la voix de la fille et s'était sentie agacée aussi. Finalement, Nicolas était venu la chercher, devant le journal, pour l'emmener déjeuner au Café Louis. Sans détours, il avait joué cartes sur table. Si elle le souhaitait, il était prêt à quitter Stéphanie, prêt à tout et n'importe quoi, avec une absolue sincérité. Guère plus conciliant qu'avant, la passion intacte qu'il éprouvait à son égard ne pouvait s'accommoder d'aucun mensonge. Pas davantage envers Stéphanie Cazeneuve qu'envers Fabian Cartier ou qui que ce soit d'autre. Consternée, elle avait écouté ces arguments qui les ramenaient tous deux à la case départ. S'engager dans une aventure avec Nicolas avait décidément quelque chose de très angoissant, de quasi définitif. Et, en guise de folie, elle risquait surtout de se retrouver en cage. À lui aussi, elle avait demandé du temps pour réfléchir.

Indécise, elle finit par gravir quelques marches du grand perron mais s'arrêta au beau milieu. Que venait-elle faire là ? S'assurer que Fabian ne l'avait pas déjà remplacée ? De toute façon, il n'avait pas cherché à l'empêcher de partir, le soir de leur dispute, peut-être soulagé qu'elle mette elle-même un terme à une trop longue liaison. Elle avait repensé à cette scène jusqu'à en avoir des insomnies. Était-il devenu indifférent sans qu'elle s'en aperçoive ou l'avait-il toujours été malgré sa courtoisie ? Sa décision soudaine de la raccompagner, alors qu'elle ne voulait pas vraiment s'en aller, tout comme la manière dont il l'avait à peine embrassée en guise d'adieu, trahissait sans doute une lassitude qu'il était trop poli pour exprimer. La preuve, elle n'avait pas de nouvelles de lui. Dans trois jours, Sophie ne travaillerait plus ici, à ce moment-là elle n'aurait plus aucun moyen de savoir ce qu'il devenait. Il allait récupérer sa ravissante Noémie et continuer à mener sa vie d'homme à femmes.

« Mais tu es jalouse, ma parole ! Et puis tu m'énerves, tu ne sais pas ce que tu veux... »

C'était bien le pire, cette incertitude qui la minait, qui la plongeait dans une totale confusion. Pourquoi avait-elle voulu quitter Fabian ? Parce qu'il l'avait aidée sans le lui dire ou simplement parce qu'elle avait *aussi* envie de Nicolas et qu'elle ne supportait pas cette dualité ? Elle qui avait l'habitude de mener son existence tambour battant, pourquoi butait-elle toujours sur ces deux mêmes hommes, depuis des années ?

Quelqu'un la bouscula, marmonnant des excuses, et au même instant elle aperçut Fabian qui la dévisageait, appuyé contre un pilier. Depuis combien de temps se tenait-il là ? Elle grimpa en hâte les dernières marches, s'arrêta juste à côté de lui mais sans savoir que dire.

— Le jeune homme sur la moto, c'était ton frère ?

— Tu m'as vue arriver ?

Donc, il était resté à l'observer pendant tout le temps où elle avait tergiversé.

— Si tu viens chercher Sophie, elle est déjà partie...

— C'est toi que j'attendais, reconnut-elle à contrecœur.

— Vraiment ? Tu aurais dû rentrer dans l'hôpital au lieu de te statufier sur cet escalier.

Il baissa les yeux vers le blouson de cuir, les boots.

— Veux-tu aller boire un verre quelque part ? proposa-t-il avec une sorte d'indifférence. J'ai besoin d'un whisky, la journée a été abominable...

— J'ai plutôt faim et froid que soif !

— Alors, allons manger un morceau à La Concorde, c'est à deux pas.

Elle ne l'avait jamais connu si distant, ni si fatigué. Du coup, elle craignit d'avoir commis une erreur en venant l'attendre. Comment un homme aussi charmant que lui s'y prenait-il pour se débarrasser d'une femme ?

Ils marchèrent côte à côte sans parler jusqu'à la brasserie de l'avenue du maréchal Joffre. Le décor parisien, avec ses tables en enfilade et ses grands miroirs, offrait peu d'intimité, mais il n'y avait que de rares clients à cette heure. Comme dans chaque lieu où il se rendait, on conduisit Fabian avec beaucoup d'égards vers un coin tranquille. Il commanda des huîtres du bassin, elle un steak tartare, et il lui proposa du champagne.

— C'est une occasion spéciale ? s'enquit-elle en se risquant à sourire pour la première fois.

— Si on veut... Je viens de me faire engueuler par le directeur de Saint-Paul comme jamais depuis mon internat. Je pourrais trouver cette engueulade rafraîchissante si je n'avais pas un cadavre sur les bras. Et tout ça à cause d'une hystérique qui m'en veut de Dieu seul sait quoi, et aussi de ta charmante belle-mère, dont le diagnostic éblouissant stupéfie tout l'hôpital !

Un peu éberluée, elle leva son verre en le dévisageant. Il avait les traits marqués, des cernes, l'air d'être à bout de patience, et elle le trouva presque intimidant. Mais même quand il faisait son âge, comme ce soir, il possédait un charisme irrésistible.

— Tu te fais engueuler, toi ? demanda-t-elle doucement.

— Un centre hospitalier, c'est toute une hiérarchie. Et le directeur actuel, Granier, m'en veut personnellement depuis... disons... depuis un moment.

Il ne put retenir un demi-sourire en songeant à l'article de Lucrèce à propos du sang contaminé mais il évita d'y faire référence. Si épuisé qu'il soit, il fallait qu'il parvienne à se surveiller. Un peu plus tôt, devant l'hôpital, il avait vraiment éprouvé un choc quand il l'avait vue descendre de moto. Il l'aurait reconnue sous n'importe quel accoutrement, même de loin. Il n'avait pas espéré qu'elle vienne jusqu'à lui, pourtant elle avait cédé la première.

— Je pourrais aller travailler ailleurs, reprit-il, mais je n'en ai aucune envie. J'ai formé mon équipe, et c'est un investissement à long terme dont j'ai l'intention de profiter.

Sauf si Granier exige mon départ, toutefois je ne pense pas qu'il ira jusque-là. Tu sais...

Il s'interrompit une seconde pour prendre la main de Lucrèce posée sur la nappe et la serrer dans la sienne avant de la lâcher.

— ... je crois que j'ai tué quelqu'un, aujourd'hui. Enfin, pas exactement, mais cet homme est mort pendant que je l'opérais, alors, pour moi, c'est pareil. Nous n'avons pas souvent ce genre de problème en orthopédie, d'autant plus que j'ai un anesthésiste exceptionnel. Là, on s'est tous fait avoir. Si j'avais vingt ans de moins, je remettrais certaines choses en question...

De nouveau, il suspendit sa phrase, puis acheva, en la regardant bien en face :

— ... à commencer par toi.

— Attends, Fabian ! Je voulais justement te dire que... Eh bien, je n'aurais pas dû, l'autre soir. Je t'ai vraiment sauté dessus, et...

— Sauté dessus ? Non, je m'en souviendrais. Ne te culpabilise pas pour un oui ou un non. Tu es jeune, tu as le droit de vivre comme bon te semble. Au fait, t'es-tu passé ton envie, avec ce garçon ?

Elle parut se vexer de la manière désinvolte dont il avait posé la question, et elle haussa les épaules.

— Est-ce que ça t'intéresse ?

— Prodigieusement.

— Eh bien... Non.

— Voilà une bonne nouvelle, finalement tout n'est pas noir, aujourd'hui !

Le ton désabusé qu'il continuait d'utiliser la rendait inquiète, il le constata avec soulagement. Son expérience des femmes lui servait au moins à adopter du premier coup la bonne attitude. Avec Lucrèce, hélas ! il aurait préféré ne pas avoir besoin d'user de stratégie. Par chance, il avait eu tout loisir d'observer son anxiété manifeste tandis qu'elle hésitait sur les marches de l'hôpital, et il en avait tiré la seule conclusion possible : la partie n'était pas terminée entre eux. À condition qu'il sache s'y prendre, qu'il se domine, et surtout qu'il trouve l'énergie nécessaire après une journée pareille.

— Hier, *ton ami,* Claude-Éric Valère m'a appelée, annonça-t-elle soudain.

— Je sais.

— Et tu sais ce qu'il voulait ?

— Oui.

— Comment es-tu toujours au courant de tout ?

— Le privilège de...

— Ne dis pas ça !

Penchée vers lui, elle posa deux doigts sur ses lèvres et il se mit à sourire.

— J'aime ton sourire, et j'ai très envie de toi, déclara-t-elle d'un trait.

Il faillit répondre qu'il le savait aussi et que, paradoxalement, ce n'était pas ce qu'il souhaitait entendre, mais il s'abstint. Avec son blouson de cuir noir, qu'elle n'avait même pas pensé à quitter alors qu'il faisait chaud dans la brasserie, elle avait l'air d'une gamine échappée d'une banlieue.

— Je croyais que tu devais réfléchir, Lucrèce ? Au fait que je t'ai aidée sans ta permission, que tu commences à te lasser même si tu ne te l'avoues pas encore, que d'autres hommes te plaisent...

Ils furent interrompus par le maître d'hôtel, venu s'assurer qu'ils ne manquaient de rien, et quand ils se retrouvèrent seuls, Lucrèce murmura :

— Je veux rentrer avec toi, tout à l'heure.

Elle paraissait à la fois soulagée d'être parvenue à l'avouer et un peu inquiète de sa réaction.

— Très bien, se borna-t-il à répondre.

Il avait réussi à prononcer les deux petits mots sans intonation particulière, mais il baissa les yeux vers son assiette pour qu'elle ne puisse pas voir ce qu'il ressentait. Le chemin parcouru ces dix derniers jours ne lui servait à rien, ne le conduisait pas à l'oubli, et chaque fois qu'elle reviendrait vers lui il l'accepterait sans hésiter, quitte à souffrir davantage par la suite. Il n'avait pas l'espoir de se détacher d'elle, il était résigné depuis longtemps.

— Tu ne m'as pas dit ce que tu avais décidé, en ce qui concerne la proposition de Valère, enchaîna-t-il en relevant la tête. Quand il m'en a parlé, j'ai supposé que ça te plairait forcément.

— Il t'a demandé ton avis ? À toi ?

De nouveau sur la défensive, elle fronçait les sourcils, son merveilleux regard vert soudain assombri, mais il ne se laissa pas impressionner.

— C'est normal, ma belle. Si tu acceptes, tu quitteras Bordeaux, et il n'a pas forcément envie que j'aille lui mettre une balle entre les deux yeux !

Sous couvert de plaisanterie, il venait quand même de la rassurer et il la vit se détendre. Malheureusement, le coup de téléphone de Claude-Éric, la veille, faisait partie pour lui des mauvaises nouvelles. Avec une prudence de vieux renard, le patron de presse avait voulu s'assurer que l'offre qu'il s'apprêtait à faire à sa jeune employée ne contrarierait pas l'ami chirurgien. À l'entendre, la *petite* Cerjac lui avait tapé dans l'œil, sur un plan professionnel *bien entendu*, et si Fabian n'y voyait *aucun* inconvénient, il envisageait de la recruter pour l'équipe du nouvel hebdomadaire d'information qu'il mettait sur pied, à Paris. Lucrèce possédait d'après lui le profil type des journalistes qu'il recherchait : une jolie plume, l'enthousiasme de la jeunesse, sans compter un culot certain doublé de l'art de l'investigation. Grand seigneur, Fabian avait déclaré qu'il était forcément ravi de cette chance pour elle, et que par ailleurs il n'avait *aucun* droit sur sa personne.

— Heureusement, j'ai trois mois pour lui donner une réponse, parce que son hebdo est encore à l'état de projet. Bien sûr, ce serait tentant...

— J'imagine.

— Remarque, c'est peut-être troquer la proie pour l'ombre ? Je me sens très bien au *Quotidien du Sud-Ouest,* c'est un journal solide, et rien ne dit que son hebdo marchera au-delà du deuxième numéro, et...

— Tu ne risques rien avec Valère, il réussit tout ce qu'il entreprend. Et puis, tu ne changes pas d'employeur.

— Oui, c'est vrai... Mais il y a autre chose. En fait, je ne veux pas...

Brusquement, elle devint grave, puis elle planta son regard dans celui de Fabian.

— ... m'éloigner de toi. Je viens d'en faire l'expérience, je ne suis pas prête.

La déclaration était tellement inattendue qu'il faillit se trahir, céder à l'émotion, au vertige de lui dire enfin toutes les choses merveilleusement idiotes qu'il avait en tête. Mais se jeter à ses pieds aurait été grotesque, et la demander en mariage ne l'aurait mené nulle part. À la rigueur, il pouvait s'autoriser... Quoi ? Un nouveau sourire ? Dans quel rôle sinistre s'était-il donc enfermé ?

— Pas prête ? répéta-t-il tranquillement. Tu le seras un jour ou l'autre.

Et ce jour-là, il allait vraiment en baver. En attendant, il avait obtenu un nouveau sursis.

— D'ailleurs, trois mois, c'est long. Un dessert ?

— Non...

La manière dont elle le regardait ne laissait pas le moindre doute quant à ce qu'elle voulait, et sur ce plan-là il était en mesure de la satisfaire, il en avait autant envie qu'elle.

Une fois de plus, Guy avait dû s'occuper lui-même de coucher Agathe et Pénélope, tandis que sa femme restait prostrée sur le canapé du salon. Quand il vint la rejoindre, une fois les fillettes endormies, elle avait encore les yeux bouffis d'avoir pleuré, toutefois elle reprit la discussion exactement où elle l'avait laissée.

— Il est capable de tout. De tout ! De me traduire devant le conseil de l'Ordre, de me faire virer, de...

— Mais non, dit-il en étouffant un soupir, c'est Aline Vidal qui répondra de l'incident, pas toi.

— Si tu avais entendu comme il nous a traitées !

Elle se redressa brusquement, encore ulcérée par le souvenir des mots et du ton employés par Fabian Cartier.

— À croire qu'il n'a jamais commis la moindre erreur de sa vie, qu'il possède la science infuse ! De toute façon, ça ne lui donne pas le droit de m'insulter. Sur ce point précis, Aline m'a affirmé que le directeur nous donne raison. Il a convoqué Cartier, et j'espère que ça s'est très mal passé pour lui. Je te jure que le malade était stable. Je l'aurais vu, quand même !

— Bien sûr, ma chérie.

Il connaissait l'histoire par cœur, depuis qu'elle était rentrée de l'hôpital, elle n'avait pas arrêté d'en parler.

— Aline est formidable, enchaîna-t-elle, mais je ne sais pas si Cousseau la soutiendra à son retour tellement il est en extase devant Cartier. Comme tout le monde ! Oh, mon Dieu, je te jure que je hais cet homme !

Il faillit lui faire remarquer qu'elle-même avait porté Fabian aux nues durant des mois avant de le prendre en horreur, mais il s'abstint.

— Quand je pense que ta fille couche avec lui, ça me dépasse !

— Justement, à ce propos...

Depuis quelques instants il y songeait, sans savoir de quelle manière lui présenter son idée. Une suggestion assez odieuse, d'ailleurs, à laquelle il répugnait d'avance, malheureusement il était prêt à n'importe quoi pour la calmer et ne pas affronter le genre de soirée qui l'attendait.

— Je ne sais pas si elle le voit toujours, commença-t-il prudemment.

— Elle ne te dit rien ?

— Non, nous évitons le sujet.

Et il l'évitait d'autant plus qu'il ne s'était pas montré à la hauteur, lors de son explication avec Fabian sur le trottoir, devant La Chamade. Ce soir-là, il avait été mal inspiré de vouloir jouer au père indigné. Il en voulait plus à sa fille d'avoir été témoin de la scène qu'à Fabian, qui après tout avait réagi en homme. Par conséquent, il s'obstinait à ignorer sa liaison, et de son côté elle ne lui faisait évidemment pas la moindre confidence. Une seule fois, il s'était risqué à interroger Julien, qui avait prétendu ne rien savoir. Comme si c'était plausible, alors qu'ils vivaient sous le même toit ! Néanmoins, par les bavardages de ses patients, au cabinet dentaire, il avait appris qu'en ville on voyait souvent Fabian Cartier accompagné d'une ravissante jeune femme brune aux yeux verts. Toujours la même, le fait était assez remarquable pour attirer l'attention des gens, le célèbre chirurgien ne changeant plus de petite amie comme de chemise.

— En admettant qu'ils soient encore ensemble, reprit-il, peut-être qu'on pourrait...

— Ah, non !

Scandalisée, elle le toisa d'abord avec hargne, pourtant au bout d'un moment elle changea d'expression, commençant sans doute à comprendre où il voulait en venir. Sourcils froncés, elle parut réfléchir à ce qu'il avait suggéré.

— Je ne veux rien demander à ta fille, elle ne m'aime pas, lâcha-t-elle enfin d'un ton boudeur.

C'était surtout elle qui détestait ses enfants, il avait fini par le comprendre. Il se sentait lâche de ne pas avoir tout tenté pour arranger les choses, mais il considérait qu'il ne pouvait plus rien changer désormais à cette antipathie réciproque, et que le seul moyen d'avoir la paix chez lui était de ne pas s'en mêler.

— Peut-être, mais dans ce cas précis, c'est dommage, Lucrèce pourrait sans doute...

Levant les yeux au ciel, elle l'interrompit sèchement.

— Tu me vois, en train de lui demander d'intercéder pour moi ? Et puis, tant qu'on ne sait pas dans quels termes ils sont...

— D'après ce que j'ai entendu dire, avoua-t-il, ils sortent toujours ensemble.

L'énoncer à voix haute l'obligeait à en prendre conscience, à imaginer Lucrèce dans le lit de Fabian Cartier. Combien de femmes ce type avait-il bien pu séduire depuis leurs lointaines études ? Tellement qu'il devait en perdre le compte, et maintenant qu'il arrivait à l'âge mûr il s'offrait des jeunes filles. Entre autres, *sa* fille. Une bouffée de rage le fit se raidir. Lucrèce avait été un petit bout de chou adorable, vingt ans plus tôt. Avec des nattes sages, des robes à smocks, à l'époque où Julien portait des shorts anglais. Mais, depuis, il avait tellement négligé ses deux aînés qu'il les avait perdus de vue, et aujourd'hui il le regrettait.

— De toute façon, soupira Brigitte, je ne vois pas comment Lucrèce pourrait le convaincre, il était vraiment déchaîné.

Elle s'agita sur le canapé, tentée par l'idée de son mari mais dubitative quant à ses chances de réussite. Elle se souvenait trop bien de ce qu'elle avait subi, durant ses stages de chirurgie, avec Cartier qui la prenait pour tête de turc, n'hésitant jamais à la rabaisser devant tout le reste de son équipe. Le désir de séduction qu'elle avait ressenti pour lui – et qu'il avait méprisé – s'était peu à peu mué en haine, atteignant son paroxysme quand elle l'avait découvert attablé devant Lucrèce. À cette haine s'ajoutait désormais la crainte de ne pas être de taille à lui tenir tête s'ils allaient s'expliquer devant le conseil d'administration de l'hôpital. Là, elle serait bien obligée d'entendre la question qu'elle refusait de se poser : avait-elle commis une erreur ? Non, il s'agissait plutôt d'une négligence ; en fait, elle avait un peu bâclé son examen. Même si elle prétendait farouchement le contraire, c'était la vérité. Mais comment conserver toute sa vigilance après une nuit de garde ? À l'heure où elle avait décidé du transfert de ce patient en chirurgie, elle était à bout de forces et de patience. Évidemment, ce genre d'argument serait irrecevable, en tout cas pour quelqu'un d'aussi intransigeant que le Pr Cartier. Dieu merci, Aline Vidal avait contresigné la feuille sans se donner la peine d'examiner elle-même le cas, ce qui la mettait en faute aussi. Et, sur un plan administratif, c'était elle la responsable. Tant qu'Aline la protégerait, Brigitte serait à peu près en sécurité, mais, si elle devait monter en première ligne et répondre aux accusations, elle s'effondrerait. Alors, pour une fois que cette chipie de Lucrèce pouvait servir à quelque chose, autant ne pas hésiter à la mettre à contribution.

— Tu n'as qu'à lui en parler toi-même, c'est ta fille ! Peut-être qu'elle t'écoutera ?

Guy n'en était vraiment pas certain, mais il devait au moins essayer, quoi que cette démarche puisse lui coûter.

— D'accord, acquiesça-t-il. Je vais l'appeler pour les inviter à dîner demain, elle et son frère.

— Non, s'il te plaît, ronchonna-t-elle. Avec toute cette histoire, je n'ai pas envie de faire la cuisine, ni de me coucher tard ! Emmène-la plutôt dans un bistrot à midi.

Il se sentit exaspéré par cette nouvelle exigence mais se garda de répondre, se contentant de la regarder, sans indulgence pour une fois. Décidément, elle n'y mettait pas du sien, elle s'était pourtant fourrée toute seule dans ce guêpier. D'ailleurs, il ne se faisait plus beaucoup d'illusions sur ses compétences professionnelles, elle avait très bien pu commettre l'erreur qu'on lui reprochait. Elle n'aimait pas l'hôpital, ni les responsabilités, et encore moins les nuits de garde. Mais comme elle s'obstinait à vouloir son titre d'interne, par pure vanité, il faudrait bien qu'elle termine ses années d'internat. Avec lassitude, il songea qu'Emmanuelle ne lui avait jamais causé autant d'ennuis et qu'il n'avait pas forcément gagné au change avec ce second et épuisant mariage. Puis tout de suite, horrifié d'avoir pensé une chose pareille, il prit sa femme dans ses bras, la serrant très fort contre lui, jusqu'à ce qu'elle réclame un lait chaud d'une voix ensommeillée.

Par téléphone, le juge Perrin avait fixé rendez-vous à Lucrèce dans un bar minuscule de la rue du Parlement-Saint-

Pierre, endroit suffisamment éloigné du palais de justice pour que personne ne les y croise. En poussant la porte du café La Comtesse, Lucrèce repéra aussitôt la jeune femme, assise très droite devant sa table, l'air soucieux et le sourire figé. Elles se serrèrent la main puis, tandis que Lucrèce prenait place, Viviane la remercia chaleureusement d'avoir accepté cette rencontre qui n'avait rien d'officiel.

— C'est à la journaliste que je fais appel, et pas seulement à l'amie de Sophie Granville, précisa-t-elle en guise de préambule. Il paraît que vous n'avez pas froid aux yeux, mademoiselle Cerjac... Et que vous n'hésitez pas à vous en prendre aux institutions...

— Quand c'est nécessaire, madame le juge. La presse doit informer, c'est ce qu'on m'a appris pendant mes études.

— Au cours des miennes, on m'a répété que les juges instruisent en toute liberté. Malheureusement, c'est inexact.

Très intéressée, Lucrèce ne sortit pourtant pas son bloc-notes, ainsi qu'elle en mourait d'envie, mais se contenta d'un hochement de tête, attendant la suite. Elle savait d'expérience que, au début d'une conversation, il valait mieux regarder les gens droit dans les yeux que se mettre à écrire.

— Aussi antidémocratique que ce soit, les juges subissent parfois des pressions, poursuivit Viviane d'un ton mesuré.

— De la part de leur hiérarchie ?

— En principe, il n'y a pas de hiérarchie entre nous et le garde des Sceaux. Mais, en pratique, le pouvoir politique s'en mêle. Il suffit par exemple qu'un député soit copain du ministre et que ses intérêts soient divergents d'une affaire en cours. D'abord, le juge reçoit quelques coups de téléphone feutrés, dont il lui faut décrypter la signification précise, à savoir que sa carrière pourrait bien se trouver compromise et ne plus jamais évoluer. Si vous êtes en poste à Palavas-les-Flots, ça donne à réfléchir.

Lucrèce posa ses coudes sur la table et son menton dans ses mains, captivée par ce début de conversation.

— Et si vous êtes en poste à Bordeaux ? demanda-t-elle sans détour.

— Vous n'irez pas plus loin. Vous pouvez aussi repartir dans le sens inverse. Ou encore subir des menaces anonymes si vous faites la forte tête.

Toute son attention en éveil, Lucrèce se demanda en quoi pouvaient bien constituer ces menaces anonymes. Elle se souvenait trop bien de l'épisode de sa R5 vandalisée, et ce que lui racontait cette femme n'avait rien d'incroyable.

— Dois-je en conclure que c'est ce qui vous arrive en ce moment ?

Avec un petit hochement de tête volontaire, Viviane Perrin acquiesça.

— Exactement ! L'affaire Bessières semble gêner beaucoup de gens. Comme presque chaque fois qu'il est question de pédophiles, d'ailleurs. À croire que tout le monde se sent solidaire ! Une écrasante majorité de mes confrères sont des hommes, ce qui explique peut-être cette sorte de... complaisance manifestée à l'égard de leurs semblables. À les entendre, qui n'a pas eu envie de mettre la main aux fesses d'une jolie gamine, n'est-ce pas ? D'après eux, ce ne serait qu'un péché véniel, à ne pas sanctionner avec trop de sévérité... Bref, la nature humaine !

Abasourdie, Lucrèce dévisagea son interlocutrice durant quelques instants.

— Vous êtes sérieuse ?

— Sérieuse et très en colère, mademoiselle Cerjac. Si vous saviez ce que j'ai entendu pendant cette instruction, vous seriez édifiée. J'ai auditionné des élèves tellement mortes de peur, que c'est à peine si la gravité de l'acte qu'elles ont subi leur apparaissait clairement. Quant aux parents, soit ils doutent de leur propre enfant, soit ils se murent dans un mutisme accablé. Le plus ignoble a été sans conteste le père de votre amie Sophie Granville. Cet individu semblait croire qu'on jouait *Beaucoup de bruit pour rien* dans mon bureau, il n'a aucune idée des ravages durables subis par sa fille. Mais il n'est pas le seul ! Tant qu'on n'est pas dans le cadre strict d'un viol patenté, on retombe dans l'anecdotique, le supportable. L'attentat à la pudeur ferait presque sourire, de nos jours ! Le procureur lui-même me fait sentir ses réticences, au point que je finis par me poser des questions sur sa rigueur morale.

Elle reprit son souffle, puis baissa un peu le ton pour achever :

— Bordeaux est une ville étrange. Verrouillée par des hommes en place depuis trop longtemps. Pas de scandale, pas de vagues. Bessières s'avère une brebis galeuse, mais ses pairs n'acceptent pas qu'il soit jugé sur la place publique. Or je ne me laisserai pas museler au nom d'une pseudo-dignité qui ne cherche qu'à masquer des vices !

De nouveau, elle s'interrompit, le temps de chercher son paquet de cigarettes dans la poche de son manteau. Sans voix, Lucrèce gardait les yeux rivés sur elle, réfléchissant à toute allure. La colère froide de Viviane Perrin l'intriguait, la mettait presque mal à l'aise, néanmoins elle partageait entièrement son opinion. Cette femme semblait intègre, courageuse, déterminée à rejeter la dictature masculine : elle avait raison sur toute la ligne.

— Dites-moi ce que je peux faire pour vous, décida Lucrèce.

— Imprimer la vérité. Apprendre à vos lecteurs les scandales qu'ils ignorent. Entreprendre une campagne de presse visant à désamorcer toute tentative d'intimidation de la justice dans l'affaire Bessières. Mais, ensuite, vous risquez de vous retrouver dans la ligne de mire de ces messieurs.

— Peu importe !

— Vous dites ça parce que vous n'avez rien à perdre, peut-être ? Ou parce que vous êtes assez jeune pour croire encore au bien et au mal ?

Après un court silence, durant lequel elles continuèrent à se regarder droit dans les yeux, Lucrèce tendit la main vers son sac besace et sortit ostensiblement son bloc-notes.

— Ce n'est pas moi qui décide, je dépends de mon rédacteur en chef. Donc, je ne peux rien vous promettre, sauf que je ferai tout pour le convaincre. Le sujet est plutôt explosif, mais ça vaut la peine ! Vous avez un peu de temps ?

— J'avais prévu que nous ne nous quitterions pas au bout de cinq minutes. Je ne retourne au tribunal qu'à seize heures...

— Alors c'est parfait, reprenons depuis le début, vous allez devoir m'expliquer des tas de choses et, si vous voulez bien, c'est moi qui vais conduire l'interview.

Un instinct très professionnel avertissait Lucrèce qu'elle tenait sans doute un papier exceptionnel, mais ce fut à Sophie qu'elle pensa d'abord en posant sa première question.

Appuyée à la porte du box, Sophie regardait Julien desseller Iago. Elle ne venait plus que rarement au Club de l'Éperon, n'ayant pu, faute de moyens, renouveler son adhésion annuelle, mais elle était bien décidée à reprendre l'équitation dès qu'elle aurait un vrai travail.

— Je t'offre un verre ! lui lança Julien d'un ton gai.

Il la rejoignit en sifflotant, sa selle sous le bras, et il referma la porte avec soin. Avant de s'éloigner, il prit quand même le temps de caresser les naseaux de Iago, puis de lui donner un sucre.

— Il m'arrive quelque chose de fantastique, tu vas être la première à le savoir...

Vraiment joyeux, pour une fois, il avait le regard pétillant et l'air surexcité. Elle le suivit jusqu'au bar du club-house où ils s'assirent côte à côte sur les hauts tabourets. Joëlle, la serveuse, prépara un café pour Julien, servit un coca à Sophie puis s'éloigna vers le fond de la salle.

— J'ai rendez-vous à Paris, dans dix jours, avec un certain colonel Guyard, annonça-t-il.

— Qui est-ce ?

— Quelqu'un qui décide, à la fédé.

— La quoi ?

— Fédération française d'équitation.

Il faisait durer le plaisir, savourant d'avance la réaction de Sophie.

— Xavier a tout arrangé, ils l'ont contacté cette semaine, ils vont me confier un de leurs chevaux.

Ébahie, elle le dévisagea en silence.

— Quel genre de cheval ?

— Un hongre de huit ans, avec un palmarès de rêve, qui tourne déjà sur les grosses épreuves ! Xavier le prend en charge ici, la fédé règle les frais, et moi je suis censé obtenir de bons résultats en compét !

— C'est la chance de ta vie, Julien !

D'un mouvement spontané, elle se pencha vers lui, le prit par le cou et voulut l'embrasser sur la joue, mais elle effleura ses lèvres parce qu'il avait tourné la tête vers elle en même temps. Alors qu'elle se reculait aussitôt, un peu rouge, la porte s'ouvrit derrière eux et Julien jeta un coup d'œil par-dessus son épaule. Il adressa un petit signe amical au cavalier qui venait d'entrer, soulagé qu'il ne s'agisse pas de Myriam. Depuis des mois, il arrivait à éviter son ancienne maîtresse, à ignorer ses regards assassins ou ses provocations, cependant il n'avait aucune envie qu'elle se retrouve en présence de Sophie.

Il changea de position, posant un pied sur la barre de cuivre du tabouret. Hormis une douleur diffuse dans le genou, lorsque le temps était humide, il ne conservait aucune séquelle de son opération. Il avait pu accomplir ses deux stages de formation, à Saumur et à Fontainebleau, préparait son diplôme d'instructeur d'arrache-pied, et maintenant il allait avoir un second cheval pour prendre petit à petit la relève du sien. Car Iago vieillissait, même s'il se refusait à y penser.

— Xavier m'a presque engueulé en m'apprenant ça, ce matin. Tu comprends, j'étais complètement sonné, je ne trouvais strictement rien à dire, et il s'est tout de suite mis en boule, tu le connais...

Si Mauvoisin lui avait passé un savon, c'était par affection, Julien le savait. Peut-être aussi pour dissimuler son émotion, car après tout la réussite de Julien était également la sienne, de bout en bout, et il ne la manquerait pour rien au monde.

— Il faut fêter ça, décréta Sophie. Je t'invite à dîner.

— Juste toi et moi ? Avec plaisir !

Il la vit hésiter, se troubler, et il espéra qu'elle n'allait pas suggérer d'inviter Lucrèce. Tout ce qu'il souhaitait était de se retrouver en tête à tête avec elle, surtout un jour comme celui-ci, où il se sentait des ailes.

— Rendez-vous à huit heures devant le Grand Théâtre, on ira aux Quatre Sœurs, proposa-t-il.

Jamais il n'avait éprouvé une telle confiance en lui-même et en son avenir. À force de volonté, on pouvait tout obtenir, il en était désormais certain, et il ne doutait plus qu'il parviendrait un jour à apprivoiser Sophie.

Assise à même le carrelage du vestibule, Lucrèce serrait le combiné du téléphone de toutes ses forces, attendant avec angoisse la réponse de Claude-Éric Valère.

— Vous êtes décidément très surprenante, mademoiselle Cerjac... Avec vous, les Bordelais n'ont aucune chance de pouvoir dormir tranquilles ! Mais je trouve votre idée audacieuse et je vous donne mon accord, sous certaines conditions. D'abord, je veux lire votre papier moi-même, avant que Marc n'ait l'occasion d'y jeter un coup d'œil. Ne lui en parlez plus, vous allez le rendre malade, il est à deux ans de la retraite ! Et puis, vous n'êtes pas dans l'urgence, c'est une actualité... constante. Ensuite, traitez le sujet dans son ensemble, sur un plan d'éthique démocratique, sans citer tel ou tel juge en particulier, et ne mentionnez l'affaire de ce Bessières que comme un exemple parmi d'autres. Titrez un truc du genre : « L'indépendance de la justice ». Et à partir de la publication, attendez-vous à des représailles, cela ne plaira pas à tout le monde ! Mais ce sont les risques du métier, n'est-ce pas ?

Le cœur battant, Lucrèce bredouilla des remerciements. Elle n'avait pas peur, elle avait fait ses premières armes avec son enquête sur le sang contaminé et elle se sentait bouillir d'impatience.

— Voyons ça comme une sorte de galop d'essai en ce qui concerne notre projet, reprit-il. Vous n'avez pas oublié ma proposition, j'espère ?

— Non !

— Parfait. Ce sera peut-être un peu plus long que prévu à mettre en place, mais je suis persuadé que nous aurons l'occasion de travailler ensemble, et je m'en réjouis d'avance ! Si toutefois vous acceptez, bien entendu, mais vous avez tout le temps d'y penser, pour l'heure, ne me dites rien. J'attends cet article avec impatience. Au revoir !

Il raccrocha sans lui laisser le temps d'ajouter un mot et elle poussa un long soupir de soulagement. Debout sur le seuil de la cuisine, Sophie la considérait avec curiosité, impatiente de connaître le résultat de sa démarche.

— Alors ?

— J'ai le feu vert ! Ce type est fabuleux...

Son cri du cœur parut intriguer son amie qui demanda, d'un air innocent :

— Il est mignon ?

— Valère ? Grand Dieu, non ! Il ressemble à... un aigle.

— Quelle horreur !

Lucrèce renonça à faire comprendre à Sophie que si Claude-Éric Valère avait effectivement une expression de prédateur, il n'en était pas antipathique pour autant.

— Je vais passer la nuit là-dessus, décida-t-elle. Il n'y a pas le feu, c'est vrai, mais je veux battre le fer tant qu'il est chaud. Tu aurais vu la tête de Marc quand je lui ai soumis mon projet, tout juste s'il ne m'a pas prise pour une folle furieuse ! Il va m'en vouloir d'être passée au-dessus de lui, mais je ne pouvais pas rater un tel sujet... On se prépare un café d'abord ?

— Tu ne comptes pas dîner ?

— Non, je me ferai un sandwich plus tard... J'ai moins de chance que toi, je n'ai pas rendez-vous avec un charmant jeune homme !

Au lieu de rougir, Sophie esquissa un sourire malicieux.

— Ton frère a les plus beaux yeux de la planète, répondit-elle simplement.

— Waouh ! C'est à lui qu'il faut le dire, il va s'en évanouir !

— Tu crois ?

Lucrèce se leva, alla vers Sophie qu'elle prit par les épaules pour la secouer gentiment.

— Il n'attend qu'un signe de toi, tu le sais très bien. Il a peur de te brusquer, peur de...

Le sujet était assez délicat pour qu'elle s'interrompe, cherchant ses mots.

— Julien est comme tous les hommes, Sophie. Il est amoureux de toi, donc il a envie de toi, mais il est bien conscient qu'il ne peut pas te... te toucher sans prendre le risque de te dégoûter. Dans votre situation à tous les deux, c'est à toi de faire le premier pas, et ensuite de le guider, de l'arrêter si tu te sens mal.

Sophie acquiesça d'un hochement de tête, les traits crispés. Elle n'était pas naïve au point de supposer que Julien allait se contenter longtemps d'un amour platonique. Elle avait très bien – trop bien – vu l'attirance qu'il éprouvait pour elle. Leur promiscuité, dans le petit pavillon, ne faisait qu'exaspérer un désir réciproque auquel elle ne se sentait pas capable de faire face. Toute l'affaire Bessières, en remontant à la surface, la paralysait de plus en plus. Peut-être aurait-elle dû écouter le sage conseil de Viviane Perrin et consulter un psychologue. Rêver de Julien toutes les nuits, et ne pas supporter qu'il la frôle par accident au détour d'un couloir révélait une névrose qu'elle devait absolument soigner. Ce soir, elle tenterait au moins de se comporter normalement avec lui, sans laisser la panique l'envahir. Il ne s'agissait que d'un dîner, elle n'avait aucune raison d'avoir peur.

Dans la cuisine, Lucrèce mit de l'eau à bouillir et versa quelques mesures de café moulu au fond du filtre en papier.

— Je suis convoquée au CAPC, tu sais le Centre des arts plastiques contemporains, pour un entretien d'embauche après-demain, annonça Sophie en sortant des tasses. Ils ont besoin de quelqu'un à la librairie du rez-de-chaussée. Il n'y a que des bouquins d'art, j'adorerais y travailler !

— Oh, je vais croiser les doigts pour toi ! Ce serait tellement mieux que l'hôpital... Tu n'as pas trop souffert, là-bas ?

— Non, pas du tout. Et ils m'ont payée rubis sur l'ongle. Mais je suis contente d'en avoir terminé, Noémie m'a littéralement arraché les dossiers des mains. Grâce au patron, l'ambiance est restée tolérable, malgré le super-scandale du cas Dubosq qui le rend fou. Il va y avoir un sacré règlement de comptes entre médecins et chirurgiens !

— Tu l'appelles « le patron » ? ironisa Lucrèce.

Le mot, à propos de Fabian, lui semblait ridicule. La nuit qu'ils avaient passée ensemble, l'avant-veille, la laissait sur un petit nuage de volupté et de tendresse. En guise de réconciliation, Fabian lui avait offert quelque chose d'inoubliable, qu'elle ne tarderait pas à vouloir de nouveau, et tous les Nicolas du monde n'y changeraient rien.

— Est-ce que tu sais que ma charmante belle-mère voulait que j'intervienne pour elle ? Carrément ! Mais elle ne s'est pas abaissée à le demander elle-même, non, elle me l'a fait dire par papa ! Pour une fois qu'il m'appelle...

Lucrèce n'avait plus la moindre illusion, concernant son père, et elle eut un rire sans joie.

— Et alors ?

— Alors je lui ai expliqué qu'il valait mieux ne pas prononcer le nom de Brigitte devant Fabian en ce moment, ce qui est la vérité, et j'ai ajouté que je ne tenais pas à gâcher nos soirées avec des bêtises pareilles. Il l'a très mal pris. Bah, tant pis !

Elle versa le café d'un geste trop brusque et une tasse déborda. Sans rien dire, Sophie prit une éponge pour nettoyer la table.

— Excuse-moi, murmura Lucrèce, je ne sais pas ce que j'ai...

Davantage qu'une simple fatigue, elle éprouvait une véritable lassitude qu'elle ne s'expliquait pas. Bien sûr, elle courait toute la journée, se donnait à fond dans son métier et passait parfois des nuits blanches dans les bras de Fabian, mais quelque chose lui manquait, la laissait insatisfaite. Qui sait si la proposition de Valère n'était pas étrangère à sa nervosité... La perspective d'un changement de vie avait commencé à la séduire, sans qu'elle en ait conscience, même si elle ne se sentait pas encore en mesure de prendre sa décision.

— Tu n'as jamais envie de partir, toi ? demanda-t-elle en plongeant son regard dans celui de Sophie.

— Où ?

— Ailleurs...

— Non, pas du tout.

— Moi, oui.

Avoir pu l'avouer la fit soupirer de soulagement et son malaise se dissipa.

— File te préparer, moi, je me mets au boulot ! lança-t-elle gaiement.

Nicolas avait signé et paraphé tous les documents sans sourciller. Le compromis de vente l'engageait définitivement, au moins à perdre son versement de dix pour cent s'il se rétractait désormais, ce dont il n'avait pas la moindre intention. En sortant de chez le notaire, il se sentait dans un état second, proche du vertige. C'était sans doute l'acte le plus important de sa vie, le plus décisif, et il l'avait accompli seul. Quand il s'installa au volant de son coupé, il ne démarra pas tout de suite, les yeux dans le vague. À trente et un ans, il allait enfin commencer à exister pour de bon, c'est-à-dire par lui-même et non au bon vouloir de son grand frère. Mais d'abord, il devait sauter dans le vide sans respirer. Les dettes qu'il était en train de contracter auprès de son banquier avaient de quoi l'empêcher de dormir, et à partir d'aujourd'hui il ne pourrait plus compter sur l'aide de personne. En tout cas pas sur celle de Guillaume, apparemment disposé à lui mettre des bâtons dans les roues. De façon paradoxale, si le prix de la terre qu'il venait d'acheter lui semblait ahurissant, il s'agissait néanmoins d'une excellente affaire. Une vente en catastrophe, sur une succession difficile où les héritiers n'avaient pas pu tomber d'accord. Le genre d'opportunité qui ne se rencontre pas deux fois et qu'il avait saisie au vol : dix-sept hectares d'un cru bourgeois sur l'appellation listrac médoc, à moins de dix kilomètres de chez lui. Il savait que là, il allait pouvoir élever un vin fruité mais corsé, au milieu de vrais viticulteurs toujours propriétaires de leurs vignes et non pas salariés par un quelconque groupe financier, comme c'était parfois le cas dans d'autres parties du Médoc. En revanche, il n'ignorait pas que le climat, un peu plus rude qu'au bord de la Gironde, présentait des risques de gel au printemps. Que le travail de vinification serait rendu délicat par les différences de maturité entre les merlots et les cabernets sauvignons. Que donner de la finesse à sa production lui demanderait beaucoup d'efforts. Mais tout cela lui importait peu, au fond, l'essentiel pour lui étant de devenir propriétaire-récoltant, de changer d'existence, de se débarrasser de ce statut de négociant qu'on avait choisi pour lui.

Il quitta le parking de l'étude en roulant au ralenti. Les accords passés avec les vendeurs lui avaient permis de racheter tout le matériel de l'exploitation, et il disposait encore de trois mois pour convaincre le maître de chai de rester. Un travail vraiment énorme l'attendait. Il ne savait pas par quel bout attaquer. Peut-être son père, lors d'un de ses rares moments de lucidité, pourrait-il l'aider un peu ? Le seul problème était de franchir le seuil de la chartreuse, ce qu'il répugnait à faire depuis sa bagarre avec Guillaume. Agnès, elle, avait pris la décision de rentrer.

Y penser mettait Nicolas très mal à l'aise. Il ne parvenait pas à croire aux promesses de son frère, qui était venu faire amende honorable en sonnant un beau matin, bouquet de fleurs à la main. Il les avait laissés seuls, par discrétion, résigné d'avance à voir Agnès flancher. La malheureuse ne savait plus où elle en était, elle s'ennuyait du matin au soir chez son beau-frère, et sa rencontre avec un avocat, à Bordeaux, avait semblé la plonger dans l'angoisse. Peut-être espérait-elle toujours, au fond d'elle-même, que les choses pourraient s'arranger entre son mari et elle. Nicolas restait persuadé du contraire. La vue des fleurs, de l'air contrit de Guillaume et du soudain sourire d'Agnès l'avait néanmoins éclairé sur la suite logique des événements : le couple était reparti bras dessus, bras dessous.

Il se gara devant chez lui, au bout de l'allée de gravier, et contempla un moment la façade élégante de son ancien chai. Stéphanie prétendait l'adorer, ce qui était sûrement sincère, en tout cas elle avait manifesté l'envie d'y vivre. Avant d'apprendre l'existence de Lucrèce, bien entendu. Depuis, elle lui avait demandé de choisir et elle était partie bouder chez ses parents. Lui aussi aurait pu faire comme Guillaume, aller la chercher en lui racontant un joli mensonge, puis la ramener ici dans le seul but de ne plus se sentir seul.

L'aventure de la vigne, dans laquelle il se lançait corps et âme, était faite pour être partagée. Qui plus est, il mourait d'envie de fonder une famille, d'avoir des enfants, de leur transmettre un jour le goût de la terre. Avec Lucrèce, véritable fantôme dans sa vie, rien n'avait jamais été possible. Jamais ! C'était une passion illusoire, ingrate, aberrante. D'accord, il l'avait tenue dans ses bras, goûtée, caressée, et ensuite elle s'était évaporée, comme à son habitude. Fallait-il avoir l'âge et le prestige d'un Fabian Cartier pour retenir son attention ? Si le soir de la conférence du syndicat, il avait cru à sa chance avec une rare stupidité, il n'espérait dorénavant plus rien. De toute façon, ils ne partageaient pas la même conception de l'existence, n'étaient pas faits pour s'entendre, ainsi qu'elle le lui avait fait remarquer. Elle rejetait tout ce en quoi il croyait, reniait des valeurs auxquelles il n'avait pas renoncé. Indépendante, ambitieuse, parfois révoltée, elle ne pouvait que rire à l'idée de cultiver la terre en pouponnant !

Il pénétra dans sa maison déserte, où personne ne l'attendait pour fêter la signature des actes notariés. Est-ce que cette solitude avait le moindre sens ? Stéphanie devait se morfondre dans sa chambre de jeune fille en le vouant au diable. Aux questions qu'elle lui avait posées, les larmes aux yeux, il ne connaissait pas la réponse. Pourquoi s'acharnait-il à poursuivre Lucrèce Cerjac, pourquoi l'obsédait-elle à ce point depuis le jour, quatre ans plus tôt, où il était tombé en arrêt devant une caisse de supermarché ? À quoi menait donc un coup de foudre s'il n'était pas réciproque ? Uniquement à provoquer des ravages ?

Dans le salon, il hésita à allumer une flambée et erra un moment à travers la pièce. Il ramassa un livre oublié par Agnès sur un accoudoir, tout en se demandant si Guillaume avait déjà trouvé le moyen de le flanquer hors de la société sans rien lui devoir. Une bataille juridique risquait de s'engager, mais peu importait, au pire il tournerait la page sans regret et ferait face à ses dettes.

— Pour Lucrèce aussi, tourne la page ! marmonna-t-il à voix basse.

S'il n'y avait pas d'alternative, au moins il existait une femme qui l'attendait, l'aimait. Allait-il pousser le gâchis jusqu'à la perdre, elle aussi ? Avec une certaine lenteur, chaque pas lui coûtant plus que le précédent, il se dirigea vers la cuisine où il s'empara du téléphone.

8

janvier 1987

Les fêtes de fin d'année avaient été plutôt mouvementées pour Lucrèce, qui n'en finissait pas d'affronter les réactions provoquées par ses deux articles à propos de l'indépendance des juges. Certains lecteurs s'étonnaient, d'autres s'indignaient. La rédaction avait même reçu une protestation ulcérée d'un député. De nombreux journaux s'étaient engouffrés dans la brèche ouverte par Lucrèce, déclenchant un véritable tollé de la presse locale, vite relayée par les hebdomadaires nationaux ou les radios.

Claude-Éric Valère avait parfaitement orchestré depuis Paris la chronologie de cette campagne dont les interrogations insidieuses visaient avant tout la classe politique. Rusé, il avait retardé la parution de l'article de Lucrèce jusqu'au début de décembre, afin de se rapprocher de la date d'ouverture du procès de Jacques Bessières. Ainsi l'opinion publique bordelaise n'aurait pas le temps d'oublier et resterait très attentive au verdict.

Quoique plus modérée – et d'ailleurs souvent plus pertinente – que la plupart de ses confrères, Lucrèce avait été la première à mettre en cause la justice, c'était donc contre elle que les courriers de protestation avaient afflué. Valère lui avait conseillé de rester sereine, de ne surtout pas répondre, ni à titre personnel, ni dans les colonnes du *Quotidien du Sud-Ouest*. Fidèle à sa stratégie de : « Rien ne vaut une bonne polémique », il semblait ravi du résultat et préconisait de ne plus se mêler de rien maintenant que les loups se déchiraient entre eux.

De son côté, Viviane Perrin se félicitait d'avoir eu l'idée de faire appel à la jeune journaliste, celle-ci s'étant vraiment montrée à la hauteur de la situation. Mais, déjà, une douzaine d'années plus tôt, Lucrèce n'avait-elle pas été la seule à réagir contre Bessières ? Toutes les auditions des victimes contenaient ce leitmotiv de honte et de silence qui faisait bouillir de rage Viviane Perrin sans pour autant la surprendre. Face à un pervers, subissant un acte sexuel auquel ils ne comprenaient rien, les enfants avaient toujours la même réaction de culpabilité, une culpabilité paradoxale qui les empêchait de se confier à leurs parents. Les détraqués comme Bessières le savaient très bien et en jouaient, quasiment sûrs de l'impunité. Lui s'était montré particulièrement retors en se gardant d'aller trop loin, ou alors seulement avec les gamines les plus naïves, les plus terrorisées. Ce n'était qu'à force de patience, de temps et d'acharnement, que le juge Perrin avait obtenu quelques confessions qui chargeaient lourdement le dossier et permettraient à la partie civile de pouvoir se battre lors du procès. Restait à espérer, puisque l'instruction était close, que le jugement serait exemplaire et ne bénéficierait pas de l'habituelle complaisance de ces messieurs les magistrats. Et que, pour une fois, on sanctionnerait l'intention autant que le passage à l'acte. En ce qui concernait Sophie Granville, première victime officiellement recensée, on pouvait retenir l'accusation d'exhibitionnisme et d'attouchements. Ensuite, on découvrait presque chaque année une nouvelle victime, jusqu'à l'adolescente qui avait porté plainte. Circonstance aggravante, celles qui, comme Sophie, s'étaient résignées à témoigner, avaient toutes moins de quinze ans au moment des faits. L'ouverture du procès, fixée au début de mars, provoquait déjà une immense curiosité.

À la mi-février, Lucrèce reçut un appel de Claude-Éric Valère. Celui-ci souhaitait à la fois lui présenter ses vœux, la féliciter pour son travail remarquable et lui faire savoir qu'il allait enfin créer son hebdomadaire. Le projet, qui avait pris du retard, devenait imminent. Comme elle hésitait à donner une réponse, il lui rappela avec un certain cynisme qu'elle n'était pas très bien vue à Bordeaux en ce moment, et que de surcroît une carrière se faisait à Paris, et nulle part ailleurs. Pour ne pas la brusquer, il se déclara prêt à la rencontrer afin d'en discuter de vive voix. Descendant à Bordeaux à la fin du mois, il lui fixa rendez-vous pour un déjeuner « de travail » au restaurant La Réserve, à Pessac.

Grâce au culot acquis par la pratique de son métier, à son caractère indépendant, et aussi à tout ce que lui avait appris la fréquentation d'un homme comme Fabian, Lucrèce ne se laissait pas facilement impressionner. Pourtant, ce jour-là, en arrivant dans la grande salle à manger, dont les baies vitrées donnaient sur un lac où évoluaient gracieusement des cygnes, elle se sentit soudain intimidée. De sa conversation avec Valère allait dépendre une grande partie de son avenir, elle en avait bien conscience lorsqu'elle prit place en face de lui. Dans les mêmes circonstances, Fabian se serait levé, aurait attendu qu'elle soit assise, mais le patron de presse se contenta de la regarder avec un sourire malicieux, amusé par l'embarras qu'elle tentait de dissimuler.

— Ravi de vous voir, dit-il d'un ton abrupt. Et il n'y a pas que moi, si j'en crois les regards de ces messieurs dans la salle...

Une entrée en matière assez inattendue pour qu'elle ne trouve pas de réponse, mais il ne la laissa pas longtemps chercher.

— J'espère que cette rencontre est le prélude à une longue série de déjeuners, en vue d'une collaboration fructueuse ! Vous avez faim, Lucrèce ? Ah, ce prénom est tellement étrange ! Je vous recommande les œufs pochés vigneronne et la lamproie, le chef la prépare à merveille. D'accord ? Et un petit brane-cantenac. Vous aimez les margaux ? Alors choisissez donc une année.

— 70 ou 75.

— Bonne réponse ! Le hasard ?

— Les margaux méritent une dizaine d'années de vieillissement, je vous ai donné les deux meilleurs millésimes du bordeaux rouge dans cette fourchette.

— Je suis épaté ! Vous avez des amis viticulteurs ?

— Au moins un ami négociant, dont j'ai retenu les leçons.

À l'évidence satisfait de cette première passe d'armes, Claude-Éric esquissa un nouveau sourire et passa la commande.

— Et maintenant, si nous parlions sérieusement ?

Elle connaissait les termes de son offre : un premier contrat de dix-huit mois, un salaire très attrayant, l'obligation de s'installer à Paris et de donner le meilleur d'elle-même. Comme elle avait eu plus de temps que prévu pour y réfléchir, elle ne pouvait plus se dérober.

— Je suppose que je n'ai pas le droit de laisser passer l'occasion, dit-elle à mi-voix.

— Si c'est tout votre enthousiasme, vous pouvez aussi bien rester ici ! répliqua-t-il d'un ton sec. Vous n'êtes pas non plus la septième merveille du monde. À part vos yeux, peut-être... Verts ? Bleus ? Comment dit-on ? Turquoise, sans doute...

Désarçonnée par son comportement, elle but une gorgée de vin sans répondre et ce fut lui qui reprit, avec une intonation ironique :

— Entendons-nous bien, Lucrèce, je ne suis pas en train de vous faire la cour. D'une part, je suis marié, d'autre part, vous n'apprécieriez pas. Je me trompe ? Et puis Fabian Cartier ne me le pardonnerait pas. En tout cas, pas pour l'instant. Oh, il a été très bien, discret et grand seigneur quand je lui ai demandé s'il voyait un inconvénient à notre collaboration, c'est-à-dire à votre départ de cette ville. Je considère Cartier comme un remarquable chirurgien, disons même un chirurgien de génie, envers lequel j'ai d'ailleurs une dette, mais comme comédien il ne m'a pas vraiment convaincu. Il tient à vous. Vous le saviez, non ?

Au prix d'un effort de volonté, elle avait surmonté son appréhension et le regardait maintenant droit dans les yeux, jugeant inutile de répondre à cette dernière question, un peu trop personnelle.

— Bien sûr, c'est votre affaire, enchaîna-t-il, mais cela influence forcément votre choix ! Et moi, voyez-vous, je n'ai pas de temps à perdre. L'hebdo que je suis en train de monter va écraser le marché, ce sera une petite merveille, vous pouvez me croire sur parole... Les concurrents ne vont pas s'en remettre. Toute ma vie, je me suis battu pour en arriver là, c'est un moment capital pour moi... Alors vous comprenez bien que je ne me satisferai pas de demi-mesures ! Ou ça vous branche, ça vous galvanise, ça vous fait rêver autant que moi, ou vous ergotez et on n'y pense plus, on finit tranquillement notre déjeuner en bons gourmets.

Après cette longue tirade, il attaqua son poisson avec appétit, tandis qu'elle restait silencieuse. Accepter la tentait terriblement, mais travailler pour quelqu'un comme lui ne devait pas être facile. C'était la toute première fois qu'elle était confrontée à un homme de cette envergure, et mise au pied du mur de façon si brutale. Son rêve pouvait se concrétiser tout de suite, il fallait juste qu'elle trouve le courage de franchir le pas. Quitter Bordeaux ne signifiait pas seulement laisser Fabian, mais aussi Julien, sa mère, Sophie. Ses amis et ses habitudes, ses premiers succès. À Paris, elle serait une obscure journaliste débarquée de sa province, perdue au milieu de brillants confrères qui n'allaient lui faire aucun cadeau. Quant à Valère, il la laisserait nager toute seule, en se contentant de ricaner si elle se noyait. Mais, si elle ne relevait pas le défi, si elle ne tentait pas l'aventure, ne risquait-elle pas de perdre toute considération pour elle-même ? Une chance pareille ne se représenterait jamais.

On commence quand ? demanda-t-elle d'une voix rauque.

— Ah, quand même ! Vous avez failli me décevoir, vous savez ? J'aurais été obligé d'utiliser des arguments... mesquins.

Il semblait s'amuser, n'ayant sans doute jamais douté de sa réponse.

— Quel genre d'arguments ?

— Eh bien, par exemple, vous obliger à ouvrir vos jolis yeux sur de petites choses qui vous ont échappé jusque-là. Au hasard et dans le désordre, je commence par votre dernier papier fracassant. À votre avis, vous en êtes l'instigatrice ou juste l'instrument ? Viviane Perrin s'est peut-être servie de vous, qui sait ? Figurez-vous que son nom apparaît dans une affaire de mœurs, il y a bien longtemps de cela, en tant que... victime ! Je suis sûr que vous l'ignoriez. C'est évidemment une information confidentielle, mais journalistes et flics travaillent main dans la main, c'est partout pareil, à tous les niveaux de la hiérarchie... Vous me suivez ? Maintenant, parlons de votre formidable enquête sur le sang contaminé. Un problème grave, au moins pour les médecins consciencieux, et qui chagrinait beaucoup le Pr Cartier, si ma mémoire est bonne. Au point qu'il n'a pas hésité à vous lancer dans la bataille, sans trop se soucier des conséquences pour vous... Gardez ces renseignements présents à l'esprit, Lucrèce, toutes les opportunités ont un prix et vous avez payé, même sans le savoir.

Médusée, elle le dévisagea quelques instants puis elle baissa la tête et repoussa son assiette.

— Vous me coupez l'appétit, déclara-t-elle d'une voix froide. Vous n'étiez pas obligé de me raconter tout ça, je vous avais déjà dit oui.

— Mais vous aviez des regrets ! J'espère les avoir fait disparaître ?

Notant l'intonation, soudain très différente, elle releva les yeux vers lui et surprit son expression ambiguë. Impossible de s'y tromper, il ne s'agissait plus d'un intérêt purement professionnel. Et, si elle avait encore eu le moindre doute, le sourire qu'il lui adressa acheva de la convaincre. Non, il ne l'avait pas invitée à déjeuner dans le seul but de recruter une jeune journaliste de talent, ce qu'il aurait très bien pu faire par téléphone, il était carrément en train de lui faire du charme. S'il la prenait pour un Rastignac en jupons, prête à tout pour réussir, il se trompait, et elle allait le lui faire savoir. Mais elle n'eut pas le temps de protester, il la prit de vitesse en ajoutant, très gentiment :

— Je vous laisse couvrir le procès Bessières, je suppose que vous y tenez, mais soyez à Paris fin mars, un travail énorme nous attend.

Redevenu sérieux, il sortit un étui à cigares et réclama des allumettes à un serveur, sans même demander à Lucrèce si la fumée la gênait.

— Imaginez tout ce qu'on peut écrire d'intéressant en ce moment ! Avec autant de députés du Front national que de députés communistes, un président socialiste et un premier ministre RPR, avouez qu'il y a de quoi se sentir inspiré ? Vous êtes pour ou contre la privatisation de Paribas ? Le retrait des missiles nucléaires ? En tout cas, vous allez me pondre quelque chose de brillant sur le programme de lutte contre le sida que présente le ministère de la Santé, non ? Ah, nous vivons une époque extravagante, Lucrèce ! Le monde est en pleine mutation, tout s'accélère tellement qu'on peut désormais considérer que la machine s'emballe. Et pendant ce temps-là, les gens qui nous gouvernent jouent aux apprentis sorciers. Les chocs pétroliers ne peuvent pas tout expliquer. C'est une fin de siècle qui ressemble fichtrement à la décadence, vous ne trouvez pas ? Réfléchissez à nos deux millions de chômeurs, presque autant d'exclus, et pourtant ce pays n'a jamais été aussi riche. Je suis sûr que vous avez vos idées là-dessus, à votre âge on déborde d'idées ! Vous verrez, nous allons très bien nous entendre.

Il aurait pu poursuivre dans la même veine durant des heures si elle n'avait levé la main pour interrompre ce flot de paroles.

— Monsieur Valère, je n'y mets qu'une condition. Que ce soit bien clair maintenant, je...

— Accordé !

Le regard sombre qu'il posait sur elle avait perdu toute gentillesse, c'était vraiment celui d'un oiseau de proie et elle se sentit dans la peau du gibier. Savait-il vraiment ce qu'elle allait dire ? Ne voulait-il pas en parler maintenant ? Quoi qu'il arrive dorénavant, elle devrait se méfier de lui. Et aussi d'elle-même, elle le devinait confusément.

Avec d'infinies précautions, Julien écarta les bords du pyjama de soie crème, faisant tressaillir Sophie une nouvelle fois. Leurs lèvres ne s'étaient pas quittées, leurs souffles étaient toujours mêlés quand il aventura sa main sous l'étoffe pour la caresser légèrement, comme il l'aurait fait avec un poulain ombrageux. Au moment où il effleurait un sein, il la sentit se crisper davantage et il s'arrêta une seconde.

— Je peux ? chuchota-t-il.

Il lui avait demandé la permission pour tout. Pour la prendre dans ses bras, l'embrasser, la serrer contre lui. Chaque fois, elle avait accepté d'un signe mais sans lui parler. Il ignorait toujours les détails des souvenirs contre lesquels elle luttait, de quelle manière Bessières l'avait touchée contre son gré, et il était parfaitement conscient que n'importe quel geste pouvait la faire fuir.

— Je suis amoureux, de plus en plus amoureux de toi, avoua-t-il. Ne cherche pas à me faire plaisir, il faut d'abord que ça te plaise à toi...

Patient, il reposa sa main sur elle, attendit un peu puis frôla encore une fois le bout du sein qui s'était durci. Elle réprima un gémissement qui ressemblait à une protestation, pourtant il insista jusqu'à ce qu'elle accepte le contact de ses doigts sur elle. Quand elle céda, dans un soupir, il en éprouva un tel plaisir qu'il se demanda comment il allait réussir à se maîtriser. Pour ne rien précipiter, il fit glisser la veste de pyjama des épaules menues de la jeune femme, la laissa tomber à terre. À demi nue, Sophie lui paraissait plus désirable encore, et aussi beaucoup plus fragile. Il l'entraîna vers son lit où il la fit s'allonger, se glissa à côté d'elle et remonta le drap et les couvertures sur eux. Seule la lumière en provenance du couloir éclairait la chambre, ce qui était amplement suffisant. D'elle-même, elle se contorsionna pour retirer son pantalon de pyjama tandis qu'il se débarrassait de son peignoir. Lorsqu'ils s'étaient retrouvés nez à nez, lui sortant de la salle de bains et elle s'y rendant, Sophie s'était brusquement hissée sur la pointe des pieds pour l'embrasser carrément. Il avait saisi sa chance et à cette minute il n'était plus tout à fait sûr d'avoir la patience voulue. Leur flirt durait depuis longtemps, sans qu'il ait pu la convaincre de se laisser faire jusqu'au bout, et il craignait que sa propre frustration ne finisse par le rendre très maladroit.

— Tu n'as pas froid ? murmura-t-il. Viens contre moi...

Elle se glissa entre ses bras en silence, tendue comme la corde d'un arc.

— Nous ne ferons que ce que tu veux, Sophie, je te le jure.

Il caressa avec une infinie douceur son dos, ses reins, son ventre. Il l'entendait respirer trop vite, sans savoir si c'était de peur ou d'excitation, et il se risqua à aller un peu plus loin. Le cœur battant, il ferma les yeux, essaya de penser à n'importe quoi d'autre. Khartoum, le cheval de la fédération qu'il travaillait avec passion depuis quelques mois. Les coups de gueule de Xavier, qui le poussait toujours à rechercher la perfection. Iago, vieillissant inéluctablement.

— Julien..., dit Sophie tout bas.

Elle répéta plusieurs fois son prénom tandis qu'il continuait à la caresser sans oser la pénétrer.

Quand il changea enfin de position, pour venir au-dessus d'elle, elle se raidit brusquement et s'écarta d'un bond.

Attends, bafouilla-t-elle, excuse-moi, pas tout de suite... Il faut d'abord que je puisse te voir...

Tâtonnant avec précipitation, elle alluma la lampe de chevet qui faillit se renverser. Dans la lumière, elle le regarda, s'éloigna davantage de lui, crispa les lèvres sur une grimace de dégoût puis ferma les yeux.

— Je suis désolée, parvint-elle à articuler d'une voix saccadée.

Comme par réflexe, elle voulut rabattre le drap sur eux mais il l'en empêcha. Si ce qui la traumatisait était de constater le désir qu'il avait d'elle, il ne voyait pas du tout comment régler le problème. Mais au moins il pouvait essayer d'apprivoiser sa peur.

— Viens, soupira-t-il, tu vas tomber. Est-ce que ça t'effraie à ce point-là ? Heureusement, je ne suis pas susceptible...

Plaisanter suffirait-il à la rassurer ? Il se sentait tellement démuni qu'il ne savait plus quoi faire.

— Pardon, Julien, ce n'est pas toi, c'est...

— Oui, j'ai compris. Je vais te dire quelque chose, à condition que tu te rapproches.

Elle franchit la distance qui les séparait et posa sa tête sur l'oreiller, juste à côté de lui.

— Tu penses à cet immonde salaud, n'est-ce pas ? S'il n'était pas au fond d'une cellule, j'irais le démolir. J'ignore ce qu'il t'a fait exactement, et ça ne me regarde pas, sauf si tu veux m'en parler.

— Je vois un psy...

— Tant mieux. J'espère qu'il pourra t'aider, mais je suis là aussi. Fais-moi un peu confiance et donne-moi une chance de t'apprivoiser. J'ai de la patience à revendre, crois-moi, c'est Iago qui m'a appris !

Un rire triste lui répondit faiblement, puis il sentit qu'elle le prenait par le poignet et qu'elle serrait de toutes ses forces. La seconde d'après, elle éclata en sanglots. Consterné, il se reprocha amèrement son manque de la plus élémentaire des psychologies. Parler de Bessières était la pire des erreurs, il avait tout fait rater, et maintenant il ne pouvait plus rien tenter. Sauf essayer de la consoler, mais surtout sans la toucher.

Pas une seconde il ne remit en cause ses sentiments pour Sophie. Les difficultés ne lui avaient jamais fait peur, il saurait attendre et persévérer aussi longtemps que nécessaire.

Le procès se déroulant à huis clos, ni le public ni les journalistes n'avaient été autorisés à assister aux débats. Comme tout le monde, Lucrèce devait se contenter des déclarations des avocats lorsqu'ils sortaient du tribunal, mais, grâce à Viviane Perrin et à Sophie, elle possédait des éléments que les autres journalistes n'avaient pas.

Le système de défense de Jacques Bessières consistait à minimiser les faits, au lieu de les nier. S'il reconnaissait avoir succombé à la tentation de gestes déplacés, il imputait tout le reste à l'imagination des jeunes filles. Son avocat, avec l'habileté consommée d'un vieux routier du droit, jouait sur chaque mot, chaque situation. Et, sans jamais l'énoncer clairement, il évoquait la part d'hystérie propre aux adolescentes. Dans quelle mesure n'affabulaient-elles pas, que s'était-il réellement passé dans le bureau du surveillant général, un endroit devenu pire, pour elles, que le placard de Barbe-Bleue ?

Exaspérée, la partie civile maintenait ses accusations et citait ses témoins. Lorsque le tour de Sophie arriva, Lucrèce la soutint jusqu'au dernier moment, ne la lâchant qu'à la porte du tribunal. Elle aurait donné n'importe quoi pour pouvoir prendre sa place et lui éviter le calvaire des questions crues auxquelles on allait la soumettre. Durant près d'une heure, elle arpenta le hall monumental du palais de justice, profondément inquiète. Elle connaissait si bien Sophie qu'elle pouvait l'imaginer en train de rougir, de buter sur les mots, de chercher son souffle, et cependant de s'obstiner quoi qu'il lui en coûte, avec la détermination des grands timides.

— Règle tes comptes, ne laisse pas à ce salaud la possibilité de te faire mal une seconde fois.

C'était le dernier conseil qu'elle lui avait donné avant que l'huissier l'entraîne. Revenant sur ses pas, elle considéra la porte de la salle d'audience, toujours close. Combien de temps allait durer le feu croisé des interrogatoires ? Tant que Sophie ne sortirait pas de là, elle ne pourrait penser à rien d'autre. La rédaction de son article attendrait, pour l'heure, elle était incapable de prendre des notes.

— Lucrèce ?

Une grande jeune fille venait de s'arrêter devant elle et elle reconnut Élise, la sœur de Sophie, dont le visage exprimait une intense nervosité.

— Elle est encore en train de témoigner, déclara Lucrèce, mais ce ne sera sans doute plus très long. Comment vas-tu ? Il y a longtemps que je ne t'avais pas vue, tu es superbe !

— Je voulais venir plus tôt, mais... Je savais que tu serais là, avec elle, et qu'elle ne serait pas seule...

— Et tes parents ?

La question avait échappé à Lucrèce qui se mordit les lèvres. Elle vit Élise baisser la tête, ébaucher un geste impuissant.

— Papa est toujours furieux.

— Mais de quoi ? Bessières n'était pas son associé en affaires ! Ni un membre de sa famille, ni même une relation ! Qu'espérait-il ? Que Sophie se défilerait uniquement pour que le nom de Granville ne soit pas prononcé dans un tribunal ? C'est inconvenant d'être une victime ?

Élise se redressa et regarda Lucrèce droit dans les yeux.

— Il a tort, il agit très mal. Même maman a essayé de le fléchir. Elle se fait du souci pour Sophie...

— Il est temps !

— ... et pour moi. Parce que je voulais... Enfin, j'aurais dû aller trouver le juge aussi, mais je n'ai pas eu le courage...

— Tu avais des choses à révéler ?

— Peut-être, oui.

Interloquée, Lucrèce la dévisagea. Elle se souvint brusquement du soir où, quelques années plus tôt, Sophie était venue l'attendre sur le parking de l'hypermarché, terrifiée à l'idée que sa petite sœur, alors élève à Sainte-Philomène, puisse se retrouver aux prises avec Bessières. Ensuite, elle était arrivée à persuader leur père de changer Élise d'école. Malgré toute sa timidité, elle avait su affronter Arnaud Granville, et aujourd'hui elle répondait aux questions de l'avocat de Bessières.

— Tu n'es pas très courageuse, articula Lucrèce d'une voix tendue. Si personne ne dénonce les salauds, ils ont vraiment la partie trop belle ! Il y a cinq ans, Sophie avait peur pour toi et elle a réagi. Plus récemment, elle n'a pas voulu laisser une gamine, qu'elle ne connaît même pas, passer pour une menteuse. Elle va pouvoir sortir d'ici la tête haute.

Presque aussitôt, les yeux d'Élise s'emplirent de larmes tandis que son menton se mettait à trembler. Lucrèce hésita, soupira, puis finalement lui passa un bras autour des épaules et l'attira vers elle.

— Ne pleure pas, cela ne sert à rien. Tu n'es pas la seule à avoir manqué de cran, je pense que Bessières a dû essayer avec plein de filles et il n'y en a pas beaucoup qui témoignent... Mais ce sera suffisant, j'en suis sûre. Si tu préfères oublier, personne ne peut te le reprocher. Seulement, à mon avis, tu n'as pas beaucoup aidé Sophie. Tu n'as pas été très... présente depuis qu'elle s'est fâchée avec vos parents. Elle a besoin d'affection en ce moment, ce qu'elle fait n'est pas facile.

— Je sais ! explosa Élise. Je me sens minable à côté d'elle, je suis restée les bras croisés, j'ai à peine pris sa défense quand papa lui a donné à choisir entre céder ou quitter la maison ! C'est tellement confortable de mener une vie d'enfant gâtée ! Alors je me suis contentée de la voir en cachette, en me disant que de toute façon elle t'avait, toi, sa grande copine... Quand elle m'a annoncé qu'elle voyait un psy, c'est tout juste si je n'ai pas éclaté de rire ! Mais moi, Bessières ne m'a pas vraiment agressée, je ne suis pas traumatisée parce que, grâce à Sophie, j'ai changé d'école à temps. Et au lieu de la soutenir, de...

— Arrête, maintenant. Calme-toi. Ta sœur va sortir d'une minute à l'autre, elle sera contente que tu sois venue, inutile qu'elle te trouve en larmes.

Lucrèce serra encore une seconde la jeune fille contre elle, d'un geste qui se voulait rassurant, puis elle la lâcha et lui offrit un Kleenex.

— Tes parents savent que tu es ici ?

— Oui. Papa n'était pas d'accord, mais pour une fois maman a élevé la voix.

Avec un petit sourire contraint, Lucrèce hocha la tête. Elle ne voulait pas pousser Élise à la révolte, ne se sentait aucun droit à intervenir dans sa vie, pourtant elle murmura, presque malgré elle :

— Tu es majeure, il va falloir apprendre à penser sans papa et maman...

Un bruit de porte les fit se retourner de concert, tandis que Sophie émergeait de la salle d'audience. Les joues en feu mais la démarche décidée, elle se dirigea droit vers elles.

— Et voilà ! lança-t-elle d'une voix ferme.

Elle embrassa sa sœur avec plaisir, sans manifester son étonnement de la voir là, puis elle se tourna vers Lucrèce.

— Je vais tout te raconter, à condition qu'on sorte d'ici pour aller boire un café. Ne t'inquiète pas, ils en ont encore pour un bon moment, l'avocat de Bessières ergote sans fin sur le moindre détail !

Le regard qu'elles échangèrent était chargé d'une telle complicité et d'une telle tendresse qu'Élise s'écarta machinalement, se sentant exclue.

— J'ai tenu le coup, ajouta Sophie d'un ton presque heureux.

— Alors, allons fêter ça...

D'un signe discret, Lucrèce désigna Élise qui leur tournait le dos. Elles la rejoignirent et la prirent chacune par un bras pour sortir du palais de justice.

Six jours plus tard, le tribunal condamnait Jacques Bessières à cinq ans de prison ferme. Un jugement controversé – trop clément ou trop sévère ? – largement commenté par la presse. L'article du *Quotidien du Sud-Ouest*, dû à la plume de

Lucrèce Cerjac, fut très remarqué en raison de son âpreté, d'une froide dérision qui confinait parfois au cynisme, et d'un appel à la vigilance adressé à tous les parents d'élèves, à tous les enseignants, à tous les responsables d'établissements scolaires. Provocant, parce qu'il mettait en cause la complaisance des uns et l'aveuglement des autres, l'article insistait sur le fait que certains tabous devraient désormais tomber. À Bordeaux, plus que partout ailleurs, si les agissements d'un Bessières avaient été possibles durant tant d'années, ne fallait-il pas s'interroger sur un malaise de société ?

La lecture du *Quotidien du Sud-Ouest* avait beaucoup réjoui Fabian qui constatait une fois de plus à quel point Lucrèce savait s'impliquer lorsqu'elle défendait une cause. Mais ses progrès de journaliste la conduisaient inexorablement vers Paris et vers une autre vie, dont il serait absent, il en avait maintenant la certitude. Elle aussi, ce qui la rendait plus tendre que de coutume, comme si elle regrettait par avance d'être séparée de lui – sans pour autant y renoncer.

Une semaine avant son départ, fixé au 22 mars, alors que Fabian l'appelait pour convenir d'un dernier dîner, elle manifesta brusquement l'envie de le voir le soir même. Sur le point de décommander une soirée à laquelle il s'était engagé, Fabian eut la surprise d'entendre Lucrèce se déclarer prête à l'accompagner. Jusque-là, elle n'avait montré aucun intérêt quant à ce qu'il faisait lorsqu'il n'était pas avec elle, ni aucun désir de rencontrer ses amis. Amusé par cette curiosité bien tardive, il passa la prendre au journal et ils se rendirent ensemble cours du Chapeau-Rouge, dans le somptueux appartement d'un ami banquier qui avait réuni une vingtaine de convives autour de sa table.

À peine arrivé, Fabian comprit qu'il avait commis une grosse erreur. Tous les invités se connaissaient, appartenant non seulement à la même classe sociale mais aussi à la même génération. Des médecins, des industriels, un notaire, chacun accompagné d'une épouse oisive et mondaine, l'accueillirent comme l'un des leurs, et Lucrèce comme une intruse.

Personne ne savait qui elle était ni pourquoi Fabian l'avait emmenée avec lui, et après lui avoir mis une coupe de champagne dans la main, la maîtresse de maison lui tourna le dos. Presque aussitôt, Fabian fut accaparé par une femme qu'il avait opérée deux mois plus tôt et qui, éperdue de reconnaissance, semblait décidée à faire sa conquête. Isolée dans son coin, Lucrèce avait l'air de chercher une raison à sa présence. De loin, Fabian l'observait discrètement, malheureux de la voir s'ennuyer, et soudain très conscient de tout ce qui les séparait. Même s'il ne s'était jamais particulièrement distrait dans ce genre de réunions, elles faisaient partie de sa vie, du plus loin qu'il s'en souvienne. Des conventions qu'il acceptait sans y réfléchir, qui ne lui avaient jamais posé de problème jusque-là. Être amoureux à son âge était donc si difficile ? Dès le début, il avait implicitement admis qu'il serait perdant avec Lucrèce, qu'elle ne ferait que traverser sa vie, cependant il avait tout tenté pour qu'elle reste. Aujourd'hui, ils arrivaient sans doute au terme de leur histoire, et ce dîner en constituait l'ultime preuve.

Toute la soirée, avec la parfaite courtoisie qui le caractérisait, il s'efforça d'être un compagnon agréable pour ses voisines de table, tandis que Lucrèce faisait des efforts méritoires pour ne pas bâiller. Quand ils purent enfin s'éclipser, ils accomplirent en silence le chemin du retour.

— Veux-tu que je te dépose chez toi ? proposa-t-il, de la manière la plus neutre possible.

Il supposait qu'elle en avait assez et il fut très surpris de sa réaction.

— Pourquoi ? Tu es fatigué ? Tu t'es tellement amusé ? Comment peux-tu les supporter ? Je veux rentrer avec toi, faire l'amour avec toi ! Je n'aurais jamais dû t'accompagner, je suis désolée...

Réfugiée contre la portière, elle semblait très mal à l'aise, presque triste, elle d'habitude si gaie. Il rejoignit la place Pey-Berland, trouva une place et gara sa voiture.

— Lucrèce ?

Avec toute la douceur dont il était capable, il la prit par le col de son manteau, l'attira tendrement vers lui.

— Tu étais, de loin, la plus jolie femme de la soirée, et moi l'homme le plus chanceux. Tu n'as rien à voir avec ces gens-là, mais c'est toi qui as voulu savoir. On monte ?

D'abord elle ne répondit pas, se serrant davantage contre lui, puis elle murmura :

— Tu les as toutes mises dans ton lit ? Toutes celles qui étaient là ?

Dans sa voix il y avait eu de l'ironie, de la curiosité, un peu de jalousie. Combien de temps leur restait-il à passer ensemble ? Comment allait-il trouver la force de la laisser partir ?

— Viens, dit-il seulement.

— Et ton frère va participer aux championnats de France ? s'exclama Emmanuelle. Mais c'est fantastique !

Amusée par son enthousiasme, Lucrèce contourna le comptoir et vint s'asseoir à côté de sa mère, près du radiateur électrique.

— Il a tellement travaillé, il s'est tellement battu, il y a quand même une justice !

— Oh ! il n'est pas au bout de ses peines, rappela Lucrèce, mais, au moins, maintenant, on reconnaît sa valeur et il a l'occasion de faire ses preuves. Pour disposer d'un bon cheval, il n'est plus obligé de supporter des gens comme cette Myriam.

Elles échangèrent un sourire complice au souvenir des visites de Myriam à l'hôpital.

— En dehors de l'aspect compétition, s'inquiéta soudain Emmanuelle, il va quand même le passer, ce diplôme d'instructeur qu'il préparait ?

— Bien sûr... Il n'aura pas toujours vingt-huit ans, il veut assurer ses arrières et il a raison.

— Mauvoisin l'a beaucoup aidé, il me semble...

— Sans lui, Julien aurait craqué, au moins après son accident. Il parle mieux de Xavier Mauvoisin que de papa, je peux te l'affirmer !

Emmanuelle haussa les épaules sans faire de commentaires, sans doute résignée depuis longtemps à la situation de conflit entre ses enfants et son ex-mari.

— Promets-moi de veiller sur lui, maman.

— Tu crois vraiment que ton frère a besoin de moi ?

— Oui ! Pas pour laver ses chaussettes, de ce côté-là il se débrouille très bien, je lui ai même appris à repasser ses chemises de concours. Seulement, tu le connais, c'est un grand affectueux, et...

— Et Sophie ?

Lucrèce se mordilla les lèvres, cherchant ses mots. Elle ne se sentait pas le droit de dévoiler les secrets de Sophie, pourtant elle avait perçu un tel malaise entre son amie et son frère qu'elle les imaginait mal continuant à cohabiter, surtout quand elle ne serait plus là pour faire diversion.

— En principe, elle doit reprendre la moitié du loyer à sa charge et occuper ma chambre. Pour l'instant, elle a un job au CAPC, elle peut assumer. En revanche, sur un plan sentimental, je ne sais pas où ils en sont... Et puis Sophie est encore un peu enfant gâtée, pas très organisée pour le quotidien, va quand même jeter un œil là-bas, je me sentirai plus rassurée.

— Bien sûr, ma chérie.

Emmanuelle posa sa main sur celle de sa fille, avec une infinie tendresse.

— Je suis ravie que tu ailles à Paris. Ravie et affreusement triste, tu t'en doutes. Bordeaux est une ville trop petite pour toi, je le savais déjà quand tu avais dix ans !

— Ne sois pas triste, je reviendrai un week-end sur deux, je vais prendre un abonnement de train.

— Tu crois que tu auras le temps ? l'envie ? Tu dois faire ta vie, Luce. Ne commets pas mes erreurs, ne t'occupe que de toi. Et à ce propos, dis-moi, comment le Pr Cartier...

— Très bien, murmura Lucrèce en hâte. Il le prend vraiment très bien.

Presque trop, à vrai dire, mais elle n'avait pas envie d'en parler. Sa mère dut le comprendre car elle changea aussitôt de sujet.

— Tu ne devineras jamais qui était là, tout à l'heure, juste avant que tu arrives ? Nicolas Brantôme !

— Nicolas ? Il vient toujours t'acheter des livres ?

— Il n'a jamais cessé, je le considère comme mon meilleur client ! Parfois, nous buvons un café, mais ce matin il était pressé.

Emmanuelle observa sa fille un instant puis elle acheva, d'un ton un peu inquiet :

— Il va se marier. Tu le savais ?

— Non ! Enfin, oui, c'est dans l'ordre des choses... Avec une certaine Stéphanie ?

La nouvelle ne semblait pas la réjouir et Emmanuelle se contenta d'acquiescer.

— Et c'est pour quand ? insista Lucrèce à contrecœur.

— Samedi.

— Déjà ?

— Déjà quoi ? Pourquoi fais-tu cette tête-là ? Tu ne voulais pas de lui, c'est ce que tu m'as répété à plusieurs reprises, et Dieu sait que je trouve ça dommage... Chaque fois que je lui parle de toi, il se décompose, alors j'évite. Lorsque je lui ai appris que tu pensais t'installer à Paris, il a paru anéanti. Mais, pour être franche, et si cela peut te remonter le moral, il m'a aussi annoncé son mariage d'un ton sinistre. Peut-être pour que je t'en fasse part, au fond ?

Avec Nicolas, Lucrèce aurait toujours la sensation d'avoir raté quelque chose d'important. Il aurait fallu qu'elle ne connaisse pas Fabian, ou qu'elle n'ait pas d'ambitions personnelles, ou encore qu'elle rencontre Nicolas à un autre moment de sa vie... À présent, les dés étaient jetés, chacun suivrait son chemin. De toute façon, c'était elle qui l'avait décidé, en connaissance de cause.

— Il faut que j'y aille, maman...

Dans un peu plus de deux heures, son train partait, et elle devait encore retourner au pavillon chercher ses deux gros sacs de voyage. Elle serra longuement sa mère dans ses bras, sans pouvoir prononcer un seul mot d'adieu.

Priver l'hôpital Saint-Paul d'un chirurgien comme Fabian Cartier était tout simplement inenvisageable, le conseil d'administration ne voulait même pas en entendre parler. Le service d'orthopédie avait besoin de lui, les étudiants aussi, sans compter les patients, qui venaient de la France entière pour se faire opérer par ce grand patron-là.

Néanmoins, il avait donné la preuve de son mauvais caractère, voire de son autoritarisme, dans un affrontement d'anthologie avec l'agrégée de médecine générale. Une guerre interne que la direction n'avait pas su gérer. Victor Granier, emporté par une antipathie personnelle, s'était fourvoyé dans le conflit, décrétant que personne n'était irremplaçable et qu'en aucun cas un chirurgien ne ferait la loi dans son établissement. Malheureusement pour lui, Cousseau lui-même, en tant que chef du service de médecine, avait désavoué son agrégée et donné raison à Cartier. Celui-ci, durant des semaines, s'était quand même entêté à exiger d'interminables et coûteux bilans préopératoires, comme si tous les malades qu'on faisait monter à son étage étaient devenus suspects.

Longuement interrogées par le conseil, Aline Vidal et Brigitte Cerjac avaient fini par admettre une éventuelle négligence. Fabian en avait alors profité pour obtenir le changement des formulaires de transfert à l'intérieur de l'hôpital, ce qu'il réclamait depuis des années, ainsi qu'une réunion mensuelle de concertation entre les différents chefs de service et un contrôle accru du travail des internes.

En réalité, s'il avait gagné si aisément cette bataille administrative, il ne le devait pas uniquement à son talent ou à sa réputation. Avant d'affronter Granier, il s'était assuré que, au pire, il pourrait donner sa démission et claquer la porte de Saint-Paul. Un certain nombre d'hôpitaux auraient été ravis de l'accueillir, en particulier l'un d'entre eux, à Paris, avec lequel il avait pris contact. La perspective de quitter Bordeaux pour Paris ne l'effrayait pas depuis que Lucrèce lui avait fait part de ses intentions, cependant, il était persuadé qu'il commettrait une erreur en la suivant là-bas. Mieux valait la laisser entièrement libre, il le savait, et selon lui leur histoire était condamnée à plus ou moins brève échéance. Une rupture, à Paris, serait encore plus difficile à supporter qu'ici, où il avait de vrais amis et un mode de vie qui lui convenait parfaitement. Toutefois, la certitude de pouvoir exercer ailleurs dans de bonnes conditions, ajoutée à la tentation d'accompagner la femme qu'il aimait, l'avait rendu tellement serein que Granier s'était affolé. S'il démissionnait, Granier serait tenu pour responsable d'une perte *irréparable,* on le lui avait bien fait comprendre. Contraint de s'incliner, le directeur avait infligé un blâme à Brigitte Cerjac et un sermon à Aline Vidal. Ensuite, avec un sourire crispé, il avait cédé à toutes les exigences de Fabian.

Au sein du service de chirurgie orthopédique, Noémie pavoisait et veillait encore plus jalousement que d'habitude sur lui. Avait-elle senti sa mélancolie ? En tout cas, il ne regardait plus les femmes de la même manière, ni avec le même intérêt. Il restait fort courtois envers le personnel, parfaitement concentré lorsqu'il opérait, et aussi exigeant que de coutume dans le travail, mais il se sentait assez mal. Même Paul, son anesthésiste, n'arrivait plus à le faire rire avec ses plaisanteries.

S'amuser était la dernière chose à laquelle il songeait. Le départ de Lucrèce représentait une véritable torture, qui n'irait qu'en empirant. Dans un premier temps, elle habiterait chez lui, face au jardin du Luxembourg, dans le grand studio qu'elle connaissait déjà et où il pourrait toujours la joindre. Ensuite, lorsqu'elle commencerait à voler de ses propres ailes, sans doute préférerait-elle trouver un logement indépendant. Surtout si elle rencontrait des gens – c'est-à-dire des hommes –, si elle décidait de s'établir pour de bon dans la capitale, si elle tombait amoureuse... Ce qui arriverait fatalement, elle était beaucoup trop jolie pour rester seule. Et trop volontaire pour ne pas donner une vraie dimension à sa carrière de journaliste. Elle ne reviendrait pas. Valère n'allait plus la laisser partir. Ce que ce dernier n'avait pas exprimé,

Fabian l'avait parfaitement compris. Leur conversation téléphonique, un modèle du genre, se résumait à une série de non-dits qui, sous une affabilité de façade, contenaient une véritable déclaration de guerre.

Dans son bureau, debout devant la fenêtre donnant sur la cour de l'hôpital, il différait encore le moment de recevoir son premier patient en consultation. Un cliché radiologique à la main, il était immobile depuis près de dix minutes, sans rien regarder de précis. Aujourd'hui, Lucrèce s'en allait. La veille, ils avaient dîné ensemble, comme si de rien n'était. Dans l'élégant décor très moderne du Saint-James, ils avaient dégusté un agneau de Pauillac aux noisettes en regardant briller au loin les lumières de Bordeaux. Pas d'adieux, pas de promesses. À peine un au revoir quand elle était partie de chez lui, juste avant l'aube, au moment où il parvenait enfin à s'endormir. Et maintenant, elle devait déjà être à la gare, s'apprêtant à tourner une page importante de son existence. Un an plus tôt, elle n'avait pas réussi à le quitter, mais aujourd'hui elle y arrivait, par la force des choses. Il se demanda combien de temps il allait souffrir et s'il pourrait le supporter, au bout du compte. Puis il se retourna et appuya d'un geste las sur l'interphone afin d'avertir Noémie qu'il était prêt.

Lucrèce n'avait pas trouvé de chariot et elle ployait sous le poids de ses deux sacs. Pourquoi emporter autant d'affaires alors que, en principe, elle reviendrait dans deux semaines ? Un week-end sur deux, elle se l'était juré, sauf si son travail l'absorbait trop.

En plein milieu du hall de la monumentale gare Saint-Jean, elle s'arrêta et lâcha les sacs un instant, les doigts douloureux. Elle était en avance, Sophie l'ayant déposée avant de retourner au CAPC. Si elle désirait boire un café, elle devait descendre au sous-sol, toujours encombrée de ses bagages. Depuis les deux séries d'attentats de l'année précédente, les consignes avaient été supprimées dans les gares comme dans les aéroports, et on recommandait aux voyageurs de ne pas perdre leurs valises de vue. Agacée, elle décida qu'elle ferait aussi bien d'aller s'installer dans le train, à condition que celui-ci soit déjà à quai. Alors qu'elle se baissait pour attraper les poignées, un homme s'arrêta juste à côté d'elle et devança son geste.

— Laisse, je vais le faire...

— Nicolas ! Qu'est-ce que tu fais là ?

Elle le considérait avec une telle stupeur qu'il esquissa un sourire.

— Je suis venu te dire au revoir, bien sûr ! Il y a cinq minutes que je t'observe et ça valait le déplacement... Tu ne voyages donc jamais ?

Il posa les sacs sur le chariot qu'il était allé chercher dès qu'il l'avait aperçue.

— Ta mère a eu la gentillesse de me donner l'horaire de ton train, et aussi de préciser qu'une de tes copines te déposerait. J'en ai déduit que tu serais seule et que je ne troublerais pas une grande scène d'adieu...

Le ton était amer, toutefois il s'interrompit aussitôt et lui adressa un regard navré.

— Tu as encore une bonne demi-heure devant toi. Tu veux des journaux, quelque chose ?

— Non, c'est gentil, merci.

— Gentil ? Oh, Lucrèce...

D'un mouvement imprévu, il lâcha le chariot, la saisit par les épaules et la serra violemment contre lui sans dire un mot. La joue écrasée sur le revers de son manteau, elle reprit son souffle mais ne chercha pas à se dégager de cette étreinte brutale.

— J'ai tout raté avec toi, chuchota-t-il au bout d'un assez long moment. Tu ne peux pas savoir à quel point j'aurais voulu te plaire !

— Nous n'étions pas faits pour nous entendre, dit-elle tout bas.

— Tu en es sûre ? Tu m'empêches de dormir depuis des années, tu m'obsèdes... Que tu sois là ou pas, d'accord ou pas, n'y change rien... Et même si ton chirurgien t'avait accompagnée jusqu'ici, je serais venu te voir, de loin... Je n'ai jamais eu la moindre chance contre lui, j'imagine ?

Trop émue pour lui répondre, elle n'osait plus bouger. Elle ferma les yeux une seconde, s'aperçut qu'elle éprouvait une envie incohérente de rester blottie dans ses bras, d'y oublier le reste du monde, peut-être même de déchirer cet aller simple, en première classe, envoyé par Claude-Éric Valère.

— Je me marie samedi, je suppose que tu le sais et que tu t'en fous, acheva-t-il tout bas.

Là non plus, il n'y avait rien à répondre et il s'écoula encore une ou deux minutes avant qu'il se résigne à la lâcher.

— Je t'accompagne à ton compartiment.

Côte à côte, ils se dirigèrent en silence vers l'accès aux quais. Le train était déjà formé et ils gagnèrent la voiture 2, où Nicolas installa les sacs.

— Pars, maintenant, lui suggéra Lucrèce d'une voix tendue. Je te remercie d'être venu, je... Eh bien, j'espère vraiment que tu seras heureux !

D'autres voyageurs allaient et venaient dans le couloir, pressés de gagner leurs places, indifférents à ce couple qui se comportait d'une manière étrange.

— Bonne chance à Paris, et fais attention à toi, dit-il en se détournant.

Cet adieu-là était-il définitif ? Même si elle revenait souvent à Bordeaux, elle n'aurait plus aucune raison de le revoir. Il se mariait, bientôt il aurait des enfants, deviendrait quelqu'un d'autre. Sans s'approcher de la fenêtre, elle regarda vers le quai, en contrebas. Quand Nicolas passa devant son compartiment, il ne leva pas les yeux vers elle. Ses cheveux étaient un peu trop longs, comme toujours, et son écharpe flottait au vent. La dernière vision qu'elle emporta de lui fut celle d'un homme à la silhouette élégante, pressé de s'éloigner.

Un coup de sifflet strident précéda une annonce incompréhensible, dans les haut-parleurs de la gare, puis les portes du train se fermèrent automatiquement, toutes ensemble. En face de Lucrèce, une dame âgée avait pris place, une multitude de magazines posés sur les genoux. Celui du dessus présentait une couverture consacrée au monde de la justice, un sujet qui faisait couler beaucoup d'encre ces temps-ci.

Déséquilibrée par un cahot, Lucrèce s'assit enfin. Un dernier coup d'œil à la vitre lui apprit qu'ils passaient déjà sous le pont du Guit. Avait-elle fait le bon choix ? Comment pouvait-on acquérir la certitude de ne pas se tromper ? La vie qui l'attendait à Paris serait-elle meilleure que celle qu'elle avait connue ici ? Sacrifier l'amour à l'ambition, ou même au besoin de revanche, ne lui garantissait pas le bonheur. Bien sûr, un jour prochain, dans un hebdo encore en devenir, elle allait pouvoir s'exprimer en toute liberté, défendre ses idées, se mettre à écrire pour de bon. Et peut-être découvrir, au bout du compte, qu'elle n'avait pas de réel talent ?

— On verra bien !

Elle l'avait dit à voix haute et la dame interrompit un instant sa lecture pour la dévisager. Avec une mimique d'excuse, Lucrèce se renfonça dans son siège, calant sa nuque contre l'appuie-tête.

Écrire... Combien de fois son père avait-il affirmé, moqueur et méprisant, que seules les études scientifiques étaient dignes de considération ? Une proclamation faite pour se valoriser lui-même, flatter Brigitte, rabaisser son ex-femme, mais aussi griffer sa fille au passage. Elle ne l'avait pas consulté pour s'inscrire à l'école de journalisme, alors il ramenait toute activité littéraire au rang de futilité. Pourtant, sans lui – presque malgré lui –, elle avait commencé à tracer sa route, à réussir, et il entendrait parler d'elle, qu'il le veuille ou non. Cette blessure-là n'était toujours pas cicatrisée, inutile d'espérer le contraire. Depuis le divorce de ses parents, Lucrèce courait après quelque chose d'insaisissable, un impérieux besoin d'être aimée, reconnue, que même Fabian n'avait pas pu combler.

Penser à Fabian la rendit soudain tellement triste qu'elle ferma les yeux pour ne plus voir défiler le paysage qui l'éloignait de Bordeaux. Il avait toujours su qu'elle accepterait, qu'elle partirait, il le lui avait prédit avant qu'elle le comprenne elle-même. Il n'attendait donc rien d'elle ? Claude-Éric Valère avait affirmé : « Il tient à vous ». Si c'était vrai, pourquoi n'avait-il pas essayé de la retenir ? Et, s'il l'avait fait, aurait-elle modifié sa décision ? Une fois, en tout et pour tout, il lui avait dit qu'il l'aimait. Une seule. Parce qu'elle lui avait posé la question !

Le train avait pris de la vitesse et commençait à bercer Lucrèce. Julien devait être à cheval, Sophie penchée sur un livre d'art, Nicolas coincé dans la circulation bordelaise au volant de sa Mercedes noire, et Fabian en train d'examiner un patient ou de sourire à une infirmière. Ce soir, dès son arrivée dans le studio de la rue de Médicis, elle allait lui téléphoner pour lui dire que, elle aussi, tenait désespérément à lui.

Désespérément ? Alors qu'elle se demandait pourquoi elle avait pensé une chose pareille, elle se sentit gagnée par la fatigue. Rompre les amarres avait été plus difficile que prévu, plus douloureux aussi. C'était une journée affreuse, qu'elle ne revivrait pour rien au monde, mais n'était-ce pas également sa première journée de vraie liberté ? Elle ferma les yeux, essaya de faire le vide dans sa tête. Quelle que soit son angoisse d'affronter l'inconnu, elle avait choisi de le faire, elle ne pouvait plus revenir en arrière. Sa vie commençait. Tous les événements antérieurs l'avaient conduite à ce train, à ce départ, et désormais d'autres gens allaient croiser sa route, d'autres amours, d'autres succès. Son destin n'était pas tracé d'avance, il serait exactement ce qu'elle en ferait, son avenir se trouvait entre ses mains.

Au bout d'un moment, la dame âgée assise en face d'elle baissa son magazine et la considéra pensivement. Une très jolie jeune femme, avec des yeux magnifiques, lui avait-il semblé, mais si épuisée qu'elle dormait déjà. Sans doute se rendait-elle à Paris pour tenter l'aventure ? À en juger par ses gros sacs, il devait s'agir d'un long voyage. Peut-être même d'un voyage sans retour.

D'un geste maternel, la dame tendit la main vers le store qu'elle baissa à moitié, mettant le visage de sa compagne dans l'ombre. Ainsi ne vit-elle pas la petite larme qui séchait sur la joue de Lucrèce.

DU MÊME AUTEUR
(suite)

Dans les pas d'Ariane, Belfond, 2011 ; Pocket, 2013
Comme un frère, Belfond, 1997, rééd. 2011 ; Pocket, 2014
Le Testament d'Ariane, Belfond, 2011 ; Pocket, 2013
Un soupçon d'interdit, Belfond, 2010 ; Pocket, 2015
D'espoir et de promesse, Belfond, 2010 ; Pocket, 2012
Mano a mano, Belfond, 2009 (première édition, Denoël, 1991) ; Pocket, 2011
Dans le silence de l'aube, Belfond, 2008 ; Pocket, 2014
Une nouvelle vie, Belfond, 2008 ; Pocket, 2010
Un cadeau inespéré, Belfond, 2007 ; Pocket, 2008
Nom de jeune fille, Belfond, 1999, rééd. 2007 ; Pocket, 2010
Les Sirènes de Saint-Malo, Belfond, 1997, rééd. 1999, 2006 ; Pocket, 2012
Berill ou la Passion en héritage, Belfond, 2006 ; Pocket, 2007
Une passion fauve, Belfond, 2005 ; Pocket, 2007
Les Vendanges de Juillet, Belfond, 1999, rééd. 2005 ; Pocket, 2009 (volume incluant *Les Vendanges de Juillet*, Belfond, 1994, et *Juillet en hiver*, Belfond, 1995)
L'Héritage de Clara, Belfond, 2001 ; Pocket, 2003
Le Secret de Clara, Belfond, 2001 ; Pocket, 2003
Crinière au vent, éditions France Loisirs, 2000
Terre Indigo, TF1 éditions, 1996
Corrida. La fin des légendes, en collaboration avec Pierre Mialane, Denoël, 1992
Sang et or, La Table ronde, 1991

Composition et mise en pages
Nord Compo à Villeneuve-d'Ascq

Imprimé en France par
CPI Brodard & Taupin
en février 2025

Pour plus d'information :
www.lisez.com
Imprimé sur du papier issu de forêts gérées durablement.

N° d'édition : B40392/01 – N° d'impression : 3060044